JOVENS REAIS ESCANDALOSOS

"SE A COROA SERVE, USE-A"

KATY BIRCHALL

JOVENS REAIS ESCANDALOSOS

"SE A COROA SERVE, USE-A"

_mood

Esta é uma publicação Mood, selo exclusivo da Ciranda Cultural

Publicado no Reino Unido pela Scholastic Inc.

Ilustrações reproduzidas com autorização da Scholastic Limited.

Traduzido do original em inglês
Hot Young Royals

Texto
© Katy Birchall, 2025

Capa
© Nastka Drabot, 2025

Publisher
Samara A. Buchweitz

Editora
Michele de Souza Barbosa

Produção editorial
Ciranda Cultural

Tradução
Karla Lima

Preparação
Walter Sagardoy

Diagramação
Linea Editora

Revisão
Fernanda R. Braga Simon

Dados Internacionais de Catalogação na Publicação (CIP) de acordo com ISBD

B617j Birchall, Katy

Jovens, Reais, Escandalosos / Katy Birchall ; tradução de Karla Lima. - Jandira, SP : Mood, 2025.
384 p. ; 14cm x 20cm.

Tradução de: Hot Young Royals
ISBN: 978-65-8306-044-0

1. Literatura inglesa. 2. Romance. 3. Young Adult. 4. Londres. 5. Colégio. 6. Realeza. 7. Disputas. 8. Amizade. 9. Rivalidades. 10. Intrigas. 11. Fofocas. 12. Aparência. I. Lima, Karla. II. Título.

2025-4274 CDD 823
CDU 821.111-31

Elaborado por Vagner Rodolfo da Silva - CRB-8/9410

Índice para catálogo sistemático:
1. Literatura inglesa : Romance 823
2. Literatura inglesa : Romance 821.111-31

1ª edição em 2025
www.cirandacultural.com.br/mood

Para aquelas que precisam de um lembrete de que são princesas, independentemente do que os outros dizem.

PRÓLOGO

Alfred ouve os trovões ao longe.

Desde o momento em que despertara, naquela manhã, teve uma sensação inexplicável de catástrofe iminente, e o clima contribuiu para essa apreensão, trazendo nuvens escuras por volta do meio-dia e ameaçando chuva durante toda a tarde. À noitinha, começou a chover e, agora, os estrondos baixos e sombrios anunciam uma tempestade se aproximando.

Parado à janela, ele observa o mar.

Em geral, Alfred não se importa com o tempo úmido (crescendo na Inglaterra, uma pessoa se acostuma a isso), e há algo de aconchegante em estar aninhado do lado de dentro enquanto o vento ruge para além da janela. Nesta noite, porém, Alfred estremece com esse pensamento. Esta vila italiana, normalmente seu abrigo tranquilo, um retiro onde se pode refugiar do ruído de sua vida pública, parece fria e triste. Alguma coisa não está certa.

Ele jamais diria isso em voz alta (embora, ao recordar este dia, no futuro, vá admitir isso para si mesmo), mas Alfred II, rei do Reino Unido, está com medo. Esse é o motivo pelo qual, quando há uma batida à porta, ele se sobressalta e imediatamente responde "Entre", apesar de a família e os empregados saberem que seu escritório é totalmente vetado em hora tão tardia.

A silhueta alta e angulosa de Jonathan, secretário particular e assistente mais confiável do rei, aparece à soleira.

Ele curva a cabeça.

– Majestade – ele diz.

– O que foi, Jonathan? – o rei responde, cortante.

Jonathan inspira profundamente. Ele parece estar se firmando, o que é estranho, porque Jonathan é bom em esconder qualquer pista de emoções. Seu tom é de grave seriedade, um traço que pode tornar seu relato de notícias involuntariamente engraçado, como na ocasião em que lamentou informar a Sua Majestade que "um arcebispo provocou um ligeiro aborrecimento ao ser ouvido chamar o primeiro-ministro de, abre aspas, um velho peidão enfadonho, fecha aspas".

Fora difícil para o rei manter uma expressão séria diante daquilo.

Mas este claramente não é um assunto divertido.

– Lamento perturbá-lo tão tarde, mas supus que o senhor gostaria de saber – Jonathan hesita, as rugas da testa se aprofundando. – Eleanor Carter faleceu.

Como que obedecendo a uma deixa, um trovão explode. A tempestade está mais perto.

Por apenas um instante, o rei permite que seu olhar se fixe no chão. E ele não sabe o porquê, mas, naquele momento, uma lembrança muito específica lhe cruza a mente: uma Eleanor adolescente, de cabelos pretos como um corvo, sentada na cadeira da janela na biblioteca de Clairmont Hall, amassando um pedaço de papel e atirando nele, atingindo-o bem no meio da testa. Ela sorri.

Ele não tem a menor ideia de por que essa recordação insignificante, dentre todos os momentos que eles viveram juntos e tudo pelo que passaram, é a que lhe ocorre agora, quando recebe a notícia de que ela se foi. Não há nada de especialmente interessante ou espetacular em relação àquele dia, não que ele se lembre, pelo menos. Ele nem mesmo tem certeza do motivo pelo qual ela jogou o papel nele. Será que ele a teria provocado?, ele se pergunta. Teria contado uma piada terrivelmente ruim? Feito um comentário bobo? Fosse o que fosse, ele tem certeza de ter conseguido o que esperava obter: ele a fizera sorrir.

Ele passara a maior parte de sua amizade com Eleanor tentando fazê-la sorrir.

Que estranho saber do falecimento dela estando aqui, na Costa Amalfitana. O lugar deles. Um lugar onde podiam ser eles mesmos. Eleanor era uma das pouquíssimas pessoas capazes de fazê-lo sentir como se não fosse um rei; ele era só um menino, sentado com uma menina, rindo sem razão.

Como ele sentiria falta dela.

O clarão de um raio se segue ao trovão.

Ele levanta a cabeça e pigarreia.

– Obrigado, Jonathan – ele diz em inflexão, sem expressão na voz, uma arte em que havia se aperfeiçoado. Pelos últimos quarenta e quatro anos, desde o dia em que nasceu, ele foi ensinado a esconder qualquer sentimento que porventura viesse a ter. Afinal, ele é o rei.

Após quase vinte anos a serviço dele, Jonathan sabe quando o rei encerrou a conversa, sem a necessidade de ouvi-lo verbalizar isso. Com uma mesura final, ele sai do escritório, fechando a porta discreta e silenciosamente atrás de si.

Quando ele se vai, Alfred levanta o antigo relógio de mesa que sua mãe deu a seu pai para a vila. O presente nunca havia combinado com o estilo da vila, mas fazia-o lembrar-se dos pais, então ele nunca o removera. Abaixo dele há uma pequena chave. O rei a usa para abrir a gaveta inferior da escrivaninha, onde, sob uma pilha de documentos, ele encontra o que está buscando: um envelope antigo, endereçado com uma única palavra.

Alfred.

Uma carta que poderia mudar tudo.

CAPÍTULO UM

Quando o carro preto reluzente encosta à minha frente na estação King's Cross, percebo que estou no caminho. Agarro a alça da mala e me arrasto para trás, depois volto ao meu livro. É um mistério de assassinato ambientado em uma pequena vila rural inglesa, parecida com a que acabo de deixar para trás. Ultimamente, mistérios de assassinato e suspenses psicológicos são só o que quero ler; com qualquer outro gênero, meu cérebro retorna aos horrores da vida real, mas ter um enigma para resolver me dá um descanso.

Quando o motorista sai do carro, viro a página.

Não estou ativamente procurando minha tia entre o mar de gente que corre de um lado a outro ao meu redor. Não a conheço bem, mas sei que não estará aqui pontualmente.

– Quando se trata de Tabatha, a única coisa em que você pode confiar é que ela não é confiável – minha mãe me disse certa vez.

Encontrei Tabatha algumas vezes. Ela sempre se atrasou. E, mesmo nessas ocasiões, mamãe ficou impressionada por ela ter sequer aparecido.

– Ruby Carter?

Embora o chofer do carro preto elegante diga meu nome enquanto me olha diretamente, ainda não acredito que esteja aqui por minha causa. Espio por cima do ombro, supondo que haja outra Ruby Carter parada atrás de mim.

– Ruby Carter – ele repete, um pouco menos seguro desta vez, como se precisasse persuadir nós dois de que está certo. – Estou aqui para buscá-la.

Baixo o livro.

– Estou esperando minha tia.

– Lady Tabatha está em outro compromisso. Ela solicitou que eu viesse apanhá-la. – Ele toca a aba do chapéu. – Meu nome é Dean, sou o motorista dela. Prazer em conhecê-la.

Observo o uniforme, desde o quepe até os sapatos pretos brilhantes, antes de olhar para o carro estacionado atrás dele.

– Deixe-me pegar sua bagagem – ele insiste, pegando minha mala e se oferecendo para carregar a mochila que ajeitei no ombro.

– Esta fica comigo – digo, apertando a correia.

Fico perdida e meio indecisa, enquanto ele acomoda minha mala no bagageiro e depois se apressa a contornar o carro e abrir para mim a porta de trás, oferecendo um sorriso amigável ao fazer isso. Dentro, aquele cheirinho de carro novo e bancos de couro impecáveis; não me sinto vestida à altura deste carro. Encaixo a mochila entre os pés, nervosa demais para pousá-la no assento ao meu lado, caso tenha alguma sujeira do trem.

– Pronta? – ele pergunta, do banco do motorista, captando meu olhar pelo retrovisor.

Apertando o livro, confirmo e me viro para olhar pela janela escurecida, conforme entramos no trânsito de Londres.

Mamãe e eu conversamos sobre com quem eu iria morar quando ela morresse. Não havia muitas opções: não sei quem é meu pai, e os pais da minha mãe faleceram há muito tempo, então avós não estavam disponíveis para me acolher. Assim, sobravam apenas os irmãos de minha mãe, Spencer e Tabatha. Ela nunca se deu bem com Spencer e só começou a falar propriamente com ele quando foi diagnosticada com a doença terminal, então Tabatha era a líder da competição. Claro, ela também precisava concordar em se tornar minha guardiã nomeada, e eu não estava segura de que concordaria. Ela levava uma vida agitada e glamurosa, que não parecia ter espaço para uma moça de dezessete anos. Mas, para minha grande surpresa, ela aceitou a responsabilidade.

Mamãe não ficou absolutamente surpresa.

– Ela sempre gostou da ideia de ter uma versão em miniatura de si mesma – mamãe murmurou, com voz envolta em preocupação. – De toda forma, um guardião só será necessário por uns poucos meses, até que você faça dezoito anos, então ela sabe que não é por muito tempo. Fico aliviada por você ser inteligente o bastante para não ser enredada nas bobagens dela.

– Você acha que ela vai me transformar em "lady Ruby Carter"? – eu brinquei.

Mamãe deu risada.

– Eu acho que ela certamente vai tentar. – Ela sorriu e, com um traço de tristeza cruzando seu rosto, acrescentou: – Ela vai garantir que nada lhe falte. E isso é tudo que eu poderia pedir.

Nesse ponto, nós interrompemos a conversa. Eu não gostava de conversar sobre nada que se referisse ao momento em que mamãe já não estaria aqui. Ainda não gosto, apesar de esse momento ter chegado.

Quando engravidou de mim, aos vinte e sete anos, mamãe morava na área oeste de Londres, mas decidiu se mudar e me criar sozinha no pequeno e idílico vilarejo de Bridsbury, na zona rural de Wiltshire. Conseguiu um emprego em uma loja que não ia muito bem e que supostamente atendia aos turistas que passavam, e acabou comprando a loja de seu empregador e a transformando em um sucesso ao redecorar e abastecer as prateleiras com coisas que turistas poderiam realmente querer, tais como deliciosos produtos locais e trabalhos de artistas locais. A comunidade a amava por isso.

Não muita gente teria podido simplesmente adquirir uma loja inteira se quisesse, mas minha mãe tinha origem abastada. Ela era a filha mais nova do conde e da condessa de Milbourne e cresceu na ilustre casa ancestral da família, Milbourne Hall, uma vasta propriedade rural em Norfolk que, agora, pertence a Spencer e à esposa dele, Unity, e eles moram lá com os dois filhos. Quando meu avô morreu, Spencer, sendo o filho mais velho e único do sexo masculino, passou de visconde a conde de Milbourne e herdou a casa. Minha mãe e minha tia podem não ter ficado com a mansão de campo, mas, como meu avô não apenas tinha muito dinheiro vinculado ao título de nobreza, mas também havia se casado com minha avó, ela mesma uma aristocrata de posses, havia o suficiente para todo mundo. Daí os imóveis geminados de três andares em Londres e as oportunidades de adquirir pequenos comércios rurais, quando necessário.

Mal conheço meu tio, Spencer, a esposa e os filhos dele e, embora mamãe e Tabatha pelo menos tivessem um relacionamento, não era próximo. Mamãe a contatava de vez em quando, mas eu tinha a sensação de que elas não se entendiam, e isso significa que qualquer diálogo que ultrapassasse a mera civilidade geralmente terminava em discussão. De modo que a tática de mamãe com a irmã era se restringir à conversa superficial. Para ser sincera, não culpo Tabatha por se frustrar com ela: mamãe era divertida e espirituosa, mas podia ser reservada, até fria. Ela raramente dava intimidade a alguém e dificilmente sentia necessidade de se explicar.

Eu parecia ser a única pessoa em quem ela confiava, mas nem mesmo eu conheci todas as suas histórias, independentemente de quantas vezes tenha perguntado. Ela nunca nem me contou quem era meu pai. Nem mesmo quando sabia que estava morrendo.

– Aqui estamos – Dean anuncia, da parte dianteira do carro.

Aperto o botão para baixar o vidro e espio a casa em frente à qual ele estacionou: número 18 da Darlington Square, em Knightsbridge. Absorvo a fileira de imóveis geminados brancos idênticos que ladeiam a rua tranquila, cada um com colunas brancas emoldurando portas pretas envernizadas e janelas altas, com suportes bem-cuidados de flores coloridas. Subo o vidro e recosto no banco, fechando os olhos.

Dean já saiu do carro e foi tirar minha mala do bagageiro. Estou achando difícil me mexer. Nada disso parecia real, até agora. Mas cá estou, em frente à porta da minha tia, prestes a começar minha nova vida, em um novo lugar, com novas pessoas.

Sinto falta da minha mãe.

A porta do carro se abre e Dean se inclina para olhar aqui para dentro.

– Precisa de ajuda? – ele pergunta com gentileza e estende a mão.

– Estou bem – digo em voz baixa, tentando me convencer.

– Não há pressa, vá no seu ritmo.

Inspirando fundo, pego a mochila e saio para a calçada. Nervosa, ajeito atrás da orelha um cacho do meu longo cabelo escuro.

Tudo neste quarteirão é perfeito. Não há uma soleira suja, nem uma manchinha em nenhuma das janelas, nenhuma maçaneta não polida. Até a calçada é tão limpa que me preocupo que as rodinhas da mala vão deixar marcas de riscos. Estou totalmente consciente de estar vestindo uma velha camiseta desbotada de banda, calça jeans e meus Nikes favoritos. Não há ninguém em volta, mas, mesmo assim, me sinto molambenta demais para estar aqui, como se, a qualquer momento, um policial fosse aparecer e me dizer para dar o fora. Nunca me senti tão deslocada.

Apesar de a praça estar vazia e silenciosa, o número 18 não está. Ouço música e o som abafado de convidados conversando e rindo.

– Gostaria que eu tocasse a campainha? – Dean pergunta, claramente se indagando por que não me movi um milímetro.

– Não, está tudo bem. Obrigada por me trazer – digo, recordando minhas boas maneiras e indo pegar a mala, mas ele move a mão para me impedir.

– Fique tranquila, eu levo – ele me tranquiliza, batendo o dedo no alto da minha mala e inclinando a cabeça na direção da porta.

Captando a dica, eu me obrigo a caminhar até a porta e tocar a campainha.

Engulo um nó na garganta.

A porta se abre, mas, em lugar da minha tia, sou recebida por um homem alto, de terno. Não o reconheço, mas ele sabe exatamente quem eu sou.

– Bem-vinda ao lar, senhorita Carter – ele diz, abrindo espaço. – Por favor, entre.

Ele espera que eu entre no saguão iluminado, espaçoso e com piso de mármore, antes de acrescentar:

– Espero que tenha feito boa viagem desde Wiltshire.

– Sim, obrigada.

Levanto os olhos para o grande lustre de cristal que pende do teto alto acima da minha cabeça. Bem à minha frente, há uma escada larga, branca e curva, com um corrimão preto reluzente, e, na pesada mesa redonda de mármore ao lado dela, repousa um vaso alto e elegante, com rosas e peônias. O aroma aqui é floral e caro, como se eu tivesse entrado na seção de perfumes de uma loja de departamentos de luxo.

– Permita que eu me apresente. Sou o mordomo de lady Tabatha, Bennet – ele diz, com uma mesura graciosa da cabeça, enquanto Dean traz a mala e a deixa atrás de mim no saguão, antes de sair discretamente.

– Lady Tabatha está recebendo convidados no jardim. Eu a informarei sobre sua chegada. E, caso queira, a senhorita pode se sentar na saleta íntima enquanto aguarda.

Bennet indica uma porta à sua esquerda, mas digo que fico satisfeita em aguardar no saguão. Estou nervosa e agitada demais para me sentar. Ele gira nos calcanhares e se afasta sem fazer ruído. Meu estômago se revira e dá nós. Eu suspiro, minha respiração curta e irregular.

Alguns minutos depois, Tabatha emerge por uma porta e vem bailando pelo saguão em um maxivestido fúcsia e longos brincos pendentes de ouro. O cabelo castanho-claro sedoso está penteado com elegância para cima; a pele tem a quantidade perfeita de brilho e umidade para não parecer oleosa, e os olhos azuis estão fortemente delineados, o que os torna ainda maiores e mais brilhantes. Mamãe e Tabatha nunca foram parecidas, exceto pelos olhos. Mamãe tinha olhos azuis também. Mas, enquanto mamãe preferia um estilo mais boêmio e relaxado, Tabatha é todinha drama, firma posições por onde passa e nunca se veste informalmente. Ela se aproxima de mim com os braços estendidos, tendo, em uma das mãos, uma taça de champanhe pela metade.

Ela parece uma glamurosa atriz de teatro aposentada dos anos 1920, em um mistério de Poirot.

– Querida! – ela exclama, pousando gentilmente a mão em meu braço enquanto me dá dois beijinhos no ar, um diante de cada face, antes de recuar para me examinar adequadamente. – Você está ainda mais pálida e abatida do que quando a vi no funeral, pobrezinha! Você deve ter vivido momentos horrendos. É simplesmente aterrador que não tenha conseguido vir antes. Vejo que a vizinha de sua mãe fez um péssimo trabalho de cuidar de você enquanto você fechava a casa.

– Na verdade – eu começo –, Lottie teve a gentileza de…

– O mais importante é que você está aqui agora – ela interrompe, dando um sorriso simpático. – Prometi para Eleanor que tomaria conta de você e pretendo cumprir à risca essa promessa. Então, para começar, BENNET – ela olha ao redor em busca do mordomo e o encontra logo atrás de si –, ah, aí está você! Sirva uma taça de champanhe para

Ruby, sim? E certifique-se de que seja o Pol Roger, não aquela garrafa horrível de espumante barato que o barão Close trouxe com ele. Porque francamente...

Enquanto Bennet se afasta, ela se vira para mim e diz, em tom bastante conspirador:

– O barão tem um gosto terrível, por Deus. Não gosto de julgar e sei que JJ adora o sujeito, mas os presentes que uma pessoa leva para um anfitrião dizem muito sobre o caráter dela, você não concorda? Que este seja um de meus primeiros ensinamentos a você como minha protegida: sempre me consulte sobre a safra antes de presentear. Agora – ela me olha acintosamente de cima a baixo –, acho que você deveria trocar de roupa antes de se juntar à festa. Falha minha, totalmente. Eu deveria ter-lhe dito que estaria promovendo uma reuniãozinha hoje, mas você sabe como essas coisas nos escapam...

– É... tia Tabatha, eu...

– Por Deus, não me chame assim – ela protesta, pressionando a mão livre contra o peito. – Faz parecer que sou decididamente anciã, e investi demais da minha fortuna em Botox até mesmo para considerar a ideia de algum dia aparentar mais de quarenta anos. Além disso, meu nome é uma homenagem à irmã de meu pai, a quem *nós* chamávamos de "tia Tabatha", e ela costumava declamar os poemas mais tediosos nos momentos mais impróprios. Então, "Tabatha", *por favor.*

– Desculpe. Tabatha, eu...

– E não "Tabby" – ela acrescenta com firmeza, aproximando a taça de champanhe de mim. – Eleanor me chamava assim quando queria me provocar. Depois deixou de fazer isso, mas Spencer gosta de usar, de vez em quando, para me pôr em meu lugar. Aquele palerminha insuportável.

– Tabatha – tento de novo, enquanto ela entorna o conteúdo da taça –, não tenho vontade de me juntar à festa. Vou para o meu quarto... sossegar, se estiver tudo bem assim. Mas obrigada.

Ela inclina a cabeça para mim.

– Ah, querida, é claro. É tão fácil esquecer que tudo isso – ela aponta o ambiente – é novo para você, e a ideia de uma festa deve ser muito opressora.

– Foi um dia longo e...

– Sinceramente, nunca entenderei por que Eleanor a arrancou de suas raízes e a obrigou a crescer no meio de lugar nenhum, com nada para fazer e ninguém para ver – ela continua. – Isso beira a negligência, se quer saber minha opinião. – Tabatha faz uma pausa para afagar meu cabelo e acrescenta, com delicadeza: – Você se parece tanto com ela. O cabelo escuro e liso, essas sobrancelhas marcantes. Eu me lembro de quando ela anunciou que estava pensando em depilar um pouco, e nossa mãe gritou para que ela não tocasse nelas. Mas os seus olhos são diferentes, verdes. Os dela eram azuis.

Assinto em silêncio, não confiando em mim mesma para falar sobre mamãe no momento.

Minha tia volta a ser ela mesma:

– Precisamos renovar seu guarda-roupa; você não está mais vivendo em Wiltshire. Mas não se preocupe com nada, poucas semanas sob minha orientação e você será o assunto mais quente da cidade. Vou garantir que seja assim. Bennet, aí está você! Pode acompanhar Ruby ao quarto dela, por favor?

Levando uma única taça de champanhe em uma bandeja de prata em uma das mãos, ele usa a outra para indicar a escada.

– Espero que você não se importe, mas eu preciso voltar para meus convidados – diz Tabatha. – Por favor, fique à vontade, querida. – Ela sorri e põe uma mão em meu ombro. – Porque é onde você está agora: em casa.

Com isso, Tabatha gira nos calcanhares e volta deslizando para a festa. Depois que Bennet me assegura de que minha mala será oportunamente levada para cima, eu o sigo para o andar seguinte, sentindo-me exausta após uma única conversa com minha tia. Conduzindo-me pelo corredor, Bennet para diante de uma das portas e a abre, revelando um quarto espaçoso e bem iluminado, de paredes brancas, tapete creme e uma cama de casal com almofadas de seda cinza simetricamente dispostas. É lindo, elegante e impessoal, o quarto de hóspedes dos sonhos.

– Seu champanhe – Bennet diz, sustentando a bandeja.

– Obrigada – digo timidamente e pego a taça.

– Há mais alguma coisa que eu possa fazer pela senhorita?

– Não, obrigada, está tudo bem.

– Muito bem – ele diz, saindo do quarto. – Vou buscar sua bagagem. Caso precise de qualquer coisa, não hesite em pedir.

Ele fecha a porta. Quando pouso a taça de champanhe na mesinha de cabeceira, ouço os sons da festa subindo lá de fora. Quando me largo na beirada da cama, as lágrimas que vinham pinicando o fundo dos meus olhos começam a rolar pelas faces.

Eu nunca me senti tão sozinha.

CAPÍTULO DOIS

– BENNET!

Levanto a cabeça de supetão ao ouvir a voz de Tabatha ecoar pela casa, na manhã seguinte. Sem nem piscar, Bennet calmamente pousa na minha frente um copo de suco de laranja recém-espremido.

Ao notar minha reação de pânico, ele diz:

– Lady Tabatha precisa de um Bloody Mary – explica, e depois sai do quarto rumo à cozinha.

Instantes depois, ouço os passos de Tabatha descendo pesadamente a escada. Quando ela aparece à soleira, preciso usar todo o meu autocontrole para não cair na gargalhada. Ela está vestindo uma camisola comprida de seda verde-sálvia, chinelos peludos e óculos de sol enormes, que quase lhe cobrem o rosto todo. O cabelo está enrolado em um modelador a frio envolto em cetim, que emoldura sua cabeça como um halo.

– Eu me sinto MORTA – ela anuncia dramaticamente, largando-se sobre uma cadeira e enterrando o rosto nas mãos. – Adoro receber, adoro mesmo, mas devo dizer que sofro pela minha arte! Onde está Bennet? BENNET! Argh! Espero que tenha dormido melhor do que eu, Ruby.

– Dormi, sim, obrigada – minto.

Eu mal preguei os olhos. Fui mantida acordada por uma mistura de saudade de casa, ansiedade e um luto absolutamente devorador.

Os travesseiros eram confortáveis, porém.

– Eu sinceramente não acho que mereça me sentir assim tão horrível. Minha cabeça está latejando e tenho náuseas – Tabatha geme, mas se endireita um pouco ao ver Bennet entrar com um Bloody Mary de aparência profissional sobre uma bandeja. – Graças a DEUS. Ruby, se algum dia você beber um copo a mais e se descobrir em uma névoa de dor e arrependimento na manhã seguinte, peça a Bennet que lhe prepare imediatamente uma das bebidas curativas de ressaca que ele faz. Ele é um gênio. Pessoalmente, gosto de Bloody Mary. O dele é o melhor de Londres, e não digo isso levianamente.

Ela pega o copo, agradecida, e dá uns golinhos antes de inspirar profundamente pelo nariz e pousar o copo.

– Já sinto a mágica acontecendo – ela insiste, escolhendo uma fatia de torrada do impressionante café da manhã que já estava servido quando eu desci, apreensiva, hoje de manhã. – Sinto que a única coisa que consigo comer é alimento básico, o que é profundamente deprimente. Espero que você tenha se servido de algo um pouco mais excitante.

– Torrada funciona bem para mim, obrigada – digo, tendo conseguido dar só umas mordiscadas.

– Bennet, não consigo entender por que me sinto assim tão mal, dado que você só serviu o vinho que selecionei pessoalmente da adega – ela diz com um suspiro intenso, enquanto o mordomo serve um copo de água gelada. – Vinho de boa qualidade, Ruby, nunca vai lhe dar ressaca. E tomar champanhe a noite toda também não. Esses são seus dois outros ensinamentos.

Quando ela geme, reprimo um sorriso.

Mamãe tinha razão quando disse que, independentemente de quanto este fosse um período difícil, pelo menos eu podia contar que lady Tabatha seria divertida, intencionalmente ou não.

– Eu me pergunto se foram os chocolates que servimos após o jantar – ela continua –, embora eu pudesse jurar que só comi dois. Dora afirmou que os preparou pessoalmente, mas quem tem tempo de fazer trufas caseiras? Para mim, elas pareciam horrivelmente semelhantes às da Charbonnel et Walker.

Ela remove momentaneamente os óculos de sol para pressionar o alto do nariz, antes de devolvê-los ao lugar e se esticar na cadeira, bebericando o Bloody Mary.

– Bem, Ruby, o que você vai vestir para a inauguração da galeria hoje? Você tem algum traje adequado ou minha irmã nunca a levou a Paris?

– Que inauguração de galeria? – pergunto, tentando dar outra mordida na torrada.

– A de Cruz Alderley, é claro! – ela exclama alto e depois estremece, a estridência da própria voz agravando a dor de cabeça. – Ele tem os pelos de nariz mais perturbadores que você jamais verá em um homem, mas um gosto refinadíssimo para arte. A galeria dele em Belgravia é um sucesso absoluto e, esta noite, ele vai inaugurar uma em Chelsea. Qualquer um que seja alguém vai comparecer, então, naturalmente, faremos uma aparição. Pensei que seria um bom modo de introduzi-la na sociedade. A revista *Tatler* vai estar lá. Quando eu contar aos editores quem você é, eles certamente a colocarão nas colunas sociais.

– Obrigada, mas não acho que eu vá – digo tranquilamente. – Eu talvez deva... me familiarizar com a região um pouco. Pensei em dar um passeio ou algo assim. Quem sabe ler um pouco.

Ela suspira.

– Sim, sua mãe me alertou sobre isso.

Franzo a testa para ela.

– Sobre o quê?

– Que, hoje em dia, você prefere a companhia de cavalos e personagens ficcionais à de seres humanos reais e que respiram – ela explica, arqueando as sobrancelhas.

Eu me remexo na cadeira.

– Isso não é verdade.

Ela descarta meu comentário com um gesto da mão.

– Faça como preferir hoje. Mas deixe-me avisá-la, Ruby: se você quer conhecer o lugar onde está morando, então perambular por aí não é o jeito certo. São as pessoas que fazem o lugar, e eu lhe garanto que a nata das mais importantes estará circulando por esta galeria de arte mais tarde, fingindo considerar comprar uma peça, quando, na realidade, estarão lá para ser vistas.

– É por isso que você vai?

– Indubitavelmente. É a única razão pela qual vou a qualquer lugar.

Sorrio, baixando o olhar para o guardanapo em meu colo.

– Obrigada por me convidar – digo. – Desculpe que eu não vá.

– Ah, você não precisa me pedir desculpas – ela insiste, dando outro gole na bebida. – Eu só pensei que seria uma boa oportunidade para você conhecer uma de suas colegas de escola antes de começar o semestre de verão, na próxima semana. Venetia Alderley, filha de Cruz, frequenta Clairmont também. Acho que ela talvez seja um pouco mais nova do que você, mas, com adolescentes, nunca se sabe. Não me leve a mal, mas, para mim, todas vocês parecem ter a mesma idade.

O pânico me sobe pela garganta.

– O que você quer dizer com "colegas de escola"? – eu guincho. – Eu… eu ainda não escolhi uma escola. Nós não conversamos sobre nada disso.

– Que tipo de guardiã eu seria se não tivesse escolhido sua escola, querida? – ela diz, parecendo perplexa. – BENNET! BENNE… Ah. Aí está você. Você se incomodaria terrivelmente em me preparar outro? Este desceu muito bem. Obrigada, obrigada.

– Tabatha – digo às pressas, inclinando-me para a frente em uma tentativa de mantê-la focada em mim. – Você não me falou nada sobre escola. O que escolheu?

– Eu queria que fosse surpresa – ela sorri e ajeita os óculos, toda cheia de si. – Consegui para você uma vaga em Clairmont Hall.

O nome soa familiar, mas não sei por quê.

Tabatha aguarda com expectativa minha reação, e, quando não digo nada, ela presume que seja porque estou chocada de gratidão.

– De nada – ela diz, rindo. – Disseram que era impossível. Só lhe falta completar um semestre do sexto período. Clairmont não vai permitir, era uma tarefa impossível! Flora me disse, na Festa da Primavera dela, que eu era francamente abusada até mesmo por tentar, mas, no fim, não foi tão difícil. Eu simplesmente disse à reitora quem você é, expliquei sua situação e, depois que ela entrou em contato com sua antiga escola, aceitou-a em Clairmont. Você começa na segunda-feira.

– O que… o que é Clairmont Hall? – gaguejo.

– Clairmont Hall, Ruby Diana Carter, é a escola mais elitizada e prestigiosa do país – Tabatha rebate. – Não apenas eu frequentei, assim como seu tio e seus avós, mas sua mãe estudou em Clairmont também, e o fato de ela ter escondido isso de você é uma desgraça absoluta. – Ela levanta os olhos para Bennet, que entra de volta a passos rápidos com a nova bebida. – Espero realmente que haja uma boa dose de vodca aqui, Bennet. Sinto aquela enxaqueca voltando com força total, pelo estresse de minha sobrinha, sangue do meu sangue, não conhecer Clairmont Hall.

– Minha mãe estudou nessa escola? – pergunto, espantada. – Ela nunca falou a respeito. Ela sabia que você ia me mandar para lá?

– Contei que esse era meu plano. Para ser sincera, ela não ficou tão entusiasmada com a ideia quanto eu esperava. Ela disse que, se eu não fosse considerar outras escolas, deveria arranjar um professor particular para concluir o ano. Sei que ela só quis poupá-la da decepção, já que era improvável que você entrasse. Ruby, Clairmont é a única escola que conta. Se você não conseguisse uma vaga, de nada teria adiantado sua vinda para Londres. Onde você pensa que a nobreza estuda?

– A princesa Caroline estuda lá – digo, quando caio em mim sobre onde ouvi o nome da escola antes. – A princesa Caroline não tem a mesma idade que eu?

– Conforme já mencionei, adolescentes se fundem em uma coisa única, para mim; não sei ao certo – Tabatha diz, antes de virar a bebida.

– Isso significa que eu estaria no mesmo ano que a herdeira do trono – murmuro, tentando digerir a ideia. – Isso é... uau.

– Era isso que eu temia, Bennet – Tabatha diz a ele, balançando o dedo na minha direção. – Eleanor não ensinou nada a ela. Que irresponsável. Temos muito trabalho a fazer. Esta conversa drenou a pouca energia que eu tinha em reserva, na manhã de hoje, então vou me recolher para uma soneca, antes da inauguração da galeria.

Levando junto o Bloody Mary, ela valsa até a porta, a camisola enfunando-se atrás como a capa de um super-herói.

– Tabatha – digo, levando-a a parar à soleira e se virar para olhar para mim –, minha mãe... ela gostava de Clairmont?

– Se ela gostava? Ela amava. Era a segunda casa dela.

– E como ela era? – pergunto, ansiosa, faminta por tanta informação sobre ela quanto possível. – Quero dizer, quando ela frequentava a escola?

Tabatha inspira profundamente e exibe um amplo sorriso.

– Ela era decididamente indomável – ela ri ao sair do quarto. – Você não a reconheceria.

* * *

Alguns dias depois, alguém bate à porta do meu quarto.

– Entre – digo em voz alta, desviando o olhar do livro.

Tabatha marcha para dentro, usando um vestido amarelo berrante, saltos altos e chapéu de abas largas.

– Você está bonita – comento, minha garganta coçando por causa do perfume que ela passou. – Espero que se divirta na festa. Qual é mesmo a de hoje?

– Festa da Primavera de lorde e lady Walter. – Ela avança a passos firmes para o espelho de corpo inteiro no canto do quarto, para conferir a aparência. – Eles dão essa festa todo ano, para competir com a festa anual de primavera de Flora. Lorde Walter é membro do parlamento, então nunca acredito em uma palavra do que ele diz, mas a esposa é encantadora e muito meiga. É de se perguntar por que ela se casou com ele. Suponho que ele valesse uma fortuna na época. Tem havido rumores sobre essa fortuna estar minguando.

Após ajeitar minimamente o chapéu, ela gira e me olha nos olhos.

– Você deveria me acompanhar à Festa da Primavera hoje, Ruby. Você passou a semana toda enfurnada em casa. Desde que chegou a Londres, mal saiu do quarto. Não acha que deveria ter um pouco de interação humana? Você só conversou comigo, durante todo esse tempo.

– Não é verdade. Eu conversei com Bennet – observo debilmente. – Precisei de tempo para me instalar. Tudo é diferente aqui.

Isso é uma sub-representação da realidade. Meu mundo inteiro virou de ponta-cabeça.

Eu cresci em um pequeno vilarejo onde todo mundo conhece todo mundo. No início das manhãs, caminhava até os estábulos locais com mamãe e andava pelas trilhas da floresta, antes que o dia começasse. Fora da escola, eu a ajudava na loja, abastecia as prateleiras com os fones nos ouvidos, enquanto ela atendia os clientes. Antes que mamãe adoecesse, eu saía bastante com amigos, íamos ao cinema do centrinho, que exibia apenas um filme, ou sucesso de bilheteria ou clássico antigo, que víamos conversando e nos entupindo de pipoca. Aos domingos, mamãe e eu saíamos para um café da manhã tardio (ela era péssima cozinheira e raramente se importava com isso), antes de ajudar nos estábulos, caso estivessem com falta de mão de obra. Foi dela que puxei meu amor pelos cavalos. Não é que eu fosse uma caipira sem conexão com o mundo, mas a vida na zona rural de Wiltshire era bem segura e previsível.

Sinto tanta saudade de mamãe que, se penso nela por muito tempo, minha garganta se fecha e sinto que não consigo respirar. Eu sabia que a hora estava chegando (nós duas sabíamos), mas preparar-se para dizer adeus não torna a despedida mais fácil. Ela disse que estava tudo bem se eu não me sentisse forte o tempo todo, e que eu teria muitos dias ruins antes que houvesse dias bons.

Às vezes, eu me pergunto se haverá algum, de fato.

– Você merece um pouco de diversão, Ruby – Tabatha insiste, os olhos azuis faiscando maliciosamente para mim. – Venha comigo à Festa da Primavera. As recepções dos Walters são sempre um espetáculo, e você sabe que o filho deles, Jonty, estuda em Clairmont. Ele é extremamente cobiçado e absolutamente lindo, embora eu tema que você não deva nutrir grandes esperanças, porque ele é gay e, segundo boatos, está saindo com um belo DJ francês chamado Guillaume. Mas não se desespere, há uma abundância de outros potenciais namorados nesse tipo de evento. O que me diz?

– Obrigada, Tabatha, agradeço o convite, mas prefiro...

– Prefere se esconder do mundo e de todo mundo que há nele – ela conclui por mim, em um tom de voz diferente do de antes. A suavidade me pega de surpresa.

Ela contorna a cama e vem se sentar na beirada, pousa as mãos no colo. Parece estar reunindo coragem para dizer alguma coisa.

– Olha, eu sei que isto não tem sido... fácil para você – ela começa, e tenho a sensação de que, se não tivesse aplicado tanto Botox recentemente e conseguisse mexer o rosto, suas sobrancelhas estariam unidas de seriedade. – É muita mudança. Você está em um lugar novo, com gente nova. É claro que é esmagador. E sei que não sou talhada para nenhum estilo... maternal. Não vou insultar nenhuma de nós tentando isso. Mas eu gostaria que fôssemos amigas.

Sorrio para ela, comovida pelo esforço que faz para conversar comigo tão a sério assim. Ela me parece alguém que não é propriamente fã de conversas sobre sentimentos reais, mas está me oferecendo um vislumbre da pessoa que existe por trás da imagem social habilmente construída, e fico grata por isso.

– Eu também gostaria – digo.

– Ótimo. – Ela hesita. – Eu, por acaso, sei que é tentador trancar-se depois que uma coisa ruim aconteceu. É uma das maiores crueldades da vida: o resto do mundo seguindo adiante como se nada tivesse acontecido, enquanto o nosso mundo implodiu totalmente.

Minha visão fica turva e pisco para afastar as lágrimas.

– Mas não melhora as coisas ficar sentada no quarto com esses livros, fazendo todo o possível para sumir – ela continua, delicadamente. – Eleanor jamais teria querido isso. Se quisesse, certamente não teria despachado você para mim.

Ofereço-lhe um sorriso fraco.

– Cada um vive o luto à própria maneira, e você tem todo o direito de me enxotar daqui para poder voltar a descobrir que o culpado é o mordomo – ela diz, indicando o livro que tenho em mãos. – Mas, se você quer arriscar sair para uma atividade social enquanto carrega esse peso no coração, hoje é uma excelente oportunidade de fazer uma tentativa. Que melhor modo de passar uma tarde do que tomando uma bebida borbulhante de outra pessoa, enquanto ouve jazz ao vivo e se informa sobre o último drama de Chelsea? Apesar de a festa ser dada por um político, a lista de convidados costuma ser mais impressionante do que você esperaria. Talvez lhe faça bem vir junto e conhecer umas pessoas interessantes.

– Você provavelmente tem razão. – Suspiro e espio a foto de mamãe emoldurada na mesa de cabeceira. – Sair de casa pode ser uma boa ideia.

– Isto é um "sim"?

Confirmo, um tanto apreensiva.

– Esplêndido! – Ela salta da cama e bate palmas. – Fique aí sentadinha. Vou chamar Bennet e vamos escolher alguma coisa para você vestir. Tenho uma ideia sobre qual traje pode funcionar para você hoje, mas Bennet é muito melhor quanto a saber onde cada coisa está.

– Estou certa de que tenho alguma coisa.

– Não, temo que não tenha – ela garante, inclinando a cabeça simpaticamente para mim. – Eu já dei uma boa olhada em todas as suas roupas e estou absolutamente segura de que você não tem rigorosamente nada adequado para esse tipo de ocasião. Deixe comigo!

– Quando foi que você olhou minhas roupas? – pergunto, pasma, enquanto ela me ignora e sai do quarto.

– BENNET! – eu a ouço chamar, no corredor. – Preciso que você me ajude a encontrar aquele Chanel, você sabe, o que tem flores bordadas, e vamos precisar de sapatos e uma bolsa para combinar. Cinderela vai ao baile, afinal!

CAPÍTULO TRÊS

Este ano, a inspiração para o tema da Festa da Primavera de lorde e lady Walter é, como Tabatha me conta no caminho para lá, *Sonho de uma Noite de Verão*, de William Shakespeare.

– Lady Walter me contou que adotou um conceito floral exuberante, o que, ironicamente, é exatamente o mesmo tema que Flora usou na Festa da Primavera dela, mais cedo este ano – Tabatha disse, já no carro, sarcástica, a caminho da casa deles. – Flora revestiu a fachada da casa dela com uma parede de rosas cor-de-rosa. Foi um conceito maravilhoso. Vamos ver se lady Walter consegue superá-la.

Chegamos à residência dos Walters e eu diria que ela não se saiu mal. Uma extraordinária passarela floral fora construída em forma de túnel, completada por paredes e teto arqueados de flores silvestres coloridas, com camadas de pétalas espalhadas pelo chão ao longo de todo o caminho que contorna a casa grandiosa rumo ao jardim. Quando emergimos do túnel, somos recebidas pela vista espetacular de um dossel de lâmpadas presas como grinalda sobre o jardim aberto; pontilhando o espaço, há várias grandes fontes enfeitadas com hera pendente e bailarinas vestidas de fadas, que dançam na água de cada uma.

Convidados usando roupas exclusivas circulam ao redor dos arranjos de flores extravagantes, que medem pelo menos um metro e oitenta de altura, e, em grande medida, ignoram as dançarinas nas fontes e a banda de jazz no fundo do jardim, gesticulando com taças de champanhe e jogando conversa fora como se este ambiente de inacreditável opulência fosse a norma. Pensei que Tabatha havia mencionado rumores sobre a fortuna do anfitrião estar minguando, mas, após uma rápida espiada nesta festa, fica claro que eles estão bem longe disso.

Estou tão bestificada que Tabatha precisa me cutucar e observar que estou ignorando grosseiramente o homem com coroa de flores e uma luxuosa fantasia feérica branca e dourada, que está tentando me oferecer uma bebida.

– Obrigada – digo com voz sumida, aceitando o copo e, depois, hesitando ao examinar o líquido. – Ah... Acho que tem umas coisinhas aqui dentro.

Com uma risada forçada, Tabatha agarra meu punho e me empurra para longe do garçom feérico antes que ele possa me responder.

– Isto não são "coisinhas", Ruby, são flocos de ouro – ela sibila, chocada. – Olha, a partir de agora, talvez seja melhor você me consultar antes de dizer qualquer coisa para qualquer pessoa.

– Não vai ser um pouco estranho se eu precisar pedir sua permissão antes de falar? – comento, ainda olhando para dentro do copo.

– Será que você pode parar de olhar como se nunca tivesse visto uma bebida antes? – ela retruca, antes de abrir um largo sorriso quando um homem de cabelos claros, usando um paletó azul-marinho, e uma mulher, com um deslumbrante vestido-capa branco e adornos prateados, se aproximam para nos dar as boas-vindas à festa.

Lady Tabatha me apresenta aos nossos anfitriões, lorde e lady Walter. Se, por um lado, lady Walter diz quanto lamenta saber sobre minha mãe, lorde Walter parece quase chocado com a minha presença e arregala os olhos enquanto me analisa. Por fim, depois de um sinal da esposa, ele pigarreia e admite que a coisa toda é "um assunto terrível".

Não levo a falta de jeito dele para o lado pessoal. Aprendi que, quando morre alguém que você ama, as pessoas não sabem como agir com você. Não me surpreendo quando lorde Walter diz à esposa, abruptamente, que eles precisam ir cumprimentar o casal atrás de nós, que acaba de chegar; sei que ele está tentando fugir da conversa incômoda, então rapidamente dou um passo para o lado e abro passagem para ele.

– Humm. Menos convidados do que no ano passado. Estranho. Ah, perfeito, ali está Freddie. Os pais dele são o visconde e a viscondessa Culbeth – Tabatha me diz, agitando sedutoramente os dedos para um homem do outro lado, como se esses nomes devessem significar alguma coisa para mim. – Vamos dar um oi; e pare de se remexer no vestido, Ruby. Você parece estar com pulgas.

Paro de ajeitar o decote e baixo a mão.

– Desculpe, não estou acostumada a este estilo – murmuro, pressionando as mãos contra o estômago. – Tem certeza de que minha aparência está boa? Não sei se consigo fazer isso.

– Você consegue, sim, senhora – Tabatha diz sem rodeios, sorrindo educadamente ao recusar os canapés de caviar oferecidos por uma fada alada que vem passando. – Você acha que eu permitiria que você fosse vista em uma festa comigo se estivesse com má aparência? Não. Se algo não lhe cair bem, vou me certificar de informá-la disso, pode ter certeza. O que, aliás, é a razão pela qual joguei fora aquela sua malha de tricô horrorosa. Se quiser vestir qualquer coisa "cáqui", pode ir procurar outro lugar para morar.

– Você anda jogando fora as minhas roupas? – pergunto, incrédula, mas ela não me responde, porque Freddie e os acompanhantes dele estão vindo em nossa direção.

Fixo um sorriso no rosto quando ela me apresenta ao grupo que nos cerca. Não me recordo do nome de nenhum deles (nem dos títulos, se é que eles têm algum), mas todos me oferecem olhares hipersimpáticos e contam quanto lamentaram saber do falecimento da minha mãe. Depois de concordarem que lorde e lady Walter fizeram um trabalho extraordinário no planejamento da festa, a conversa avança e, apesar de no começo eu tentar acompanhar o papo sobre as mais recentes fofocas da alta sociedade, logo percebo que não dou conta.

Em dada altura, a mulher parada ao meu lado, que acho que Tabatha me apresentou como sendo "a melhor atriz de teatro de sua geração", vira-se para mim enquanto estou dando um golinho na bebida e diz:

– Sua mãe era tão divertida, eu a adorava. Estou correta ao pensar que ela saiu de Londres com um bombeiro casado? Espero realmente que as consequências disso não tenham sido tumultuosas demais.

Eu engasgo e chego perigosamente perto de cuspir flocos de ouro no vestido dela todinho.

– Meu Deus, Ruby, você está bem? – Tabatha pergunta, quando a mulher ao meu lado se encolhe.

Asseguro a ela que estou bem, mas não tenho a chance de corrigir a atriz. Quando, por fim, me desengasgo, ela já se afastou do nosso grupo para ir conversar com outra pessoa.

– Ela achou que mamãe fugiu com um bombeiro casado – conto para Tabatha, quando consigo. – Por que ela pensa uma coisa dessas?

Ela dá de ombros.

– Há muitos boatos sobre a sua mãe nesses círculos. Esse é até suave em comparação às histórias que eu ouvi.

– O quê? Tabatha, isso é horrível!

– Não fique assim, querida, não é nada pessoal – ela diz, de ânimo leve. – Você está se misturando ao *crème de la crème* da sociedade londrina. Se essas pessoas não falam sobre você, você está fazendo alguma coisa errada. Sua mãe virou as costas e partiu sem dizer uma palavra. É claro que as pessoas vão comentar! Eu acho que ela gostava do fato de a partida dela ser cercada de mistério. Ela nunca se explicou para ninguém, nem mesmo para mim.

Noto certo tom de amargura na voz dela.

– Ela nunca explicou para mim também – resmungo, impaciente –, mas não acho que isso justifique...

– Oh, céus – Tabatha interrompe em voz baixa, os olhos se estreitando ao ver alguém por cima do meu ombro. – É Talia. Argh.

– Quem é Talia? – pergunto, olhando para trás e vendo uma mulher esbelta, de cabelos ruivos sedosos e vestido vermelho brilhante, os punhos repletos de caríssimas pulseiras de ouro.

– Nós frequentamos Clairmont juntas. Ela passou a vida tentando me superar, o que, na minha opinião, é patético. Ela é uma víbora disfarçada de Dior. – Tally-Tots, querida!

Talia se materializa ao meu lado e está agora trocando beijinhos aéreos com Tabatha.

– Permita-me apresentar minha sobrinha, Ruby Carter – Tabatha diz, e Talia oferece também a mim beijinhos no ar. – Ruby, esta é minha querida amiga Talia.

– Prazer, querida – Talia me diz com voz suave e macia. – Tabby, você está muito bonita. Seu vestido é um desbunde. Muito parecido com o que usei na Festa da Primavera de Flora. Eu lembro que você gostou dele. E agora você está radiante em um igual.

O sorriso de Tabatha diminui um pouco.

– Eu me lembro de seu vestido ser bem diferente deste, Tally-Tots.

– É idêntico, Tabby. Que envaidecedor ter o privilégio de inspirar suas escolhas de roupa! Enfim, precisamos marcar um jantarzinho, temos tanto para nos atualizar! Quem sabe conseguimos uma data depois do baile em preto e branco de lorde Berry.

O rosto de Tabatha cai. Talia percebe e seus olhos faíscam de triunfo, enquanto ela toma ar ruidosamente.

– Ah, Tabby, não me diga que você não recebeu um convite?

– Claro que recebi – Tabatha diz às pressas, as faces ficando coradas. – Simplesmente não poderei comparecer.

– Não se abale, querida – Talia diz, inclinando a cabeça. – Você sabe como essas coisas são exclusivas. Sempre existe o ano seguinte. Ah, lá está Genevieve. Preciso ir cumprimentá-la. Adorei conhecê-la, Ruby; e, Tabby, vou entrar em contato para marcar um jantar com você assim que minha agenda se acalmar um pouco.

Com um sorriso radiante, ela se afasta quase bailando. Tabatha pressiona os lábios com tanta força que eles praticamente desaparecem. Ela inspira fundo pelo nariz.

– Você está bem? – pergunto.

Ela vira o resto da bebida.

– Nunca estive melhor. Ruby, é da mais absoluta importância que conversemos com o maior número possível de pessoas aqui nesta festa. De jeito nenhum vou permitir que Talia tenha mais interações sociais do que eu. Esta noite, vamos garantir um convite que arranque aquele sorriso presunçoso daquela cara cirurgicamente esculpida dela!

– Que convite?

– Ainda não sei, mas precisa haver algum. Vem, não temos tempo a perder.

Avaliando a multidão, ela identifica o primeiro alvo. Sou apresentada à designer de moda Marie e, depois dela, conversamos com Carlos, proprietário de um hotel de luxo, antes de avançarmos para falar com um grupo de socialites aristocráticas, então um cirurgião plástico, um empreendedor e um banqueiro, seguidos por um casal que Tabatha insiste serem as pessoas a procurar se eu algum dia tiver interesse no potencial dos dentes-de-leão.

– Eles vão ser ENORMES este ano – uma metade do casal me informa. – Observe este lugar.

Preciso de uma pausa. Tenho certeza de que Tabatha está absorta demais na festa para notar minha ausência de poucos minutos, e todo esse sorrir e fingir estar impressionada com pessoas que só se interessam em falar de si mesmas está se tornando exaustivo. Esgueirando-me pela multidão, abro caminho pelo jardim repleto de flores, evitando convidados e fadas. Quando me aproximo da casa, bato acidentalmente no ombro de alguém, que derrama a bebida no smoking todo. Ambos arfamos em coro.

– Eu sinto muito! – digo, fazendo careta enquanto ele espana o líquido com a mão.

– Está tudo bem – ele rebate, encarando-me de um jeito que deixa claro que nada está bem.

Ele é alto, tem a minha idade, acho, ombros largos, cabelo castanho bagunçado, queixo bem definido e lábios cheios, que se projetam naturalmente formando um biquinho. Sua boa aparência só se equipara à expressão furiosa que exibe no momento, graças a mim.

– Eu não queria... – começo, mas sou interrompida por um amigo dele, que surge a seu lado e lhe dá um tapinha nas costas.

– Por que parou aqui, Xav? Eu falei: força total adiante, até o bar na outra ponta do jardim. É lá que estou servindo a coisa fina.

– Fui emboscado – ele explica, os olhos escuros cintilando para mim de irritação.

O amigo repara em mim, parada ali, envergonhada. Mais baixo que o amigo, cabelos curtos tingidos de loiro platinado, olhos cor de avelã, ele veste uma jaqueta verde-esmeralda, camisa branca e gravata azul de bolinhas. Pode não ser tão ridiculamente lindo como "Xav", mas é bonito e exala, sem esforço, estilo e riqueza, um Jay Gatsby adolescente.

– Acho que não fomos apresentados – ele diz, estendendo a mão. – Permita que eu me apresente: Jonty Walter.

Jonty Walter, cujos pais estão dando esta festa. Outro aluno da famosa Clairmont. Estico o braço na frente do amigo dele e aperto sua mão.

– Ruby.

– É um prazer. E este rapaz aqui, vestindo a própria bebida graças a você, é Xavier.

– Certo, lamento que...

– Agora, quem diabos deixou você entrar? – Jonty interrompe.

Ruborizo furiosamente e me atrapalho com as palavras ao balbuciar algo sobre minha tia, até perceber que ele não estava falando comigo: tinha visto alguém atrás de mim e, rindo às gargalhadas da própria piada, passa pela minha insignificância e vai cumprimentar quem chegou. Xavier notou minha reação. Ele sufoca um sorriso, e o canto de sua boca estremece.

Envergonhada, olho para ele, zangada, e nem me dou ao trabalho de pedir licença antes de sair andando.

É óbvio que Jonty e Xavier são exatamente o que eu temia que os outros alunos de Clairmont Hall pudessem ser: nobres titulados, rudes e arrogantes.

Espreitando os fundos da festa, estico o pescoço para tentar encontrar um canto tranquilo no qual possa me esconder, mas a festa está ficando mais barulhenta e agitada. Quando um membro da equipe de serviço deixa a porta da casa aberta, eu me esgueiro para dentro, planejando me esconder só por um instante, para recuperar as forças antes de precisar encarar essa multidão de novo.

Nenhuma das pessoas trabalhando ali repara em mim quando entro pela porta e passo por elas, ocupadas na cozinha. Faço tudo o que posso para agir como se soubesse exatamente aonde estou indo, como se fosse amiga íntima da família, de modo que, se me virem, vão supor que tenho permissão para estar dentro da casa. A cozinha é tão grande e tem tanta gente andando de um lado a outro que consigo atravessá-la toda e chegar ao corredor sem que ninguém me lance sequer um segundo olhar. Quando ouço vozes vindo da escada na outra extremidade do corredor, eu me enfio pela primeira porta que encontro e me vejo em uma sala de estar.

Parece uma fotografia em uma revista de decoração de interiores; está tão perfeitamente arrumada que é como se ninguém morasse aqui. Três sofás elegantes emolduram o grande tapete persa disposto em frente à lareira, e, no fundo da sala, junto à janela, há um piano de cauda. Há porta-retratos em todas as mesas laterais e prateleiras. O silêncio da sala é quebrado pelo tique-taque de um relógio antigo, apoiado na estrutura da lareira.

Suspiro, apoiada contra a porta.

A culpa me domina por ter invadido o espaço particular da família. Eu me convenço de que será apenas por uns poucos minutos e depois sairei de novo. Vou sentar em um dos sofás e rapidamente me dou conta de que estes não são sofás nos quais você pode se aconchegar. São duros e desconfortáveis, e eu me pergunto se alguém já se sentou neles antes. É difícil imaginar uma família relaxando aqui. Com todas essas fotos por todo lado (algumas em preto e branco), parece mais um santuário ao passado e ao presente da família.

Observando as fotografias, de repente vejo um rosto familiar.

Endireito-me e pego o porta-retratos, trazendo-o para mais perto, para examinar direito.

– Mamãe – murmuro, encarando o sorriso que ela me lança de volta.

Ela está diferente. É muito jovem aqui, tem talvez a minha idade, mas decididamente é ela. É uma foto em grupo, tirada em uma casa que não reconheço, e ela está ao lado de um lorde Walter jovem e mais dois amigos que não conheço, um rapaz e uma moça. Respirando com dificuldade, aperto o retrato, meu coração batendo alto no peito. Nunca vi esta foto antes. Ela parece tão feliz. Está, de fato, rindo para a câmera.

Depois de encará-la por algum tempo, minha respiração embaçando o vidro, devolvo a foto ao lugar com todo o cuidado e me levanto para ver as demais pela sala, na esperança de encontrar outras de mamãe, e acabo descobrindo várias.

Ela e lorde Walter devem ter sido bons amigos, penso. Eles estão juntos em todas as fotos, junto com o outro rapaz e a moça. Eu me pergunto quem eles...

A porta da sala se abre e dou um pulo, rapidamente recolocando na mesa a foto que vinha segurando. É lady Walter, que me encara de olhos arregalados.

Ela põe a mão no peito.

– Você me assustou.

– Sinto muito! – digo, e meu rosto cora. – Eu só... eu precisava de um pouco de espaço e eu... Desculpe-me. Eu não deveria estar dentro da sua casa. Estou saindo.

Ela descarta meu pedido de desculpas com um aceno de mão.

– Você não precisa explicar – ela diz, aproximando-se. – Eu também tive de dar uma escapadinha. Às vezes, acho festas um pouco opressivas e preciso de um ou dois momentos a sós, para recuperar o fôlego. Nunca fui boa com grandes aglomerações, mas, se você mostra qualquer traço de vulnerabilidade aos abutres lá fora, eles começam a espalhar rumores antes que você tenha a chance de explicar pessoalmente.

É difícil imaginar lady Walter tendo qualquer tipo de vulnerabilidade. Ela parece tão serena e sofisticada, com uma pele impecável e batom fosco cor de ameixa, o cabelo loiro cacheado caindo sobre os ombros e as curvas do corpo realçadas pelo vestido-capa cintilante. Ela me lembra um pouco um elfo de *O Senhor dos anéis*.

Ela combina com o tema da festa à qual estava indo: etérea.

– Mesmo assim, sinto muito – repito, sem jeito. – Eu só queria entrar um instante, mas me distraí com as fotografias.

– Há muitas, aqui – ele diz, cansada. – Meu marido decidiu transformar a sala em um santuário de seu período áureo. Fotografias de uma época em que ele tinha bem poucas responsabilidades e *muita* diversão, antes de ter uma carreira política. Ele insistiu em imprimir e emoldurar todas, uma arte um tanto perdida. Jonty acha esta sala constrangedora.

Aponto para a fotografia que pousei quando ela chegou.

– Minha mãe... – minha voz some.

Ela assente, posta-se às minhas costas e por cima do meu ombro observa a imagem.

– Sim, ela está em algumas. Eles estudaram juntos e todos continuaram muito bons amigos depois, por um longo período, até... bem, até que a vida interferisse, suponho.

– Eu não sabia que ela era tão amiga do seu marido – admito, pegando de novo a primeira fotografia. Relembro a reação chocada dele, quase nervosa, à minha chegada à festa, e me pergunto se é porque dizem que sou muito parecida com ela.

– Sim, eles formavam um grupo bem unido, na escola. Sempre juntos. – Ela faz uma pausa. – Sabe, quando conheci sua mãe, tive ciúme dela.

Eu me viro, surpresa.

– Mesmo? Por quê?

– Porque ela era bonita, divertida e autoconfiante – ela diz, admirando a foto em minha mão. – Estou totalmente convencida de que todos os meninos do grupo foram apaixonados por ela em algum momento. Para alguém tão autoconsciente, era intimidador estar na companhia dela.

Engulo o nó que se forma na minha garganta.

– Eu nem sabia que ela havia frequentado Clairmont Hall, até minha tia me contar, esta semana. Ela nunca conversou comigo sobre nenhuma dessas pessoas. – Aponto para os rostos sorridentes na foto. – Eles parecem ter sido tão bons amigos. Por que ela nunca me contou sobre a vida que levava aqui em Londres?

– Talvez ela sentisse que havia deixado aquela época para trás – lady Walter diz gentilmente, pegando o porta-retratos e o pondo de volta no lugar. – Quando você tem um filho, aquela pessoinha se torna sua vida inteira; confie em mim, eu sou mãe. Talvez Eleanor sentisse que os dias anteriores a você não tinham muita importância.

Dou de ombros.

– Às vezes, penso que meu marido está preso no passado – ela continua, observando-me cautelosamente –, agarrado a seus dias de glória. Eleanor seguiu em frente.

– Mamãe nunca pareceu impressionada por... nobreza e títulos – murmuro. – No entanto, ela pelo visto vivia bem no meio disso tudo, antes que eu nascesse. – Hesito antes de acrescentar, taciturna: – Talvez eu tenha arruinado essa vida social incrível que ela tinha.

– Ah, eu diria que isso é altamente improvável. Ruby, sua mãe não era uma pessoa que considerava amigos com títulos e propriedades como algo do que se gabar, ela nasceu neste mundo e ficava totalmente à vontade com as pessoas dele. Todas essas coisas eram uma segunda natureza, para alguém como Eleanor. Ela não dava a menor importância a quem era quem, apenas se a impressionavam como pessoas. – Lady Walter faz uma pausa e suspira profundamente, sorrindo para minha mãe. – Ela não tinha medo de nada nem de ninguém. Eu a invejava pela confiança ou, no mínimo, pela aparência de confiança.

– A senhora a conheceu bem? Eram amigas? – pergunto, ansiosa.

– Não realmente, não, mas não porque não gostássemos uma da outra. Você precisa entender que, quando esses amigos estavam reunidos – ela aponta para a foto –, era como se não houvesse mais ninguém ali. O resto do mundo era excluído do grupinho deles. Isso dificultava as coisas para os recém-chegados, mas você tinha de admirar aquele nível de amizade. Ninguém os conhecia como eles conheciam um ao outro.

– A senhora não estudou em Clairmont?

– Não. Conheci meu marido quando estávamos juntos na universidade. – Ela faz uma pausa e me observa com curiosidade. – Todos nós ficamos bastante surpresos quando lady Tabatha nos contou que você viria morar com ela. Sua mãe não teve muito contato com ela, nem com nenhum de nós, nos últimos anos. Perdoe-me, mas pareceu um pouco inesperado que Tabatha fosse escolhida como sua guardiã. Se não se importa que eu pergunte, seu pai nunca foi considerado?

– Eu não sei quem é meu pai. Mamãe nunca me contou.

– É mesmo? – ela diz, sem inflexão na voz. – Que interessante.

Ela olha de novo para a fotografia de mamãe cercada dos amigos de escola. Por uma fração de segundo, a preocupação cruza seu rosto, antes que ela exiba um sorriso fixo. Então, a porta se abre de repente e Jonty entra. Quando ele me vê, franze a testa.

– Desculpem interromper. Papai está à sua procura – ele diz à mãe, afastando os olhos de mim e focando-os nela.

– Você não está interrompendo. Encontrei Ruby aqui e estamos conversando um pouco – lady Walter responde. – Ruby, foi um prazer conversar com você. Espero que você se ajuste bem à vida em Londres e venha outra vez com lady Tabatha, quando for conveniente. Tomaremos chá.

Ela sorri educadamente para mim antes de partir, dando no filho um tapinha carinhoso no ombro, ao sair da sala. Jonty se demora à porta, observando-me. Pigarreio e avanço para segui-la para fora, mas Jonty se põe no caminho.

– O que você estava fazendo aqui? – ele pergunta abruptamente.

Pisco, sem entender.

– Estava conversando com a sua mãe.

– Quero dizer antes disso – ele esclarece, e afrouxa a gola da camisa. – Xavier e eu trombamos com você enquanto você estava vindo na direção da casa. Minha mãe só veio depois. Você estava procurando alguma coisa? Foi por isso que estava xeretando?

– Não! Eu não estava xeretando. Eu precisava ficar um instante longe da multidão.

Sustento seu olhar, decidida a não ser intimidada por ele. A mandíbula dele se tensiona e há preocupação em seu olhar.

– Muito bem. Deixe-me acompanhá-la de volta à festa – ele por fim oferece, friamente.

– Não há necessidade. Eu estava de saída.

Com um último olhar de escrutínio, Jonty se afasta para o lado e eu passo marchando por ele, de volta através da cozinha e para o ar fresco lá fora. Mal escapando de um encontrão com uma fada, percorro apressada o túnel de flores e saio pela entrada de carros, soltando um suspiro de alívio. Vou para casa a pé e não me importa quanto tempo leve. Preciso de algum tempo sozinha.

Minha cabeça está girando.

Por que lady Walter olhou tão intensamente para a foto de mamãe com os amigos de Clairmont dela, após perguntar sobre meu pai? *Será que ela pensa que meu pai poderia ser um deles?*

Seria *isso* o motivo para minha mãe ter saído de Londres? Talvez um dos amigos próximos de mamãe a tenha engravidado, mas isso era por alguma razão escandaloso. Talvez eles fossem casados ou noivos de outras pessoas e ela não pôde suportar a ideia de os abutres mergulharem em um surto de voracidade quando descobrissem quem era o pai da criança. Embora, se esse fosse o caso, por que ela me mandaria de volta para cá, para morar com Tabatha?

Por que havia tanta coisa de sua vida anterior que ela escondeu de mim?

Talvez ela tenha me enviado a Londres na esperança de que eu encontrasse meu pai.

Sentindo-me zonza, paro e me apoio em um poste de luz. Fecho os olhos e imploro a mim mesma para não chorar em público, mas uma lágrima escapa e rola pela minha face.

Disseram-me que raiva é uma emoção natural quando se está de luto. É esperado que você tenha raiva diante da injustiça de tudo, raiva da doença agressiva, raiva do resto do mundo. Mas eu não esperava sentir raiva da minha mãe. Está se tornando claro que ela me manteve no escuro sobre uma grande parte de sua vida. Nunca conheci meu pai, mas ao menos sempre tive mamãe.

Agora, não estou segura de sequer saber quem ela era.

CAPÍTULO QUATRO

Em Clairmont Hall, espera-se que você preserve a reputação da escola durante o tempo todo, quer esteja nos limites da propriedade, quer esteja fora deles. Eu sei disso porque é a fala de abertura da diretora, quando me sento no escritório dela no meu primeiro dia, acompanhado de um olhar tão severo que me dá calafrios.

– Vi seu histórico na sua escola anterior – ela continua, olhando para a tela do grande monitor curvo, uma peça de alta tecnologia que não combina com o mogno antigo da mesa em que está apoiado.

Eu me endireito na cadeira, sabendo que minhas notas sempre foram boas.

– Há espaço para melhorar – ela afirma.

Eu murcho e afundo de volta na cadeira.

No instante em que pus os olhos na diretora de Clairmont, senhorita Newton, soube que deveria levá-la a sério. Alta, esguia e impecavelmente vestida com uma calça azul-marinho de alfaiataria e uma camisa creme de seda, ela está com o cabelo castanho puxado para trás, preso em um coque, sem um fio fora do lugar. Não exibiu nada nem remotamente parecido com um sorriso, desde que abriu a porta para me dizer para entrar. Está perfeitamente claro que ela poderia comandar todo um conselho administrativo com facilidade e destruir qualquer um que tentasse enganá-la com qualquer bobagem; a diretora perfeita, imagino eu, para uma escola como Clairmont Hall, onde duvido que os pais tolerassem decepções. Em resumo, a senhorita Newton é o tipo de pessoa em quem um rei confiaria para dar à filha uma educação de primeira linha.

– Compreendo que é um movimento difícil para você, mudar de escola no último semestre do sexto período, mas fique tranquila, que seus professores vão colocá-la em forma para tirar notas dez – ela diz. – Quais as suas atividades extracurriculares?

– É… eu gosto de ler – digo humildemente.

Ela aguarda, expectante, mas eu cheguei ao fim da lista.

– Mais alguma coisa? – ela inquire, mas a inflexão não sobe no fim da sentença, então não soa como uma pergunta, e sim como uma instrução.

– Eu vou bem em esportes – admito por fim. – Sou bem boa em tênis e fiz um pouco de canto. Participei do coral da minha escola antiga por um curto período, e gosto de montar a cavalo. Apesar de que não tenho tido muita oportunidade de fazer isso recentemente, aqui em Londres. Então suponho que meu principal ponto forte tenha sempre sido… livros.

Ela recosta, pousa os cotovelos no apoio para braços da cadeira e une as pontas dos dedos, observando-me intensamente.

– Você sabia que uma de nossas ex-alunas venceu o Booker Prize do ano passado? – pergunta.

– Não – confesso, impressionada. – Uau. Isso é incrível.

– Ela escreveu o livro durante seu tempo livre, sobre seu trabalho como uma das diretoras-executivas da Agência Espacial do Reino Unido.

– Agência Espacial do Reino Unido – eu repito, perplexa. – Quer dizer…

Aponto o dedo para cima.

– Quer dizer a agência governamental responsável pelo programa espacial do Reino Unido, sim – ela diz secamente.

– Ela escreveu um livro sobre esse trabalho. Um livro que venceu o Booker Prize.

– Correto.

Eu suspiro.

– Impressionante.

– Tão impressionante quanto um cirurgião que é também campeão mundial de salto ornamental, um renomado músico clássico que lançou uma iniciativa global para combater a mudança climática ou um empreendedor de tecnologia que detém no momento o recorde mundial de mergulho livre e colaborou com uma famosa casa francesa de alta-costura, na última coleção de roupas masculinas.

Pisco, aturdida.

– Essas pessoas... são reais?

– Sim, senhorita Carter, essas são pessoas muito reais. Acabei de descrever três ex-alunos de Clairmont Hall e eles são simplesmente os que me vieram à mente. Esta escola gerou vários primeiros-ministros, teóricos econômicos, estrelas esportivas olímpicas, atores, produtores e diretores premiados, escritores internacionalmente reconhecidos, estilistas de sucesso, líderes empresariais e profissionais da área médica.

Engulo em seco audivelmente.

– Assim, embora seu ponto forte na outra escola tenha sido "livros", aqui você vai precisar se esforçar um pouco mais do que isso se quiser causar uma boa impressão – ela diz. Com certo desdém. – Vejo que você decidiu não cursar uma universidade. Importa-se se eu perguntar por quê?

– Eu não tinha certeza se a universidade era para mim – respondo roboticamente.

O olhar dela é fixo no meu. Eu me remexo desconfortavelmente diante daquele exame. Sinto como se ela conseguisse enxergar através de mim. Eu sempre pensei que iria para a universidade, mas daí mamãe ficou doente, e fazer planos para o futuro não parecia certo. Eu não tinha capacidade de pensar sobre universidade. Eu não conseguia pensar em nada além dela.

– Não é para todo mundo – a senhorita Newton comenta por fim. – Caso mude de ideia, você pode consultar um de nossos conselheiros de carreira. Você já refletiu sobre o que vai fazer depois da formação escolar?

– Eu estava pensando em jornalismo, talvez, ou alguma coisa com escrita. Mas isso é só porque eu sou boa...

Minha voz falha, meu rosto ruboriza.

Ela me olha de um jeito penetrante.

– Com livros?

Meus olhos baixam para o colo.

– Entendo. – Ela pigarreia. – Bem, talvez seu curto período em Clairmont possa inspirá-la quando chegar o momento de decidir sobre seu futuro. Você pode ter apenas um semestre aqui, mas faça-o valer a pena. – Ela se concentra no computador. – Uma aluna foi nomeada para acompanhá-la à primeira aula. Ela deve estar à sua espera do lado de fora. Você está dispensada.

Pegando a grande bolsa Gucci que Tabatha me orientou a usar na escola, em substituição à minha velha mochila, rumo para a porta em passos acelerados.

– Ah, e, senhorita Carter – ela diz, enquanto levo a mão à maçaneta. – Por favor, passe a ferro seu uniforme antes da aula. Eu não tolero roupa amarfanhada na minha escola.

Olho para baixo, para minha roupa impecavelmente arrumada.

Eu não precisava usar uniforme na minha antiga escola, mas todos os alunos de Clairmont Hall usam ou uma saia xadrez azul-marinho na altura do joelho ou calça social, camisa azul-clara, gravata listrada azul-marinho e lilás e blazer azul-marinho com o emblema da escola, a silhueta de um leão em um escudo, costurado com fio dourado no bolso. Sei com certeza absoluta que jamais estive tão arrumada, mas não vou discutir com a senhorita Newton, então aceno de leve com a cabeça e praticamente me lanço para fora do escritório dela, em uma tentativa de me libertar de seu olhar de aço, e nisso acabo tropeçando.

Uma menina loira esperando do lado de fora levanta os olhos do celular, entediada.

– Você é a menina nova?

– Sou Ruby – digo, oferecendo um sorriso.

– Que seja. – Ela confere as horas. – Vamos, você já está atrasada.

Ela gira nos calcanhares e sai andando, então me apresso para acompanhá-la enquanto pego o programa de aulas que a recepcionista me deu quando cheguei.

– Tenho primeiro Inglês com o senhor Clarke, na Sala Fielding – leio em voz alta, mas então percebo que a menina enfiou fones nos ouvidos e, ao espiar o celular enquanto ela rola a tela, vejo que está escutando uma *playlist* de *rhythm & blues* antigo.

O edifício principal de Clairmont Hall é, até onde vejo, um labirinto de corredores e escadarias grandiosas. A escola em si é composta de um campus extenso, com construções opulentas assentadas sobre cinquenta acres de campos verdejantes, e o edifício principal parece saído de um romance de Jane Austen: uma vasta estrutura vermelha de estilo palladiano, com torres e tudo. Clairmont é tão grande que, junto com o horário das aulas, recebi um mapa do campus de manhã. Minha outra escola tinha *um* prédio, mas aqui eu preciso de um *mapa* para me localizar.

Clairmont, descobri pesquisando online, possui edificações históricas relevantes, um refeitório, três bibliotecas, diversos laboratórios, um auditório, a escola de música e teatro, um estúdio de arte, uma oficina de design, campos de grama sintética, raias de atletismo, um ginásio e uma piscina. Sem mencionar o grandioso salão de baile usado em ocasiões especiais, como o baile que teve os Estados Unidos como tema e que foi organizado em homenagem à visita do presidente norte-americano, quando o filho dele participou de um programa de verão aqui e ele veio buscá-lo. Eu não acredito que isto seja uma escola de verdade. Parece que entrei em Hogwarts.

A garota me levando à minha sala recebe uma mensagem no telefone e estanca de repente. Ela arqueja, leva a mão à boca e dá um gritinho excitado. Vira-se na minha direção e diz:

– Preciso ir encontrar uma pessoa. Você se vira a partir daqui, certo?

– Eu...

– Ótimo, a gente se vê por aí!

Dizendo isso, ela se afasta precipitadamente, passando pelas portas à nossa direita, que dão em uma escada, e desaparece. Uma sensação de pânico toma conta de mim, enquanto fico ali parada no silêncio daquele meu estranho novo ambiente, sem a menor ideia de onde estou nem de onde deveria estar.

Tiro o mapa da bolsa, mas é difícil interpretar, quando não tenho ideia de qual seria o meu ponto de partida. Arrisco um palpite e sigo em frente através de corredores, subo escadas, dobro esquinas e, de alguma forma, acabo no que rapidamente percebo serem os bastidores do auditório da escola. Estou prestes a sair, quando ouço cochichos próximos. Querendo muito ter contato humano, abro caminho entre roupas e adereços espalhados em direção ao ponto de onde vêm as vozes.

Tarde demais, percebo que invadi o que parece ser uma conversa muito intensa e muito particular entre dois alunos. E não dois alunos quaisquer. Um deles é Xavier, o cara em quem derrubei bebida na Festa da Primavera.

A outra é Sua Alteza Real, princesa Caroline.

Eles me veem e imediatamente se calam. Eu congelo como um cervo sob holofotes. Em fração de segundo, a expressão de Caroline muda de choque perante a interrupção para um sorriso simpático e acolhedor.

– Oi, podemos ajudar? – ela pergunta, séria.

– E-eu sinto muito. Eu me perdi. Já estou indo – gaguejo.

– Não, espere! Está tudo bem – ela insiste, dando um passo em minha direção com a mão estendida. – Deixe-me ver seu horário e lhe direi onde você deveria estar. Suponho que você seja nova aqui.

– Sim... Alteza.

Arrisco uma mesura. Xavier ri e funga no fundo, mas a princesa Caroline lhe lança um olhar cortante de reprovação.

– Você não precisa se preocupar com nada disso aqui dentro – ela me informa.

Entrego meu horário e aguardo enquanto ela o estuda, fazendo o máximo para não encarar. É tão estranho vê-la pessoalmente, parada bem aqui na minha frente.

Serena, graciosa e sempre sorrindo, a única filha e herdeira exclusiva do rei Alfred e da rainha Grace é, tal como os pais, um membro bastante querido da realeza, mundo afora. O rei Alfred e a rainha Grace são um casal real muito popular, tendo sempre acertado o tom quanto a equilibrar tradição e modernidade. Eles são autoritários e zelosos, mas acolhedores e autênticos ao mesmo tempo; sempre se apoiam mutuamente e, de vez em quando, demonstram carinho em público. São um retrato do casal perfeito: Alfred foi basicamente o namorado convencional para a geração da minha mãe, com seu cabelo castanho espesso, lindos olhos verdes e queixo quadrado e, antes de ser rainha, Grace era uma socialite que havia trabalhado um pouco como modelo, o que não surpreende, dadas suas mechas loiras em cascata e seus olhos azuis penetrantes.

De modo que faz sentido que tenham uma filha como a princesa Caroline. Mesmo tendo crescido sob os holofotes, ela raramente deu um passo em falso e é considerada doce, inteligente e culta. Tem também uma aparência sempre impecável e se veste e se comporta com elegância, como uma princesa dos dias atuais deveria, suponho. E agora posso confirmar que ela é ainda mais bonita pessoalmente, com o cabelo comprido e espesso, cor de mel, caindo em ondas sedosas e delicadas sobre os ombros, os olhos verdes vivos do pai emoldurados por cílios escuros abundantes.

Meus olhos vão para Xavier, que está ocupado fazendo cara feia para o palco.

– Você está no edifício errado – ela me diz, devolvendo meu horário. – Mas não está longe. Está com seu mapa?

Confirmo, apresentando-o, e ela aponta onde estamos agora e onde preciso estar. Quando termina de explicar, um homem mais velho, de terno, usando um dispositivo auricular, surge correndo da lateral oposta do palco e pula entre mim e a princesa.

– Você está um pouco atrasado, Stephen – a princesa comenta secamente, revirando os olhos. – Se ela quisesse me atacar, teria feito isso quando chegou, cinco minutos atrás.

Corando, o guarda-costas recua um passo e fala com o punho da manga.

– Tiara sã e salva – ele rosna.

A princesa suspira e me oferece um sorriso de desculpas.

– Constrangedor o codinome "Tiara", não é? Daria no mesmo se me chamassem de "Minicoroa". Enfim, espero que você encontre o caminho agora; e se apresse, pois o senhor Clarke não gosta de atrasados.

– Muito, muito obrigada – digo efusivamente, antes de aceitar seu conselho e sair correndo dali o mais rápido possível.

Ainda nem cheguei à porta, quando ouço a princesa Caroline falar de novo.

– Mas que porra, Stephen? – ela vocifera, brava. – Que tipo de equipe de segurança vocês montaram se não conseguem nem impedir que uma aluna nos interrompa? Eu mandei vigiar a porta!

Na escuridão dos bastidores, sorrio meio maliciosamente.

Sempre me questionei se poderia haver um lado B em nossa princesa perfeita, e a explosão de raiva com o guarda-costas provou que sim. É bom saber que ela é humana.

Conforme ela havia avisado, o senhor Clarke não se condói com meu atraso, apesar de ser meu primeiro dia. Quando finalmente me esgueiro pela porta da sala dele, ele pigarreia alto.

– Em Clairmont Hall, nós nos orgulhamos do respeito que demonstramos para com os demais, senhorita Carter. Chegar tarde para a aula de alguém denota uma distinta *ausência* de respeito, que não é nada apreciada por aqueles que dedicam o próprio tempo a melhorar a sua educação. Por favor, faça-me a honra de chegar pontualmente para a minha aula, no futuro. Isto é um aviso, mas perca o segundo sinal outra vez e você será suspensa.

– Desculpe, eu…

– Não há justificativa – ele me interrompe, sacudindo o dedo na direção de uma carteira disponível. – Por favor, não desperdice mais do meu tempo tentando inventar uma.

Meu rosto está em chamas, diante de todos os olhares voltados na minha direção; apresso-me até a carteira que ele indica e me sento pesadamente. O senhor Clarke continua, mas é interrompido mais uma vez quando a porta se abre alguns minutos mais tarde e a princesa Caroline entra, com Xavier em seus calcanhares. Ele parece tão feliz quanto estava quando derramei martíni em seu smoking.

– Lamento estarmos atrasados, senhor Clarke – a princesa Caroline começa, naquela voz doce, enjoativa e bem ensaiada que encantou a nação desde que ela aprendeu a falar. – Receio que precisaremos lidar com um assunto particular urgente. Se o senhor tiver alguma pergunta, meu pai ficará feliz em explicar por que é de importância nacional que nós estejamos alguns minutos atrasados para a sua aula de hoje. O senhor gostaria de falar com ele?

O senhor Clarke se eriça.

– Não haverá necessidade de incomodar Sua Majestade nesta manhã – ele assegura a ela, falando com dentes cerrados. – Se vocês dois não se importarem de tomar seus assentos, vou prosseguir com a minha aula.

– É claro – a princesa responde, desfilando alegremente como um cisne até sua carteira e deslizando para se acomodar, enquanto um Xavier de cara amarrada segue até a dele.

Com postura impecável, a princesa Caroline se senta com o queixo erguido, os ombros para trás e os pés cruzados na altura do tornozelo, parecendo composta e interessada, quando o senhor Clarke retoma a aula. Ela provou para todo mundo, incluindo o professor, que, a despeito das aparências, nesta classe é ela quem realmente tem todo o poder.

CAPÍTULO CINCO

Meu único e exclusivo período em Clairmont começou lindamente... só que não. Faz quase uma semana completa e ainda não conversei direito com ninguém – que dirá ter feito amigos. Eu já imaginava que começar em uma escola nova no último semestre poderia ser difícil, mas as panelinhas em Clairmont não se parecem em nada com o que já vivi. Os grupos de amigos são protegidos com ferocidade, especialmente os mais exclusivos; por exemplo, o mais popular é o encabeçado pela princesa Caroline e conta com Xavier, Jonty e uma menina chamada Sybil Cavendish. É razoável afirmar que eles comandam a escola, considerando que são lindos, têm contas bancárias polpudas, origem nobre e, para completar, uma coroa.

Descobri que o título oficial de Xavier é *Sétimo Duque de Hurlington* e que ele pode ser tão ranzinza quanto quiser, dado que, de acordo com Tabatha, é o mais cobiçado de todos.

– Ele é o máximo da aristocracia. Além do mais, ao contrário da maioria dos tradicionais proprietários de terras, a família dele tem dinheiro de verdade – Tabatha me contou, quando o mencionei em uma conversa. – Eles possuem um império imobiliário global, e Xavier herdou uma boa parte. Quando o pai faleceu, no ano passado, ele recebeu o título, a propriedade Sheringham Park e o dinheiro, apesar de ser muito jovem. Creio que o tio cuida do aspecto administrativo das coisas agora, mas Xavier será treinado para assumir. Dizem os boatos que, um dia, ele será capaz de acrescentar uma coroa à lista de conquistas da família, por meio de um casamento cobiçado, que é a principal ambição da mãe dele.

– Parece que ela já tem tanto – comentei, surpresa. – É importante que o filho dela se case com uma princesa também?

– Totalmente – Tabatha disse sem hesitar. – A duquesa sempre se sentiu rejeitada pelo sistema dominante. O pai dela era um empresário do tipo "espertalhão", algo que o falecido duque fez o possível para ocultar da sociedade. Depois, claro, houve aquele grande escândalo, após a morte do duque – ela resmungou em voz alta. – Acontece que o pai de Xavier foi, na verdade, um rapaz bem safadinho. A amante secreta dele publicou um livro altamente revelador depois que ele morreu. Pelo visto, a família não fazia ideia da existência dela.

– Isso é horrível! Agora me sinto mal por Xavier.

– Sim. No entanto, apesar disso tudo, o atual duque é um par excelente para a nossa elegante princesa, um casal encantadoramente lindo, capaz de conquistar o mundo, eu diria. Não tenho certeza se o relacionamento dos dois já foi confirmado publicamente, mas, para todos os efeitos, eles são muito próximos e, se a mãe dele tiver oportunidade de agir, formarão um casal formal quando se graduarem em Clairmont, com um noivado no horizonte.

– Noivado? Isso é muito… precipitado, não? Você acabou de dizer que nem tem certeza se eles estão formalmente juntos.

Ela me ofereceu um sorriso solidário.

– Você acha que a mãe de Xavier vai se arriscar a deixá-lo perder um casamento com a futura rainha, Ruby? Confie em mim: assim que esse relacionamento for anunciado, ela vai dar a ele a aliança da família e comprar para si mesma um chapéu para o casamento real. Seria absurdo que a princesa descartasse alguém como ele, isso todos nós sabemos. É assim que as coisas funcionam, Ruby. O que você enxerga é só metade da história, porque, nos bastidores, as pessoas estão trabalhando muito duro para que tudo aconteça como deve.

– Mas e quanto à princesa Caroline e a Xavier? Eles não têm voz nisso tudo?

Ela bufou de desprezo.

– Ele é um duque maravilhoso e ela é a herdeira do trono. O que qualquer um deles poderia querer além disso? O mundo sabe o que vai acontecer com eles. É simplesmente uma questão de quando vão nos anunciar que vai acontecer.

Se não fosse pela conversa que interrompi nos bastidores do auditório da escola, no meu primeiro dia, eu poderia ter concordado com ela. Fosse o que fosse que estavam discutindo, não pareciam concordar. Poderia ter sido um desentendimento entre namorados, talvez, mas, como alguém totalmente de fora, não sei se há de fato muita coisa acontecendo entre eles. A princesa Caroline e Xavier certamente parecem combinar, com suas belezas perfeitas e heranças consideráveis, mas não é como se tivessem uma química perceptível.

Eu não tenho com quem conversar durante o almoço, então passo muito tempo observando de maneira furtiva as outras pessoas, e notei que Xavier e a princesa não interagem muito entre si. No refeitório, a dinâmica parece ser mais que a princesa Caroline é o centro das atenções e Xavier só... está ali. Ela está sempre papeando com Sybil ou Jonty, enquanto Xavier parece meio que sobrar.

Eu não fui bem-recebida na panelinha exclusiva deles. O único reconhecimento que recebi foi o olhar desconfiado que Jonty me lançou quando passei por ele no corredor; é óbvio que ainda se lembra do nosso encontro na Festa da Primavera dos pais dele. Baixei a cabeça e apertei o passo, tendo recebido alta e clara a mensagem de que não deveria nem pensar em me aproximar.

Não é que eu esperasse fazer parte dos populares em um lugar como Clairmont Hall, mas também não imaginava ser tão jogada ao ostracismo. Eu até que era bem popular na minha outra escola. Porém, no último ano, mais ou menos, afastei-me dos meus amigos porque estava cuidando de mamãe. Não gostava de deixá-la sozinha, então passava a maior parte do tempo livre com ela – e, com o tempo, meus amigos sumiram. Depois que ela morreu, acabei trombando por acaso com alguns velhos conhecidos, mas eles pareciam não saber o que dizer, por isso mal falavam comigo. Eu não quis deixá-los desconfortáveis, então fiquei na minha até me mudar para Londres.

Eu não teria me importado: afinal, só ficaria aqui por um semestre e não dava a mínima para nenhum grupinho exclusivo idiota. Mas minha descoberta na Festa da Primavera mudou isso. Frustrantemente, se quero descobrir se meu pai era um dos amigos de Clairmont de mamãe, o grupinho popular é justamente aquele em que preciso entrar. A foto da minha mãe com os amigos, a breve expressão de preocupação de lady Walter ao olhar para a imagem, o modo apressado como mamãe deixou Londres... Não pude evitar pensar que um dos amigos de escola dela tem de ser meu pai.

Sempre quis saber quem ele era, mas minha mãe rejeitava minhas perguntas. Dizia que eu tinha a ela – e que isso era tudo o que importava. Ela ficava na defensiva e me mandava parar de insistir. Aceitei isso; precisava aceitar, ou arriscaria uma briga enorme. Mas agora, depois de ver aquela fotografia dela, jovem e risonha... algo mudou. Perdi minha mãe, mas, de repente, parece que tenho uma chance de encontrar meu pai. E tenho certeza de que a resposta está no velho grupo de amigos dela em Clairmont Hall.

Uma parte de mim começa a acreditar no que eu já suspeitava antes: que mamãe me mandou a Londres para que eu o descubra por conta própria.

Decidi questionar Tabatha diretamente, durante o jantar, numa noite no início desta semana.

– Querida, se eu soubesse, não acha que já lhe teria contado a esta altura? – ela respondeu, os olhos arregalando-se ansiosamente. – Você não encontrou nenhuma pista, encontrou? Pessoalmente, sempre achei cruel da parte de Eleanor manter-nos todos no escuro. Ela foi irredutível quanto a ninguém jamais saber quem era o pai. Encerrava qualquer conversa sobre o assunto antes mesmo que começasse. Claramente é alguém interessante, do contrário ela teria nos contado.

– Ou ela realmente não sabia.

– Hum… – Ela não pareceu convencida. – Tenho a sensação de que sua mãe sabia. Ela não era do tipo de ficar por uma noite com desconhecidos; gostava de uma boa farra, mas precisava de conexão emocional. E pode ter feito um bom trabalho quanto a fingir não ligar para classe e posição social, mas, na verdade, ligava, sim, bem lá no fundo. Sim, tenho um pressentimento de que seu pai é alguém que todos conhecemos bem.

Eu suspirei.

– E você decididamente não tem a menor ideia de quem seja?

– Ela nunca me contou – Tabatha confirmou, acrescentando baixinho: – Não sei por que ela nunca sentiu que podia.

– Bem – eu disse, tomando a decisão ali mesmo. – Eu vou descobrir quem é.

– Esplêndido! – Tabatha exclamou, virando o vinho tinto. – Eu abençoo sua busca pela verdade e farei tudo o que puder para ajudar.

* * *

Aprecio o apoio dela, mas sei muito bem que, em grande medida, ela está interessada em saber quem é meu pai na expectativa de que seja alguém escandaloso. E bem pode ser, ou minha mãe não teria feito tanto segredo. Mas tempo suficiente passou. Com certeza, é mais importante saber a verdade, para todos os envolvidos. Eu me pergunto se mamãe chegou a essa conclusão também.

Traço um plano de ação. A primeira pista é lorde Walter, um dos mais antigos amigos de mamãe na fotografia. Ele poderia ser meu pai? Não posso ignorar a expressão preocupada da esposa dele na festa. A chave é me aproximar de Jonty e fazer umas pesquisas, mas, se posso me basear na minha primeira semana, não vou ter muita sorte nessa frente. Quase todo mundo aqui é alguém, e eles não querem fazer amizade com uma ninguém como eu, independentemente de quantas vezes Tabatha desenrole o fio da minha reverente história familiar, insistindo em que, a esta altura, eu já deveria ter sido acolhida no topo da pirâmide social de Londres.

– Claramente você não vem mencionando o suficiente o seu avô! – ela me repreendeu, quando voltei para casa quase em lágrimas, no terceiro dia, depois de haver almoçado sozinha de novo.

Encontrei bastante consolo na biblioteca da escola – ou bibliotecas, eu deveria dizer, já que Clairmont possui algumas. A maior fica no edifício principal e tem fileira sobre fileira de livros, incluindo alguns tão valiosos que ficam trancados em uma caixa de vidro e só são retirados com permissão especial. Identifiquei o lugar perfeito para ler lá: um banco almofadado nos fundos, perto da janela, que dá vista para um gramado e para a pérgola com glicínias roxas torcidas em volta dela. Posso ficar sentada ali, perto da janela, sem ser notada, perdida em um livro, de vez em quando levantando os olhos para as flores ao sol lá fora. Até o momento, esse banco é a melhor coisa de Clairmont.

Na sexta-feira, estou almoçando sozinha, na ponta de uma das quatro mesas longas que se estendem pelo comprimento do refeitório, devorando minha comida de modo a sair dali o mais depressa possível e ir para a biblioteca, quando Sybil Cavendish, a melhor amiga da princesa Caroline e membro do grupo popular, se aproxima de mim.

– Oi – ela diz, animada, me tomando de surpresa.

Graças à determinação de Tabatha de me dar a ficha completa de todo mundo de Clairmont Hall que vale a pena conhecer, sei que Sybil é filha de Peregrine Cavendish, que herdou uma montanha de dinheiro e depois fez mais dinheiro ainda abrindo fundos de investimento, e de Danai Cavendish, uma musicista, dançarina e modelo zimbabuano-britânica que também frequentou Clairmont e é rica por mérito próprio. Casal conhecido e poderoso na cena social, eles têm dois filhos, ambos na Cambridge University, e uma filha, Sybil. Tabatha me contou que as três crianças são assustadoramente lindas; Sybil chama a atenção em qualquer ambiente, ao entrar com sua silhueta esguia, cabelo preto grosso e cacheado, maçãs do rosto bem delineadas e olhos escuros intensos. E Sybil puxou da mãe o dom para a música: toca piano, violoncelo e harpa.

A amiga perfeita para a princesa perfeita, portanto.

– Oi – respondo, baixando meu copo de água para olhar para cima na direção dela, perguntando-me se fiz alguma coisa errada.

Ela enfia a mão na bolsa e de lá tira uma caixinha preta que parece de aliança e a entrega a mim. Abro, com apreensão, e encontro um alfinete de lapela circular, prateado, que tem *Caroline para Rainha* gravado em caligrafia volteada.

– Espero que possamos contar com seu voto e que você demonstre seu apoio a Caroline prendendo este alfinete em seu blazer – Sybil me diz, com um sorriso largo fixo no rosto. – Caroline para Rainha!

Ela se vira de costas para distribuir alfinetes para os outros da mesa, antes de se sentar no banco ao lado da princesa Caroline.

Não tenho a menor ideia do que seja tudo isso.

– Ela estava falando sobre a rainha de Clairmont. – Um menino sentado à mesa, na diagonal em relação a mim, está me observando com expressão divertida.

– Falando do quê? – pergunto.

Movendo a bandeja junto, ele desliza pelo banco até ficar bem na minha frente. Eu o reconheço de algumas das minhas aulas. Ele tem cabelo castanho-claro cacheado, olhos cor de avelã e uma voz tranquila, baixa. Nós ainda não conversamos, mas sei que se chama Oliver e que é um dos alunos mais inteligentes do nosso ano. Ele não fala muito por iniciativa própria, mas sempre sabe a resposta quando é chamado.

– A rainha de Clairmont – ele repete. – No Baile de Verão, no fim do semestre, dois alunos são coroados rei e rainha de Clairmont. É uma tradição da escola que remonta a décadas, mas, na realidade, não significa nada. É basicamente uma competição normal de popularidade. Certas pessoas a levam muito a sério, conforme você pode imaginar. Você é Ruby, certo? Eu sou Ollie. Sua primeira semana tem sido divertida?

Suspiro.

– Clairmont é obviamente uma escola incrível. Sou grata por estar em um lugar como este, mas é muito... diferente da outra onde eu estudava.

– Sei como é. Eu estudava em uma escola pública em Brixton, um único prédio de concreto com um pátio na frente. Clairmont mantém um programa de bolsas, e minha escola era uma das que aplicam o teste para ele. Eu passei e comecei o sexto período aqui.

– Uau! Isso é incrível.

– Obviamente, é o tipo de escola que você sonha em frequentar, mas a realidade é que eu cheguei e rapidamente percebi que jamais me encaixaria entre os alunos que estudam aqui. Não sou um deles, simplesmente. Fiz as pazes com esse fato e, a partir daí, comecei a gostar.

– Deve ser um pouco solitário.

– Foi bom não ter distrações. Eu estava atrasado e usei as noites para me atualizar.

– Isso me soa familiar. Eu sempre pensei que ia bem na escola antiga. Desde que vim para cá, percebi que venho sendo insuficiente por toda a vida. Não li metade dos livros que o senhor Clarke diz que eu deveria conhecer; estou ficando tensa com as provas.

– A biblioteca dispõe de tudo de que você vai precisar.

– É, eu tenho passado bastante tempo lá.

– Eu sei que ser a aluna nova é dureza, mas vai ficar mais fácil – ele me garante gentilmente. – E, se por um lado os alunos daqui não são os mais simpáticos, o ensino é o melhor do país. Isso tem de fazer alguma diferença.

– E é só por um período. Seja como for, não é como se eu pudesse fazer alguma grande diferença aqui.

Há uma explosão de risadas no grupo popular. Não consigo evitar olhar em sua direção.

É difícil não ter curiosidade por esses quatro, por mais rudes e privilegiados que sejam. Tudo em relação a eles berra vida fácil, glamorosa, perfeita. No fundo, eu adoraria saber qual é a sensação. Ser tão rico, poderoso e importante que o mundo é seu parquinho de diversões, e seu futuro está estabelecido e assegurado; ser tão admirado por todo mundo que você sabe que todos eles gostariam de ser como você. Ser alguém.

Noto Ollie sorrindo com ares de entendido, quando afasto meu olhar deles.

– Confie em mim, você não quer ser parte disso – ele diz, lendo minha mente como um livro aberto, ao levantar o garfo e enfiar na comida. – Ninguém é quem finge ser.

CAPÍTULO SEIS

– Esta é a festa onde tudo foi pelo ralo – Ollie diz, entregando-me o celular antes de se apoiar no carvalho e fechar os olhos ao sol.

Agora que encontrei um amigo em Ollie, minha experiência em Clairmont Hall melhorou significativamente em apenas alguns dias. Ter alguém com quem perambular durante os intervalos torna tudo um pouco mais fácil, e começo a me firmar nos meus próprios pés. Eu sabia que ele era inteligente desde que soube que ganhou uma bolsa para cá, mas não fazia ideia do quanto. Ele é basicamente um gênio e um completo nerd em tecnologia. Não tenho a menor dúvida de que Ollie vai acabar trabalhando com sistemas de computação oficiais no alto escalão ou, quem sabe, invadindo-os como hacker. Seja como for, é uma pessoa conveniente para se conhecer.

Ele também é especialmente útil quando se trata de navegar pela cena social em Clairmont. Graças a ele, conheço todos os diferentes grupos: os futuros políticos, os cérebros empresariais, os atores, os ativistas, e assim por diante. O que mais me interessa é o que Ollie chama de "Elites": Caroline, Jonty, Sybil e Xavier.

– Os Quatro da Elite – ele anunciou, indicando-os com a cabeça. – Elites, para abreviar.

– Com certeza você deveria tê-los apelidado de "Quarteto Fantástico" – brinquei, quando ele me contou. – Que oportunidade perdida.

– Não vou sujar o nome de um dos melhores grupos da Marvel Comics – ele discordou, indignado. – Eles não conquistaram esse tipo de prestígio.

De um modo absolutamente encantador – e nada surpreendente –, Ollie é também um fanático por quadrinhos.

Hoje, enquanto andamos à toa por um dos campos esportivos durante o intervalo do almoço, ele está me pondo a par da situação "vão/não vão" do relacionamento de Caroline e Xavier. Ele acessou a conta pública do Instagram de Sybil para me mostrar as fotos de uma de suas festas de arromba, durante a qual Xavier e Caroline supostamente se beijaram pela primeira vez.

– Eles são amigos há muito tempo, mas isso estava fadado a acontecer – Ollie explica, abrindo preguiçosamente os olhos, enquanto estudo as fotos de Xavier, Jonty e Sybil segurando garrafas de champanhe e fazendo beicinho para a câmera. – Aparentemente, eles estavam fora de si e foram flagrados ficando. Xavier pensou que seria o começo de alguma coisa, porém, de acordo com fontes, na sobriedade da luz diurna Caroline está menos entusiasmada.

– Que fontes? – pergunto, intrigada.

Ele dá de ombros.

– A fofoca geral da escola.

– Minha tia me contou que eles formam parceiros românticos perfeitos, ou coisa assim.

– É, essa foi a narrativa por um tempo. A princesa e o duque; bela história, certo? Feitos um para o outro. – Ele revira os olhos. – Eu lamento por ela, para ser sincero.

– Você lamenta pela *princesa Caroline*?

– Quando se trata da vida amorosa dela, sim. Não é como se ela pudesse pegar leve nessas coisas. Assim que ela confirmar que está em um relacionamento com alguém, *bam* – ele bate as mãos para enfatizar o ponto –, a coisa toda se torna um circo midiático. Todo mundo quer saber tudo sobre ele: quem é o cara que acha que é bom o bastante para a nossa princesa? Qual é a história dele? Há algo em seu passado? Como é a família? Com quem ele anda? O que ele faz? Qual será seu futuro? Usará a coroa algum dia? Ele é adequado para se tornar membro da realeza? – Ele suspira. – A Grã-Bretanha inteira vai querer palpitar a respeito.

Reflito sobre a opinião dele.

– Você acha que é isso que está fazendo com que ela demore para se comprometer com Xavier? Ela sabe quanto ele seria escrutinado. Ela o está… protegendo.

– Não sei. – Ele franze o nariz. – Dificilmente. O mais provável é que ela esteja mantendo todas as opções em aberto, com todos os homens ricos lá fora esperando para se atirar aos pés dela no momento em que sair da escola. Talvez eu não lamente por ela.

Sorrio, abanando a cabeça, e volto a percorrer as fotos da festa.

– Espera, a princesa Caroline não está em nenhuma dessas fotos.

– Ela nunca está. O que você acha que aconteceria se a imprensa pegasse a futura rainha em uma festa dessas? Se qualquer um publicasse uma foto dela, estaria bem encrencado e seria rejeitado por todo mundo da escola. É como uma regra não escrita: se você vai a uma festa com a rainha, não conta a ninguém a respeito. O mesmo vale para Jonty: as aparições dele em mídias sociais são fortemente controladas. Não se pode arriscar comprometer a imagem de homem de família do pai parlamentar dele. – Ele pausa e me olha. – Sabe, você não precisa ficar se referindo a Caroline como "princesa Caroline" toda vez que fala sobre ela.

– É muito estranho chamá-la de "Caroline" – digo, com uma careta. – Tipo, como se fôssemos *amigas* ou coisa assim. Ela é a princesa, não sei como seria possível vê-la como uma igual a nós. Todo mundo aqui a venera, também. Clairmont é como o minirreino particular dela.

Ollie ri.

– O que é a razão pela qual ela será em breve coroada rainha de Clairmont. Você já baixou o app para votar? É inútil. Ninguém nem se deu ao trabalho de concorrer. Ela é a única candidata.

– Mas quem seria idiota o bastante para competir com ela?

– Seria de se supor que, com toda a influência dela, ela fizesse algo para tornar a escola melhor, provocar alguma mudança – ele comenta, irritado. – Mas, em vez disso, ela se concentra em uma campanha por uma coroa que ela já sabe que vai ganhar. Francamente, você consegue imaginar quanto custa para ela ter alfinetes suficientes para adornar a escola inteira? Não que ela tenha pagado um centavo, é claro. Uma marca de joias doou as peças *para a causa*. Sybil é uma das embaixadoras de marca no Instagram.

– Ah, vá, não é como se Clairmont precisasse de um volume imenso de mudanças. – Gesticulo abarcando os extensos gramados à nossa frente. – O que mais poderíamos querer?

– Que tal visitas semanais a um terapeuta, de modo que os alunos tenham oportunidade de conversar confidencialmente com um profissional? Esta escola pode estar na linha de frente em desempenho acadêmico, mas está nitidamente para trás quando se trata de saúde mental. Você talvez tenha notado que Clairmont é orgulhosa de suas tradições e de sua história, mas não creio que a atitude presunçosa precise ser perpetuada.

– Acho que há *muita* pressão.

Ele funga.

– Só um pouco. Pressão de professores, de pais, de nós mesmos. Não tem como escapar aqui: você vem para Clairmont, você *precisa* se sair bem. E depois há o aspecto social do negócio, todo mundo tentando estabelecer as relações certas e formar as redes de contato certas, para o futuro. Aposto que tem muita gente nesta escola passando por momentos difíceis e sentindo que não tem com quem conversar. Eu imagino os segredos que espreitam por baixo de toda essa riqueza e todo esse privilégio.

Ao concluir, ele suspira e fecha os olhos de novo.

Ficamos sentados em silêncio por um momento. Eu sabia exatamente o que ele queria dizer com "segredos que espreitam". Você pode manter um segredo enterrado por anos, mas um dia ele encontra um caminho de saída e...

– Eu acho que lorde Walter pode ser meu pai.

Ollie abre os olhos de supetão.

– O *quê*?

Enterro o rosto nas mãos e sacudo a cabeça.

Ollie se inclina na minha direção.

– Você disse que acha que lorde Walter pode ser seu *pai*?

– Sim – gemo, desamparada, baixando as mãos. – Desculpa, você falou sobre segredos e agora não consigo parar de pensar no meu.

– Por favor, explique.

– Minha mãe nunca me contou quem é meu pai. Quando vim para Londres, descobri que ela estudou em Clairmont e tinha ali um grupo de amigos muito unido. Pelo que ouvi, eles continuaram amigos por muito tempo depois de frequentarem a escola juntos. Quando minha mãe engravidou, aos vinte e tantos anos, partiu sem dar nenhuma explicação, apesar de eu ser um segredo escandaloso imenso. Ela não contou a ninguém quem é o pai, nem mesmo à irmã. Ela se isolou totalmente de sua vida anterior, que era centrada nesse grupo social de Clairmont. Então eu pensei por que alguém faria isso, por que você afastaria os amigos em um momento da vida em que mais precisaria deles. Talvez, você desejaria protegê-los das consequências do escândalo. E um desses amigos era o pai de Jonty.

Ollie pisca para mim, incrédulo.

– Então... o quê? Você acha que ele é seu *pai*?

– Eu não sei. – Mordo o lábio. – Sei que parece uma loucura. Mas, quando estive na casa de Jonty, na Festa da Primavera...

– Calma. Você conseguiu um convite para a Festa da Primavera? – Ollie pergunta, impressionado.

– Tecnicamente, minha tia recebeu e era extensível a mim, mas o ponto não é esse – insisto, descartando o comentário com um gesto. – O fato é que, enquanto eu estava lá, vi um monte de fotografias da minha mãe com lorde Walter e alguns outros amigos de Clairmont. Ele guardou todas. Ele agiu estranhamente comigo, não me olhava nos olhos. Pensei que fosse porque ele é esquisito, mas agora... E lady Walter ficava me lançando uns olhares estranhos e perguntando se eu tinha alguma ideia de quem meu pai era, como se... como se ela estivesse preocupada também. Por que mais minha mãe nunca me contaria quem era? Eu acho que pode ter sido alguém que era casado. Eles provavelmente tiveram um caso e é por isso que ela praticamente fugiu da vida que tinha em Londres.

– Uau. – Ollie desliza a mão pelos cabelos. – Isso é bastante coisa para a minha cabeça digerir.

– Então, pois é, pensa como está a *minha* cabeça. Eu andei pensando e este talvez seja o motivo de mamãe ter me mandado para cá, morar com Tabatha: ela *queria* que eu encontrasse meu pai.

– Então, lorde Walter poderia ser seu pai – Ollie diz devagar, deixando a informação assentar. – O que faria de Jonty seu meio-irmão.

– Isso.

– Merda. – Ollie arregala os olhos. – Isso seria decididamente... escandaloso.

– Tenho certeza de que ele me amaria ainda mais do que agora se soubesse.

– Você tem certeza de que é alguém daquele grupo? – Ollie pergunta.

– Não absoluta. Poderia ser um desconhecido, mas por que mamãe não me contaria? Ela sabia que eu nunca a julgaria por nada desse tipo.

Quando eu perguntava sobre o meu pai, ela ficava toda tensa e na defensiva, como se estivesse me escondendo alguma coisa. É por isso que tenho a sensação de que poderia ser alguém que ela conhecia bem, e minha tia concorda. Lady Walter fez parecer que aquele grupo de amigos era tão fechado que ninguém mais conseguia participar.

– Mas pode não ser lorde Walter – Ollie raciocina. – Quem mais estava no grupo de amigos da sua mãe? Alguém que poderíamos conhecer?

– Havia muitos porta-retratos na casa de lorde Walter, mas não pensei em fotografar nenhum deles. E não acho que Jonty vá me convidar para a casa dele tão cedo.

– Nós não precisamos ir à casa de Jonty. Podemos ir à biblioteca.

– Ollie, sou totalmente fã da biblioteca, mas não acho que entre Dickens e Trollope a gente vá encontrar um livro detalhando as amizades da minha mãe.

– Na verdade, talvez sim – ele diz, conferindo as horas no telefone. – Na biblioteca há arquivos de anuários de Clairmont. Eles contêm fotografias de antigos alunos. Vamos descobrir as que mostram sua mãe e talvez tenhamos uma ideia de com quem ela andava enquanto estudava aqui. Temos tempo de ir dar uma olhada rápida, antes da aula.

Eu o encaro.

– Você é um *gênio*.

– Já ouvi isso antes. – Ollie sorri e se põe de pé.

* * *

Chegando à biblioteca, sinto-me nervosa.

Quando Ollie deu a sugestão, uma onda de adrenalina me invadiu ao pensar em escavar mais pistas sobre quem eu sou, mas, enquanto ele retira alguns anuários das prateleiras, as borboletas no meu estômago estão dando um número desconcertante de cambalhotas.

– Certo, então, em Clairmont eles fazem um anuário para quando você completa o Ensino Médio e outro para quando sai da escola – Ollie diz, pousando alguns anuários na mesa à nossa frente. – Você falou que sua mãe tinha vinte e sete anos quando você nasceu, certo?

Confirmo com a cabeça, a boca seca demais para falar.

– Então, eis alguns do fim dos anos 1990 – ele declara, sentando-se e abrindo o primeiro. – Ela deveria estar em um destes, acho.

Ocupo uma cadeira ao lado dele, abro outro, folheio as páginas. Não demora muito até que localize o rosto de mamãe entre as páginas brilhantes no centro do livro, onde foi feita uma montagem de fotografias. Cutuco Ollie e aponto para ela. Nesta, está com um cara que não sei quem é, mas que reconheço das fotos na casa de Jonty. Ele está olhando para ela e rindo, enquanto ela pisca para quem está tirando a foto, um cigarro pendendo frouxo entre os dedos.

– Esta é sua mãe? – Ollie pergunta, examinando mais de perto.

– Sim, esta é ela – confirmo.

– Sua mãe era muito bonita. – Ele hesita. – Desculpe. Tudo bem eu dizer isso?

– Claro. – Consigo sorrir um pouco e engolir o nó na garganta. – É simpático.

Ele me encara com as sobrancelhas franzidas.

– Sinto muito que ela tenha falecido, Ruby.

– Obrigada.

Ele bate com o dedo na página.

– Talvez a gente deva se concentrar neste anuário, já que é o da saída dela. É mais provável que ela tenha mantido amizade com as pessoas com quem andava no sexto período, certo?

Eu concordo, então estudamos o livro juntos atentamente, até terminarmos, onde os editores concluem o anuário com uma citação de Tennessee Williams: *O tempo não afasta a amizade, tampouco a separação*, e depois dedicam as últimas páginas a uma enxurrada de fotografias dos dois anos finais do grupo. É ali que encontramos uma foto crucial, disposta como paisagem na largura total da página.

Minha mãe está no meio, usando um belo vestido cinza enfeitado, sentada com elegância em um dos degraus de pedra que levam ao prédio principal de Clairmont, um sorriso satisfeito no rosto, emoldurado pelos longos cabelos pretos lisos. De acordo com a legenda no rodapé da imagem, ao lado dela está alguém chamado Edward Deacon, o menino da primeira foto que encontrei e de vários outros porta-retratos na casa de Jonty. De pé, alguns passos acima de Edward, está Marcus Walter, e apoiada no ombro dele, com o pé em ponta, está Danai Cavendish.

Acima dessa foto há um título: *Os criadores de tendências.*

– Acho que sua mãe pode ter encabeçado o grupo dos Elites do ano dela – Ollie comenta. Ele me olha de lado. – Você está bem?

Assinto, sentindo-me lutar contra as lágrimas.

– Estou. É só que ela nunca nem me contou que havia estudado em Clairmont, mas vendo essas fotos... É difícil não imaginar que ela gostou do tempo que passou aqui. Ela parece popular e divertida e...

Minha voz some.

Ollie pressiona os lábios, claramente sem saber o que dizer.

– Você acha que um desses dois homens pode ser meu pai? – pergunto, por fim.

– É uma possibilidade. Pelo que você falou, parece que eles são no mínimo candidatos viáveis. São as mesmas três pessoas que aparecem várias vezes em fotos com a sua mãe: Edward Deacon, lorde Walter e Danai Cavendish – ele responde delicadamente, voltando a olhar para a foto. – Qualquer um desses dois acabando por se revelar ser seu pai seria uma notícia e tanto. Lorde Walter estava casado aos vinte e sete anos, e foi um casamento da alta sociedade, então um caso teria definitivamente sido comentado, em especial se você e Jonty nasceram no mesmo ano. E Edward Deacon acabou se casando com Zara Patel. O pai dela é Lewis Patel, o magnata da mídia. Edward Deacon trabalha com o sogro. Ele é o editor-chefe de um dos jornais de Lewis no Reino Unido, o *Daily Gazette*.

– Então ele teria muito a perder – comento, meu coração afundando no peito. – Que maravilha. Seja eu filha de lorde Walter ou de Edward Deacon, nenhum dos dois vai ficar exultante.

Toca o sinal que indica o fim do intervalo de almoço, e eu dou um pulo de susto. Sacudo a cabeça, estico o braço e fecho o anuário.

– Precisamos ir. Vou me atrasar para a aula de inglês – digo, formando uma pilha com os anuários e os levando ao carrinho de devoluções. De repente, estou desesperada para sair dali.

– Ruby, lembre-se de que isso tudo são apenas conjecturas. Há uma chance de que nem Edward nem lorde Walter seja seu pai. Sua mãe poderia muito bem ter conhecido outra pessoa e saído com ele em segredo, sem que a irmã nem ninguém soubesse – Ollie diz, apressando-se para se manter ao meu lado enquanto marcho para fora da biblioteca. – Por favor, não fique aborrecida.

– Não estou aborrecida – garanto, empurrando a porta e saindo para o corredor lotado de alunos a caminho da aula seguinte. – Eu sabia que a verdade poderia não ser a que eu queria ouvir. Mas preciso saber, pela minha mãe.

– Quanto a isso – Ollie envolve meu punho com os dedos para me desacelerar e me fazer parar, então me viro e o encaro –, você se importa se eu fizer uma pergunta sensível? Se sua mãe realmente quisesse que você soubesse quem seu pai é, ela não teria simplesmente... contado?

Eu o encaro. Sua testa está franzida enquanto os olhos, cheios de preocupação, buscam os meus.

– Ela teve tempo de cuidar de todos os preparativos para você vir morar com Tabatha – ele continua delicadamente, enquanto o barulho no corredor vai diminuindo. – Ela deixou tudo organizado. Então, teve oportunidade de lhe contar pessoalmente, certo? Não estou dizendo que você não deva pesquisar; acho que você tem o direito de saber. Mas você precisa estar preparada para o fato de seu pai, seja ele quem for, não receber a notícia muito bem. Ela talvez estivesse protegendo você disso.

Não sei o que dizer. Ele me observa ansiosamente.

O segundo sinal toca e ecoa pelo corredor vazio. Estou oficialmente atrasada.

– Preciso ir – digo.

O olhar dele baixa para o chão.

– Mas obrigada por me ajudar – acrescento, fazendo-o levantar os olhos esperançosamente para mim outra vez. – Vejo você depois da escola.

Ele assente e se apressa na direção oposta. Confiro as horas no celular e faço uma careta, tateando a bolsa atrás dos livros que vou usar na aula de Inglês e correndo o mais rápido que posso na direção dela. Assim que viro no corredor, bato de frente com alguém do lado de fora da sala de aula do senhor Clarke. Nossos livros voam pelo ar dramaticamente, enquanto eu tropeço e caio no chão com um baque surdo.

– Ai – gemo, estremecendo e me apoiando nos cotovelos para olhar para a pessoa que causou a colisão.

Xavier está de pé à minha frente, furioso.

– Qual é o seu problema? Você não olha por onde anda? – ele grita, curvando-se para recolher os livros e depois estendendo a mão para me ajudar a levantar. – Quem vira esquinas nessa velocidade? Você poderia ter-se ferido gravemente.

A porta da sala se abre e o senhor Clarke surge à soleira. Ele consulta o relógio e cruza os braços.

– Pensei ter ouvido uma comoção aqui fora – diz ele. – Vocês dois deveriam estar sentados nas respectivas carteiras.

– Desculpe meu atraso, senhor Clarke – Xavier começa. – Eu estava...

– Eu me lembro claramente de ter alertado ambos, da última vez que se atrasaram para minha aula... que significa que este pequeno entrevero rendeu aos dois uma detenção hoje, depois da escola – diz o senhor Clarke.

– O quê? Mas ela trombou comigo! – Xavier argumenta. – Eu teria chegado a tempo se...

– Ah, vá – interrompo, encarando-o. – Você estar atrasado não tem nada a ver comigo, e foi *você* quem trombou *comigo*.

– Eu estava andando por um corredor vazio – Xavier retruca. – Foi você quem fez a curva correndo a cem quilômetros por hora, sem...

– Agora, vocês dois receberam uma detenção para amanhã à tarde também – o senhor Clarke anuncia. – Continuem brigando e desperdiçando meu tempo, e terei prazer em premiá-los com detenção pela próxima semana inteira, no mínimo.

Com o sangue fervendo, fecho a boca. Xavier faz o mesmo.

– Muito bem. – O senhor Clarke dá um passo para o lado e gesticula para entrarmos na sala. – Façam a gentileza.

Serpenteamos entre as carteiras até chegar às nossas e nos sentamos, enquanto o restante da turma nos encara. Quando o senhor Clarke nos instrui a abrir o livro na página 112, eu me encolho diante do olhar duro de Xavier.

Suponho que esse seja um jeito de chamar a atenção de um membro da Elite.

CAPÍTULO SETE

Xavier continua olhando para mim.

Na detenção de ontem, ele evitou contato visual de forma explícita, e ficamos sentados em um silêncio mortal durante todo o tempo, até o senhor Clarke anunciar que podíamos ir para casa – momento em que ele saiu intempestivamente da sala. Mas hoje, na nossa segunda detenção, não posso deixar de notar que ele me observa disfarçadamente de vez em quando, a testa franzida em confusão ou raiva. Estou fingindo não perceber, mas sei que minhas faces provavelmente estão me traindo. A atenção dele – por boa ou má razão – está me fazendo corar.

A certa altura, nossos olhares se cruzam e eu desvio depressa, passando a encarar fixamente a página aberta do livro, cujas linhas já se embaçaram totalmente. Parece pior, de alguma forma, que sejamos apenas nós dois na detenção. Não há outras distrações.

Quando o telefone do senhor Clarke toca, nós três nos sobressaltamos. Ele confere a identidade de quem chama e, em seguida, se levanta de um salto, pigarreando.

– Preciso aceitar esta chamada – anuncia, marchando para a porta. – Permaneçam em suas carteiras, por favor. Estarei no corredor.

A porta se fecha atrás dele e a sala mergulha novamente em um silêncio tenso. Tenso porque sinto os olhos do meu companheiro de detenção perfurar a lateral da minha cabeça.

Chega. Não aguento mais. Não me importa o quanto ele seja privilegiado, intitulado, pensativo e sexy. Isso não lhe dá o direito de encarar as pessoas desse jeito.

Viro a cabeça de repente e sustento seu olhar.

– O que foi? – disparo.

Ele parece surpreso.

– Oi?

– Você fica me encarando. Ou tem um passarinho no meu cabelo ou tem alguma coisa que você precisa me dizer.

Minha acusação o pega desprevenido e, de repente, ele exibe um sorriso largo, soltando uma risada rouca que parece surpreender a nós dois.

Todo o seu rosto se ilumina quando ele ri. Não tenho certeza se já o tinha visto rindo.

Já o vi sorrindo?

– Você não tem um passarinho no cabelo – ele diz, balançando a cabeça e ainda rindo.

Irritantemente, percebo que estou sorrindo também e preciso fazer força para puxar de volta os cantos da boca, para que ele saiba que não estou impressionada.

– Muito bem, mas então por que todos os olhares azedos? – pressiono, erguendo o queixo para mostrar que não me sinto intimidada. – Se você está esperando que eu peça desculpas por esta detenção, então vai...

– Não estou esperando um pedido de desculpas – ele me interrompe, mantendo os olhos fixos nos meus. – Na verdade, estava planejando oferecer um.

Pisco, sem entender.

– Oi?

– Eu já vinha planejando pedir desculpas a você hoje – diz ele, recostando-se na cadeira, os ombros relaxando. – Fui bem babaca ontem. Não deveria ter culpado você por me atrasar para a aula.

– Ah.

Sou pega totalmente de surpresa. Eu estava armada, pronta para entrar na defensiva e discutir, e agora ele está se desculpando. Isso não combina nadinha com a personalidade reservada e arrogante de Xavier que construí na minha cabeça a partir do pouco que sei dele. Que jogo ele está jogando?

Estreito os olhos para ele.

Os dele, por sua vez, se arregalam, e os cantos da boca estremecem como se minha expressão o divertisse.

– Por que essa cara tão desconfiada? Estou pedindo desculpas – ele enfatiza.

– Você não me disse uma palavra na detenção de ontem.

– Eu estava de mau humor e, enfim, é difícil conversar com alguém durante a detenção – ele responde, dando de ombros. – A gente tem que ficar sentado em silêncio.

– Estamos na detenção agora mesmo.

– Mas o senhor Clarke não está na sala.

– Ele saiu da sala ontem.

– Tipo, por um minuto – ele rebate, soltando um suspiro profundo antes de inclinar a cabeça para mim. – Olha, você aceita ou não minhas desculpas? Porque estou considerando retirá-las.

– Vou aceitar – digo, por fim. – Obrigada.

Por baixo da carteira, Xavier consulta o telefone. Uma olhada rápida na tela faz sua expressão se fechar e os ombros cair para a frente, trazendo de volta a persona fria e irritada com a qual já me acostumei na escola.

Foi bom ter um vislumbre do sorriso relaxado dele, enquanto durou; sinto-me até um pouco privilegiada por tê-lo visto.

Quando guarda o celular no bolso, a mandíbula dele está tensa. Ele se recosta na carteira, cruza os braços à frente do peito, encara o teto e solta um bufo audível. Não é preciso ser nenhum gênio para saber no que está pensando.

O assunto dominou todos os corredores hoje: uma reportagem de tabloide afirmando que Xavier "está ficando sem tempo para garantir o casamento real", já que seu tempo na escola ao lado da princesa Caroline está terminando. Com a possibilidade de seguirem para universidades diferentes no próximo ano, ele estaria "desesperado para que Caroline se comprometa de uma vez por todas", e a família dele teria ficado profundamente desapontada com seu fracasso em conquistar o coração da princesa.

O artigo vinha coroado por um enorme selo de EXCLUSIVO e a manchete: *O duque apaixonado destinado a aguardar nos bastidores*, seguida da alegação de que o jornal conversou com "um dos mais confiáveis membros da família de Xavier, que deseja permanecer anônimo".

A matéria não pinta Xavier sob a melhor luz – faz parecer que ele é um pretendente bajulador e servil, implorando pela atenção da princesa por imposição familiar. Verdade ou não, deve ser horrível pensar que é nisso que todos à sua volta acreditam.

E, claro, a publicação incendiou as redes sociais, com debates acalorados sobre as chances de Xavier e sobre quem mais seria "um par adequado".

De algum jeito, a princesa Caroline vem agindo como se nada tivesse acontecido. Suponho que tenha sido treinada para isso – ou simplesmente já esteja acostumada a ignorar esse tipo de coisa. Mais cedo, durante o almoço, eles se sentaram no lugar de sempre, mas acho que Xavier se cansou dos olhares e cochichos. Quando alguém comentou em voz mais alta do que o necessário sobre a reportagem – e isso foi seguido por uma onda de risadinhas –, ele se levantou abruptamente e saiu enfurecido. Pensei que a princesa Caroline fosse atrás dele, para se certificar de que estava bem, mas ela nem pareceu notar sua ausência.

Tudo isso só aumenta minha surpresa genuína por Xavier ter-se desculpado comigo pelo nosso encontro (literal) de ontem. Com tudo o que está acontecendo, me espanta eu ter, de alguma forma, atravessado seus pensamentos. Ele está certo: ontem foi um babaca. Mas hoje sinto pena dele.

– Todo mundo sabe que o que eles escrevem nessas reportagens é inventado – digo, numa tentativa de fazê-lo se sentir melhor, sem sequer fingir que não sei o que ele estava lendo no celular. – Amanhã já terá sido esquecido.

– Nunca é esquecido. É o que acontece quando a princesa está envolvida. – Ele balança a cabeça. – Eu pareço um total idiota.

Hesito.

– Não *total*. Aquela foto sua no cavalo, que eles incluíram na reportagem, não está tão ruim. Mas não posso dizer o mesmo da outra, em que você aparece de chapéu com pluma.

Ele não consegue reprimir um sorriso, os olhos brilhando quando olha para mim.

– Aquela foto é de uma festa temática de piratas. Eles pegaram no Instagram de Sybil.

– Mesmo assim. – Dou de ombros. – Você parece um pouquinho idiota, naquela. Sem ofensas.

Ele ri.

– Ofensa recebida! Qual é, você não gostou do chapéu?

– Piratas não andam por aí de chapéu com penas roxas e verdes tão espalhafatosas.

– Podem andar, se acabaram de roubar uma carga de artigos de luxo – ele rebate, altivo.

– Entendo. Então você estava fantasiado como um pirata exibindo sua última pilhagem.

Com os olhos fixos em mim, ele sorri ainda mais largo.

– Pensando melhor agora, foi idiota.

– Porém, como falei, a foto no cavalo arrasou – digo a ele. – Portanto, aí está. Já é alguma coisa. Agora seu dia não está tão ruim.

– Acho que não. – Ele ri, passa os dedos pelo cabelo e expira ruidosamente. – Quer saber? Obrigado por isso. Acho que não tinha sorrido nem uma vez no dia todo.

– Você sorriu com a imagem de um passarinho preso no meu cabelo.

Ele sorri.

– É verdade.

– Dois sorrisos em uma tarde e mais algumas risadas, também. É impressionante.

– Eu não *dei risada* – ele insiste.

– Ah, desculpe, você riu de um modo muito forte. Uma gargalhada, se quiser.

– Ou uma risota, até.

– Talvez uma casquinada.

Diante dessa última, ele franze o nariz.

– Casquinada não soa sexy.

Levanto as sobrancelhas.

– E *risota* soa?

– Bem observado – ele diz, coçando o queixo. – Vamos ficar com… risadinha forte.

– Qualquer uma das alternativas é surpreendente. Até hoje, eu nunca tinha visto você sorrir, que dirá rir.

Ele bufa.

– Qual é, você acha que eu não ri desde que o semestre começou?

– Mais do que isso. Nós nos encontramos antes, na festa dos pais de Jonty, quando você foi o encanto em pessoa – digo sarcasticamente.

– Eu me lembro. Você tem o hábito de trombar comigo por acidente.

– Você tem o hábito de ser um babaca quando eu trombo.

– Eu não causei a melhor das impressões em você, então.

– O que o faz pensar que causou alguma impressão?

Ele sorri disso.

– *Touché*. – Recostando na carteira, ele inclina a cabeça para mim. – Então, como foi que você começou em uma escola nova tão no fim do ano? Eu tenho tentado entender.

Eu me remexo na cadeira.

– Eu me mudei para Londres para morar com a minha tia.

Não acrescento nada, e ele não força a barra.

– O que está achando de Clairmont? – ele pergunta.

– Não tão ruim quanto antes – respondo sinceramente. – É diferente do que estou acostumada.

– Quer dizer que não havia uma princesa na sua escola antiga?

– Nem duques.

Ele arqueja dramaticamente.

– Inimaginável.

Dou risada. Ouvimos os passos do senhor Clarke retornando pelo corredor e Xavier rapidamente se vira para mim e baixa a voz até um sussurro.

– Aposto uma bebida com você que a chamada era sobre o gato dele.

– Fechado – respondo, confiante. – O senhor Clarke *não é* fã de gatos e essa ligação durou séculos. Por que ele precisaria conversar tanto tempo sobre um gato?

Ele estica o braço para apertar minha mão e eu o cumprimento, o aperto quente dele nos meus dedos acelerando um pouco meus batimentos. Ou talvez seja o modo como ele fixa os olhos em mim ao fazer isso, pequenas rugas surgindo nos cantos da boca quando ele sorri.

A porta se abre e o senhor Clarke entra, pousa o telefone de volta na mesa e se senta, cruzando as mãos sobre a barriga.

– Desculpem por isso – ele começa. – Um dos meus gatos entrou na casa do vizinho, fez uma cama na gaveta de pijama deles e se recusou a sair. Precisei orientá-los passo a passo no processo de usar salmão para convencê-lo a sair. Eles estavam tentando com atum enlatado! Claramente, não sabem *nada* sobre gatos.

Eu o encaro em choque.

Ao meu lado, ouço Xavier murmurar:

– Mal posso esperar por aquela bebida.

– Está me dizendo que passou duas sessões inteiras de detenção sozinha com o duque de Hurlington e não pegou o *número* dele? – Tabatha grita na sexta à noite, durante o jantar, revoltada. – É o mínimo que você poderia ter feito. Pelo amor de Deus, Ruby, eu uma vez passei cerca de cinco minutos com um príncipe herdeiro europeu e saí com marcas de dentes na coxa.

Eu me engasgo e cuspo água sobre a toalha de mesa.

Bennet me lança um olhar reprovador.

– Como pelo visto a princesa Caroline ainda está indecisa quanto ao enlace, você poderia facilmente ter incluído sua carta no jogo – ela continua, descaradamente, enquanto enxugo o queixo com o guardanapo de tecido. – Quanto você acha que esse rapaz vale? Espero que tenha flertado pelo menos um *pouco*. Ou você passou a detenção toda com o nariz enfiado em um livro?

– Não, a gente... conversou. Foi legal.

Ela se inclina, ansiosa.

– Então você *flertou*?

– Não, na verdade, não – digo, corando. – Mas foi mais fácil conversar com ele do que eu esperava. Tipo, ele é de boa. Não tão convencido quanto eu pensava. Ele... deu uma risadinha. Forte.

Sorrio para mim mesma da nossa piada particular, mesmo ele não estando aqui.

– Se você farejar ao redor de um duque, vai sentir cheiro de ego – Tabatha diz sem rodeios. – Um título de nobreza dá às pessoas uma sensação ilusória de importância. Veja meu irmão. Spencer sempre foi um cretino inútil e insolente. Ele nunca mereceu aquela casa. Ela deveria ter ficado ou para mim ou para sua mãe, mas nenhuma de nós teve o bom senso de nascer primeiro. Seja como for, fico feliz em saber que o duque de Hurlington é tolerável. A coisa poderia ter-lhe subido à cabeça, você sabe.

– Não estou dizendo que não subiu, não o conheço bem o suficiente, mas para uma conversa ele foi bacana. Duvido que a gente volte a bater papo – admito, sentindo-me estranhamente desapontada com essa perspectiva.

Tabatha parece chocada.

– O que quer dizer com isso?

– Nós não exatamente frequentamos as mesmas rodas. Ele é parte do Elites, o grupo popular que tem também a princesa Caroline, enquanto eu sou praticamente o nível mais baixo do nosso ano. Ele provavelmente só estava sendo legal comigo porque éramos as duas únicas pessoas na detenção.

– Mas de que *diabos* você está falando, Ruby Diana Carter? – Tabatha rebate, baixando o copo de vinho, frustrada. – A única razão pela qual você não é uma dessas Elites, ou seja lá o nome que tenha, é exatamente porque você decidiu não ser.

– Isso não é verdade.

– Por favor, não me insulte fingindo que você não tem escolha no assunto. Você é inteligente o bastante para saber que é perfeitamente capaz de entrar em um grupo como esse, se quiser. Você poderia manipular qualquer um deles, se quisesse. Você prefere ficar de fora, cumprimentando a si mesma por ser soberba demais para querer ser estimada.

Meu queixo cai.

– Tabatha! Não, não prefiro!

– Muito bem. Então a única outra explicação razoável é que você está com *medo*.

– De quê? – pergunto, perplexa.

– De se mostrar – ela responde com simplicidade. – Ser amiga de um grupo como esse a deixa terrivelmente exposta. Eu compreendo seus receios. Estar em exibição não é para os fracos. Sua mãe estava sempre sob os holofotes, era popular e adorada e depois, quando decidiu que estava farta daquilo, saiu do palco de uma vez. – Tabatha pressiona os lábios. – Foi uma decisão consciente. Você sabia que ela foi rainha de Clairmont?

Recosto na cadeira.

– Não. Não sabia.

– Nossos pais não poderiam ter ficado mais orgulhosos.

– Presumo que faça sentido que ela tenha sido rainha de Clairmont – admito. – Descobri que mamãe era parte do grupo popular da escola, junto com lorde Walter e Edward Deacon. E – inspiro fundo – estou pensando que um deles poderia ser meu pai.

Tabatha hesita, arregala os olhos.

– Minha nossa!

– Lady Walter disse que eles continuaram amigos depois da escola. É verdade?

Ela assente devagar.

– É. Aquele grupo continuou exclusivo, se me lembro corretamente. Bastante incomum, mas não de todo surpreendente. Eles frequentavam os mesmos círculos.

– Então, você diria que eles eram os amigos mais próximos da mamãe, nos vinte e tantos anos dela?

– Sim, eu diria. Mesmo depois que eles começaram a se casar, continuaram próximos. Deus, candidatos bastante possíveis, não são? Lorde Walter, por exemplo, sempre foi paquerador. Pobre lady Walter. Edward Deacon sempre foi charmoso e ambicioso. Ele se juntou com Zara Patel no primeiro ano da universidade, embora não tenham se casado senão muito depois. Eu nunca vi uma fagulha entre ele e Eleanor, mas, mesmo assim, não seria impossível, suponho... – Ela gira entre os dedos a haste do copo de vinho, encarando-me intensamente. – E não há outra pessoa que você ache que poderia ser?

– Em todas as fotos, ela está com Edward Deacon e lorde Walter. Eles são meus principais suspeitos – afirmo, categórica.

– Entendo. Bem, presumo que valha a pena eliminar esses dois, antes de avançarmos para qualquer outro. – Ela pigarreia. – Então, o que você vai fazer a seguir?

– Não sei bem o que posso *fazer* – respondo, esfregando a testa. – Não é como se eu pudesse me aproximar de qualquer um deles e conversar.

– Besteira. Você já pôs o pé na porta com lorde Walter, graças a mim, e agora que você tem uma relação com o duque de Hurlington...

– Eu falei com ele uma vez na detenção – interrompo.

– ... você será capaz de se aproximar de Jonty e ser convidada para a casa dele com mais frequência – ela continua, na maior cara de pau. – Quanto a Edward Deacon, eu ocasionalmente o vejo em eventos sociais excêntricos e ele sempre gosta de me ver, naturalmente. Nunca faz mal estar nas boas graças de um dos mais poderosos homens de mídia de Londres; escreva isso, Ruby. Enfim, eu tenho o número dele, então você pode pegar.

– Ah, claro, vou dar uma ligadinha para ele – zombo.

– Boa ideia – Tabatha diz, sem perceber meu sarcasmo. – Bennet, você seria um querido e pegaria meu telefone? Sabe Deus onde o deixei. Acho que me lembro de tê-lo visto quando estava indo da cozinha para meu quarto, se é que isso ajuda.

Bennet aceita a incumbência curvando calmamente a cabeça e sai da sala.

– Sabe, Ruby, acho que me lembro de trocar com Edward um beijo bêbado na face, em uma das festas de Eleanor – Tabatha continua alegremente, sorrindo diante da lembrança. – Creio que ele estava rompido com Zara, na ocasião. Ele é muito bonito, você sabe. Bons genes, se ele for seu pai. Vamos perguntar.

– Tabatha, eu não posso simplesmente telefonar ao editor-chefe do *Daily Gazette* e *perguntar*! – protesto, em pânico com a velocidade com que isso escalou.

– Mas por que não? Ele dificilmente está ocupado. Tenho certeza de que adoraria um papo sobre os bons e velhos tempos. Escritores sempre apreciam uma ligeira procrastinação.

– E o que devo dizer? "Olá, senhor Deacon, eu sou filha de Eleanor Carter e, a propósito, você sabe quem é meu pai, e talvez seja o senhor?"

Tabatha dá de ombros.

– Eu acho que é um começo excelente. Direto ao ponto. Vou lhe dizer uma coisa: se isto a está preocupando demais, então eu perguntarei. Você não precisa mexer um dedo.

Bennet reaparece, trazendo o celular de Tabatha em uma bandeja de prata.

– Maravilhoso, Bennet, onde o encontrou? – ela pergunta, pegando o aparelho.

– Em um vaso no jardim – ele responde.

– Mas o que será que ele estava fazendo lá? – Ela descarta a própria pergunta com um gesto. – Deixe estar. Parabéns por ter encontrado. Agora, vejamos... – começa a percorrer a lista de contatos. – Aqui está! Edward Deacon.

– Agora? Você vai fazer isso agora? – pergunto, sentindo minha garganta se fechar. – A gente não deveria pensar mais, encontrar o melhor jeito de abordar a questão, talvez discutir...

– Está chamando! – ela exclama, levando o telefone à orelha.

Ofego e sinto que vou vomitar.

– Tabatha! Por favor! Isto é...

– Caiu na caixa postal – ela anuncia, decepcionada.

– Graças a Deus – solto a respiração e fecho os olhos, o sangue martelando nos meus ouvidos.

Meu alívio dura pouco.

– Edward, querido, lady Tabatha aqui – minha tia diz, sedutora, ao telefone. – Lamento muito incomodá-lo a esta hora da noite, mas estou sentada aqui com a minha sobrinha de dezessete anos, Ruby, a filha de Eleanor, você sabe, e nós estávamos nos perguntando se existe alguma possibilidade de você ser o pai dela. Ligue de volta, faz tempo demais que não nos falamos. Lembranças a você, Zara e as crianças. Tchau!

Ela desliga. Eu a encaro. Ela dá um gole no vinho. Nota minha expressão. Baixa o copo.

– Qual é o problema com o seu rosto, querida? – ela pergunta.

– Você acaba... você deixou um recado de voz para ele dizendo... Você... – Minha voz some.

– Bennet, o que há de errado com ela? – Tabatha pergunta, preocupada.

– Creio que esteja em choque – ele responde.

– Você deixou uma mensagem de voz para ele perguntando se ele era meu pai – consigo finalmente falar. – *Você não pode fazer isso!*

– Ah, mas eu posso, sim. Se isso não chamar a atenção dele, mais nada vai conseguir. Ah, veja só, aí está. – Ela levanta o telefone. – Ele está ligando de volta.

– Tabatha, espere – sussurro, mas é tarde demais.

– Edward, querido! – ela atende, toda alegre. – Como vai?

Afundo na cadeira, minha cabeça rodando.

– Ah, você sabe, ocupada como sempre, mas sobrevivendo bem – ela diz. – Você recebeu meu recado, maravilha... Ah, é gentil de sua parte dizer isso, obrigada. Sim, sobre Eleanor, realmente muito triste, e que delicadeza a sua me enviar uma carta tão adorável na época. Você escreve tão lindamente, querido, tantas boas recordações... Sim, foi uma cerimônia íntima. Não divulgamos muito. Ela não queria estardalhaço... Bem, talvez façamos uma homenagem em algum momento, e você precisa comparecer, se fizermos. Ela gostava tanto de você. Por falar nisso, devemos conversar sobre o *quanto* vocês gostavam um do outro?

Ai, meu Deus, me mate agora.

Afundo tanto na cadeira que meus olhos estão agora alinhados à toalha da mesa. Bennet me olha de um jeito estranho, mas não diz nada.

– Mmm. Mmm-humm. – Tabatha olha na minha direção e ergue as sobrancelhas. – Entendo. Tem certeza? Vocês nunca trocaram uns amassos bêbados?

AMASSOS BÊBADOS.

Estou no momento completamente embaixo da mesa.

– Muita gentileza sua oferecer, querido, mas um teste de paternidade é desnecessário. Confio totalmente em você – Tabatha continua. – Agora, você por acaso não teria alguma ideia sobre quem *poderia* ser o pai, teria? – Ela se cala por um momento, ouvindo a resposta. – Ah, mesmo? Ela fez *isso*? Sim, faz *todo* sentido. Maravilha. Bem, obrigada por sua ajuda, Edward. Almoço? Mas é claro. Dê umas alternativas de data. Ansiosa por revê-lo, querido. Tchauzinho!

A sala fica em silêncio.

– Ruby? – A cabeça de Tabatha aparece sob a mesa, quando ela se abaixa. – O que está fazendo aí embaixo? Você deixou cair o guardanapo? Bennet, ajude-a.

Asseguro a Bennet que não preciso da ajuda dele e me apoio para me levantar de volta até a cadeira.

– O que ele disse? – pergunto com voz rouca, ainda em choque, mas curiosa demais para não perguntar.

– Ele falou que não há a menor chance de ser ele, sinto muito; mas ele acha que os outros podem saber – Tabatha me informa, bebericando o vinho pensativamente. – Ele não me contou nada que eu já não soubesse, apenas confirmou que lorde Walter adorava sua mãe e também que vale a pena conversar com Danai Cavendish. Eleanor pode ter segredado a ela.

– Não muita ajuda, portanto.

– Ao menos nós o eliminamos da equação – Tabatha diz. – Ele me convidou para almoçar; sei do que ele está atrás. Ele quer que eu o mantenha informado sobre toda essa saga e que forneça um bom escândalo para o jornaleco dele. Lorde Walter, membro do parlamento que discursa interminavelmente sobre a importância da família... Ora, se ele acabar se revelando seu pai, a hipocrisia seria deliciosa para alguém como Edward.

– Tabatha, você não pode dizer uma palavra até termos certeza – falo com firmeza, encontrando, afinal, coragem. – Caso você tenha se esquecido, isso é muito importante para mim, não uma simples fofoca ou um escândalo para seus amigos comentarem no chá da tarde ou seja lá o que é que vocês fazem. Nós estamos falando de descobrir meu pai. Isso é gigante para mim. E pode afetar outra família. Precisamos agir com cautela.

Ela suspira, mas quando torna a falar sua voz está mais séria.

– Estou escutando e prestando atenção, Ruby. Mas você precisa aceitar a possibilidade de que a verdade vai doer. Eu não estava despachando você para uma perseguição às cegas quando sugeri esse grupo de amigos como pais em potencial. Eu realmente não creio que possa ter sido nenhuma outra pessoa. Há uma pequena chance de ser alguém que ninguém conhece, mas acho que estamos no caminho certo aqui. Isso significa que você precisa aceitar que a verdade talvez não seja bem recebida pelo seu pai nem pelo público em geral. – Ela se inclina. – Quer minha opinião? Acho que Eleanor foi cruel em não lhe contar. Sei que você talvez não queira que eu fale de sua mãe desse jeito, mas é assim que me sinto. Uma garota deveria saber quem é seu pai, independentemente de quanto seja incômodo. A verdade importa.

Baixo o olhar para o colo. Não posso evitar sentir que ela tem razão.

– Portanto, eu vou fazer isso do jeito que você quiser, mas você tem certeza de que deseja saber, independentemente das consequências? – Tabatha confere.

Confirmo com a cabeça.

– Muito bem, então – ela diz. – Por que você não manda uma mensagem para o seu amigo? Aquele que é bom com tecnologia e esse tipo de coisa. Veja se ele pode vir aqui no domingo.

Estreito os olhos.

– Por quê?

– Porque você precisa de uma renovação completa. E isso inclui o ambiente virtual – ela responde cansada, como se fosse óbvio.

– Tabatha. – Levanto as mãos. – Do que você está falando?

– Se você quer respostas, precisa fazer mais do que conversar com os Elites – ela diz, um sorriso malicioso surgindo em seus lábios. – Você precisa se tornar um deles.

CAPÍTULO OITO

No dia seguinte, desperto ao som de uma colmeia de atividade que sobe do térreo. Visto o roupão de seda que Tabatha comprou para mim (que combina com o pijama de seda creme que ela também comprou para mim e que insiste que eu use, em vez da velha camiseta e da calça xadrez de pijama), desço a escada e dou de cara com pessoas cruzando de um lado ao outro com fones de ouvido e iPads. Parada no último degrau, observando o caos que eles provocam ao correr de cômodo para cômodo, vejo Bennet, que emerge da cozinha levando uma bandeja com um Bloody Mary em cima.

– É... Bennet? – chamo e atraio sua atenção. – O que será que está acontecendo?

Ele desliza até mim e para perto do corrimão.

– Lady Tabatha a convidou para ir às compras hoje.

Antes que eu possa fazer mais perguntas, a campainha toca.

– Com licença. Preciso levar a bebida de lady Tabatha antes de atender à porta – Bennet diz, curvando a cabeça e saindo às pressas para entregar o drink.

– Eu atendo – ofereço, e me desvio de uma pessoa que, com grande urgência, dita instruções graves pelo fone.

Quando abro, sou cumprimentada por um homem que calculo ter uns trinta anos, usa uma polo preta e calças pretas, com um lenço colorido pendendo frouxo do pescoço, e óculos de armação vermelha. Ele tem cabelo loiro comprido, penteado em um coque masculino, olhos cor de avelã e maçãs do rosto de provocar inveja, e está ladeado por duas pessoas, um homem e uma mulher, também trajando preto dos pés à cabeça.

– Ah! Você deve ser Ruby – ele diz, com um sorriso encantador, passando por mim a toda velocidade, com os dois assistentes em seus calcanhares. – Que honra conhecê-la. Eu sou Luca.

– Oi – digo, perplexa.

– Hum. – Ele me analisa, inclinando a cabeça, e de repente me dou conta de que nem lavei o rosto ao acordar. – Entendo o que ela quer dizer.

Pisco sem entender.

– Desculpe?

– Luca, querido! – Tabatha grita esganiçado no corredor, bailando na direção dele com o Bloody Mary, usando um conjunto de terninho e calça de alfaiataria creme, com um sapato preto de salto.

– Lady Tabatha, você não envelhece? – ele responde, radiante, enquanto ambos trocam beijinhos no ar. – Você *precisa* me revelar seu segredo.

– Não é segredo, querido. Sou uma combinação imbatível de Botox e champanhe.

– Se fosse só isso, eu aparentaria ter dezessete anos!

Os dois dão risada da piada dele, antes de se concentrarem de novo em mim.

– Então, aí está ela – Tabatha suspira. – Ainda de pijama, a esta hora. Adolescentes!

Se eu não estivesse tão atrapalhada com tudo, comentaria que raramente Tabatha sai do quarto antes de mim, pela manhã.

– Exatamente como você disse, lady Tabatha, tanto potencial desperdiçado. – Ele assente, olhando para mim. – Mas as sobrancelhas são fabulosas. – Ele se vira para a assistente. – Anote, ninguém toca naquelas sobrancelhas. Do contrário, vão se ver comigo.

– Não são impressionantes? Exatamente como as da mãe dela. – Tabatha sorri.

– Eu me lembro. – Luca apoia a mão sobre o coração. – Ela virava cabeças em qualquer ambiente.

– E Ruby também vai virar quando você tiver terminado com ela, querido – Tabatha declara.

– Espere, como assim, *quando ele tiver terminado comigo*? – pergunto, deliberadamente cruzando os braços em frente ao peito.

Tabatha bate palmas.

– Ao trabalho! Não há tempo a perder!

Soprando um beijo para ela, Luca gira nos calcanhares e marcha rumo à sala de estar, enquanto Tabatha vem em minha direção, envolve meus ombros com os braços e me conduz de volta à escada.

– Vá tomar banho e se preparar para o dia, Ruby, e nada de enrolação – ela instrui, enquanto me demoro no último degrau.

– Você pode *por favor* me dizer o que está acontecendo? – Vejo alguém sair da cozinha com uma bandeja de canapés. – Estamos dando uma festa ou coisa assim? Está meio cedo, não?

Tabatha ri.

– Ah, querida, uma festa a esta hora! Por quem me toma? Não, não, não, isto é tudo para você. Pensei que Bennet já lhe teria contado, a esta altura, que vamos fazer umas compras juntas hoje.

– Ele contou, mas isso não explica – aponto o corredor agitado – isto.

– Ah, minha doce, doce menina. – Ela estica o braço e mexe no meu cabelo, fala com voz leve e paternalista. – Mas é *assim* que nós fazemos compras.

– Oi?

Ela ergue as sobrancelhas.

– Você acha que nós *saímos* para escolher o que queremos dos designers de moda? Não, minha querida, os designers vêm até nós. Luca é um velho e querido amigo e um dos estilistas mais requisitados do mundo. Eu liguei ontem à noite para contratar os serviços dele para você e ele entrou em contato com os designers favoritos dele, para informar. Os designers enviaram algumas opções para nós hoje, e passaremos o dia escolhendo as peças que você quiser.

– Você es-está... falando a sério? – gaguejo, mal me atrevendo a acreditar. – Designers mandaram roupas para que *eu* escolha?

– Claro, querida! Você é a sobrinha e também a protegida de lady Tabatha – ela diz, com um floreio de mão. – Meu nome vale alguma coisa. Eles sabem que você vai comparecer a alguns dos melhores eventos da cidade ao meu lado, e uma foto sua usando uma roupa deles pode ter um longo alcance, especialmente quando você tiver feito amizade com a princesa Caroline.

Um calor me sobe às faces.

– Mas eu nem sei se vou...

– Você vai conseguir, Ruby – ela afirma, categórica. – Não tenho a menor dúvida. Em primeiro lugar, quando tivermos acabado aqui, ela vai dar uma olhada em você e querer ser sua amiga. Em segundo, se você for minimamente parecida com sua mãe, uma vez que põe uma coisa na cabeça, não há dúvida de que consegue. A teimosia dela era tão admirável quanto enervante. Ela conseguia o que queria e nunca achava que precisava explicar nada.

Quando alguém empurra uma arara de belos vestidos pelo corredor, a caminho da sala de estar, eu arquejo, pasma, uma onda de excitação me percorrendo e fazendo minhas mãos formigar.

– Nós vamos passar a manhã escolhendo um novo guarda-roupa para você, desde looks para o dia a dia até trajes de festa para bailes – Tabatha me informa, levantando orgulhosamente o queixo. – Luca e a equipe dele estão aqui para nos orientar. Vamos precisar de toda a energia que pudermos reunir, e foi por isso que encomendei comidinhas para a ocasião. Luca chamou também os recomendados especialistas dele em beleza e maquiagem, para que façam a mágica acontecer em você. Eles vão lhe apresentar algumas técnicas, de modo que você mesma possa se maquiar para a escola. Mas não se preocupe, vou garantir que estejam à disposição, antes de qualquer evento.

– Uau. Isso parece... sensacional.

– Depois, no fim da tarde, vamos ao meu salão favorito, para que meu cabeleireiro faça uns tratamentos e injete um pouco de vida em seus cachos. Eles também oferecem procedimentos de spa no salão. E o lugar será fechado para nós, naturalmente.

– Tabatha – começo, engolindo o nó que se forma na minha garganta –, tudo isso é incrível, mas o custo... Não posso deixar que você faça isso. É um exagero.

– Ruby, eu *quero* fazer isso.

– Mas, Tabatha, eu não posso...

Ela suspende a mão para me impedir de falar e a pousa sobre a minha, no corrimão.

– Ruby, sinceramente, o prazer é todo meu em reformar seu pobre guarda-roupa. Não é puro altruísmo, sabe? Você me representa agora e precisa estar à altura do papel.

Outra arara de roupas é transportada pelo corredor.

– Sinto que estou sonhando – murmuro, mordendo o lábio.

– É tudo de verdade, querida – ela diz, e me observa com curiosidade. – Sabe, Ruby, sua mãe tinha realmente jeito para a moda. *Sem esforço*, era o que costumavam dizer, na *Tatler*, sobre o estilo dela. Ela adorava roupas e valorizava a qualidade das peças e como o estilo é uma expressão do eu, ou de como a pessoa está se sentindo em dado momento. Ela respeitava a forma artística. Em certa altura, ela considerou seriamente enveredar pela moda.

– Mamãe sempre se arrumou, mas eu não sabia que isso era *tão* importante para ela.

– Ela sabia como é importante se sentir bonita – Tabatha diz, simplesmente. – Quando se sente bonita e confiante, nada pode deter você, independentemente de quem seja. Sei que não sou sua mãe, mas gostaria de pelo menos ajudá-la a sentir-se assim. Creio que sua mãe aprovaria. Ver seus olhos se acender desse jeito... – Sua voz some e ela sorri sinceramente para mim. – E não quero que se preocupe com o custo. Dinheiro não é problema.

É difícil continuar protestando. Isso é *muito* e eu me sinto culpada por Tabatha investir tanto tempo, energia e dinheiro em mim e na minha aparência; mas ela parece estar realmente gostando, e não posso ignorar as ondas de entusiasmo que me percorrem.

– Obrigada, Tabatha – digo com sinceridade.

– De nada. Agora vá. Temos um dia cheio. – Ela estica a mão e afaga meu rosto. – Leva mais tempo do que você imagina, criar a ilusão de uma boa estrutura óssea.

– Eu... Calma. O quê?

– Vamos, vamos, querida! – ela gorjeia, e se afasta bailando.

Deixando de lado a ofensa, corro para cima para tomar banho, tropeço por causa da pressa e torço para que nenhum dos sofisticados estilistas tenha notado. Quando mais tarde desço, a sala está disposta como meu salão de desfiles particular, com araras e mais araras de roupas e iluminação profissional. Todas as araras rangem sob o peso das opções enviadas por designer após designer, grandes nomes, novas marcas, cada roupa tão linda quanto a seguinte. E depois há os sapatos: caixas deles, de todos os tipos: saltos altos, tênis, botas, sandálias, todos enfileirados, prontos para a seleção de Luca, a depender do meu próximo look. Há uma cortina atrás da qual Luca me ajuda a me vestir e eles montaram inclusive uma plataforma no meio da sala, de modo que eu possa desfilar, e Tabatha, julgar.

Eu tinha razão antes. Isto é realmente como um sonho.

Escolher roupas para o dia a dia é bem divertido, mas é quando começo a provar os trajes de festa e baile que sinto que entrei em uma espécie de conto de fadas. Passo o dia corada de júbilo, fazendo sibilar a saia em camadas de um vestido Dior, sentindo-me Audrey Hepburn em um traje de coquetel preto Versace, rodopiando um vestido de noite Chanel, girando em uma peça metalizada Zac Posen, admirando o plissado de um Elie Saab, sendo arrebatada por um vestido tomara que caia justo Dolce & Gabbana, dando gritinhos para meu reflexo em um vestido azul Oscar de la Renta, boquiaberta diante de uma peça vermelha Ralph Lauren que abraça meu corpo.

E esses são apenas *alguns* dos grandes nomes, fora os vários designers em ascensão que mandaram propostas também. Meu guarda-roupa simples de jeans rasgados e camisetas básicas foi substituído por fileiras de blusas de seda, camisas de golas *oversized*, jeans justos elegantes, minissaias fofas e vestidos lindos de tirar o fôlego, que mal posso esperar para usar. Meus tênis velhos desapareceram, chutados para a sarjeta por uma coleção de sapatos de salto de todos os estilos e tons, sapatilhas de designer e botas até o tornozelo.

Tabatha está se divertindo tanto quanto eu, acomodada em uma *chaise longue*, opinando sobre cada combinação com os lábios em beicinho e em todas as oportunidades dizendo a Luca que ele é um gênio. Quando dá meio-dia, ela manda que sejam abertos champanhes, certificando-se de que eu também seja servida. Tocamos nossas taças, sorrindo de orelha a orelha porque o dia está sendo praticamente *perfeito*.

A única coisa que o tornaria melhor seria se mamãe estivesse aqui. Gostaria que ela me visse assim. Fazer compras é o tipo de coisa que você sempre quer fazer com a sua mãe. Mas daí penso que talvez ela *esteja* realmente conosco agora, em espírito, sorrindo e rindo junto, e não vou deixar que minha tristeza comprometa um dia tão especial, principalmente quando Tabatha pôs tanto empenho nele.

Quando o guarda-roupa está montado, eu me sinto exausta e tenho um respeito renovado pelas modelos. Não há tempo para relaxar, porém: é direto para os tratamentos de beleza e maquiagem. Arquejo de espanto quando Poppy, a artista de make-up, me presenteia com minha própria mala (quero dizer um estojo grande como uma mala de viagens) de maquiagem que ela montou para mim. É a coisa mais linda que já vi. Parece algo que uma influencer teria, cintilando com todos os variados produtos que você conseguir imaginar, de todas as melhores marcas. Meus olhos se enchem de lágrimas quando observo todas as sombras, batons e brilhos, e tapo a boca com a mão.

– Isto é mesmo para mim? – confiro, abanando a cabeça, incrédula.

– É, sim. – Poppy sorri. – Vamos brincar um pouco?

– Sim, por favor! – suspiro, atiro os braços em volta dela e a faço rir.

Vou para o salão me sentindo uma pessoa diferente. Estou usando um top Fendi com calça cinze de cintura alta Celine, uma jaqueta de couro artificial Givenchy e sapatilhas Steve Madden, e minha maquiagem profissional está impecável. Preocupo-me que seja um desperdício, já que ninguém além do cabeleireiro vai ver, mas Tabatha descarta minha apreensão quando a verbalizo.

– Como esta maquiagem a faz sentir-se, Ruby? – ela pergunta, lançando-me um olhar duro, no assento traseiro do carro.

– Bem – admito. – Muito bem.

Ela se recosta, satisfeita.

– Então não foi desperdício, não é?

Não quero que o dia acabe, mas na hora do jantar mal consigo comer, de tão cansada. Meu cabelo está mais sedoso e espesso do que nunca, com as pontas aparadas e secado com secador, como se eu estivesse a caminho do tapete vermelho. Meu rosto está preparado para ser capa de revista e quero dormir com estas roupas, de tão lindas que são, mas com relutância as tiro antes de ir para a cama e adormecer depressa, apesar de toda a agitação que vivi durante o dia.

Acordo no domingo de manhã com Tabatha invadindo meu quarto e abrindo as cortinas.

– Bom dia, Ruby! Hora de levantar. Temos compras a fazer.

– Mais compras? – Bocejo e esfrego os olhos para afastar o sono. – Como é possível? Tenho todas as roupas que poderia desejar.

– Sim, você tem roupas, mas e quanto aos acessórios? – ela diz, parada no pé da cama com as mãos no quadril.

– Acessórios? Tipo bolsas? – pergunto, esperançosa.

– Bolsas, óculos escuros, lenços. – Ela faz uma pausa, um sorriso cúmplice surgindo em seus lábios. – E, claro, que roupa está completa sem um pouco de joias?

Quando desço a escada naquela tarde usando um minivestido Dior preto, Ollie olha, desvia e olha de novo, e fica de queixo caído.

– Essa é exatamente a reação que eu estava esperando – Tabatha declara, observando-o pela porta da sala de estar. – O rapaz está sem fala!

– E-eu... Des-desculpe. Você está diferente – Ollie gagueja, recompondo-se.

– Estou parecendo uma boba? – pergunto, nervosa, quando chego ao último degrau, tendo feito a maquiagem sozinha, hoje, com todos os novos produtos e experiência que ganhei.

Ele engole em seco.

– Não! Não. Você está... linda. Digo, você era linda antes. Agora, você... bem, continua linda.

– Mais do que linda – Tabatha insiste, rodeando-me para observar todos os ângulos. – Se você fosse *minha* filha, teria aparecido na *Tatler* desde o nascimento. Pelo menos você ainda tem a chance de ser escolhida para a capa de uma *Country Life*. As coisas são um pouco diferentes hoje em dia; você é apresentada à sociedade por outros meios primeiro, que é onde você entra, Orson.

– O nome dele é Ollie – eu a corrijo.

Ela se vira para Ollie e o analisa de alto a baixo, enquanto minha mão sobe instintivamente até a orelha, para me certificar de que os brincos de diamante que estou usando estão seguros no lugar. Refletindo sobre esses últimos dias, percebo que duas tristes verdades se comprovaram:

Primeira: sou claramente uma vadia básica, facilmente conquistada por coisas bonitas e brilhantes.

Segunda: diamantes são realmente os melhores amigos de uma garota.

– Ruby me disse que você leva jeito com tecnologia – Tabatha continua, para Ollie. – Se queremos que a princesa Caroline repare em Ruby e a acolha em seu grupo, então Ruby precisa ter a aparência certa, e isso inclui a presença online dela. A página privada do Instagram dela é atualmente uma lástima, Orson, e precisamos que você resolva isso. O TikTok dela é inexistente.

– Mamãe não gostava que eu usasse as redes sociais – explico. – Até desencorajava que eu fizesse isso, na verdade; e também não é como se eu tivesse muito a dizer.

– Claramente – Tabatha diz, seca. – O único consolo que nos resta é que é quase impossível encontrar você, para começo de conversa.

Presumo que nenhum aluno de Clairmont tenha pedido sua amizade online até agora.

Sacudo a cabeça.

– Graças a Deus. Orson, você precisa deletar as mídias sociais atuais dela. Todas. Não que isso vá consumir muito tempo, só o que ela tem são uns posts esporádicos sobre os livros que está lendo, algumas fotos a cavalo e paisagens rurais. Apague, apague, apague. Depois, precisamos reconstruir do zero. O Photoshop é seu amigo, você entende?

– Ãhn...

– Esplêndido. Você pode abrir seu laptop na biblioteca e começar a trabalhar.

Ele a encara.

– Vamos – ela o apressa, batendo as mãos com extrema impaciência. – Depressinha!

Ele está tão surpreso com aquelas palmas dela que humildemente começa a seguir Bennet para a biblioteca. Vou atrás dele a passos rápidos e explico o plano de Tabatha: elevar-me ao status dos Elites, de modo a me aproximar de pessoas que talvez tenham respostas sobre meu pai.

Ele concorda em ajudar. Eu fico lhe devendo *muito*.

No começo, ele fica um pouco hesitante quanto às publicações em rede social, talvez pelo fato de estarmos construindo uma mentira, mas, com o entusiástico incentivo de Tabatha, que não deixa espaço para titubeios, ele começa a entrar no espírito. Quando termina, eu tenho uma nova vida.

Ollie não força a mão: fica claro que tive uma infância tranquila, na zona rural. Há menções ao meu cavalo, Columbus. Porém, conforme minhas redes sociais, também passei férias escolares veraneando em St. Barts, esquiando em St. Moritz e desfrutando de fins de semana prolongados em Nova York e Paris. Evitei bastante a cena social londrina, embora tenha passado pela cidade algumas vezes para assistir a partidas de polo e ver exposições culturais. Desde que me mudei para Londres, descobri que meus restaurantes favoritos são o Nobu, em Old Park Lane, e o Chiltern Firehouse.

– Não há muitos posts, mas, se alguém perguntar, Ruby, você diga simplesmente que até bem recentemente não sentiu necessidade de ter redes sociais. Na pior das hipóteses, isso dá certo mistério, o que todo mundo adora – Tabatha diz, percorrendo meu novo perfil no Instagram. – Você fez um bom trabalho, Orson, parabéns.

– Ollie – ele corrige, mas ela não parece ouvir.

Eis que o fim de semana é apenas o começo do esforço de Tabatha em me transformar em uma Elite. Ela dedica todas as noites da semana seguinte à minha educação sobre a alta sociedade, cancelando todos os planos que tinha para fazer isso (conforme me relembra constantemente). Usa o Instagram que criou para mim como guia, tendo pedido a Bennet que ampliasse as fotos falsas criadas por Orson/Ollie e as prendesse em um bloco de cavalete, de modo a me conduzir por elas, uma a uma, e me informar sobre todos os detalhes da minha nova vida.

Ela está levando a ideia toda muito a sério. É óbvio que está gostando de me comandar e de exibir orgulhosamente todos os detalhes e a etiqueta que o mundo dela tem em tão alta estima. Espero que esteja igualmente a sério disposta a me ajudar a identificar meu pai.

É difícil dizer.

– Isto é quando você compareceu à colaboração de Marcus Moco com a H&M em Nova York – ela me diz certa noite de segunda-feira, usando uma longa vareta de prata para indicar a foto artística de um casaco de pele falsa sobre um sofá de veludo vermelho em um canto reservado de um bar, cuja legenda diz *24 horas em Nova York: vale a pena por #MocoHM #Icônico*

Levanto a mão.

– Quem é Marcus Moco?

Ela e Bennet trocam um olhar desanimado.

– Ele é um designer britânico que você conheceu no Recinto Real em Ascot, no ano passado.

Franzo a testa.

– Pensei ter conhecido lorde Appleton em Ascot.

– Não – ela bufa, perdendo a paciência. – Você conheceu lorde Appleton em Glyndebourne.

– Ah, sim, no balé.

– NA ÓPERA – ela grita.

Com o avançar da semana, eu progrido. Meu teste é comparecer à Gala Florescer, festa à qual Tabatha vai me levar neste fim de semana. Conforme não para de repetir, um deslize ali poderia provocar suspeitas ou rejeição. Enquanto Tabatha me educa quanto às coisas certas a dizer, Bennet me mostra o modo correto de agir. Ele me apresenta meticulosamente aos pratos e talheres em todas as refeições que fazemos, instruindo-me sobre o significado atrás de cada garfo, faca e copo. Ele está tão empenhado na missão que certa noite põe a mesa para me testar, dispondo os itens em ordem errada para ver se percebo.

Eu de fato percebo, e ele quase chega a sorrir.

Não exatamente, mas quase. Parece uma vitória importantíssima. Se posso convencer Bennet de que estou preparada, talvez possa convencer a mim mesma.

CAPÍTULO NOVE

De acordo com Tabatha, a Gala Florescer, celebração anual oferecida por Sua Majestade, a rainha Grace, na Dartmouth House, em Mayfair, é uma ocasião adequada para a minha estreia formal na alta sociedade. A Gala Florescer é uma reunião de nobres, socialites, modelos e talentos criativos para comemorar o trabalho do Petal Trust, uma instituição de caridade fundada pela rainha Grace, que constrói hospitais e jardins terapêuticos por todo o país. Tabatha comparece todos os anos, assim como o restante da alta sociedade, e, graças a suas "significativas doações", seu pedido de levar uma convidada especial foi prontamente atendido. A princesa Caroline também estará lá, recepcionando ao lado da mãe, bem como estarão presentes o duque de Hurlington, Jonty Walter e Sybil Cavendish.

Após o café da manhã, começam os preparativos para a minha estreia na sociedade. Tabatha me ajuda a me vestir, fecha cuidadosamente o zíper do vestido de estampa floral Dolce & Gabbana. Não permite que eu me olhe no espelho até estar também calçada (um par de salto bloco Jimmy Choo rosa-choque, com pequenos laços na tira do tornozelo).

Ao me ajudar a ficar de pé, ele recua um passo para admirar o trabalho que ela e a equipe dela fizeram.

– Muito bem, você está quase pronta – ela diz por fim, permitindo que eu vá até o espelho de corpo inteiro. – O que acha?

Meu cabelo escuro sedoso está puxado para trás em um coque casual, com mechas soltas emoldurando meu rosto e, apesar de ter parecido que fiquei horas sentada na cadeira, minha maquiagem parece leve e natural, com nuances de dourado sobre as pálpebras, cílios fartos e um tom nude de batom. O look todo parece inspirado nos anos 1960, mas sem forçar a barra. Está maneiro.

Abro um largo sorriso.

– Eu estou... bonita.

– Mais do que *bonita*, querida. Você está fabulosa – Tabatha diz, estendendo um par de brincos de argola de ouro para o toque final. – Como diz Luca, a confiança vem de dentro, mas às vezes ela precisa da ajudinha de um vestido. Você está em seu ambiente, em um evento assim, tanto quanto qualquer outra pessoa presente. Você não pode se sentir deslocada perto dessas pessoas, Ruby. Você tem a herança, você tem o estilo, só precisa de autoconfiança.

Eu gostaria que Orson/Ollie viesse conosco à Gala Florescer, mas ele não recebeu convite. Eu ficaria mais à vontade se tivesse um amigo lá, mas, quando digo isso em voz alta para Tabatha, enquanto ela escolhe a bolsa certa que devo levar, ela me lança um olhar daqueles.

– Você terá novos amigos ao fim do dia, se jogar suas cartas direito – ela observa. – É para isso que tivemos todo esse trabalho.

Há tanta pressão no ar hoje. Preciso entrar nesse grupo. Eu *sei* que eles têm a chave para a descoberta de quem é meu pai. Não quero desapontar a mamãe.

Duvido que os Elites tenham notado a sutil mudança na minha aparência esta semana; não é como se eu pudesse promover uma alteração drástica, com o mesmo uniforme que precisamos usar todos os dias. Flagrei Xavier me olhando de um jeito meio engraçado, quando ia a caminho da minha aula de Inglês, certa manhã, como se ele soubesse que havia algo ligeiramente diferente, mas não soubesse bem o quê. Eu acordei cedo todos os dias, para fazer maquiagem e arrumar o cabelo. Minhas unhas estão feitas e tenho usado mais joias do que antes.

Mas mais do que isso seria necessário para que os Elites *realmente* me notassem.

Tudo está dependendo de hoje. Eu *preciso* causar uma impressão. Positiva, desta vez.

– Agora, deixe-me ver suas unhas – Tabatha pede, enquanto admiro meu reflexo, pondo os pés em ponta dentro do belo salto rosa. – Qualquer lasca e precisaremos esmaltar outra vez. Mãos, por favor.

Pouso a mão na dela e ela imediatamente a solta e se retrai.

– Por que sua mão está ÚMIDA, Ruby?

– Desculpe, estou nervosa. Minhas palmas estão um pouco pegajosas.

Seus olhos se esbugalham de puro terror.

– *Pegajosas*? *Nunca mais* diga isso, Ruby. Eu a proíbo totalmente. Meu Deus, para onde está indo este mundo? BENNET! Onde você es... Ah, bem, aí está você. Bennet, vamos precisar de luvas para Ruby. A querida Genevieve de Cornelia James mandou uma bela seleção para Ruby, da coleção nova. Ela incluiu seda, cetim, couro e algodão; ela é um anjo. Traga todas, e vamos ver qual fica melhor. – Ela para e se vira para falar comigo. – Se for para calçar luvas em uma ocasião, Ruby, que sejam Cornelia James. Você deveria anotar isso.

Bennet não consegue evitar demonstrar certa hesitação ao cumprir a instrução dela.

– Sim, sim, eu sei, Bennet – ela diz, mortificada. – Luvas não combinam com o Dolce, mas as mãos dela estão... As mãos dela estão...

– Pegajosas – concluo por ela, notando sua dificuldade em pronunciar a palavra.

– *Ruby!* – ela espuma. – O que acabei de dizer? Lamento muito que você tenha precisado ouvir isso, Bennet.

– Vou buscar algumas luvas – Bennet anuncia heroicamente. – E talvez o vestido azul Alexander McQueen, para substituir?

– Excelente sugestão – Tabatha aprova com a cabeça. – Ele vai combinar muito bem com as luvas.

– Eu não quero mudar de roupa! – digo, antes que Bennet possa sair. – Não preciso de luvas, juro. Quando eu chegar ao evento, com certeza minhas mãos não estarão... – Tabatha estremece por antecipação, então evito a palavra. – Você sabe. Elas estarão em ordem. Vou lavar agora mesmo.

Enquanto ponho as mãos sob a água corrente, ouço Tabatha perguntando a Bennet se ela precisa agendar um horário para mim com a médica dela, para consultá-la sobre minhas glândulas sudoríparas hiperativas. Fechando a torneira, seco as mãos e depois me inclino sobre a pia, para tomar um longo fôlego e conversar a sério com meu reflexo no espelho.

– Não estrague tudo, Ruby. Esta é sua chance de deixar mamãe orgulhosa.

A caminho da gala, encontro nas mídias sociais de Sybil fotos da edição do ano passado, e as estudo tentando me preparar para o que está por vir. Ao rolar a página, acabo me demorando demais em uma imagem de Xavier. Para meu constrangimento, Tabatha vê.

– Se o duque não reparar em você hoje, eu como meu chapéu – ela comenta baixinho, os lábios se curvando em um sorriso quando ela se vira para olhar pela janela.

Encostamos em Dartmouth House, uma grande mansão georgiana com bandeiras esvoaçando acima da entrada ladeada por colunas. Um carpete cor-de-rosa foi estendido na frente, e ao longo dele uma confusão de fotógrafos aguarda em uma área protegido por um cordão de isolamento. Um homem de fraque e cartola aguarda, no fim do carpete, para avançar um passo e abrir a porta do carro para nós.

Tabatha se vira rápido para mim.

– Ombros para trás, queixo para baixo, olhos para cima, uma mão no quadril e um pé na frente do outro – ela lista, fazendo um resumo das instruções que me deu, pela manhã, sobre como posar para os *paparazzi*. – Você está em seu ambiente tanto quanto qualquer outra dessas pessoas, Ruby. Você nasceu para isto. Lembre-se disso.

Apreensiva, eu a sigo para fora do carro, enquanto ela, cheia de confiança, vai na frente pelo carpete rosa, sorrindo serenamente para o grupo de *paparazzi* e parando na frente deles, gesticulando para que eu me junte a ela.

– Lady Tabatha, aqui! Olhe para cá! – os fotógrafos gritam, uns por cima dos outros.

Ao parar ao lado dela, faço tudo o que posso para sorrir na direção de todos os flashes, meus braços pendendo moles nas laterais do corpo, até que me lembro de rapidamente colocar a mão no quadril, mas é tarde demais. O carro seguinte está se aproximando atrás de nós e as lentes baixam, conforme os fotógrafos esticam o pescoço para ver quem é. Quando me junto a eles para ver quem está chegando, Tabatha pega minha mão e me puxa atrás de si rumo à casa.

– Quando você está no tapete, nunca demonstra interesse na chegada de outro convidado depois de si – ela me informa. – Você é a pessoa mais importante ali e, como tal, não tem nem o mais remoto interesse em quem mais pode comparecer. Revelar curiosidade, ainda que ínfima, pela chegada de alguém imediatamente baixa seu status em um nível ou dois.

Um mordomo nos recebe e nos conduz para um pátio particular de mármore, onde a melodia de um quarteto de cordas ecoa no ar e os convidados circulam, conversam e brindam com taças de champanhe.

Fico um pouco desapontada; pensei que seríamos mimadas com um evento opulento como a Festa da Primavera de lorde e lady Walter. Há uma parede de flores em uma das laterais do pátio, em frente à qual alguns convidados posam para o fotógrafo oficial, mas não há nada nem parecido com a Festa da Primavera, em termos de extravagância.

– Você parece confusa, Ruby – Tabatha comenta, por trás de um sorriso fixo.

– Eu pensei que um evento oferecido pela rainha Grace seria... maior. Não há fadas dançando nem fontes aqui.

– Querida, a rainha é toda elegância discreta – ela responde, sem se impressionar com meu comentário, antes de avançar para cumprimentar mais um convidado.

– Espero que pelo menos haja flocos de ouro no meu champanhe – falo baixinho.

– Nada de flocos de ouro hoje, lamento – diz uma voz por cima do meu ombro, me fazendo dar um pulo.

Giro e vejo Xavier parado atrás de mim em um terno creme de linho, duas taças de champanhe em mãos. Os olhos dele me percorrem da cabeça aos pés e depois para o alto de novo.

– Você está... Uau. Que vestido bonito. – Ele estende uma das taças. – Aceita?

Sinto as faces ficando quentes.

Você não pode se sentir deslocada perto dessas pessoas, Ruby. A voz de Tabatha ecoa na minha cabeça. *Você tem a herança, você tem o estilo, só precisa de autoconfiança.*

Pego a taça da mão dele.

– Obrigada. Não imaginei que você estaria aqui.

– Venho todos os anos. Mas não vi você antes na Gala Florescer.

– Não pude vir no ano passado porque estava em Paris, mas estou muito empolgada por estar aqui e dar minha contribuição ao Petal Trust, uma causa tão elevada – digo com leveza a frase que ensaiei durante a semana toda.

– É, de fato – ele responde. – Bem, então, fico contente que tenha podido vir este ano.

Espero que as múltiplas camadas de base que estou usando estejam cobrindo meu rubor sob o olhar intenso dele.

– Então – ele continua, dando um golinho na bebida –, o que você...

– Xav, por onde você andou? – Sybil interrompe, aparecendo atrás do ombro dele. – Eu precisei que você fosse me salvar de...

Ela se interrompe no meio da frase, os olhos se arregalando ao reparar no pendente que tenho no pulso, na pulseira logo abaixo do relógio Cartier que estou usando.

– Esta bolsa é a nova Bottega Veneta? – ela pergunta, sem fôlego.

– Esta? – Olho para baixo como se tivesse esquecido de que estava ali. – Ah, sim. É.

– É tão bonita! Eu ando pensando em comprar uma dessas. – Seu olhar sobe até meu rosto e ela inclina a cabeça tentando me localizar. – Você estuda em Clairmont?

– Esta é Ruby, minha companheira de detenção – Xavier diz a ela.

Ela assente devagar.

– Ruby... Qual é mesmo seu sobrenome?

– Carter – respondo educadamente. Este é o momento de anúncio do sobrenome para o qual Tabatha me preparou, mas apesar disso soa muito antinatural. Vou ter de fazer o sacrifício. – Minha mãe é lady Eleanor Carter, filha do falecido conde de Milbourne.

Os olhos de Sybil se acendem de reconhecimento.

– Minha mãe falou dela! Seu tio não é dono daquela grande propriedade em Norfolk?

– Sim, Milbourne Hall.

– Eu estive lá. É lindo! – Sybil exclama, olhando para mim como se fôssemos velhas amigas. – Não acredito que não conversamos sobre isso antes. Sua mãe está aqui?

É uma facada no coração. Culpa minha não ter usado o verbo no passado ao falar dela.

– Não está... Ela faleceu no início deste ano – digo com voz rouca, enfiando o polegar no indicador, em uma tentativa de me impedir de chorar.

A expressão de Sybil cai.

– Ah, eu lamento.

Rapidamente exibo um sorriso, tentando evitar olhar para a expressão séria de Xavier. Quando alguém demonstra empatia, é mais difícil manter a compostura.

– Obrigada. Eu vim com a minha tia, lady Tabatha, que está... – finjo estar tentando localizá-la na multidão, apesar de saber exatamente onde ela se manteve durante todo esse tempo – ah, ali, conversando com o príncipe herdeiro da Grécia.

Mantenha a conversa breve e depois encontre uma desculpa para se afastar abruptamente, Tabatha havia me instruído. *Você quer que eles saibam o suficiente sobre você para ficarem interessados, mas não tanto que não queiram saber mais nada.*

– Preciso ir cumprimentá-lo. Foi bom ver vocês dois – acrescento e, com isso, me afasto com toda a elegância.

Sem olhar para trás, eu, de maneira corajosa, entro na conversa entre Tabatha e o príncipe herdeiro da Grécia, que reage surpreendentemente bem ao fato de eu o cumprimentar como a um velho amigo. Quando ele se afasta, Tabatha sorri dentro do copo.

– Muito bem, Ruby – ela diz. – Os dois ficaram observando você por um intervalo notável, depois que você saiu de perto deles.

– Eu adoraria dizer que me saí bem, mas acho que foi a bolsa que teve o mérito.

– Agora, vamos ao teste real – Tabatha anuncia, empertigando-se.

– Você quer que eu...

– Majestade – ela diz por cima da minha cabeça, antes de fazer uma mesura.

Percebo que a rainha Grace surgiu atrás de mim e me viro, rapidamente seguindo a dica de Tabatha e fazendo a mesura tal como havia praticado pela manhã, de pijama, na frente do espelho.

– Lady Tabatha, que bom que pôde vir. Seu apoio é sempre valorizado.

A rainha se vira para me cumprimentar; porém, quando termino a mesura e nossos olhares se encontram, ela congela e inspira audivelmente. É como se tivesse visto um fantasma.

– Permita que eu apresente minha sobrinha, Ruby Carter – Tabatha diz cautelosamente. – Ela é a única filha de minha falecida irmã, lady Eleanor Carter.

– Claro – a rainha Grace diz, forçando um sorriso. – Prazer em conhecê-la, Ruby. Lamento por sua mãe.

– Obrigada, Majestade.

– Ruby estuda em Clairmont com sua filha, a princesa Caroline – Tabatha prossegue, fazendo uma nova mesura para a princesa Caroline, que chega ao lado de mãe; está usando um recatado vestido rosa pálido, de mangas curtas, que lhe chega aos tornozelos. – Alteza Real.

– Caroline, você se lembra de lady Tabatha – a rainha diz, antes de seus olhos voltarem a se concentrar em mim. – E sua simpática sobrinha Ruby, que frequenta Clairmont também.

Enquanto a princesa Caroline me analisa, eu a ajudo dizendo:

– A princesa Caroline fez a delicadeza de me indicar o caminho para a classe no meu primeiro dia, quando me perdi terrivelmente.

Tabatha dá um risinho nervoso.

– Aquela escola é um labirinto! E Ruby tem um senso de direção terrível, como se provou no caminho para a festa de lady Lola Montague em Hamptons, no último verão. Lembra-se, Ruby? Você se atrasou mais de uma hora! Por sorte a aniversariante não percebeu.

– Você estava naquela festa? – a princesa Caroline se espanta. – Eu não consegui ir. Tinha obrigações aqui em Londres.

– Por falar em obrigações, precisamos dar sequência às nossas – a rainha Grace sugere, antes que eu possa responder, apontando para os grupos de convidados que se deixam ficar ali por perto, na esperança de conversar com ela. – Obrigada a ambas por virem hoje. Como sempre, seu apoio é muito apreciado.

Quando estão fora do alcance de nossas vozes, Tabatha se inclina em minha direção, conspiratória, e cochicha:

– Agora, minha querida, nós aguardamos.

Eu não sei exatamente pelo que nós estamos aguardando, até mais tarde naquela noite, quando sou abordada por Sybil.

– Ruby, o que você vai fazer depois disto? – ela pergunta, mantendo a voz baixa em uma tentativa de que outros não a ouçam. – Porque alguns de nós vamos para um pós-festa em minha casa em Knightsbridge. Você gostaria de vir? Meus pais estão fora, então a gente pode, você sabe – ela sorri para mim –, fazer uma festa *de verdade*. Ao contrário daqui.

– Claro – digo, como se não fosse grande coisa. – Por que não?

– Ótimo. Qual o seu número? Vou mandar o endereço.

Trocamos números de telefone e depois que ela se afasta Tabatha espera um intervalo adequado de tempo antes de abandonar uma conversa na qual claramente estava apenas fingindo interesse, e estica a taça para brindar comigo.

– Você conseguiu, querida. – Ela sorri e dá o gole da vitória. – Bem-vinda ao clube.

CAPÍTULO DEZ

Eu fui a festas lá em Wiltshire. Antes que mamãe ficasse doente e eu me tornasse um pouco ermitã, eu saía com amigos que tinham conseguido surrupiar umas biritas do armário de bebidas dos pais, ou que haviam tido sucesso na compra de álcool sem precisar mostrar a identidade, e a gente encontrava um lugar para sentar e bebia em rodízio direto da garrafa. Um dos lugares populares aonde íamos era Cloak Lane, uma rua curta, exclusiva para pedestres, ladeada de árvores, que descia de um campo para outro. A gente sentava na barra de cima dos portões dos campos, que davam vista para a paisagem rural, e conversava sobre qualquer coisa e todas as coisas que vinham à cabeça: escola, paqueras, nosso futuro. Às vezes, havia aniversários em que, graças à galera mais pop, algumas garrafas circulavam, mais ou menos visíveis, a depender de os pais estarem ou não presentes.

Meu ponto, aqui, é que já estive em festas antes.

Mas não como esta.

Isto é um nível totalmente diferente.

Sybil Cavendish mora em uma casa alta, com terraço, em uma bela praça particular em Knightsbridge, a pouca distância da Harrods. São seis andares, um terraço no telhado e um andar inferior abaixo do nível da rua, no qual ficavam a piscina interna e a área do spa. Para ir até um dos nove dormitórios, oito banheiros, quatro salas de estar, estúdio de música, sala de cinema ou cozinha, você pode ou usar a escadaria sinuosa ou um dos dois elevadores. Impagáveis obras de arte moderna pendem das paredes, a decoração interior é sofisticada e de bom gosto, e há arranjos extravagantes de flores frescas em todos os cômodos, incluindo os banheiros.

Se eu morasse em uma casa como esta, teria medo de tocar em qualquer coisa.

Os amigos de Sybil não parecem ter esse problema.

Quando chego, trazendo uma garrafa de champanhe Cristal que Tabatha me garantiu ser um acessório necessário, a festa já está a todo vapor. Sybil me conduz pelo corredor, onde há montes de gente bebendo e conversando, e tem até um DJ nos deques na sala à minha direita, onde a luz é baixa e as pessoas dançam e se esfregam umas nas outras ao som de música *house* alta.

Fico grata por Tabatha ter-me dito que eu precisava trocar de roupa. Eu levei "pós-festa" ao pé da letra e estava preparada para ir direto à casa de Sybil depois da Gala, mas Tabatha achou a sugestão hilária. Tivemos de voltar para casa e encontrar um traje totalmente novo, que acabou sendo uma camisa de gola verde-esmeralda Vivienne Westwood enfiada em shorts pretos de cintura alta Saint Laurent e botas pretas de cano curto. Achei que poderia ao menos manter a bolsa, mas Tabatha pareceu insultada com a ideia, e trocou a Bottega por uma *clutch* Mulberry. Pensei que ela estava exagerando um pouco e me preocupei que os Elites dariam risada de mim, por eu me esforçar demais, ao usar duas roupas em um só dia, mas uma olhada rápida nos convidados da festa de Sybil, escassamente vestidos, prova que Tabatha tinha razão: eu teria me sentido formal e arrumada demais. A própria Sybil está de minivestido prateado de lantejoulas e saltos altos.

– Estou vendo que você trouxe coisa fina – ela sorri, tirando a garrafa de Cristal da minha mão e fechando a porta atrás de mim. – E está gelada, ainda por cima. Bem pensado. Vou pegar uma taça para você. Fique à vontade.

Ela se afasta, relaxada, e me deixa parada sozinha no saguão absurdamente espaçoso, maravilhada com a casa e tentando não encarar os glamorosos convidados, que, na maioria, parecem bem mais velhos do que nós. Eu me movo rapidamente para sair do caminho, quando um par de meninos, com os braços em volta um do outro e usando óculos escuros, apesar de estarmos em um ambiente interno, passam cambaleando ao meu lado, falando ao mesmo tempo e insistindo que cada um vai vencer o outro na partida de snooker que estão prestes a disputar no salão de jogos.

Ao recuar para me afastar deles, bato por acidente em alguém atrás de mim.

– Ah, Deus, de-desculpe – gaguejo, dando um pulo, mas ele nem repara.

Seja quem for, ele está ocupado demais beijando o pescoço de uma menina, imprensada contra a parede com a cabeça jogada para trás, os olhos fechados, murmurando o nome do cara, enquanto a mão dele desliza pela cintura do jeans dela. Corando, desvio rapidamente o olhar, sentindo-me ainda mais desconfortável do que antes. Eu não poderia ficar mais aliviada quando Sybil reaparece e me passa um espumante.

– Saúde! – ela diz, batendo a taça na minha e virando metade do champanhe em um gole só.

– Sua casa é incrível – digo por cima da música.

– É, o arquiteto é ótimo. Ele fez algumas das nossas casas de veraneio também. Eu até ofereceria um tour, mas, sabe, não estou no clima. – Ela ri. – Fique à vontade para explorar, mais tarde.

– Está bem, obrigada – digo, surpresa que ela confie tanto em alguém que acaba de conhecer. Vou ainda mais longe e aposto que há muitos itens valiosos nesta casa.

Claramente, os ricos confiam instintivamente nos ricos.

– Venha – ela diz, entrelaçando nossos dedos e me arrastando atrás de si rumo à cozinha. – Vamos papear. Quero saber tudo sobre você.

– O que você quer saber? – pergunto, enquanto passamos com dificuldade por outro casal, que se beija apaixonadamente na porta.

– Passando! – Sybil suspira, dando uma cotovelada nas costas do cara e rindo. – Ruby, você quer um shot?

– Hum, eu já... – eu me interrompo, segurando a taça no alto.

Se você quer ser convidada para tudo, então precisa ser divertida, a voz de Tabatha me recorda, na minha cabeça. *E não apenas um pouco divertida. Memoravelmente divertida.*

– Claro – digo, sorrindo para ela.

– Resposta certa – ela grita, pegando de uma bandeja, onde já estão dispostos dois copos de shot com um conteúdo transparente. Ela me entrega um e levanta o dela. – A novas amizades e bolsas Bottega!

Eu rio, bato minha taça na dela e viro o shot. Tem gosto de alcaçuz e é tão forte que queima minha garganta e as narinas.

Sybil faz careta.

– Argh, anisete é nojento. Rápido, enxágua com Cristal.

Sigo seu exemplo e dou um gole generoso no champanhe.

Depois de encher de novo nossas taças, Sybil pega minha mão e me puxa outra vez, agora para uma das salas de estar, onde há um sofá vago. Ela se joga nele e dá tapinhas na almofada ao lado, sinalizando que devo me juntar a ela. Eu me sento, toda contente. Esta é uma oportunidade de discretamente interrogá-la sobre sua mãe, Danai Cavendish.

– Todas essas pessoas estudam em Clairmont? – pergunto, apontando os convidados que conversam do lado oposto da sala, perto do piano de cauda preto, e tentando não parecer surpresa quando uma menina tira da bolsa *clutch* um saquinho de pó branco e derrama o conteúdo em cima do piano. Um dos caras com quem ela está se oferece valorosamente para a tarefa de dividir o pozinho em longas carreiras finas, usando para isso um cartão de crédito preto que tira da carteira.

– Gente, não! – Sybil grita, dando uma tragada no *vape* rosa neon. – Tem umas pessoas de Clairmont circulando por aí, acho, mas a maioria é de amigos e amigos de amigos.

– Onde você os conheceu?

– Em festas. – Ela dá de ombros. – Estou chocada que *a gente* não tenha se encontrado antes. Fora da escola, quero dizer. – Ela estende o *vape*. – Quer um pouco?

Assinto, dou uma tragada e devolvo a ela. Tem gosto de chiclete de morango e deixa minha cabeça leve.

– Passei a maior parte do tempo no campo. Não vim a Londres tanto quanto gostaria – eu explico. Tabatha havia me orientado a manter tão genéricas quanto possível as informações sobre minha vida anterior, de modo que eles chegassem às próprias conclusões.

– Entendo totalmente. Eu amo ir para a nossa casa nas Cotswolds, onde tudo é tranquilo e aconchegante. Um lugar tão perfeito para recarregar. Às vezes, quando estou lá, sinto a tentação de não voltar para a cidade. – Sybil suspira fundo, exala uma nuvem de fumaça. – Mas, se fico tempo demais no campo, acabo entediada até a loucura.

– Não acontece muita coisa.

– Não podemos fugir para as Cotswolds, no momento, porque a casa está uma completa bagunça. Mamãe está fazendo mais um de seus projetos de design de interiores, mas ele agora está parado, porque ela está fora. – Sybil revira os olhos, suas palavras se tornando ligeiramente arrastadas. – Você poderia pensar que ela já se cansou disso, depois de reformar a casa de Cornwall, mas *nããão*. Ela pegou gosto por esse tipo de coisa. Comprou um conjunto de cortinas e está convencida de que teria sucesso abrindo uma empresa de decoração. Está iludida.

– É onde sua mãe está agora, Cotswolds? – pergunto.

– Não, estão em Dubai para a inauguração do restaurante de um amigo. Eu queria ir, mas eles disseram que eu *precisava* ir para a escola – ela diz, ressentida. – Foi muito chato da parte deles. Eles me falaram outro dia que vão estender as férias por três semanas.

– Eles te deixam ficar sozinha tanto tempo assim?

– Ah, quem me dera. Não, minha tia se muda para cá sempre que eles viajam no período escolar, o que é *muito* frequente. – Ela suspira. – Mas não falta muito para as férias de verão, e daí eu mesma posso dar uma escapada.

Reparo no porta-retratos na mesa ao meu lado, com a foto dos pais dela no dia do casamento. Aponto para ele.

– Eu me pergunto se minha mãe estava lá nesse dia.

– Acho que Londres inteira estava. A parte boa, obviamente – ela diz, com um sorriso conspiratório.

– Na festa que você mencionou, quando sua mãe conheceu a minha.

– Eu comentei? – Ela enxuga o resto da bebida e enxuga a boca com as costas da mão quando umas gotas escorrem pelo queixo. – Qual era mesmo o nome da sua mãe?

– Lady Eleanor Carter.

– Ah, é, soa *definitivamente* familiar. Definitivamente, definitivamente.

– Elas frequentaram Clairmont juntas. Acho que foram próximas, mesmo depois de saírem da escola. – Faço uma pausa. – Ei, quem sabe eu poderia encontrar sua mãe, um dia, e ela talvez me contasse como minha mãe era naquela época? – Baixo a voz, melancólica. – Não sei muito sobre a vida dela em Londres antes do meu nascimento, mas aposto que a sua mãe sabe. Eu adoraria ouvir histórias daquele período sobre ela.

Sybil estica o lábio inferior e afaga minha mão.

– Tenho certeza de que sim – ela diz, com um tom dramático de empatia. – Mas temo que minha mãe vá ser de zero ajuda quanto a isso. Vamos pegar mais uma bebida? Estou morrendo de sede!

– Por que sua mãe não seria capaz de me ajudar? – pergunto, ansiosa por manter sua atenção no assunto, antes que ela fique bêbada demais.

– Dã, minha mãe é uma drogadicta em recuperação – ela revela, como se fosse de conhecimento geral. O que talvez seja, nestes círculos. – Ela não consegue se lembrar de uma porra sobre... – ela pausa, gesticula com o copo vazio enquanto tenta chegar à palavra certa – bem, nada!

Ela baixa o olhar para o colo e uma sombra de tristeza cruza seu rosto. Ela de repente parece tão vulnerável e humana, por baixo do exterior imaculado.

– Sybil, eu lamento muito – digo delicadamente.

Ela faz um gesto com a mão.

– Nossa, não lamente. Todo mundo tem sua própria historinha triste, certo? É monótono.

O celular vibra em seu bolso e, quando ela olha, senta-se muito direita.

– Caroline chegou! Vou buscá-la. Você pode ficar com esse *vape*; tenho montes deles. – Ela se levanta, usa o modo selfie do telefone para conferir a aparência. – Ah, e, Ruby, você conhece as regras, certo? Nada de fotos da princesa na festa, entendeu? Se alguma coisa da noite de hoje acabar na mídia – ela aponta para a minha cara o dedo de unha feita –, a novata será a primeira suspeita.

– Eu nunca faria isso – insisto.

– É o que todos dizem – ela me diz, jogando o cabelo por cima do ombro.

Sybil sai da sala apressada para chegar à porta. Suspiro. Aparentemente, Danai Cavendish não terá respostas. O que deixa apenas lorde Walter.

Desanimada, eu me arrasto para fora do sofá e avanço até a porta para ver a chegada da princesa Caroline. A pista de dança transbordou até o corredor, então, quando Sybil abre a porta e a princesa Caroline entra, recebe uma calorosa acolhida de todo mundo por ali.

– Alguém serve uma porra de uma bebida para Sua Alteza Real! – Sybil grita, provocando aplausos da galera.

O guarda-costas da princesa, Stephen, está parado à porta, parecendo ligeiramente alarmado pelo número de pessoas com que foram confrontados. Ele aperta o dispositivo auricular e fala na manga, antes de cutucar a princesa no ombro. Ouvindo seja lá o que for que Sybil está cochichando ao seu ouvido, ela afasta Stephen com impaciência. Ele faz nova tentativa, mas ela claramente o repreende, porque ele recua e fala de novo, com urgência, no punho da manga.

Percebo que não sou a única observando a cena de longe: Xavier está parado do lado oposto do corredor, de olhos fixos na princesa Caroline. Quando os afasta dela, pousa-os em mim, e, embora eu tente desviar o mais rápido possível, o calor queima meu rosto, por saber que ele me flagrou olhando para ele.

Fingindo estar procurando alguém na pista de dança, dou um trago no *vape*, simplesmente para fazer alguma coisa, mas pelo canto do olho vejo que ele atravessa a multidão em minha direção.

– Ei – ele diz ao chegar. – Você veio.

– Vim – digo casualmente, enfiando o *vape* no bolso. Está me dando enjoo. – Curtindo a festa?

Ele assente.

– Sybil me falou que só tinha convidado umas poucas pessoas.

– Só uma pequena reunião íntima, portanto. – Compartilhamos um sorriso, antes que eu aponte para a princesa Caroline, que lentamente tenta abrir caminho entre as pessoas, mas é cumprimentada por absolutamente todo mundo conforme avança. – Bacana que ela tenha conseguido vir. Eu não sabia se a princesa teria permissão para vir a um pós-festa.

– Por que acha que ela obteve permissão? Duvido que os pais tenham dado autorização para isto, daí Stephen parecer prestes a surtar. Mas ela ama uma festa. – Ele parece estar sofrendo ligeiramente quando olha para o grupo. – E ela iria querer estar aqui pela Sybil.

– E por outras pessoas também, tenho certeza – digo fracamente.

– Ah, claro, sem dúvida – ele resmunga entre dentes, antes de dar um gole em um copo do que parece ser uísque com gelo. Voltando a se concentrar em mim, ele diz: – Você está diferente.

– Mudei de roupa depois da gala.

– Não, quero dizer que você parece *estar* diferente. Nessa última semana. Como um todo.

– Eu estava mais na minha, durante as primeiras semanas na escola nova – explico, dando de ombros. – Só vou ficar aqui por um período, não queria me aproximar do grupo errado. Quis primeiro entender como as coisas funcionam em Clairmont.

– Certo. E o que descobriu?

– Desculpe?

– Enquanto estava mais na sua, tentando entender Clairmont, o que aprendeu? – ele pergunta, intrigado.

– Ah, sabe como é, o de sempre – respondo casualmente. – Que aparências podem enganar, que primeiras impressões podem induzir a erro e que há certas pessoas que vale a pena conhecer. – Olho ao redor. – Acho que me encontro entre pessoas como eu, agora.

Reprimindo um sorriso, Xavier parece prestes a dizer alguma coisa, mas somos interrompidos por Jonty Walter, que vem em nossa direção com uma bandeja de shots de tequila, um saleiro e rodelas de limão. Ele a sustenta no alto e a movimenta sob o nariz de Xavier, enquanto eu me empertigo na presença de Jonty, tentando chamar sua atenção. Ele pode ser a chave de tudo.

– Gostaria de afogar suas dores, meu senhor? – ele oferece.

– Quem falou que tenho alguma? – Xavier retruca, irritado.

– Ah, não sei, talvez eu tenha julgado mal sua expressão contrariada? Pensando bem, é seu estado natural, não é? Que tal um shot de tequila para tentar alguma vivacidade? Estamos em uma festa, afinal.

Xavier franze o rosto. Pega um copo da bandeja.

– Bom rapaz. – Jonty se vira para mim e põe a mão sobre o coração. – Ruby Carter, permita que eu ofereça minhas sinceras desculpas pelo modo como agi com você na Festa da Primavera. Imploro por seu perdão.

– Ele sempre fala como se estivesse em um drama de época? – pergunto para Xavier, o alívio percorrendo meu corpo. Afinal, Jonty veio até mim.

– Só quando está bajulando alguém. Ele está tentando conquistar você sendo querido e, ao mesmo tempo, usando o humor para disfarçar quanto se sente desconfortável ao ser sincero – Xavier me responde.

– Ah, chega, não há necessidade de análise terapêutica – Jonty rebate, irritado. – Com toda a sinceridade, Ruby, eu lamento. É difícil saber em quem confiar e fiquei surpreso ao encontrá-la dentro de casa, só isso. Não é desculpa para minha atitude grosseira. Eu não estava em meu melhor momento. Se Sybil achou adequado convidá-la para vir aqui hoje, então claramente você é uma de nós. Espero que possamos deixar isso para trás.

Eu lhe ofereço um sorriso acolhedor.

– Claro.

Ele sorri.

– Selamos a amizade com um shot?

– Parece apropriado – digo, pegando alegremente um copo da bandeja e me jogando no personagem, mesmo sabendo que é má ideia, depois do licor de anis e do champanhe. Mas, com lorde Walter parecendo ser minha única pista razoável, preciso me aproximar de Jonty. Até onde se sabe, nós podemos ser meio-irmãos. Quando viramos o shot juntos e pousamos os copos, tento procurar semelhanças em nossas aparências, mas nada me parece muito óbvio.

E, quando ele joga a cabeça para trás para soltar um uivo alto e triunfante, convenço-me de que nossas personalidades também são violentamente distintas.

Porém, por baixo de tudo, nós talvez tenhamos algo muitíssimo em comum. Apesar da quantidade de biritas que estou tomando, minha boca está estranhamente seca.

– Já falou com ela esta noite? – Jonty pergunta a Xavier, ao flagrar o olhar furtivo que ele lança para a princesa Caroline, enquanto Sybil a apresenta para um grupo de pessoas que penso reconhecer de um programa de TV.

Xavier sacode a cabeça.

– Ela vai fingir que eu não existo até a hora de ir embora, daí vai jogar os braços em volta de mim e perguntar onde estive durante toda a noite. Nada muda.

– Que bom que você não parece amargurado por isso – Jonty diz para ele, sarcasticamente, antes de fungar e dar uma piscadinha para mim. – Ah, vá, Xav. A horda de adoradores não deu a ela nem chance de chegar até você. Você precisa relaxar. Todo mundo sabe que vai acontecer. Ela não lhe disse isso pessoalmente, uma vez?

– Não sei por que ela disse. Estava bêbada. E atos falam mais do que palavras, Jonty – Xavier afirma, antes de olhar para mim. – Enfim, não quero falar sobre isso.

– Ruby, como pessoa de fora, qual sua opinião sobre tudo isso? – continua Jonty, desconsiderando os desejos de Xavier. – Você acha que ele deveria ir com tudo? Ou bancar o indiferente?

– Jonty... – Xavier alerta, sobrancelhas franzidas.

– Não, seria útil conhecer o pensamento de outra pessoa sobre isso – Jonty insiste, levando a mão até o rosto de Xavier. – Já sofri com seu mau humor por tempo suficiente. – Ele se vira para mim, os olhos vidrados. – Qual é a sua opinião, Ruby Carter? Esses dois parecem não conseguir se acertar. E, quer saber? Quero isso resolvido antes de Amalfi, porque vai acabar com a viagem.

– Talvez seja melhor que eu não vá para Amalfi este ano – Xavier resmunga dentro do copo.

– Não seja assim – Jonty geme, pondo uma mão no ombro dele. – Eu preciso de você lá, alguém precisa ter um pingo de bom senso. Não posso ser o único. E Caroline comentou que o *papai* vai dar uma passada para visitar, enquanto estivermos lá. Você sabe como ela fica perto do rei. Eu não consigo lidar sozinho com os humores dela, e Sybil não ajuda. Você sempre foi a presença tranquila que ela precisa ter em momentos assim.

– Talvez eu esteja cansado de ser o confiável ombro amigo dela – Xavier diz amargamente.

Jonty revira os olhos.

– Sei que as coisas andam estranhas pra cacete entre vocês dois, mas será que não conseguem deixar isso de lado, para todos nós podermos relaxar e aproveitar Amalfi, como é a tradição? E não finja que não quer ir. *Todo mundo* quer ir.

Não sei quanto ao restante do que Jonty disse, mas esta parte é decididamente verdade.

Fiquei calada, meu coração batendo forte por causa da conversa sobre a Costa Amalfitana.

Tabatha mencionou que receber um convite para essa viagem seria o selo oficial de aprovação. A princesa Caroline não convida qualquer um.

– Aquela vila é o refúgio particular da família dela – Tabatha me dissera. – Alfred vai para lá desde que era menino e agora a princesa Caroline todos os anos recebe um pequeno grupo de amigos escolhidos para um fim de semana prolongado. Os *paparazzi* não podem chegar nem perto, para que eles possam descansar.

A ideia de ser notada pela princesa Caroline havia parecido um sonho distante, mas no intervalo de um dia eu tinha conquistado Sybil Cavendish e merecido um pedido de desculpas de Jonty Walter. Essas recompensas vieram simplesmente por estar no evento certo, com as pessoas certas, usando as roupas certas. Talvez, captar a atenção da princesa também não estivesse tão fora assim do meu alcance.

Preciso provar a todas essas pessoas que sou tão divertida quanto eles. Preciso provar que pertenço a esse grupo. Pigarreio, atraindo a atenção para mim.

– Quer minha opinião sobre tudo isso – digo para Jonty, pegando três shots de tequila de uma bandeja que alguém transporta, ao passar por nós. Entrego um a cada um deles e seguro o meu no alto. – Aqui vai: a vida é curta demais para ficar esperando que as coisas aconteçam para você. Nunca tenha medo de ir atrás do que quer e, caso sinta medo, sempre haverá tequila para ajudar a superar.

Ao concluir, viro o conteúdo do shot, estremecendo.

Jonty explode em uma gargalhada, balança o dedo na minha direção.

– Mas eu *amei* isso. Você é divertida e é com todo o prazer que brindo a essas palavras sábias e animadoras. – Desajeitadamente, ele bate o copo no de Xavier, o líquido transborda. – Ela não é só um rostinho bonito, hein, Xavier?

– Isso eu mesmo poderia ter dito a você – Xavier diz, lançando-me um sorrisinho cúmplice que faz meu coração se acelerar, antes de também virar o copo.

– Caramba, eu amo essa música – Jonty afirma, antes de gritar alto.

A princesa Caroline ouve e se vira em nossa direção, esticando o pescoço para nos ver. Xavier não percebe. Está ocupado curvando-se no meu ouvido, para ser escutado por cima da música, quando o volume sobe vários decibéis.

– Posso oferecer outra bebida? Gostaria de uma taça gelada de champanhe? – ele oferece.

O aroma maravilhosamente amadeirado da colônia dele está se combinando à bebida para deixar minha cabeça um pouco zonza, mas faço tudo o que posso para agir normalmente, e sorrio com serenidade.

– Parece perfeito.

– Ótimo. – Ao se afastar, ele sustenta meu olhar. – Não saia daí.

Assinto, borboletas esvoaçando descontroladamente no meu estômago. Tem uma coisa em Xavier que me deixa nervosa e exultante ao mesmo tempo. Foi aquele sorriso cúmplice de que tive um vislumbre, antes que ele virasse o shot, como se naquele momento ele tivesse decidido me deixar entrar para além da fachada retraída que ele exibe para todo mundo que não participe de seu seleto grupo de amigos.

Lembro a mim mesma de que estou aqui em uma missão, e que não posso permitir que nenhuma distração me atrapalhe. Especialmente distrações que se apresentam sob a forma de lindos duques inatingíveis, destinados a se casar com a realeza. Porém, parada ao lado de Jonty enquanto ele se move ao ritmo da música, não consigo parar de sorrir. A galera canta e dança, sem uma preocupação no mundo. Eu só tive um gostinho desse estilo de vida e já quero mais.

Quero um convite para Amalfi.

CAPÍTULO ONZE

A festa está bombando. Desde a barulheira causada pela chegada da princesa Caroline, muito mais gente saiu para o corredor, tornando-o ainda mais lotado. O DJ aumentou a música ainda mais, fazendo os lustres balançar e retinir com a batida forte dos graves.

Observo a princesa Caroline abrir caminho pelo meio da aglomeração. Ela é acossada por todo mundo e nem uma vez vejo seu sorriso ceder.

– Ela conhece *todo mundo* nesta festa? – pergunto a Jonty, indicando-a com a cabeça, enquanto ela cumprimenta animadamente uma menina de minivestido roxo.

– Costumam ser as mesmas pessoas circulando nesses tipos de evento – Jonty explica, com um gesto de mão. – Mas a princesa não fica tão feliz ao ver esse pessoal quanto finge. Nossa querida Caroline foi treinada por muito tempo para fazer cada um de seus súditos se sentir especial.

– Deve ser cansativo.

– Nem me fale. Se eu precisasse sorrir desse jeito o tempo todo, teria dor no queixo, mas para ela parece uma segunda natureza – ele diz. – Ela é uma máquina. Todo esse "que prazer em vê-lo" e "oi, tudo bem?"... credo, é exaustivo.

Quando a princesa Caroline finalmente chega até nós e dá um abraço em Jonty, vejo o sorriso educado dar lugar a um de verdade. Xavier volta com nossas bebidas e ela o cumprimenta de modo visivelmente duro, um rápido beijo no rosto, e a atmosfera fica carregada. Quando ela se vira para mim, o sorriso educado oficial está de volta a seu rosto, e a muralha é reerguida.

– Ruby – ela diz –, que prazer em vê-la.

Jonty me olha com expressão de *eu te disse*.

– Pensei que Sybil havia dito que só convidaria umas poucas pessoas – a princesa Caroline continua, voltando a se concentrar em Jonty.

– Você conhece Sybs – ele diz, rindo. – Ela não consegue fazer nada pela metade.

– Estou encrencada com Stephen. – A princesa faz uma careta, olhando para o guarda-costas, que está ocupado abrindo caminho com os cotovelos pelas pessoas. – Eu falei para ele que seria uma coisa pequena, e agora ele acha que precisamos fazer uma varredura no lugar.

– Eu posso fazer um tour particular com ele pelos dormitórios, se ele precisar – Jonty oferece, com um sorriso malicioso.

– Epa, pare de comer meu segurança com os olhos – ela diz, dando-lhe um cutucão.

– Ele é sexy! – Jonty protesta. – Oh-oh, parece que ele ficou detido por alguém que pensa que está em um filme sobre dança de rua. Quem é aquele?

Acompanhando o olhar de Jonty, observamos um cara incentivando a formação de um círculo ao redor de si, antes de se atirar para a frente no chão e começar a fazer a minhoca. Recebe aplausos entusiasmados da plateia, mas a princesa Caroline parece estar sofrendo e Jonty franze o rosto. Xavier sorri dentro da bebida. Decido não tomar mais nada esta noite; claramente, quando se trata dos Elites, você pode ser divertida, mas é absolutamente essencial não transformar a si mesmo em atração.

– Ninguém que eu conheça – a princesa Caroline comenta com desdém. – Cadê a Sybil?

– Bem aqui, baby! – Sybil grita, surgindo atrás do ombro dela com uma garrafa de champanhe. – Que bela gala hoje e, por decreto real, declaro que esta noite vai ser divertida pra cacete!

Ela aponta a garrafa para o alto ao tirar a rolha, cujo barulho ao se soltar leva a galera da festa a irromper em agitação e o guarda-costas de Caroline a se lançar na direção dela, empurrando Sybil para o lado e agarrando o braço da princesa, movendo a mão para pegar o que presumo ser uma arma no coldre.

– Foi uma rolha, Stephen – a princesa Caroline diz, seca, afastando-o. – Não há necessidade de se jogar em mim. Sybs, você está bem?

– Se quiser – Jonty começa, erguendo e baixando rapidamente as sobrancelhas –, você pode se jogar em mim.

– *Jonty* – a princesa o censura, mas os lábios se curvam em um sorriso e ela volta a relaxar.

– Preciso mijar. Venha – Sybil anuncia, entrelaçando os dedos nos da princesa Caroline e olhando diretamente para mim. – Você vem também. Precisamos ter uma conversa de meninas.

Nunca me senti tão animada ao ser convidada para ir ao banheiro.

A aglomeração se abre ao meio para dar passagem a nós três, quando rumamos para a escada e subimos até o quarto de Sybil. Sinto todos os olhos em mim, conforme avançamos, e isso me deixa hiperalerta a tudo: ao modo como estou andando, à minha aparência e à minha expressão. A atenção das pessoas me faz endireitar os ombros e caminhar com confiança, tentando parecer que sou digna de pertencer a este grupo exclusivo de amigos. É um gostinho de como é ser famoso e importante, saber que todos a observam maravilhados. A sensação é incrível e viciante.

– Você viu quem deu uma passada, Caroline? – Sybil pergunta, enquanto faz xixi no imenso banheiro rosa e dourado da suíte. – Michael Hunter.

A princesa está reaplicando gloss labial em frente ao espelho, enquanto eu me apoio contra a porta.

– Eu notei. Tivemos uma conversa muito estranha quando trombei com ele tentando atravessar a galera. Por que raios você o convidou, Sybs?

– Não convidei – ela afirma. – Alguém perguntou se podia trazer um amigo que tinha um amigo, e eu falei que sim. Esse amigo acabou sendo Michael. Você o conhece, Ruby?

Vasculho o cérebro tentando me lembrar se esse nome surgiu em uma das lições de Tabatha, mas nada de familiar aparece, então decido ser sincera.

– Não. Deveria?

– O pai dele tem, tipo, um império imobiliário – Sybil me informa. – Nós o encontramos recentemente em um baile e desde então *alguém* anda recebendo mensagens dele. Ele a convidou para sair.

– Ei! Eu lhe contei isso em *segredo*, lembra-se? – a princesa Caroline protesta.

Seus olhos pousam em mim. Sybil percebe e descarta a preocupação dela com um gesto.

– Não se preocupe com ela, ela não vai falar nada – Sybil garante à princesa. – Eu já informei quais são as regras. Você não vai dizer nada, certo, novata?

– Vocês podem confiar que nada do que disserem vai sair daqui – enfatizo. – Mas, se preferirem, posso sair.

Suspirando fundo, a princesa Caroline rosqueia de volta a tampa do brilho labial e o joga na *clutch* aberta.

– Não, está tudo bem. Não é tão importante assim. Eu mal o conheço, é só. Não sei por que ele está aqui.

– Ele sabia que você viria, é por isso. Você vai sair com ele? – Sybil pergunta, por cima do som da descarga, enquanto se levanta e ajeita o vestido.

A princesa dá de ombros.

– Não sei. Talvez.

– Você gosta de atenção – Sybil provoca.

– É envaidecedor – a princesa Caroline admite, com um sorriso brincalhão.

– Que seja – Sybil diz, curvando-se sobre a pia, de cima de seus saltos altos, para lavar as mãos. – Pois eu digo que você o ignore e enlouqueça de ciúme tanto a ele quanto a todos os outros pretendentes, passando a noite toda comigo.

Sybil pousa a cabeça no ombro da amiga.

– Gosto disso – a princesa Caroline responde suavemente, apoiando a face no alto da cabeça de Sybil e tomando um prolongado fôlego.

Sybil se endireita de repente, depois aponta para mim.

– Nós temos uma nova amiga – ela declara, excitada.

– Estou vendo – a princesa diz, esticando o braço e fechando a *clutch*.

– A mãe de Ruby estudou em Clairmont também – Sybil continua, pegando o frasco de perfume pousado na pia e se borrifando com ele. – Isso não é fofo? É como se os nossos pais tivessem pequenos clones de si mesmos e agora cá estamos nós, e na mesma escola, exatamente como eles, criando uma nova geração do grupo deles.

– Muito fofo – a princesa concorda secamente.

Sybil tira um saquinho de comprimidos do bolso e sacode.

– Alguém?

A princesa nega com a cabeça.

– Hoje não. É arriscado demais, com tanta gente.

Sybil suspira e se volta para mim.

– Ruby?

– Agora não – digo casualmente, tentando dar a entender que posso mudar de opinião mais tarde. Não mudarei; não é meu estilo e preciso de qualquer jeito manter a cabeça clara, mas também preciso que elas pensem que estou disposta a tudo, caso haja um desmancha-prazeres no momento em que eu for recebida no círculo íntimo deles.

– Então vou guardar para mais tarde. – Sybil dá de ombros. Examina a própria aparência, enquanto a princesa sai do banheiro. – Estamos prontas para descer?

A princesa se senta na borda da cama super-king de Sybil e se permite cair para trás; fica deitada encarando o teto.

– O que está fazendo? – Sybil dá uma risadinha.

– Dando a mim mesma mais um momento antes de voltar – a princesa Caroline respondeu. – Tem um bocado de gente lá embaixo.

– Não podemos ficar aqui em cima – Sybil afirma. – As pessoas nos viram subir e você sabe que isso significa que estão se coçando para vir se juntar a nós. Não quero todo mundo no meu quarto. Você se lembra do que aconteceu da última vez.

– O que aconteceu da última vez? – pergunto.

– Fui para a cama achando que a festa tinha acabado e acordei com duas pessoas fazendo sexo no meu banheiro – ela responde, amuada.

– Meu Deus! – exclamo.

– Pois é – ela resmunga. – E tem, tipo, tantos outros quartos na casa.

– É, foi uma decisão esquisita, a deles – comento. – O banheiro é tão... inconveniente.

A princesa Caroline bufa.

– Verdade. É tudo superfícies duras.

– E lajotas frias – acrescento.

Ela capta meu olhar e dá risada.

É um vínculo apenas momentâneo, mas me sinto felicíssima.

– *Vaaaamos* – Sybil choraminga, dando tapinhas no joelho da amiga. – Não quero que eles subam aqui.

– Está bem. – A princesa Caroline se levanta, apoiando-se nos cotovelos. – Eu só... preciso de uma pausa. Estou cansada da gala; é muita conversa com muita gente. Talvez eu vá para casa.

– Não! – Sybil e eu dizemos ao mesmo tempo.

– Você não pode ir embora – Sybil reclama. – Você precisa de uma bebida, só isso! Alguma coisa para animar.

A princesa Caroline não parece convencida, mas de toda forma assente, claramente não querendo decepcionar a melhor amiga.

– Espere – digo de repente. – Você quer uma pausa da festa sem *sair* da festa, certo?

A princesa Caroline confirma.

Eu me viro para Sybil.

– Acho que tenho uma ideia.

Há um momento, quando estou em trajes reduzidos na borda da piscina de Sybil, de mãos dadas com a futura rainha da Inglaterra, em que penso: *Isto é real? Eu estou acordada? Inventei tudo isso na minha cabeça?*

Mas daí pulo para a frente e, ao fechar os olhos, sou engolfada pela água morna e subo à tona em frente à princesa Caroline, que parece uma Bond Girl emergindo do mar, quando usa a mão para afastar o cabelo molhado do rosto, a maquiagem de algum modo ainda intacta. Preciso perguntar que marca de rímel ela usa.

Nadamos para o raso e ficamos de pé. Quando nos recostamos na borda, ela explode em uma risada: uma de verdade, não o risinho educado que ela exibe diante das câmeras, mas uma gargalhada com vontade, com a cabeça jogada para trás.

– Eu lhe disse que seria revigorante – digo, sorrindo para ela. – Onde está Sybil? Achei que ela tinha dito que iria descer também.

– Está provavelmente escolhendo um biquíni – Caroline me informa, revirando os olhos de um jeito afetuoso. Daí ela vai procurar sapatos que combinem, a joia certa, e providenciar um novo penteado. Como Jonty disse mais cedo, ela nunca faz nada pela metade.

– Ela é do tipo tudo ou nada.

– Exatamente. Ela vai trazer o pessoal todo também, espere para ver. Não vai nem perceber o que está fazendo, mas vai contar para Jonty, depois para Xavier, depois vai querer chamar mais alguém e, quando você se der conta, nosso nado espontâneo terá se transformado em uma festa na piscina. É tão bom estar sozinha e ter um momento de paz, antes que todos desçam aqui. – Ela sorri para mim. – Essa foi uma ideia muito legal. Obrigada.

– Eu provavelmente vou me arrepender dela quando precisar voltar para casa de sutiã e calcinha molhados.

– Provavelmente.

Aponto com a cabeça para Stephen, parado à porta e observando sua responsabilidade como um falcão.

– Seja como for, minha ideia só funcionou pela metade. Nós não estamos *completamente* sozinhas – comento.

– Bem-vinda à minha vida – Caroline suspira e fecha os olhos.

Não é de surpreender que Stephen tenha sido totalmente contra essa ideia, em especial porque Caroline tomou uns drinks. Ele tentou convencê-la a desistir da ideia durante toda a descida do elevador até a piscina, mas ela simplesmente o nomeou salva-vidas e começou a tirar a roupa. Ele parece um pouco mais relaxado, agora que está em um ambiente apenas com nós duas. Sybil tem no porão uma piscina interna aquecida e um spa. Vou ter de conversar com Tabatha sobre ter isso também.

– Uma princesa não consegue ficar sozinha com frequência – acrescenta Caroline, de modo suave.

– Deve ser uma merda.

Ela se vira para mim, surpresa.

– Isso não é o que as pessoas normalmente dizem. Elas normalmente me dizem que sou sortuda.

– Você *é* sortuda.

– *Muito* sortuda.

– Todos nós somos. Isso não significa que as coisas não fiquem uma merda de vez em quando – pondero. – Não sei como eu me sentiria com as pessoas me olhando o tempo todo e querendo saber tudo da minha vida. É por isso que você está relutante em concordar em sair com aquele Michael? A atenção da mídia?

– Essa e outras razões – ela diz vagamente. – Antes que eu concorde em ter um encontro com ele, Stephen teria de fazer uma investigação completa de antecedentes, depois precisariam aprovar qualquer lugar aonde fôssemos e qualquer atividade que fizéssemos. Não é como se eu pudesse simplesmente ter um *date*. É toda uma operação. E isso é antes de a imprensa ficar sabendo. Depois, é um circo. E tudo por *um* encontro.

– Cacete. Parece tenso.

Ela ri.

– E é. Não sei se vale o incômodo conhecer uma nova pessoa.

Penso em Xavier e me pergunto se ela o mantém ao alcance por praticidade. Seria totalmente injusto da parte dela fazer isso, mas também entendo por que seria tentador.

– É. Às vezes, é bom ser anônimo – digo tranquilamente.

– Não sei dizer – ela diz, depois hesita e me lança um sorriso malicioso. – Na verdade, isso é mentira. Eu sei. Uma vez, em uma viagem à Suécia, eu saí disfarçada. Por algumas horas, fui completamente anônima.

– Você está *brincando*.

Ela sacode a cabeça.

– Escondi o cabelo sob um chapéu, pus uns óculos de sol enormes, um casacão de matelassê até os tornozelos e saí do hotel em surdina. Perambulei por Estocolmo, comprei um bolinho de canela e me sentei em uma praça na parte velha da cidade. Observei as pessoas indo e vindo; ninguém falou comigo nem sabia quem eu era. Eu só fiquei longe por umas poucas horas, mas foi incrível.

– Parece cena de filme. Como se chama aquele com a Audrey Hepburn?

– "Férias em Roma" – Caroline responde imediatamente. – Foi *um pouco* como aquilo. Foi muito divertido e tão calmo. Enfim, as consequências não foram nada pacíficas. Meus pais ficaram furiosos. Aparentemente, fui uma despesa considerável aos contribuintes, com o esforço de busca secreto que eles lançaram ao perceber que eu não estava tirando uma soneca, como disse que tiraria. Todo mundo estava tentando descobrir quem havia me sequestrado. Meu guarda-costas da época foi demitido. Eu me senti culpada. Eu lhe escrevi me desculpando, mas ele nunca respondeu. Basicamente, não pude fazer nada social por várias semanas depois daquilo. Precisava ser vigiada o tempo todo.

– Que doideira.

– É.

Hesito, antes de dizer delicadamente.

– Espero que tenha sido um bolinho de canela gostoso, pelo menos.

Ela explode em uma risada de novo.

– Quer saber? Foi.

– Ainda bem. Do contrário, essa história seria uma verdadeira tragédia.

A porta do elevador se abre com um bipe e Sybil sai dele vestindo um biquíni dourado brilhante, sandálias de salto anabela e óculos de sol com armação de flores brancas. Atrás dela vêm vários convidados, todos se despindo até ficar de roupa íntima e pulando na piscina. Alguém conecta o celular às caixas de som aqui de baixo e logo a água está ondulando pela vibração dos graves. Protegendo o rosto dos respingos, a princesa me lança um olhar penetrante.

– Eu não falei que ela ia trazer a festa toda? – Ela suspira.

Eu assinto, distraída pela chegada de Xavier. Ele nos vê e se aproxima da borda, assomando sobre nós com as mãos nos bolsos.

– De quem foi essa ideia estúpida? – ele pergunta.

– Não olhe para mim – Caroline responde, inclinando a cabeça em minha direção.

Ele levanta as sobrancelhas para mim.

– Ora, ora, mas você não é mesmo uma caixinha de surpresas?

– Tenho meus momentos.

Antes que ele consiga dizer qualquer outra coisa, Jonty o agarra por trás como se faz no rúgbi, e ambos caem na piscina. Quando Xavier volta à tona, dá um tapa na cara de Jonty e diz que ele é um idiota, mas ri, desabotoa e tira a camisa. Tento não ficar excessivamente perturbada com a visão de seu tórax nu e bronzeado, nem com os braços musculosos, enquanto ele avança em minha direção para jogar a camisa para fora da piscina.

Devo a Tabatha um rim e meio, por me comprar esta lingerie linda de renda. Não que Xavier (nem, aliás, ninguém) vá notar qualquer coisa a meu respeito quando a princesa Caroline está bem ali com a gente, parecendo uma modelo da Victoria's Secret. Mas mesmo assim. Estou tão consciente de sua presença ao meu lado que é difícil me concentrar na conversa de Jonty e Caroline e, quando ele se afasta para conversar com outra pessoa, sinto-me ao mesmo tempo aliviada e decepcionada.

Quando fico com frio, digo a Caroline que vou sair e, quando ela diz que vai também, ofereço-me para pegar toalhas para nós duas, da pilha em uma das espreguiçadeiras no canto. Espiando disfarçadamente para me certificar de que Xavier está olhando para o outro lado, saio da piscina e, com um braço na frente do corpo, corro em passos miúdos até as toalhas e rapidamente me embrulho. Pego uma para Caroline e começo a andar de volta, quando noto um menino sozinho na lateral da piscina, segurando o celular.

Está apontado diretamente para Caroline, que ainda está de calcinha e sutiã brincando na piscina, dando risada com Jonty. Vejo o menino dar um sorriso malicioso, baixar abruptamente o telefone e depois começar a digitar.

Eu *sei* que ele a estava filmando. Meu sangue ferve.

Marchando até ele por trás, arranco o celular de suas mãos.

– EI! – ele grita, cercando-me. – O que pensa que está fazendo? Devolva isso. Agora!

Ele mandou um vídeo para um grupo de amigos do WhatsApp, com a legenda: *Adivinhem com quem eu estou, esta noite...*

Apago rápido, rápido demais para que alguém possa ter visto. Ele tenta pegar o celular de volta, mas eu o seguro fora de seu alcance e me afasto dele.

– Ruby, o que está acontecendo? – Caroline pergunta, da piscina.

Alguém desliga a música e o lugar cai em absoluto silêncio, exceto pelo barulhinho da água batendo nas laterais da piscina. Todo mundo está olhando.

– Michael, está tudo bem? – Caroline diz, dirigindo-se ao cara parado furioso à minha frente.

Esse deve ser o herdeiro do império imobiliário de quem Sybil estava me falando, mais cedo. Espero conseguir salvar Caroline de ter um encontro com um pretensioso nojento e desprezível como ele.

– Ela pegou meu telefone – Michael dispara, apontando acusadoramente para mim.

– Ele estava filmando você – eu explico com toda a calma, e acesso a pasta de vídeos do celular. – Mandou o vídeo para um grupo do Whats, mas eu apaguei a mensagem.

– Ela está mentindo. Isso é uma merda compl…

Reproduzindo o vídeo, que ainda está na galeria de imagens, suspendo o aparelho e viro a tela, de modo que Caroline e todo o pessoal possam ver. Ela arqueja.

Michael levanta as mãos, os olhos arregalados de pânico.

– Ok, olha, eu não estava filmando você *especificamente*, Caroline. Só estava capturando a atmosfera geral da festa – Michael diz, tropeçando nas palavras. – Eu nem reparei que você estava aqui.

– É mesmo? – Estreito os olhos para ele. – Engraçado isso, considerando a mensagem que você escreveu para os seus amigos.

– Aquilo foi… uma piada. Não é sério.

– Eu quero saber o que ele escreveu? – Caroline me pergunta, de maneira fria.

Pressiono os lábios e balanço a cabeça em sinal positivo.

– Foi uma brincadeira, só isso – Michael diz, agitado. – Nenhum deles teria contado nada a ninguém. Você está transformando isso em algo muito maior do que realmente é. Confie em mim!

– Acho que não – Caroline rebate, a raiva chispando em seus olhos.

– Você precisa ir embora – Sybil ordena, de mãos na cintura. – *Agora*.

Stephen se aproxima ladeado por mais guarda-costas, que deve ter chamado enquanto tudo estava acontecendo. Eles cercam Michael.

– Creio que é hora de você partir – Stephen rosna, com uma voz que faz os pelos dos meus braços se arrepiarem, então sabe Deus como Michael está se sentindo.

Estremecendo sob o olhar duro deles, Michael assente.

– Sim, claro, sem problemas, eu ia mesmo dar o fora. Esta festa está uma merda – ele diz, com voz rouca. Ele estende a mão para mim. – Devolve meu telefone. É uma edição limitada e *muito* cara.

Eu apago o vídeo, dou um passo na direção da borda da piscina e estico o braço que segura o telefone. Abro a mão e ele cai na água com um *splash*.

Ele fica roxo de raiva.

Sorrio apologeticamente.

– Oops.

– Acidentes acontecem – Stephen diz calmamente para Michael. – Hora de ir.

– Nem a pau, cara! Aquela vadia me deve um telefone novo! Ei, tire as mãos de mim! – Michael grita repetidamente, enquanto é arrastado pelos guarda-costas até o elevador.

Quando as portas se fecham e a voz dele desaparece todo mundo começa a aplaudir, e percebo que estão batendo palmas para mim. A música volta a tocar. Sybil, com seu biquíni minúsculo, se aproxima e me puxa para um abraço.

– Isso foi demais! – ela grita, com voz estridente. – Temos tanta sorte de você estar aqui!

– Obrigada, Ruby – Caroline diz às minhas costas, já fora da piscina.

– Não foi nada – insisto, entregando a ela a toalha até então debaixo do meu braço. – Ele é um escroto.

– Um escroto e tanto – ela concorda, enrolando-se na toalha. – Eu nunca deveria ter dado a menor bola para ele. É tão difícil para mim saber quem está mentindo e quem está sendo autêntico. Mas obrigada. – Ela faz uma pausa, oferece-me um sorriso discreto. – É bom saber em quem eu posso confiar.

CAPÍTULO DOZE

A escola, esta semana, é uma dança totalmente diferente.

Depois do fim de semana da festa de Sybil, as pessoas notaram que Jonty parou para bater papo comigo no corredor, na segunda-feira de manhã. Elas o ouviram perguntar se minha ressaca tinha sido muito forte, antes de comentarmos alguns dos eventos caóticos da festa, a risada contagiante dele ecoando pelo corredor. À tarde, todo mundo viu como Sybil acenou, convidando-me a sentar e almoçar com eles, incluindo Ollie, que, conformado em comer sozinho, fez um joinha discreto e tirou um livro da mochila.

Embora no começo eu estivesse nervosa, ao me sentar à mesa com os Elites, logo relaxei. Até me flagrei gostando de verdade da companhia deles. Por baixo do exterior esnobe, Sybil e Jonty eram divertidos e se provocavam interminavelmente. Jonty foi muito criticado por iludir o DJ da festa, com quem havia rompido poucas semanas antes, e, apesar disso, ter sido pego beijando-o no fim da noite. Apesar de ser "o caladão" quando em companhia dos amigos (o que é compreensível, considerando a natureza extrovertida de Sybil e Jonty), Xavier está aos poucos se abrindo comigo também. A conversa flui fácil, e ele tem um senso de humor ácido maravilhoso: nós ficamos trocando olhares e sorrindo juntos quando os demais estão sendo ridículos, como se soubéssemos o que o outro está pensando.

Sei que Caroline não será tão facilmente conquistada, apesar de eu achar que estou fazendo progresso. A aprovação dela é a mais importante. Se ela me aceitar por completo como um dos Elites, os outros vão seguir o exemplo automaticamente, e serei oficialmente parte do grupo. Desde o fim de semana, estou fazendo tudo ao meu alcance para obter esse status.

Afinal, meu coração ainda está focado naquele convite para Amalfi.

Bastaram uns poucos dias em companhia dos Elites para que as pessoas da escola me tratassem de outro jeito. Sinto seus olhares em mim quando vou para a sala de aula; elas me dizem "oi" quando passo e sorriem largamente, como que esperando que eu as note. Gasto mais tempo me arrumando de manhã, antes de ir para a escola, para me certificar de ter a aparência de quem pertence aos Elites, e faço todo o possível para fingir que estou acostumada a receber esse tipo de atenção e que isso não me intimida nem um pouco. Até recebo alguns convites para festas de aniversário de gente que não conheço, e, certa manhã, encontro um dos caras do rúgbi rodeando meu armário.

– Ei – ele diz com um sorriso, e se apruma quando me aproximo. – Ruby, certo? Eu sou o Harrison.

– Oi, Harrison – digo, abrindo o armário e pegando o livro que vou usar.

– Estamos no mesmo ano. Sou capitão dos times de rúgbi e de críquete. E, na verdade, também das equipes de natação e mergulho. Acabei de vencer as competições regionais, tipo, no fim de semana passado.

– Ah, puxa. – Hesito, tentando descobrir o que eu deveria dizer, enquanto ele aguarda, cheio de expectativa. – Parabéns?

– Obrigado. Olha, eu queria me apresentar e saber se você está se ambientando bem em Clairmont – ele diz vagamente, apoiando um braço no armário ao lado do meu e afastando os cabelos dos olhos. – Eu sei que não é fácil começar em uma escola nova.

– Isso é... muito simpático de sua parte – digo, um pouco confusa, fechando o armário e apertando os livros contra o peito. – Estou bem, obrigada.

– Se você tiver alguma dúvida sobre qualquer coisa, não hesite em me procurar.

Eu assinto.

– Ok. Valeu.

Ele olha para o fim do corredor, onde um grupo de meninos nos observa. Quando acompanho seu olhar e os encaro, eles disfarçam umas risadinhas.

– Enfim – ele diz, voltando a se concentrar em mim –, você já tem um par para o Baile de Verão?

– O baile? É... não. Ainda não.

– Bom saber – ele diz, o rosto atravessado por um sorriso que congela quando, por cima do meu ombro, ele vê alguém.

– Oi, Ruby – Xavier diz, surgindo ao meu lado, os olhos pousando, curiosos, sobre meu novo amigo. – Harrison. E aí?

– Tudo certo, cara – ele responde, endireitando-se e cruzando os braços na frente do peito. – Ruby e eu estávamos trocando algumas conversas.

– Ah é?

– É.

Desce um silêncio sobre eles. Olho de Xavier para Harrison e de volta para Xavier. Os dois estão se encarando, movendo de leve a cabeça, de modo afirmativo.

Por alguma razão, é absurdamente embaraçoso.

– Bom, é melhor eu ir – Harrison diz por fim, para meu grande alívio. – A gente se vê, Ruby.

– Ãhn, é... A gente se vê.

– Como falei, não hesite em me procurar – ele conclui, e lança uma piscadinha para mim.

Quando Harrison anda de modo afetado na direção dos amigos, nós os vemos brincar com ele e dar tapinhas em suas costas, alguns inclusive virando para trás para me olhar, antes que o grupo todo desapareça pelas portas duplas. Eu me viro para olhar para Xavier, que o observa afastar-se e não parece minimamente impressionado.

– Isso foi estranho – digo. – Quem é esse cara?

– Harrison Baxter – ele me informa, de testa franzida. – Não sou o maior fã dele.

– Ah, *jura*? Mas vocês pareciam tão amigáveis um com o outro! Eu mal consegui participar da conversa. Estava tipo segurando vela aqui.

A expressão dele relaxa diante do meu sarcasmo.

– Eu não sabia que vocês eram amigos.

Dou de ombros.

– Não somos. Eu literalmente acabei de perguntar quem ele é. Foi a primeira vez que ele falou comigo.

– E sobre o que ele quis conversar com você? Calma, espere. – Ele ergue a mão. – Deixe-me adivinhar... As conquistas esportivas dele?

– Você sabia que ele é o capitão dos times de rúgbi e de críquete, e das equipes de natação *e* de mergulho?

– É? Eu nem sabia que temos uma equipe de mergulho. Isso é... bem legal, até. Suponho que ele estava convidando você para ir vê-lo em uma competição de mergulho prestes a acontecer.

– Infelizmente, eu perdi as regionais, que ele venceu na semana passada.

– Ah, que lástima.

– Mas ele perguntou se eu tinha par para o Baile de Verão, então talvez ele tente juntar as duas coisas. Alguma parte do baile inclui manobras ao redor da piscina?

– Sabe, eu me lembro de ouvir que, no ano passado, algumas pessoas pularam na piscina depois do baile – Xavier me conta, coçando o queixo. – Talvez ele esteja planejando impressionar você com um mergulho acrobático executado de smoking.

– Isso sem dúvida me impressionaria.

Xavier sorri, olhando para o chão, antes de levantar os olhos para encarar os meus.

– Então ele estava convidando você para o Baile de Verão.

Balanço a cabeça.

– Eu acho que ele só estava sendo agradável.

– Oh-oh.

O sinal toca e nós dois precisamos sair correndo para a aula seguinte, mas mal consigo me concentrar em uma palavra que o professor diz para a turma. Parece impossível que Xavier se incomodasse de alguém me convidar para sair. Nós não nos conhecemos muito bem e todo mundo sabe que ele é apaixonado pela princesa Caroline. Mas agora há pouco ele pareceu quase... *enciumado*?

Não, Ruby. Eu me recuso a me permitir pensar assim. Estou me deixando levar. O duque de Hurlington poderia ficar com qualquer pessoa da escola; não há a MENOR chance de que esteja interessado em mim. A única razão pela qual ele está se dando ao trabalho de reparar em mim é porque foi induzido a crer que sou o tipo de pessoa que ele deveria conhecer, graças ao trabalho de Tabatha. Preciso manter em mente objetivos que consigo atingir: ficar amiga dos Elites. Usá-los para descobrir tudo o que puder sobre meu pai. Já é difícil o suficiente; não posso começar a *gostar* realmente deles. Isso seria complicado demais. Não é como se algo pudesse realmente acontecer caso eu começasse a ter sentimentos por alguém do grupo. Eles não conhecem a verdadeira eu. *Eu* não conheço a verdadeira eu. Esta é a razão pela qual fingi ser esta pessoa: poder encontrar meu pai e descobrir de uma vez por todas quem eu sou.

O romance *não pode* se intrometer nesse plano.

Mas parece que não consigo parar de pensar na expressão dele quando ele perguntou se Harrison tinha me convidado para o Baile de Verão. Surge um calorzinho na boca do meu estômago só de pensar nele gostando de mim.

Naquela tarde, sentada em minha cadeira favorita, perto da janela da biblioteca principal, estou olhando para fora tão profundamente perdida em pensamentos sobre ele, analisando tudo o que falou e fez, para tentar entender se ele sentiu, talvez, uma pontadinha de ciúme pela atenção que Harrison me deu, que ignoro totalmente a pergunta de Ollie, embora ele a tenha feito duas vezes.

– Ei! – Ollie se inclina para a frente e usa a caneta para tamborilar no meu livro aberto, fazendo com que eu dê um pulo. – O que está havendo? Você está distraída.

– Desculpa. Eu... estava pensando sobre... Shelley – alego, sem graça, voltando a me concentrar na página à minha frente. – E em como a poesia dele é boa.

– Isso é estranho – Ollie diz, seco, sentado em frente a mim –, considerando que você está estudando John Keats.

Rio nervosamente.

– Certo. Obviamente. – Pigarreio e me recomponho. – Desculpe, o que você estava dizendo?

– Estava perguntando se você gostaria de fazer uma sessão de estudos no fim de semana – ele sugere. – Você pode ir à minha casa, se quiser, embora eu suponha que a de lady Tabatha seja um pouco mais tranquila e bem mais espaçosa. De qualquer forma, podíamos fazer revisão do conteúdo por umas horas e, sei lá, sair para fazer alguma coisa divertida depois?

– Ah, neste fim de semana não posso, desculpe – digo, fazendo careta. – Vai ter a apresentação equestre Royal Windsor no sábado e Jonty e Caroline vão comparecer, então falei que os encontraria lá. Jonty comentou de sair para beber depois, então acho que vai ser coisa grande, e não sei se estarei em boa forma para estudar no domingo.

Incapaz de disfarçar seu desapontamento, Ollie assente e baixa os olhos para o livro em seu colo.

– Não tem problema. Outra hora.

Sinto uma pontada de culpa. Tentar entrar para os Elites está consumindo bastante tempo e esforço, e já sinto saudade dos almoços com Ollie.

– Outra hora, *com certeza*. Eu quero mesmo sair com você – insisto, aliviada ao ver que ele sorri diante da minha ênfase. – Preciso conquistar a confiança deles. Assim, poderei descobrir mais sobre quem é meu pai.

– Você ainda acha que poderia ser lorde Walter?

Deixo o corpo cair para trás e solto um longo suspiro.

– Sinceramente, não tenho certeza, mas ele é meu melhor palpite até o momento. Soa bobo, mas fico me olhando no espelho, tentando ver se tem alguma semelhança e... não consigo enxergar nenhuma. – Mordo o lábio. – É difícil imaginar minha mãe se apaixonando por alguém como lorde Walter. Ele parece tão pomposo e arrogante.

Ollie funga de desprezo.

– *Todo mundo* no mundo deles é pomposo e arrogante. São péssimos. São todos iguais.

– Não, não são – digo, na defensiva, antes de conseguir me impedir.

Ollie pressiona os lábios.

– Desculpa – acrescento depressa. – Eu não quis retrucar, eu...

– Está tudo bem. Eu estava generalizando. Tenho certeza de que alguns deles são bacanas. – Ele brinca, fingindo espanar algo do ombro esquerdo. – Rápido, tira esse aborrecimento aqui do meu ombro.

Forço uma risada.

Ele escorrega as pernas para fora da poltrona.

– Vou ali na máquina buscar alguma coisa para tomar. Aceita algo para beber?

Sacudo a cabeça e faço o possível para tentar sorrir.

– Não, obrigada.

Ele gira nos calcanhares e se afasta com as mãos nos bolsos. Sei que não somos amigos há muito tempo, mas nunca tivemos nada nem parecido com uma discussão antes e não quero que meu plano de me infiltrar nos Elites atrapalhe minha amizade com Ollie. Ele foi a primeira pessoa a ser bacana comigo aqui, e não quero chateá-lo.

Quando me viro para olhar para fora, tenho um sobressalto ao ver Xavier passar pelo gramado. Ele me nota na janela e sua surpresa inicial se transforma em um sorriso afável. Faço um aceno desajeitado e finjo voltar à leitura. Minhas faces estão pegando fogo e por alguns instantes combato com todas as forças a vontade avassaladora de olhar pela janela de novo. Quando, por fim, me permito fazer isso, ele já se foi. Desapontada, viro distraidamente a página do livro sem ter lido uma só palavra dela.

– Oi.

A voz de Xavier perto de mim me assusta de tal forma que dou um pulo, quase derrubando o livro no chão, mas ele se inclina e o apanha para mim.

– Desculpa – ele ri, quando equilibro o volume no colo novamente –, não quis assustar você.

– Não assustou. Quer dizer, sim, um pouco. Mas não... sabe... está tudo bem. Tipo, sem problemas. – *Ah, meu Deus, meu cérebro travou?* – O que você está fazendo aqui?

– Vi você pela janela e pensei em vir dar um oi – Xavier diz casualmente. Ele empurra os livros de Ollie e se senta na poltrona almofadada em frente a mim. – Você também tem um período livre para estudar, agora?

– Pois é. Estou tentando absorver um pouco de conhecimento, antes da aula do senhor Clarke – explico. – Como está sendo seu dia?

– Normal. Estou contente que esteja quase acabando. – Ele olha ao nosso redor. – Bom lugar. Nunca tinha reparado nele antes.

– Sério? Estou aqui o tempo todo! – disparo, e só depois percebo que admitir passar muito tempo na biblioteca não exatamente se encaixa com a personagem que estou tentando criar. – Quer dizer, já estive aqui algumas vezes. Sabe, quando estou querendo olhar... um livro. O que é bem comum, em uma biblioteca.

– Certo – ele diz, os cantos da boca estremecendo, divertido. – Bom, gostei daqui. É aconchegante e afastado. E silencioso, também. O que – ele para e me lança um olhar intencional –, acredito, também é bem comum em uma biblioteca.

Não consigo me impedir de sorrir, o calor subindo pelo pescoço e inundando meu rosto.

– Bom ponto de observação de pessoas – ele prossegue, indicando a janela.

– Sim. Queria saber se a janela se abre. Nunca tentei – admito. Desesperada por uma distração, estico o braço e passo a mexer na trava. É tão velha e emperrada que preciso usar as duas mãos e toda a força para movê-la.

– Você precisa de ajuda? – ele oferece.

– Não, eu consigo – insisto, com voz estrangulada, forçando a trava com potência máxima. – Eu... ai!

Solto um ganido e afasto a mão quando a janela se abre. O metal enferrujado me cortou.

– Você está bem? – Xavier pergunta, a voz cheia de preocupação. Levanta-se de um pulo e se aproxima.

Quando abro os dedos, estremeço com a pontada de dor do longo corte, o sangue gotejando da minha palma.

– Ah! – Xavier diz, tomando minha mão nas suas para examinar melhor. – Você tem um lenço?

Sacudo a cabeça. Sem hesitação, ele afrouxa o nó da gravata e a tira. Dobra-a e a põe na palma da minhã mão, apertando para colocar pressão sobre o corte, a mão grande e quente segurando a minha, ferida, para mantê-la firme. Concentrado em sua tarefa, ele está tão perto de mim que meu braço roça seu corpo, o aroma de almíscar e madeira da colônia envolvendo meu cérebro em uma névoa. Toda a minha força de vontade está sendo necessária para que eu não me incline delicadamente na direção dele nem pouse a cabeça contra seu peito sólido.

– Você deveria ir à enfermaria para limpar isto, mas continue mantendo a pressão até chegar lá – ele me instrui, levantando a cabeça para olhar para mim, sem soltar minha mão. Estamos bem próximos agora, mas ele não faz nenhum movimento para se endireitar nem se afastar.

– Obrigada – sussurro, oferecendo um sorriso fraco.

Os olhos dele descem até minha boca e sobem de novo até os meus. Ele engole em seco.

– Sempre às ordens – ele diz suavemente.

E, por um instante, tudo ao nosso redor desaparece.

– Ei, Xav – a voz de Sybil grita lá fora, trazendo-me de volta à realidade com um pulo.

Ele se empertiga e olha para fora enquanto eu delicadamente retiro a mão da dele, assumo seu papel e pressiono a gravata com o polegar oposto sobre o ferimento. Espiando pela janela, vejo Caroline e Sybil nos observando. Caroline parece atordoada.

Sybil acena para ele.

– O que está fazendo na biblioteca, mané?

Ele olha para mim.

– Você está bem? Quer que eu leve você à enfermaria?

– Não, não seja ridículo – digo apressadamente. – É um corte! Vou ao banheiro agora lavar e vai ficar tudo bem.

– Você deveria colocar um curativo também – ele diz com firmeza. – Precisa manter a região limpa.

– Xavier, você vem ou não vem? – Caroline pressiona, impaciente.

– Sinceramente, estou bem. É melhor você ir – eu o encorajo, e ofereço um sorriso tranquilizador. – Você não pode deixar a princesa esperando.

Ele olha para trás, parecendo absorver a expressão confusa de Caroline.

– Talvez não seja de todo ruim que ela espere um pouco, de vez em quando – ele diz serenamente. – Tem certeza de que está bem?

– Sim, totalmente. Te vejo na aula de Inglês.

– Fechado. – A caminho da saída, ainda diz, por cima do ombro: – Vá limpar esse ferimento.

– Vou, sim, prometo.

Tiro as pernas do parapeito fingindo não perceber que Caroline continua me observando; começo a recolher meus livros, o que é bem desajeitado, com a mão machucada.

– Ei, o que aconteceu? – Ollie pergunta ao voltar, franzindo a testa ao perceber a gravata pressionada na minha mão e vestígios de sangue seco no meu punho.

– Abri a janela – digo a título de explicação, revirando os olhos.

– Eu não sabia que isso podia ser tão perigoso.

Ao apertar os livros contra o peito com o braço oposto, eu me endireito a tempo de ver Xavier sincronizar o passo com Sybil e Caroline, conforme vão se afastando juntos pelo gramado.

– Pois é – digo, meu coração dando cambalhotas, quando ele olha por cima do ombro em direção à biblioteca. – Nem eu.

CAPÍTULO TREZE

Naquela sexta, no fim do dia escolar, Sybil informa que vou me juntar à gangue para o jantar. Ela não me pergunta, ela me *informa*. Seja como for, não é como se eu tivesse planos e, se tivesse, eu os cancelaria.

– Você vem com a gente esta noite – ela diz, ao me encontrar no meu armário. – No Ryder's às sete e meia. Até lá.

– Até lá – repito casualmente, observando-a afastar-se com graciosidade, antes de mergulhar no pânico, correr para casa para perguntar a Tabatha que diabos é o Ryder's e como devo me vestir para a ocasião.

– Ryder's é um restaurante novo, a ser inaugurado hoje perto da St James Square – ela me conta, pegando minha mão e me puxando para cima. – O *restaurateur* é o homem por trás de todos os lugares em Londres dos quais você já ouviu falar. Ele está à frente dos restaurantes *mais* exclusivos da cidade, e apenas o topo da elite e do glamour terão recebido convite para a inauguração desta noite. – Ela hesita, chegando ao fim da escada, com as faces pegando fogo. – Claro que eu pessoalmente também *iria*, mas tenho... um evento terrivelmente importante, que simplesmente não posso perder. Mesmo assim, pelo menos você vai estar lá, representando a família.

Ela pigarreia.

– BENNET! – Sua voz ecoa pela casa, enquanto ela me conduz para dentro do quarto. Bennet aparece à porta segundos depois. – Ruby foi convidada pela princesa Caroline para se juntar a ela e aos amigos no Ryder's, esta noite. Creio que alta-costura Chloé seja apropriada, não concorda? Não quero que ela seja fotografada usando prêt-à-porter.

Curvando a cabeça, Bennet sai a passos rápidos, enquanto Tabatha me instrui a tirar o uniforme ao mesmo tempo em que pega o celular para chamar a cavalaria da beleza.

Quando estou pronta e arrumada, combato a ansiedade que sinto com esta noite. Uma inauguração exclusiva de um restaurante, em companhia da princesa, é uma grande coisa. Isto é um convite sério. Eles me querem à mesa deles esta noite; eles querem que eu seja *vista* com eles. Não posso estragar esta oportunidade. Da mesma forma como me ajuda a ter a aparência certa para a ocasião, Tabatha também empresta o cartão de crédito, com instruções rigorosas de o usar como eu bem quiser.

– Você não vai precisar pagar por nada, estando com a princesa – ela suspira. – Mas é bom levar, por via das dúvidas. Se quiser pagar uma rodada de shots, peça a bebida e entregue este cartão ao garçom. Os Elites vão amar você pelo gesto. Ah, e, Ruby?

– Sim?

– Aja como se você fizesse parte, e eles não terão escolha a não ser acreditar. – Ela dá uma piscadinha. – É o que todas as outras pessoas estão fazendo, querida.

Quando Dean para o carro em frente ao restaurante, há enxames de fotógrafos lado a lado, aguardando fora do cordão de isolamento na borda do tapete vermelho, empurrando-se para ver quem chegou. Nervos formigam por todo o meu corpo quando penso como será constrangedor eu abrir a porta e eles perceberem que não é ninguém. Gostaria de não estar chegando sozinha. Mas daí me lembro das palavras de Tabatha. *Aja como se você fizesse parte, e eles não terão escolha a não ser acreditar.*

As câmeras começam a disparar quando deslizo pelo tapete vermelho com meu vestido branco ornamentado, jaqueta de couro e salto alto. Não me dou ao trabalho de parar e posar; em vez disso, sorrio com modéstia afetada para o chão, como se estivesse desinteressada pelos fotógrafos, e não sofrendo a humilhação de perceber que a direção certa provavelmente era a oposta. O porteiro curva a cabeça para mim quando passo e, uma vez lá dentro e a porta fechada atrás de mim, informo meu nome para a *hostess*, acrescentando com quem vou jantar.

– Claro, senhorita Carter – ela diz, endireitando-se enquanto gesticula para que o homem que aguarda ali perto receba minha jaqueta. – O restante de seu grupo ainda não chegou. Posso lhe oferecer uma bebida no bar, enquanto aguarda?

Ela me conduz pelo restaurante até o bar na lateral e aponta nossa mesa, garantindo que é a melhor do lugar. Deixa-me lendo o cardápio de coquetéis e volta a seu posto, enquanto eu furtivamente espio os demais clientes. Todo mundo aqui parece estar fazendo o mesmo que eu, olhando ao redor para os outros clientes, antes de murmurar para os acompanhantes com sorrisos disfarçados. Tenho a sensação de que todos estão mais interessados nas pessoas presentes aqui do que na comida. De uma olhadela rápida no ambiente, reconheço vários rostos famosos.

Mas o restaurante também é incrível, e dedico um instante a apreciar a vibe de glamour antigo de Hollywood, com seu teto espelhado dourado, lustres, colunas de mármore e luz baixa fornecida por lamparinas em cada mesa.

Sentada sozinha no bar, não sei qual coquetel pedir, sem a orientação de Tabatha, então faço uma escolha segura e peço uma taça de champanhe. Eles não perguntam minha idade; ser uma convidada da princesa Caroline definitivamente tem suas vantagens.

Uma vez tendo tomado a decisão quanto ao que beber, preciso de alguma coisa para me ocupar. Tiro o telefone da minha *clutch* creme e preta Louis Vuitton, mas aqui dentro não tem sinal. Fico aliviada quando a bebida chega, assim tenho algo a fazer com as mãos. Nossa mesa continua vazia e começo a me perguntar se entendi errado o horário, mas, felizmente, em cinco minutos Xavier ocupa a banqueta alta ao meu lado.

– Oi – digo com vivacidade, incapaz de esconder meu alívio por não mais estar sozinha.

– Oi. – Ele põe a mão no meu braço e se inclina para me dar um beijo em cada face, antes de recuar e sorrir para mim. – Você está linda.

Meu rosto fica quente.

– Obrigada.

– Mais um do mesmo? – ele pergunta, indicando com a cabeça minha taça quase vazia, e pegar um cardápio no balcão. – Ou prefere um coquetel?

– Acho que um coquetel, agora. Mas você escolhe para mim.

Ele levanta uma sobrancelha e me olha.

– Você confia tanto assim em mim?

– Não se trata tanto de confiança – sorrio, entrando na personagem – quanto de julgamento.

– Entendo. Então eu devo refletir bem antes de decidir. Estou sendo testado.

Eu não respondo e dou um golinho no que resta na minha taça. Ele sorri para si mesmo e, quando o barman aparece, suspende o menu para escondê-lo de mim, e bate com o dedo ao lado de uma bebida da lista.

– Vamos querer dois deste aqui, obrigado.

– Confiante em sua escolha? – pergunto, pousando a taça.

Ele desenrola a manga do blazer preto de alfaiataria.

– Acho que sim. Eu ainda não a conheço muito bem, mas, com base no que conheço, entendo que você pensa que todos devemos ir atrás do que queremos na vida, às vezes com a ajuda de tequila, que você gosta de assumir riscos, como enfrentar velhas travas de janela que não foram abertas em séculos, e que você não leva desaforo para casa, do que tenho certeza de que Michael Hunter está plenamente ciente.

Um sorriso curva as extremidades dos meus lábios.

– E essas características o ajudaram a escolher uma bebida para mim?

– Escolhi uma coisa que não é para os fracos.

Estou achando impossível me afastar daqueles olhos escuros fixos em mim, apesar do fato de eles fazerem meu coração bater tão alto contra o peito que o burburinho do restaurante caiu para um indistinto ruído de fundo.

Nossas bebidas chegam: dois coquetéis amarelos opacos, com uma de casca de laranja espiralada e uma cereja equilibrada na borda.

– É bonito – comento, admirando o copo quando o barman o apoia à minha frente.

Xavier sorri ligeiramente.

– É claro.

Esperando que o calor furioso que me sobe pelo pescoço e faces esteja escondido sob as camadas de maquiagem profissionalmente aplicadas, sorrio com recato e pego meu copo para brindar com ele. É delicioso, floral, mas com um sabor picante, e forte.

– E aí? – ele diz, observando-me com curiosidade. – Como me saí?

Não me apresso a responder, dou um segundo gole e depois pouso o copo lentamente.

– Não de todo mal – concluo.

– Isso eu vou tomar como uma vitória. – Ele descansa um cotovelo no balcão e indica o restaurante. – Então, o que acha deste lugar? É bonito.

– Com certeza é um bom jeito de encerrar a semana.

– É – ele suspira, deslizando a mão pelo cabelo arrumado e despenteando-o. Mas fica melhor assim. – E foi uma semana longa, também. A tensão pelas provas está aumentando muito.

– Você conseguiu uma vaga em uma universidade, para setembro.

Ele confirma.

– Newcastle.

– O que vai estudar, lá?

– Administração sustentável de terras e empresas.

– Ah, sim. Suponho que seja o tipo de curso necessário para administrar uma propriedade. – Inclino a cabeça para ele. – Isso é o que você teria escolhido estudar?

Ele me olha de um jeito estranho.

– Como assim?

– Você sabe, se você não fosse... *você*, ainda teria escolhido essa faculdade? Ou teria preferido outra coisa? Ciência, inglês, história, arquitetura...

Ele reflete sobre minha pergunta por um tempo.

– Não sei. Nunca pensei sobre isso. Faz muito tempo que eu sei que é isso que preciso estudar, se quero proteger Sheringham no futuro, e eu quero. Nunca levei outra opção em conta.

– É justo.

Dou outro golinho na bebida enquanto ele continua me analisando, a boca uma linha reta e rígida.

– Eu nunca me destaquei em nada academicamente – ele continua, pensativo.

– Tenho certeza de que isso não é verdade.

– Minhas notas são boas. Mas nada me prende – ele diz, parecendo um pouco perturbado pela própria resposta. – Eu não sou... apaixonado por nenhuma das matérias. Talvez seja uma coisa boa que meu futuro tenha sido decidido por mim, porque do contrário eu não teria a menor pista sobre o que fazer.

Assinto, demonstrando que compreendo.

– É normal se sentir assim. Acontece o mesmo comigo. Exceto que eu não estou sendo preparada para assumir uma propriedade. Não estou sendo preparada para nada.

– Você vai fazer faculdade?

– Não agora. – Deslizo o dedo pela borda do copo, distraída. – Eu pensei que sim, mas – pauso e engulo em seco, quando minha mente deriva para mamãe – as coisas mudaram.

Ele não diz nada, mas o modo como me observa, com olhos gentis e acolhedores, me faz sentir que ele sabe o que quero dizer, como se eu não precisasse lhe explicar nada.

Pigarreio e forço um sorriso.

– Enfim, assim como você, nada realmente me atrai. Exceto livros.

– Certo. Você gosta de ler. Daí seu lugar favorito na biblioteca.

– Porém, de acordo com a senhorita Newton, gostar de livros não vai me ajudar a ter uma carreira, depois de Clairmont – digo, com uma risada bem-humorada. – Portanto, a menos que eu encontre uma carreira que envolva montar a cavalo o dia todo, não sei bem para onde a vida vai me levar a seguir.

Ele fica radiante.

– Você é boa com cavalos?

– Tirando livros, é basicamente a única coisa em que sou boa.

Um largo sorriso transforma o rosto dele.

– Eu também. Sou louco por eles – Xavier confessa, o corpo todo relaxando como se a mera menção a cavalos tivesse derrubado um muro que ele nem sabia que o cercava. – Se você quiser...

– Boa noite, vocês dois! – Jonty interrompe alegremente, aparecendo do nosso lado antes de educadamente agradecer à hostess por levá-lo até nós. Ele me beija no rosto e depois dá tapinhas nas costas de Xavier, os olhos se alternando entre nossos copos pela metade. – O que está fazendo aqui tão cedo, Xav?

Olho de relance para o relógio no fundo do bar e franzo a testa, confusa: são dez para as oito.

– Sybil disse que a reserva era para as sete e meia – Xavier responde em voz baixa.

Jonty funga de desprezo.

– É, mas você sabe que isso significa pelo menos oito.

O olhar de Xavier vem na minha direção e Jonty repara, suas sobrancelhas se erguendo em resposta.

– Ah, você sabia que havia uma pessoa nova no grupo e que ainda não compreende o idioma Sybilês – Jonty resume com um sorriso malicioso. – Mas que nobre de sua parte.

Encaro Xavier, surpresa. Ele não reage, apenas dá outro gole casual na bebida. Ele chegou aqui cedo para garantir que eu não ficasse esperando todo esse tempo sozinha? Ele não faria esse esforço por mim.

Certo?

– O que estamos bebendo? – Jonty pergunta, puxando uma banqueta perto de Xavier e se soltando ruidosamente sobre ela. Ele franze o nariz para nossos coquetéis. – Isso parece horrível. O que eu vou tomar? Humm. A-há! – Ele chama a atenção do barman. Um martíni, por favor, seco. Obrigado. Então – ele solta o menu sobre o balcão –, sobre o que estamos conversando?

– Cavalos – eu informo, enquanto continuo lutando com a ideia de que Xavier fugiu à própria rotina para me fazer companhia esta noite.

– Já tive o suficiente deles na apresentação equestre Royal Windsor, obrigado – Jonty afirma, suspirando. – Sua tia não parou de me fazer perguntas sobre eles, Ruby. Ela parecia achar que eu tinha algum tipo de conhecimento profundo.

Preciso sufocar um sorriso, recordando como Tabatha propositalmente tentou distrair Jonty, de modo que a princesa Caroline e eu pudéssemos conversar uma com a outra sem interrupções. Eu havia comentado com ela que ainda não me sinto totalmente à vontade em companhia de Caroline, e que ela também ainda não fica completamente solta comigo. Tabatha havia respondido que nós simplesmente precisávamos de tempo para nos conectar, e que então iríamos nos dar "excelentemente bem". Eu não tinha tanta certeza. Não quero impor minha companhia a ela, como imagino que lhe aconteça o tempo todo, mas também me sinto ligeiramente nervosa em sua presença, desde que ela viu Xavier e a mim na biblioteca, no outro dia. Havia surgido algo em sua expressão, algo que eu não consegui entender. Tive medo de ser raiva.

As táticas de Tabatha na apresentação equestre Royal Windsor meio que funcionaram. Com Sybil longe, fazendo a social, e Jonty distraído pelas perguntas de Tabatha acerca de qual cavalo deveria considerar adquirir, Caroline e eu fomos deixadas em paz para conversar. Perguntei se ela apreciava eventos daquele tipo ou se se ressentia deles. Ela pareceu surpresa com a questão e lhe expliquei que, se eu fosse ela, ficaria tão concentrada por precisar sorrir recatadamente o tempo todo que talvez não conseguisse de fato relaxar e me divertir.

– Sorrir recatadamente com certeza cobra um preço – ela havia admitido, parecendo divertir-se. – Mas acho que estou tão acostumada a isso, agora, que se tornou minha expressão padrão.

– Faz sentido – eu respondi. – Imagine uma princesa o tempo todo com cara de quem comeu e não gostou.

Ela deu risada disso, e era só do que eu precisava. Nós relaxamos e conversamos naturalmente, e saí da apresentação sentindo que estava um passo mais perto de me tornar sua amiga.

– Você não entende muito de cavalos, então? – digo para Jonty agora, fingindo surpresa. – Tabatha me disse que você tinha conhecimento sobre eles e foi por isso que buscou seu conselho.

– Não, não, de jeito nenhum. Essa é a especialidade de Xavier. A extensão do meu conhecimento sobre cavalos é que eu acho que são lindos de se ver e aprecio a hospitalidade das corridas e partidas de polo, mas, fora isso, não manjo nada. – Ele cutuca Xavier com o cotovelo. – Você já a convidou para um dos seus jogos de polo? Você precisa ver este cara, Ruby. Ele é brilhante.

Xavier se remexe na banqueta.

– Você está exagerando.

– Ele está sendo modesto. – Jonty sorri, os olhos faiscando de malícia, quando todo contente pega a bebida que o barman oferece. – Melhor jogador do país, este aí. Excluindo os profissionais.

– Obrigado, Jonty – Xavier murmura.

– Sério? Está me dizendo que o Xavier aqui é melhor do que Harrison Baxter? – Levanto as sobrancelhas. – Eu pensei que ele fosse o capitão de todos os times da escola.

– Harrison não joga polo – Xavier informa, com um sorriso um tanto conspiratório.

Sorrio.

– Que decepcionante. Não sei se posso ser o par dele para o Baile de Verão, nesse caso. Eu tinha a impressão de que ele era o capitão de absolutamente *tudo*.

– Harrison Baxter convidou você para ser par dele no baile? – Jonty pergunta.

Balanço a cabeça.

– Não, não propriamente.

– Ele queria saber se ela já tinha um par – Xavier lhe diz.

– Entendo. Poderia ser pior, Ruby. Harrison tem aquele abdome tanquinho e bíceps inchados. Outros pretendentes provavelmente deveriam agir rápido para tirar você do mercado – Jonty brinca, e eu coro violentamente. Xavier dá um gole generoso na bebida. – Mas, quando se trata de polo, não há ninguém que se compare ao nosso cobiçado duque aqui. Você deveria se juntar a nós quando formos vê-lo competir da próxima vez. A gente senta na tenda real, conversa, dá risada, bebe e come até explodir e não vê um minuto do polo. É muito divertido.

– Parece tentador – rio discretamente.

– Você vai precisar de um convite formal de Caroline, mas, como conseguiu ser convidada hoje, eu diria que está no bom caminho – Jonty prossegue. – E eu sou totalmente a favor, sinceramente. Já era hora de termos um pouco de sangue novo no grupo. Vossa Graça não concorda?

Xavier assente, os olhos baixados para a bebida.

– Concordo.

– Ah, aí vêm elas – Jonty diz, virando-se para ver Caroline desfilar restaurante adentro, usando um vestido preto de mangas curtas, com Sybil em seus calcanhares de minivestido pink de corpete, provocando uma enxurrada de arquejos e murmúrios abafados por todo o salão, enquanto todas as cabeças se viram para olhar para elas. – Sempre dá para saber quando Caroline entra em qualquer lugar. – Ele exibe um sorrisão para mim. – Alguma coisa estala no ar.

O bar que Sybil jurou que amaríamos está fechado. E, pela aparência, não é um bar, é uma galeria de arte.

– Não pode ser aqui – cochicho para Xavier, mas ele só dá de ombros.

Tendo zerado uma refeição de quatro pratos e três garrafas de champanhe entre nós, mais coquetéis no restaurante (tudo por conta da casa), partimos para um bar que Sybil prometeu que seria o modo perfeito de encerrar a noite.

Rindo, ela bate à porta. Deve ter bebido mais do que eu percebi, e nós bebemos *bastante*.

As luzes estão apagadas e a placa de "Fechado" está pendurada visivelmente atrás do painel de vidro da porta, mas Sybil se mostra inflexível. Até Caroline e Jonty parecem incertos e trocam um olhar preocupado. Stephen espreita às nossas costas, bufando alto de vez em quando para deixar claro que desaprova essa situação, mas Caroline o ignora.

Então, ouvimos o ruído de uma chave sendo virada e a porta sendo só um pouquinho aberta.

– Senha? – diz a voz.

Sybil checa o celular.

– Ellington – ela lê a tela.

Quando a porta se abre totalmente e Sybil solta gritinhos exultantes, agarra a mão de Caroline e a empurra para dentro, o restante de nós em seus calcanhares. A porta se fecha às nossas costas e mal conseguimos discernir o homem de barba, bem-vestido, de boina e colete que nos deixou entrar. Ele entrega a cada um um envelope com um número impresso.

– Telefones, por favor – ele instrui.

– Não podemos levar os celulares para dentro – Sybil nos informa, para o caso de não termos entendido o que o homem quis dizer.

A maioria de nós obedece alegremente, mas Stephen se recusa a deixar que qualquer um tire o celular de Caroline e obviamente o dele, recordando ao barbudo que ninguém toca o equipamento da *equipe real de segurança*, e felizmente não obtém grandes protestos em resposta. Quando nosso anfitrião reúne o telefone do restante de nós, lacra-os nos envelopes e nos entrega fichas com o número correspondente ao envelope de cada um, garantindo-nos que todo aparelho será mantido fechado e trancado e será devolvido no final da noite, quando formos embora.

– Se estiverem prontos, venham comigo – ele diz.

– Alteza – Stephen interrompe, em voz baixa e abafada –, este não era o itinerário e não fizemos verificação do perímetro nem dos antecedentes dos funcionários – ele olha desconfiado para o homem de barba, que faz uma careta de desprezo –, então preciso me opor fortemente...

– Stephen, se nem mesmo *eu* sei aonde estou indo agora, duvido muito que algum sequestrador esteja de tocaia esperando – Caroline diz com um suspiro, encarando-o com irritação. – Você é contratado para me manter segura aonde quer que eu vá, e agora eu quero seguir este homem encantador para onde ele estiver nos levando.

– Na verdade, sou contratado por seu pai – Stephen resmunga entre dentes.

– O lugar é seguro – o barbudo lhe garante. – Há somente um caminho por onde entrar e sair. Esteja à vontade para ficar à porta a noite toda, desde que não incomode os outros convidados.

– Muito bem, aí está. Vamos – Caroline declara.

Somos conduzidos através da galeria de arte às escuras até uma porta no fundo, atrás da qual há uma escada que desce e leva a outra porta, no porão.

Apontando para os degraus, o homem de barba se afasta para o lado.

– Tenham uma boa noite – ele diz, com uma ligeira inclinação de cabeça para Caroline.

Stephen lhe dá em despedida um olhar de alerta que faria a maioria dos homens tremer nos sapatos, e depois segue Caroline de perto, enquanto ela desce com Sybil. Jonty vai em seguida e Xavier encosta de leve na base das minhas costas, para me convidar a ir na frente, seu toque provocando arrepios em toda a minha pele.

Somos golpeados por uma artilharia de ruídos, quando Sybil chega lá embaixo e abre a porta. Meu queixo cai quando entro no salão. E um bar subterrâneo iluminado totalmente por velas, com uma banda de jazz de quatorze componentes e dançarinos em plataformas.

– O que é este lugar? – pergunto bastante ofegante, incapaz de bancar a indiferente.

– Este é o Highball, um bar alternativo temporário – Sybil responde, convencida. – Você só consegue entrar na lista se tiver sido indicado, e aprovado, por no mínimo três membros atuais. Só funciona uma noite por mês e nunca duas vezes no mesmo lugar, e todos os lugares são subterrâneos. Você recebe um email na véspera com o local e a senha e pode levar até três convidados, mas eu dei uns telefonemas para garantir que essas regras poderiam ser contornadas pela princesa, já que temos duas pessoas extras no nosso grupo.

Stephen e eu trocamos um olhar.

Sybil pega Caroline pelo braço.

– Aqui está escuro e o melhor de tudo é que, como você sabe, ninguém está com o celular.

– Então a gente pode se soltar completamente? – Caroline diz, de olhos arregalados, enquanto observe o ambiente.

– Então a gente pode se soltar completamente – Sybil confirma. – Gostou?

– Amei! – Caroline grita, abraçando Sybil, antes de as duas se lançarem em direção a uma das mesas livres, ganhando de imediato a atenção de um dos garçons e fazendo um pedido.

Minha cabeça já está meio aérea da bebida, e a iluminação bruxuleante do salão e o jazz em potência total a fazem girar ainda mais. Nada parece real. Nada disso *parece real.* Sinto-me como se tivesse entrado em um universo paralelo de extravagância infinita. Quando me sento entre meus colegas, todos rindo às gargalhadas enquanto Jonty, com um ardor fervoroso, abre ainda mais uma garrafa de champanhe, pulveriza todo o chão e rapidamente sela o gargalo com a própria boca, eu me questiono como foi que tive a sorte de vir parar aqui.

Daí meu coração é irracionalmente dominado pelo medo, diante da ideia de não ter mais as boas graças deles e perder coisas como esta, experiências alucinantes que eu nunca nem soube que existiam. Ninguém aqui está triste nem sobrecarregado por responsabilidades. É extravagante e fútil, mas é divertido. Consigo me esquecer de todo o resto quando estou me divertindo com os Elites. Quero desesperadamente ser amiga deles, amiga de verdade, não só uma "pessoa extra no grupo", como disse a Sybil.

Preciso do convite para Amalfi.

Sei que não posso competir com o que Caroline tem em Sybil, alguém que com um estalo dos dedos consegue nos colocar em lugares como este, mas posso tentar estabelecer outro tipo de conexão com ela. E precisa ser algo real e autêntico; do contrário, Caroline vai perceber.

Quando Sybil e Jonty vão para a pista de dança, Xavier pede licença para ir ao banheiro e eu me mudo para o banco ao lado de Caroline e abasteço seu copo.

– Você não se sente tentada a se juntar a ela? – pergunto, indicando Sybil, enquanto ela dá gritinhos de deleite ao ser içada para uma plataforma com um dos dançarinos.

Caroline me encara.

– A futura rainha se chacoalhando em uma plataforma? Não passa uma boa imagem.

– Não há celulares aqui – eu lhe recordo.

– Mesmo assim, a história poderia vazar – ela diz, bebericando o drink. – Não se preocupe, não estou sofrendo. Estou perfeitamente feliz sentada aqui, misturada às demais pessoas e vendo Sybil e Jonty fazer papel de bobos.

Reprimo um sorriso quando Sybil começa a se sacudir um tanto desajeitada.

– *É* divertido.

– Não é mesmo?

– Vamos lá, então. Qual é a coisa que você mais gostaria de fazer se não fosse a princesa? – pergunto, dando-lhe um cutucão, minha confiança e minha familiaridade com ela aumentadas pelo champanhe. – Ninguém sabe quem você é, você é uma completa anônima, pode fazer qualquer porra que quiser durante um dia. O que seria? E não diga que sairia para comprar um bolinho de canela, porque isso você já fez.

Ela ri e se vira no banco para ficar de frente para mim.

– É verdade. Ok, boa pergunta. Deixe-me pensar. O que *você* faria?

– Eu não sou princesa. A questão não se aplica a mim.

– Mas mesmo assim você tem impedimentos, certo? Percebo que você tem uma natureza classuda, ao contrário de *certos* amigos meus. – Ela olha carinhosamente para Jonty, que está se juntando a Sybil na plataforma. – Então, o que você faria se soubesse que ninguém iria se importar?

Mordo o lábio, absorta em pensamentos profundos.

– Acho que participaria de um espetáculo de teatro no West End – respondo por fim.

– Sério?

– Super. Se não ficasse apavorada com o que todas as pessoas na plateia pensariam de mim, eu me exibiria no palco cantando os maiores sucessos do West End. Acho que receber aplausos arrebatados daquele jeito deve ser bem bacana.

– Muito bem, boa resposta; se você for musical, suponho.

– Sua vez.

Ela suspira.

– Ok, mas você não pode rir de mim.

– Eu nunca faria isso. Você poderia mandar me trancarem na torre com os corvos.

Ela ri, balançando a cabeça.

– Os corvos não ficam trancados. Eles são protegidos.

– Muito bem, então eu ficaria trancada na torre observando os corvos levarem suas vidas livres. Vamos, eu não vou dar risada. Prometo.

– Já vou avisando, é sem graça.

– Não importa.

– Acho que eu só faria algo como... ir ao cinema sem que isso fosse uma grande coisa – ela diz, inclinando-se sobre a mesa e apoiando o queixo na mão. – Encontraria amigos, ficaria na fila para comprar pipoca, veria o filme, de preferência um bom, e é isso.

Eu a encaro.

– Uau. Isso é... sem graça.

Ela dá um gritinho e enterra o rosto nas mãos.

– Eu avisei!

– Estou brincando com você – digo, rindo. – Acho que é um desejo bem bom. Quer dizer, faz sentido. É como a coisa do bolinho de canela, certo? Você recebe muita coisa sendo quem é, mas às vezes tudo o que quer são as pequenas coisas.

– Exatamente – ela diz, os olhos brilhando à luz das velas, quando olha para mim. – Mas soa ingratidão reclamar, quando sei quanto sou sortuda. Acho que sinto falta de certas experiências que todo mundo vive e... Não sei... Isso me faz sentir...

Ela luta para concluir a frase.

– Solitária? – sugiro delicadamente.

Com os olhos fixos em mim, ela assente.

Antes que qualquer uma de nós possa dizer mais alguma coisa, Xavier retorna anunciando que pediu mais bebidas para nós, e somos distraídas pela tentativa de Jonty e Sybil de fazer ao vivo a dança de "*Dirty dancing* – Ritmo quente" na plataforma elevada.

Com a bebida rolando solta, não demora muito até todos nós acabarmos na pista de dança, protegendo Caroline de olhares indiscretos, rindo até ter dor no queixo e nos divertindo loucamente. Este lugar é uma doideira total, livre de preocupações. Todo mundo está entregue ao momento, a ponto de duas cabines do banheiro feminino estarem impedidas, quando vou, por causa de gente transando lá dentro, e eu preciso esperar que a menina usando a terceira, com a porta escancarada, cheire uma carreira de pó enquanto urina. Eu a reconheço de algum lugar, talvez do TikTok; tenho quase certeza de que é uma influencer de estilo de vida.

– Chama-se ser multitarefa – ela me diz, fungando e limpando a narina com as costas da mão. Pelo menos enquanto eu aguardo ela me oferece uma carreira, que eu educadamente recuso.

Nós depressa perdemos Jonty para um cara de camisa branca e bermuda vermelha, quando ele o leva para um dos vários cantos escuros e enfia a língua nas profundezas de sua garganta. Em dado momento, quando Caroline e Sybil estão no bar, Xavier e eu nos vemos dançando sozinhos.

Quando me viro para ele, suas mãos pousam em minha cintura e me puxam de modo a eliminar o espaço entre nós. Meu quadril se move contra o dele, e o corpo dele pressiona o meu. O calor queima cada centímetro de mim, meu coração dispara quando ele curva a cabeça na direção do meu ombro e eu inclino o rosto na direção do dele, nosso nariz quase se tocando. Suas mãos percorrem meu quadril para cima e para baixo, enquanto nos movemos juntos, minha pele queimando sob seu toque. Giro em seus braços, suas mãos pressionam a parte baixa das minhas costas e as minhas repousam, espalmadas, em seu peito firme. Se eu levantar a cabeça para olhar para ele, talvez ele me beije.

Eu quero que ele me beije.

– Xavier!

Ouvimos Sybil gritar o nome dele por cima da galera. Segurando mais uma garrafa de champanhe, ela acena para que ele se aproxime.

Ele afasta a mão e recua um passo, lançando-me um olhar de desculpas. Digo a mim mesma que aquilo não significou nada: ele está bêbado, eu estou bêbada, aqui dentro está quente, a música está alta. Eu não deveria nem pensar nisso. Seja como for, ele gosta de Caroline. Não gosta? Mas o jeito como estava me segurando, o jeito como estava olhando para mim... *Merda.* Preciso de mais uma birita.

– Ei, novata – ouço às minhas costas, giro e dou de cara com Caroline segurando dois shots, um para mim, outro para si. Ela me entrega um e suspende o próprio.

– Às pequenas coisas, certo?

– Totalmente certo! Às pequenas coisas!

Batemos os copos, viramos os shots e jogamos a cabeça para trás, rindo, antes que a música seguinte comece e as pessoas gritem em aprovação.

Na manhã seguinte, quando acordo, minha boca está seca, minha cabeça lateja e acho que estou prestes a vomitar. Não consigo me lembrar de muita coisa. Mas me lembro de ter dançado com Xavier. Lembro como foi a sensação do corpo dele encostado ao meu. Enterro a cabeça embaixo do edredom e tento voltar a dormir. Foi um sonho. Foi um sonho louco, incrível, encharcado de álcool. Nada nele significou coisa nenhuma.

Exceto minha conversa com Caroline. Isso eu acho que significou algo.

CAPÍTULO QUATORZE

Ollie vira o cartão que tem em mãos para ler a caligrafia em relevo, dourada, impressa do outro lado: "Costa Amalfitana, 2025".

Ele volta para o lado do destinatário e depois me encara, perplexo.

– Só diz isso?

– Só diz isso – confirmo, pegando o convite de volta e guardando na bolsa.

Ele solta um assovio e acrescenta, sarcasticamente:

– Tão top e misterioso.

Ollie se ofereceu para me fazer companhia, hoje de manhã, enquanto espero o carro que Sybil providenciou para me levar ao aeroporto. Não tivemos muito tempo de nos atualizar, recentemente, então é bom conversar com ele sobre tudo que está rolando.

Ele não parece tão surpreso pelo convite quanto eu. Cheguei da escola um dia, esta semana, e encontrei Bennet à minha espera, segurando uma bandeja com este envelope bem no centro, e Tabatha ao lado dele, bebericando animada uma taça de "Champanhe da Vitória", como ela o chamou. Estou começando a entender que, na opinião de

Tabatha, sempre há uma razão para se abrir uma garrafa de espumante, não importa quão pequena; mesmo que seja simplesmente um convite chegando. Se bem que um *muito* importante.

Eu fiquei fora de mim de empolgação, incapaz de acreditar que tinha conseguido garantir um convite para a Costa Amalfitana, mas daí a realidade me bateu e me dei conta de que ia passar o feriado com a nobreza. De repente, eu me senti inacreditavelmente despreparada, mas Tabatha me assegurou de que, quando estivesse no avião, eu me sentiria pronta e confiante.

É claro que ela escolheu meu guarda-roupa, tendo percorrido cuidadosamente todos os looks comigo, para cada ocasião, antes que fossem delicadamente arrumados na mala por Bennet. No momento, estou usando o primeiro deles, que consiste de um cropped frente única laranja queimado Ralph Lauren, calça branca de boca larga e óculos de sol Prada, e cabelo puxado para trás em um rabo de cavalo frouxo. Também recebi um bronzeamento por jato e a maquiadora espalhou o que pareceu ser metade de um tubo de iluminador líquido em minhas clavículas e nos braços, de modo que agora eu cintilo sempre que recebo luz.

– Eu sabia que você ia receber um convite – Ollie insiste, apoiando-se nos cotovelos, nos degraus da entrada de Tabatha. – Todo mundo na escola está falando a seu respeito.

– Está? – pergunto, ansiosa. – E o que estão dizendo?

Ele dá de ombros.

– Que você é a nova influencer do momento. Esse tipo de coisa.

Meu queixo cai.

– Você está *brincando*. As pessoas acham que sou algum tipo de socialite?

– Acham, sim – ele diz, divertido com a minha reação. – Com certeza você já se ligou que, desde que começou a andar com os Elites, você virou uma VIP escolar.

– Eu pensei que a maioria das pessoas acharia que eu era uma aspirante aos Elites – admito. – Não me dei conta de que tinha realmente me tornado... você sabe...

– Um deles? – Ollie conclui por mim. Ele aponta para a mala Louis Vuitton que Tabatha me emprestou. – Eu diria que um convite para a residência privada da realeza confirma isso.

– Acho que sim. – Sorrio para mim mesma.

Ollie pigarreia.

– Enfim, você volta na terça, certo? – ele confere. – O que vai fazer no restante do feriado? Porque eu estava pensando em fazer umas sessões de estudo, juntos, se você quiser. Ou outra coisa – ele pausa e franze a testa, antes de disparar: –, tipo jantar ou pegar um cinema.

– Parece ótimo. Apesar de que eu provavelmente vou precisar esperar para ver o que os outros vão fazer.

– Outros? Você diz os Elites.

– É, talvez eu acabe saindo com eles, se for rolar algum evento. Acho que Sybil comentou que quer ir ao lançamento de uma influencer de maquiagem, e Jonty e Xavier falavam de talvez ir para a casa de Xavier um dia. Ele tem um imóvel de veraneio em Mayfair, mas aparentemente também tem um apartamento na região central de Londres, com uma vista deslumbrante; Jonty me disse que as festas lá são uma doideira.

– É. Aposto que sim.

– Mas vou descobrir em que dias estarei livre e te conto. Assim nós dois podemos sair também. – Sorrio e lhe dou um cutucão.

– Maravilha. E com sorte você vai em breve descobrir pistas sobre seu pai também, e assim a gente não vai mais precisar de todo esse fingimento.

Estremeço diante do comentário direto e reto.

É fácil ser envolvida pelas coisas e esquecer o ponto crucial. Que os Elites acreditam que tive uma vida que na real não tive. Que a única razão pela qual gostam de mim, para começo de conversa, é o monte de mentiras que inventei para impressioná-los, de forma a poder usá-los para descobrir informações sobre quem pode ser meu pai. Preciso me manter focada no motivo pelo qual fiz amizade com eles: obter respostas que tenho certeza de que mamãe queria que eu encontrasse. Sair com Jonty é tão divertido que vivo me esquecendo de que há uma grande possibilidade de sermos parentes.

– Isso, exatamente – digo, tentando ignorar o vazio no estômago. – Acho que Jonty acabará me convidando para a casa dele, e daí poderei conversar com o pai. Fazer umas investigações. E o feriado em Amalfi pode ser útil. Tenho certeza de que vou aprender alguns importantes detalhes de que precisamos.

Ollie assente.

– Claro.

Uma limusine dobra a esquina e para à nossa frente.

– Boa viagem – Ollie diz, levantando-se e pegando minha bagagem.

– Sybil não faz nada pela metade – comento quando o motorista sai do carro e corre para pegar minhas malas com Ollie.

Deixado sem nenhuma forma de ajudar, ele me dá um aceno estranho.

– Vejo você na volta. Se você tiver tempo.

– Obrigada por esperar comigo – digo, antes que ele enfie as mãos nos bolsos e se afaste, arrastando os pés pelo calçamento.

Bennet obviamente esteve de olho o tempo todo, porque a porta da frente se abre e Tabatha emerge para dar tchau. Ela franze o nariz para a limusine.

– Isto claramente não foi enviado pela princesa – ela comenta, quando o motorista abre a porta para mim e dou uma espiada no interior. – Não é do gosto dela. E com certeza também não é do seu. Claramente ela tem uns amigos exibidos; você será um bem-vindo toque de classe.

– Ah, meu Deus, tem um equipamento de caraoquê aqui! – dou gritinhos.

– Talvez seja má ideia – Tabatha resmunga, entre dentes.

– Não se preocupe, vou tocar baixinho – eu a tranquilizo, e a porta é fechada às minhas costas.

Eu me acomodo no banco de couro traseiro. Fico aliviada por ser a primeira a ser buscada, porque significa que posso surtar com o interior maravilhoso da limusine antes que outra pessoa entre. É *enorme* aqui dentro, com luzes neon, uma tela de TV, um bar totalmente abastecido e o já mencionado equipamento de caraoquê.

Buscamos Sybil primeiro. Ela leva séculos para sair e, quando finalmente vem, está usando um minivestido branco minúsculo, sandálias de salto anabela imensas, cor-de-rosa choque, um chapéu de sol personalizado gigante e óculos de sol que escondem metade de seu rosto. Dois homens a seguem para fora, carregando malas que entregam ao motorista. Passamos em seguida pela casa de Xavier, onde encontramos Jonty e ele à espera. Enquanto Xavier escolheu um look de férias clássico e informal, de camisa azul-clara de linho com a manga arregaçada, Jonty pirou e está usando uma camisa de mangas curtas verde brilhante estampada de tucanos.

– Oi – Xavier diz, oferecendo-me um sorriso, ao se sentar.

Nossos olhares se encontram. Sorrio de volta com o estômago aos pulos.

– Oi.

Jonty entra e se joga ao meu lado.

– Iluminação de boate. Sério? – Ele baixa até a ponta do nariz os óculos de sol estilo aviador. – Aonde você acha que estamos indo, Sybs? Para um baile decadente da Hollywood dos anos 1980?

– Você vai mandar essa, "decadente", sendo que está usando essa camisa? – ela rebate. – Enfim, o que está fazendo na casa do Xav? A gente ia buscar você na sua casa.

Ele se remexe no banco.

– Pensei que seria mais fácil se eu viesse para cá. Uma parada a menos, certo? Faz sentido.

– Não – Sybil retruca. – Você nunca muda seus planos para facilitar as coisas.

– Minha casa estava um pouco caótica esta manhã. Gente demais – ele diz casualmente. – Eu queria dar o fora dali, então vim cedo para a do Xav.

O papo prossegue, mas é difícil não notar que Jonty parece um tanto calado. Quase sempre, ele e Sybil conduzem a conversa, mas hoje, durante o trajeto, é principalmente Sybil quem fala, animadíssima, sobre o fim de semana que nos espera. Estou tão ocupada assentindo ao que ela diz, enquanto ao mesmo tempo sou distraída pelo comportamento reservado de Jonty, que só percebo que chegamos ao aeroporto quando o carro para. Quando o motorista abre a porta, saio e me vejo parada na pista de decolagem, com um avião particular plantado à frente.

– Isto... isto é para nós? – pergunto.

Sybil joga o braço ao meu redor.

– Você não achou que tomaríamos um avião de carreira, achou? Quando você viaja comigo, Ruby, você viaja com estilo.

Enquanto a sigo pela escadinha acima, não consigo acreditar em quanto estava excitada, poucos minutos antes, por estar sendo conduzida na parte de trás de uma limusine. Agora, estou me instalando confortavelmente em um JATINHO PARTICULAR.

Se você me visse agora, mamãe.

– Selfie no avião! – Sybil ordena, suspendendo o telefone e fazendo biquinho para a câmera, enquanto Xavier, Jonty e eu nos reunimos em volta dela para nos encaixar no ângulo.

– Quando Caroline vai chegar? – pergunto, aceitando de muito boa vontade o copo de água com gás que a comissária de bordo me oferece.

– Ela vai nos encontrar na vila – Sybil diz, brincando com os filtros antes de postar nossa foto nas redes sociais dela. – Uma princesa não pode arriscar ser vista voando em um avião particular para um feriado pessoal. O público não aprovaria. Ela já está lá com o pai.

– Certo. O rei – murmuro, engolindo um nó na garganta.

Não parece real que eu vá conhecer o rei Alfred nesta viagem, que dirá que vou ficar hospedada na casa dele. Repassei a etiqueta social com Tabatha; espero não passar vergonha.

Após decolarmos, eu me vejo sentada, no fundo, ao lado de Jonty, enquanto Sybil tira um cochilo, o rosto totalmente coberto pelo chapéu de sol. Xavier está de pé na frente, vasculhando a mala em busca não sei do quê. Inclino-me sobre Jonty, dou-lhe um tapinha no ombro.

– Ei, você está bem? – pergunto suavemente.

– Ora, se estou! – ele responde entusiasmado. – Estamos a caminho da Itália. Por que eu não estaria bem?

– Você estava meio caladão no carro. Só estou checando.

– Eu estava cansado, só isso.

Com a cabeça, ele aponta para Xavier, que parece absorto em pensamentos. Está segurando uma caixa achatada, estreita, as linhas de expressão da testa ficando cada vez mais franzidas e fundas, enquanto ele encara o objeto que tem em mãos. Jonty suspira, seus ombros caem.

– Ela *não* vai deixar passar – ele comenta.

Olho para ele sem entender.

– Desculpe?

– A mãe de Xavier – ele explica. – Está vendo aquela caixa? Contém uma pulseira De Beers, de diamantes engastados em ouro branco, que a mãe de Xavier disse a ele para dar para Caroline neste fim de semana.

– É um presente de agradecimento bastante extravagante.

– Na real, é um presente de "vamos ser mais do que bons amigos".

– Ah. Xavier ainda... espera que eles vão ficar juntos – digo, e meu estômago se revira.

A forma como dançamos juntos no bar subterrâneo me passa pela cabeça.

– Não importa o que Xavier quer – Jonty esclarece. – A pressão sobre esse cara para se casar com a princesa é imensa. A mãe dele planeja isso há anos; eles fizeram a escola primária e a secundária juntos, frequentaram os mesmos clubes depois das aulas, cumprem exatamente o mesmo calendário social desde o dia em que ele nasceu. E agora eles só têm um período escolar juntos, e a família de Xavier não vai permitir que ele saia sem assegurar esse relacionamento. Você sabia que Caroline tem uma proposta incondicional de ir para a Durham University? Você deveria ter visto quando Xavier contou à mãe que tinha sido rejeitado pela Durham. *Não* foi bonito.

– Isso é horrível.

Observo Xavier enquanto ele estuda a caixa. De repente, ele levanta a cabeça e olha diretamente para mim. Mortificada, rapidamente finjo estar olhando para fora da janela, enquanto voamos acima das nuvens. Pelo canto do olho, vejo quando ele enfia a caixa de volta na mala.

Algo me diz que este feriado vai ser tudo, menos relaxante.

CAPÍTULO QUINZE

Eu não achei que as coisas poderiam ficar muito mais glamorosas do que cruzar o céu em um jato particular, mas agora cá estou, em um superiate no mar Tirreno, farreando com modelos, astros pop, atores, aristocratas europeus e a herdeira do trono britânico.

De pé no convés principal, vestindo uma camisa branca oversized, que flutua ao vento sobre meu biquíni azul Missoni, e sandálias Gucci, segurando uma taça de champanhe, observo o mar de gente dançando ao som da música altíssima que sai das caixas de som do DJ, enquanto outros relaxam nos sofás brancos no convés ou conversam no bar de coquetéis. Eu me dou um momento para absorver tudo e inspiro profundamente. Eu poderia me acostumar a isso.

Noto Caroline empoleirada em um dos sofás, presa em uma conversa com um músico que conheci mais cedo hoje; ele precisou de cinquenta segundos inteirinhos para começar a me dizer como a música dele é inovadora, antes de se lançar a um monólogo com detalhes do que o inspira e uma lista de autoelogios. Ele não me fez nenhuma pergunta e precisei aguardar até que alguém o tocasse no ombro, para poder escapar.

Os olhos de Caroline vagam, suplicantes, em minha direção. Entro em ação, cambaleando na direção deles nas minhas sandálias, me perguntando por que Tabatha achou que estes eram os melhores calçados para uma embarcação oscilante. Podemos estar ancorados, mas ainda assim balança.

– Lamento muito interromper – começo, cortando-o no meio da parte em que ele ia contando sobre como a primeira decepção amorosa inspirou sua característica linha de baixo melódica –, mas preciso falar com a princesa Caroline.

– Estamos no meio de uma conversa – o músico observa, fuzilando-me com os olhos.

– É... urgente – digo, enquanto ela acena com a cabeça, encorajando-me, por trás dele. – É uma questão... de vida ou morte.

– Dê-me licença – Caroline diz, pousando a mão no braço dele. – Esta é Ruby, uma de minhas novas assistentes, e claramente ela tem um recado do palácio que precisa entregar. Espero que você não se importe que eu não entre em detalhes. Trata-se de informação bastante sensível. Eu preferiria ficar aqui e conversar com você, mas o dever vem primeiro. Espero que compreenda.

– É claro! – ele exclama, estufando o peito.

– Foi adorável conversarmos. Sinto que aprendi muito – ela acrescenta, pondo-se de pé e alisando o minivestido branco. – Estou ansiosa por ouvir seu novo single.

– Obrigado, Alteza – ele diz, levantando-se de um pulo e curvando a cabeça.

Ela espera até estarmos longe o suficiente para que ele não consiga nos ouvir, e pega meu braço.

– Obrigada – ela cochicha, apertando-o. – Pensei que ficaria até o fim dos meus dias ouvindo-o explicar com ares professorais a importância da melodia. Você poderia ter agido mais cedo.

– Desculpe, eu estava distraída.

– Você estava parada ali, sozinha, sem fazer nada – ela comenta, quando chegamos à borda e nos inclinamos sobre o parapeito, observando a água.

Stephen se aproxima um pouco. Ele se destaca das outras pessoas, naquele traje fino. Deve estar desconfortavelmente quente, naquele casaco, mas ele até que está segurando a barra, observando o desenrolar da festa com a típica expressão pétrea.

– Eu estava absorvendo tudo isso – digo a ela, apontando para a festa. – É tudo tão incrível.

– Você já esteve em um superiate antes. Eu vi no seu Instagram.

– É, eu sei – digo, apressada. – Mas mesmo assim. Nunca me canso. Esta festa está um arraso.

– Logo seremos apenas nós – ela completa, hipnotizada pela água que ondula lá embaixo. – Quando recebi o convite para isto, pensei que poderíamos começar a viagem com a corda toda.

– Claramente está sendo um começo incrível. Arrebatadas para um iate antes mesmo de termos chance de desfazer as malas.

– Eu lhe dei tempo para mudar de roupa e temos gente para arrumar suas coisas. – Ela dá de ombros e sorri. – Como foi o voo de manhã?

– Muito suave.

– Tudo em ordem com Jonty? Ele anda meio estranho, na minha opinião – ela comenta, a agudeza da observação me pegando de surpresa. – Acho que ele e Sybs talvez tenham discutido. Sinto certa tensão entre eles.

– Eles me pareceram bem. Mas não os conheço como você.

– Talvez eu esteja superanalisando. Tenho uma tendência a pensar demais.

Ela franze o rosto, incomodada. Uma gargalhada irrompe na jacuzzi e nós duas olhamos naquela direção. Xavier está dentro, cercado por um bando de mulheres. Sinto uma incômoda irritação diante da cena.

– Xavier parece estar se divertindo – Caroline nota, levantando as sobrancelhas.

– Está tudo bem... entre vocês dois? – pergunto cautelosamente.

– Sinceramente? Não sei. Acho que vamos ter de ver. Com sorte, este fim de semana vai facilitar as coisas.

Penso na pulseira de diamante esperando por ela na mochila dele.

– Tenho certeza de que vai – murmuro.

Ela me observa.

– Você e ele parecem se dar muito bem.

– É fácil conversar com ele, da mesma forma como é com Sybil e Jonty – respondo casualmente, descartando o comentário perspicaz dela como se não fosse grande coisa e depois assumindo um risco, ao acrescentar: – Você, por outro lado, é um osso muito mais duro de roer. Não é tão fácil atravessar para além desse seu sorriso reservado.

O risco compensa. Ela abre um sorriso largo.

– Sim, bem, alguém neste grupo precisa manter a cabeça no lugar – ela comenta.

Um garçom passa por nós, equilibrando uma bandeja com taças de champanhe. Eu pego duas e passo uma para Caroline, que aceita de boa vontade.

– Então, quando vamos encontrar o rei? – pergunto dando um golinho, tentando suprimir e abafar qualquer tipo de sentimento que eu tenha por Xavier.

Tentei soar indiferente, mas ela ri.

– Nervosa? – ela provoca. – Todo mundo está; não se preocupe. Esta noite ele está fora para um jantar, o que é bom. Tive um pressentimento de que alguns de nós poderiam ficar em más condições, depois da festa no iate, e não estar em um estado apresentável para trombar com meu pai. – Ela olha diretamente para Sybil, que está dançando enlouquecida de biquíni, tendo tirado o vestido e jogado por cima da bandeja vazia de um garçom distraído. – Então, é melhor vê-lo pela manhã.

– Vou me certificar de estar em minha melhor forma amanhã, então.

– Ele estava com uma disposição estranha, hoje – ela acrescenta, as sobrancelhas franzidas. – À tarde, ele estava até falando de ir embora mais cedo e voltar para Londres.

– Sério? Por quê?

Ela dá de ombros.

– Não sei. Ele nunca vai embora cedo da vila. Ele ama aqui. E o jantar a rigor, amanhã à noite, é sempre palco para ele. Ele gosta de criar a ilusão de que faz um esforço com os meus amigos. – Ela faz uma pausa para bebericar o champanhe. – Ele estava no meio do planejamento da distribuição de lugares à mesa, para o jantar de amanhã, e de repente ficou todo agitado e disse que tinha se esquecido de um compromisso em casa, e que talvez precisasse partir cedo.

– Suponho que seja difícil para ele conseguir tirar tempo livre.

– Pois é. – Ela suspira e toma o que resta na taça. – Certo, acho que conversamos tempo suficiente para que aquele chato musical acredite que estamos realmente conversando sobre... Como foi que você disse? "Uma questão de vida ou morte".

– Vou trabalhar para encontrar uma frase melhor.

– Se não for incômodo.

Ela sorri com malícia e se endireita, depois se vira e observa a festa, voltando a incorporar perfeitamente o modo princesa. Assim que se afasta, é rodeada por convidados desesperados para conseguir sua atenção; Stephen segue silenciosamente atrás dela.

Meu primeiro dia em Clairmont provou que a princesa Caroline é mais do que um rostinho bonito, mas preciso lhe dar o devido crédito: ela é boa no que faz. Qualquer um que a observe agora vai pensar que está seriamente interessada em cada uma das pessoas com quem está conversando, fazendo-as se sentir reconhecidas e importantes.

Um grito vindo da outra ponta do iate perfura o ar, seguido por um *splash* alto.

– Sybil! – Caroline grita, percebendo mais rápido do que eu que a melhor amiga não está mais onde estava dançando.

Eu e o restante da festa nos juntamos a ela, corremos para aquela parte do iate e nos debruçamos desesperadamente sobre o parapeito do convés. O medo toma conta de mim e solto um suspiro de alívio quando a cabeça de Sybil emerge e ela arqueja para respirar.

– *Ah, meu Deus* – Caroline cochicha ao meu lado, a mão sobre o coração.

– Você está bem? – grito para Sybil, lá embaixo.

– Movendo as pernas na água, ela olha para todos que a observam e dá um largo sorriso, jogando as mãos para cima da cabeça.

– Alguém aí pode me jogar uma taça de champs? – ela grita. – Perdi a minha na queda!

Na manhã seguinte, acordo com enxaqueca. Tentei tomar o máximo de água possível, no iate, mas foi difícil manter o juízo, com todo aquele champanhe grátis rolando. Giro as pernas para fora da cama, cambaleio até o banheiro da minha suíte e pego o paracetamol que Bennet me informou ter guardado ali.

Quando ligo o chuveiro, penso no dia anterior.

Graças a Deus, não aconteceu nada que fosse absolutamente imperdoável; imagino que minha dança no convés não tenha sido tão sexy quanto na hora eu achei que estava sendo, mas com sorte todo mundo estava bêbado demais, ou envolvido demais na própria dança, para notar ou se importar. Dane-se. Foi um dos melhores dias da minha vida. Foi como se eu fosse uma celebridade por um dia, vivendo a vida que as pessoas sonham em ter. O pequeno tombo de Sybil lançou tendência e, dali a pouco, as pessoas começaram a pular no mar atrás dela. Depois de se certificar de que Sybil estava bem, Caroline se afastou no parapeito, mas eu fiquei por um momento, observando os demais saltarem, abraçados aos joelhos, para dentro da água azul brilhante.

Xavier se acomodou ao meu lado no lugar onde antes estava Caroline. Sem camisa e com o calção de banho ainda molhado da jacuzzi, ele se apoiou no parapeito, os braços musculosos reluzindo ao sol.

– Tentada? – ele perguntou.

Eu engoli em seco.

– Pelo que eu me lembro do pós-festa da Gala Florescer de Sybil, você não tem medo de pular na água, no fim de uma festa – ele continuou.

– Pelo que *eu* me lembro, daquela vez você precisou ser empurrado.

Ao ouvir isso, ele deu um meio sorriso.

– Eu pulo se você pular – ele propôs.

Precisei analisar sua expressão para ver se ele estava falando a sério, e, quando percebi que sim, nada me restou a não ser começar a desabotoar a camisa. Os olhos dele desceram, surpresos, até os meus dedos, e achei o máximo reparar no gogó dele subindo e descendo, antes que os olhos voltassem a encontrar os meus.

– Qual o problema? O duque não sustenta o que diz? – perguntei, tirando a camisa.

Não faço a menor ideia de onde tirei tanta autoconfiança, mas quero acreditar que, embora o champanhe estivesse cumprindo seu papel, muito dela brotou de estar à altura da personagem que os Elites pensavam que eu era. E, talvez, uma parte de mim torcesse para que ela não fosse totalmente falsa e que eu pudesse pertencer a uma festa daquelas tanto quanto qualquer outra pessoa ali.

Eu me lembro de nós dois pularmos ao mesmo tempo, mas Xavier depois insistiu em ter precisado esperar uma fração de segundo para se certificar de que eu pularia primeiro. Subimos à tona dando risada, a adrenalina ainda correndo pelo meu corpo, quando nadamos até a escadinha para nos içarmos de volta ao iate.

Levo um instante para me dar conta de que estive sorrindo durante toda a duração do banho, enquanto me perdia revivendo o ontem. Eu me arrumo sem pressa, agora de manhã, ciente de que logo vou conhecer o rei Alfred. Preciso causar uma boa impressão.

Tabatha tinha sido absolutamente inflexível quanto ao que eu deveria usar para conhecer o rei: um vestido de verão verde Oscar de la Renta.

– É o único que cumpre exigências tão específicas: informal o suficiente para uma vila italiana e, ao mesmo tempo, recatado o suficiente para encontrar o rei – ela dissera, enquanto percorria meticulosamente os trajes separados para cada dia. – E, como bônus extra, realça seus olhos.

Conferindo meu reflexo pelo que parece ser a centésima vez antes de finalmente reunir coragem para sair do quarto, desço para o café da manhã. Empoleirada no alto de um penhasco, a deslumbrante vila rochosa particular do rei tem oito dormitórios, então cada um recebeu o seu, mais quatro anexos, onde ficam as equipes dele e de Caroline. Quando chegamos, ontem, vi rapidamente o jardim, que tem uma piscina enorme bem no meio, porém, se você não curte nadar, pode sempre caminhar pelas trilhas em zigue-zague, que dão acesso privado ao mar. Cada quarto tem a própria sacada e tem um terraço principal saindo de uma das salas, com vista para o mar; um lugar perfeito para se ver o nascer do sol em paz.

Entendo como a nobreza relaxa aqui.

Chegando ao fim da escada, apuro os ouvidos tentando escutar vozes, mas sou recebida pelo silêncio. Todos devem estar dormindo ainda. Sei que Jonty com certeza está – eu ouvi os roncos quando passei pelo quarto dele. Meu nervosismo em relação a conhecer o rei ofuscou qualquer vestígio de ressaca. Estou me questionando qual seria a etiqueta social, se devo voltar discretamente ao quarto e esperar que alguém surja, quando aparece uma criada trazendo um copo de suco de laranja espremido na hora.

– Bom dia, senhorita Carter – ela diz, sorrindo amigavelmente.

– Bom dia.

– O café da manhã será servido no terraço, se quiser fazer a gentileza de me acompanhar.

Assinto, e ela vai na frente. Não posso evitar olhar de modo furtivo para a porta trancada no fim do corredor à esquerda, antes de atravessarmos a sala: é o escritório do rei e o único cômodo que não tivemos permissão para visitar quando me levaram para um pequeno tour pela vila, ontem, antes da festa no iate.

– Posso lhe oferecer chá ou café? – a criada pergunta, quando saímos para o sol.

– Café, por favor – digo, grata.

Ela assente e se afasta deslizando para o fim da mesa, que já está posta para o desjejum, pousando o copo de suco na frente do único ocupante. E é aí que vejo de quem se trata.

O rei Alfred afasta o olhar do jornal, seus olhos verdes fixos em mim. Inspiro intensamente.

– Obrigado, Louisa – ele diz, quando ela faz uma mesura e se afasta, deixando-nos a sós no terraço, para ir buscar meu café.

Por um momento, sou incapaz de me mover, congelada e em choque.

Por fim, algo em mim estala e começa a funcionar, e me lembro do treinamento de Tabatha. Curvo-me em uma mesura tão firme quanto possível, as costas retas e os olhos baixos, enquanto meu coração bate com força máxima contra o peito e os ouvidos começam a zunir.

– Ruby, não é? – ele diz. É uma afirmação, não uma pergunta.

– Sim, Majestade – respondo com voz rouca, endireitando-me da mesura. – Ruby Carter.

Tem algo estranho em sua expressão. Uma sombra de reconhecimento, o que não faz o menor sentido. A mandíbula dele se tensiona. Fico onde estou, esperando que ele faça uma pergunta ou me diga o que fazer.

A nobreza sempre faz o primeiro movimento, a voz de Tabatha me lembra, na minha cabeça. É uma pausa aflitivamente longa. Não sei para onde olhar, então encaro meus pés. O terraço está sereno e silencioso, exceto pelo murmúrio da brisa passando pelas árvores do entorno e pelas ondas do mar quebrando contra o penhasco lá embaixo.

De repente, ouço o som de pernas de cadeira sendo arrastadas contra o chão, e ele se levanta.

– Eu estava saindo – ele diz asperamente, cruzando o terraço em minha direção. – Aproveite seu café da manhã. A paisagem é belíssima.

– Obrigada, Majestade – digo baixinho quando ele passa por mim e desaparece lá dentro.

Permaneço imóvel, processando o que acaba de acontecer. Quando Louisa retorna, surpreende-se ao me encontrar sozinha. Um momento depois, um homem que reconheço ser o secretário particular do rei vem atrás dela aqui fora para informar que o rei pediu que o café da manhã dele fosse servido no escritório.

Eu me sinto totalmente humilhada. O jeito como o queixo dele se apertou, o olhar estranho que me deu, a velocidade com que foi embora. Parece que minha mera presença de algum modo lhe provocou asco.

Não tenho ideia do motivo, mas o rei Alfred não me quer aqui.

CAPÍTULO DEZESSEIS

Sozinha no terraço, perambulo até o parapeito para desfrutar do espresso enquanto aprecio a vista. O mar parece vasto e tudo abarcar. Subitamente, nós parecemos tão pequenos e insignificantes. Faz a pontada da rejeição do rei parecer menos importante.

A paisagem é tão linda, a água é tão azul, reluzente e hipnotizante. Ela me faz lembrar de quando mamãe e eu fomos de férias juntas para a Toscana e ficamos em um quarto que tinha uma sacada com vista para o mar. Essa era uma das manias dela, sempre que viajávamos de férias. Ela gostava de ficar em lugares de onde pudesse ter vista para o mar. E a Itália sempre foi seu local favorito. Sorrio, pensando em como ela teria amado isto aqui.

– Importa-se que eu me junte a você?

Meu estômago dá um pulo quando reconheço a voz de Xavier. Usando óculos Ray-Ban Wayfarer, uma camisa de linho rosa claro, calça de algodão e docksides, ele vem se postar ao meu lado passando a mão pelos cabelos já bagunçados, antes de pousá-las espalmadas no parapeito e inspirar profundamente.

– Bom dia – digo, tentando parecer à vontade na companhia dele. – Como está se sentindo nesta manhã?

Ele torce o rosto.

– Já estive melhor. Poderia comer alguma coisa e preciso desesperadamente de um café. E você? Dormiu bem?

– É bom adormecer ao som das ondas.

Xavier assente.

– Não é uma paisagem feia, é? Você parecia imersa em pensamentos, agora há pouco, como se estivesse contemplando a vida. Espero não ter perturbado nenhuma grande revelação.

– Não, está tudo bem. – Dou risada e pouso a xícara de café. Faço uma pausa. – Eu estava pensando na minha mãe. Ela teria ficado deslumbrada com este lugar; ela amava a Itália.

Ele observa o mar ao longe.

– Você veio muito à Itália com ela?

– Algumas vezes. Ela amava a comida e *amava* a arte. Tivemos algumas férias incríveis juntas.

– Parece que eram um pouco mais culturais do que mergulhar de iates.

Dou risada.

– Só um pouquinho. Mas recentemente descobri que minha mãe era bem mais louca, na juventude, do que me deu a entender. Tem sido estranho descobrir coisas sobre ela agora que ela morreu; coisas sobre as quais não posso perguntar. Nem saber a versão dela da história. – Pauso e pressiono os lábios, absorvendo a paisagem. – Eu não consigo decidir se estou brava ou impressionada com ela por me esconder as coisas.

– Senti a mesma coisa em relação ao meu pai – Xavier diz, e hesita, antes de acrescentar: – Você provavelmente sabe disso, mas, depois que ele morreu, descobrimos que tinha tido um caso com uma modelo de moda praia por dois anos.

Faço uma careta.

– Xavier, sinto muito. Isso é...

Não consigo pensar na palavra certa.

– É, eu sei – ele diz. – Fiquei muito bravo com ele, por fazer isso com a minha mãe. Senti como uma traição em tantos níveis. Ter feito isso com ela e ter mantido segredo por tanto tempo, sabendo que havia uma grande chance de descobrirmos quando ele morresse. E daí a mulher com quem ele tinha tido o caso quis dinheiro para ficar calada. Nós nos recusamos a pagar e ela publicou uma biografia reveladora.

Meneio a cabeça.

– Não consigo nem imaginar como deve ter sido horrível para você.

– Não surpreende ninguém o fato de eu não ter lido, mas ouvi dizer que havia *abundância* de detalhes. Na época foi ruim, mas, depois do primeiro impacto, o livro e a autora logo caíram na obscuridade. Ela recebeu um grande adiantamento por ele e se mudou para Los Angeles. Todos tivemos de seguir em frente. Mas foi dureza para a minha mãe.

– É claro.

– Ela se importa muito com o que as pessoas pensam dela. Aparência é tudo, e ela passou muito tempo fingindo que éramos a família perfeita. Papai basicamente ferrou com tudo, para ela, e ela nunca o perdoará por isso. – Ele suspira ruidosamente. – Enfim, desculpe me estender tanto. A razão pela qual estou contando isso é consolar você: independentemente de quanto sua mãe tenha sido porra-louca na escola, pelo menos você nunca vai encontrar nada *tão* escandaloso assim escondido no passado dela.

– Eu não teria tanta certeza – murmuro.

Louisa volta ao terraço com uma bandeja cheia de comida e nós dois nos sentamos, muito agradecidos, para comer. Quando estamos com os outros, Xavier é sem dúvida o mais calado, com frequência se sentando mais ao fundo e ouvindo enquanto Caroline, Sybil e Jonty disputam o palco principal. Mas agora, durante o café da manhã, encontramos uma abundância de assuntos e vamos ficando mais à vontade na presença um do outro. De alguma forma, acabamos no nosso amor compartilhado por animais e, quando ele chega ao tema dos cavalos, é difícil tirá-lo dali, e seu rosto se ilumina quando fala sobre eles.

– Eu amo como eles são poderosos e majestosos, mas também gentis – ele se derrama. – Tem algo de muito tranquilizante neles.

– Concordo. Eles têm aquela aura que faz tudo parecer bem. Você fala com eles e parece que eles estão realmente escutando.

Um sorriso brinca em seus lábios.

– Você... conversa com cavalos.

– Converso – respondo sem a menor vergonha.

– Eu também.

– É disso que sinto falta, não morando mais na área rural. Eu costumava cavalgar bastante com a minha mãe.

– Há estábulos em Londres. Não é a mesma coisa que um pangaré do interior, mas ainda é estar em cima de um cavalo. E, se escolher a hora certa, você pode andar pelos parques, que são lindos quando estão vazios.

– É. Eu só... Acho que deveria retomar. Não sei por que ainda não fiz isso.

Pego meu copo de água e dou uns golinhos.

Ele me observa e espera um instante, antes de delicadamente dizer:

– Eu costumava cavalgar com o meu pai, então sei como é a sensação de pensar em fazer a mesma coisa sem eles, sem os ter ao lado. É estranho ir sem companhia.

Levanto o olhar para encontrar o dele.

– Se você quiser, podemos ir juntos – ele sugere. – Uma manhã antes da escola ou no fim de semana. Você me diz quando estiver pronta, e eu providenciarei os cavalos.

– Ok – digo, e me pego assentindo. – Obrigada.

Ouvimos passos e nos viramos. Jonty vem flanando para o terraço usando moletom, calção de banho, óculos de sol e um boné virado para trás, parecendo que não tomou banho.

– O rei está aqui? – pergunta com voz rouca, olhando ao redor, nitidamente nervoso.

– Não, está tomando o café da manhã no escritório – digo a ele.

– Então, que se dane – ele diz, jogando-se em uma cadeira e virando o boné, de modo a poder baixar sobre o rosto. – Acho que estou morrendo. Não consigo me lembrar de ter voltado para a vila.

– Talvez seja bom que faltem certos detalhes – Xavier alerta.

Jonty geme.

– Ah, não. O que foi que eu fiz? Vai, me conta.

– Você talvez tenha perguntado a Jonathan se ele queria uma *lap dance* – digo, rindo.

Jonty levanta o boné devagar e me espia por baixo da aba.

– Jonathan, tipo, o secretário particular do rei? – ele se certifica, a cor sumindo de seu rosto. – *Esse* Jonathan?

– *Esse* Jonathan.

– Estranhamente, ele declinou de sua oferta – Xavier diz –, mas isso não te impediu de pular no sofá, arrancar a camisa e nos perguntar se concordávamos que você deveria fazer um teste para a turnê do espetáculo "Magic Mike".

Jonty fecha os olhos, mortificado.

– E por acaso Jonathan havia saído da sala a esta altura? – ele suplica.

– Temo que estivesse na primeira fila – digo, esticando o braço para oferecer um afago reconfortante.

– Então é isso. Vou sair do país – Jonty declara, enterrando o rosto no boné.

– Se serve de consolo, estamos todos bem mal na fita – Xavier diz. – Sybil vomitou na entrada para carros. Duas vezes.

– Sabe, isso realmente me faz sentir melhor – Jonty admite, dando um grande gole de água. – E pelo menos hoje nós podemos ter um dia de preguiça na piscina, sem fazer absolutamente *nada*.

– Bons dias! – Caroline cantarola, aparecendo no terraço em um minivestido branco, inspirado nos anos 1940, com um cinto preto preso firme ao redor da cintura. O cabelo parece ter sido seco e penteado por profissionais, a maquiagem é recente e irradia frescor. – Como estamos hoje?

– Sofrendo uma morte lenta e dolorosa – Jonty murmura.

– Excelente – ela diz, animada. – Está um lindo dia. A caminhada foi fantástica hoje de manhã.

Jonty faz careta.

– Você já fez uma caminhada?

– Sim, antes que ficasse quente demais, mas não se preocupe, tomei medidas para que você não perdesse mais nada. Temos um cronograma movimentado para hoje, incluindo uma viagem a Sorrento para explorar as antigas muralhas, as igrejas e o moinho do século treze com um guia de turismo oficial, depois almoço e à tarde passeio de caiaque até uma enseada famosa. Ainda teremos tempo mais que suficiente para voltar e nos preparar para o jantar a rigor. E daí, amanhã, estamos todos agendados para uma caminhada bem cedo: quero levar você pela minha trilha favorita. Você vai amar. As paisagens são sensacionais e há alguns trechos desafiadores, então trabalha bem a condição cardíaca. E queima gordura nas pernas.

De olhos esbugalhados e perplexo, Jonty parece ter sido estapeado no rosto.

– O que aconteceu com o dia relaxante na vila? – Xavier pergunta, pasmo. – Ontem você estava dizendo que era o que você mais queria fazer aqui.

– Bem, depois da festa no iate, ontem, meu pai acha que seria boa ideia se a gente experimentasse as delícias culturais e históricas que a Costa Amalfitana tem a oferecer – ela responde, a voz ligeiramente tensa. Mas o sorriso não falha. – Eu vou acordar Sybil e depois poderemos partir. Jonty, você talvez queira mudar para uma roupa um pouco mais contida, para as visitas a igrejas hoje de manhã. Amei seu vestido, Ruby.

– Obrigada – digo quando ela passa por mim com toda a elegância e volta para dentro da vila.

Jonty se vira para Xavier, desentendido.

– O que acabou de acontecer? – ele choraminga.

– Não é óbvio? O rei acaba de acontecer – Xavier diz, mantendo a voz baixa. – Ele nunca aprova as festas dela e não confia em ninguém. Está preocupado que alguém tenha feito fotos dela no iate, e agora quer que ela atue de modo oficial, para que a realeza tenha uma imagem positiva perante os locais e algum repórter à espreita.

– Ela deveria estar de férias – comento.

– Hoje não – ele diz, e Jonty baixa a cabeça até encostar a testa na mesa. – E, se ela não está de férias, nós também não estamos. Foi o rei quem deu o itinerário a ela. De que outro jeito se teria materializado tão depressa?

Franzo a testa.

– Isso não é justo da parte dele. Ela veio para cá como refúgio.

– Ele é o rei. – Xavier dá de ombros. – Ele não tem que jogar limpo.

Não consigo deixar de pensar que o rei Alfred está nos evitando.

Ficamos fora pela maior parte do dia. Quando regressamos à vila, Caroline esperava que o pai se juntasse a nós para o chá da tarde, mas Jonathan informou que ele precisou ficar no escritório. Ficou óbvio que ela se aborreceu. Ela se desviou do caminho para caçar o *limoncello* de

Sorrento que afirma ser o favorito absoluto dele, e pensou que ele viria tomar uma dose conosco no terraço.

Talvez eu esteja totalmente errada ou quem sabe é tudo coincidência, mas não consigo deixar de sentir que tem algo a ver comigo. Não consigo afastar a sensação de que algo no jeito como ele me olhou de manhã não estava certo, alguma coisa espreitava nos olhos dele por trás daquela expressão fria e rígida.

O dia foi exaustivo, mas também muito divertido. Até Jonty e Sybil, que começaram de ressaca e irritados, especialmente um com o outro, entraram no clima e se dedicaram à observação de paisagens. Eu passei a maior parte do dia com Jonty e Xavier, enquanto Sybil e Caroline pareciam formar naturalmente um par, fofocando e rindo de modo conspirador.

Cabeleireiros e maquiadores foram providenciados para ajudar a nos preparar para o jantar de gala desta noite; Sybil me explicou mais cedo que o jantar é uma tradição anual que Caroline leva muito a sério. Normalmente a rainha Grace se junta ao grupo, mas este ano ela está participando de um evento beneficente importante em Londres.

– Caroline não consegue jantar com os pais com muita frequência, então, para os três, estar aqui com os melhores amigos dela é uma coisa importante; é a noite preferida dela no ano – Sybil me contou. – Ela põe muito empenho no cardápio e na decoração e todo mundo fica bonito, de traje a rigor.

Tabatha se superou com a roupa que escolheu para eu usar esta noite: um belo vestido preto Jenny Packham de decote ousado, com detalhes em pregas na cintura. Com meu cabelo seco e modelado em delicadas ondas por um profissional, e meu batom vermelho forte, eu me sinto elegante e sofisticada, como se fosse uma estrela de Hollywood a caminho de uma entrega de prêmio.

– A senhorita gostaria de usar a gargantilha de rubi? – Louisa pergunta, sorrindo para mim enquanto me olho no espelho. – Acho que daria um toque final.

– Não tenho uma gargantilha de rubi – dou risada, achando graça na suposição dela. – Mas com certeza tenho algo que sirva. Vou olhar a caixa de joias.

– Tem, sim – Louisa insiste, abrindo o cofre do quarto e de lá tirando uma caixa preta e um envelope. – Isto estava embalado com seus pertences e havia instruções, deixadas com a caixa, para que a senhorita a usasse na noite do jantar com o rei Alfred.

Ela me passa o envelope, abro e encontro um bilhete de Tabatha: *É hora de eu te dar isto. Ela queria que fosse sua.*

Há uma fotografia presa ao cartão: uma imagem de mamãe no Baile de Verão de Clairmont. Soprando um beijo para a câmera, ela está usando uma coroa, tendo acabado de ser nomeada rainha de Clairmont. Em seu pescoço há um pingente de rubi radiante, cercado por um halo de diamantes.

Louisa abre a caixa, revelando a mesma gargantilha encaixada em uma almofadinha preta.

– É linda – ela comenta.

Incapaz de falar, confirmo com a cabeça, os lábios firmemente pressionados. Pisco para afastar as lágrimas quentes que fazem arder meus olhos, decidida a não estragar a maquiagem. Com todo o cuidado, ela suspende a gargantilha da caixa, vai para atrás de mim, coloca-a em meu pescoço e trava o fecho. Dando um passo para o lado, Louisa olha a fotografia e depois para meu reflexo.

– A senhorita é igualzinha a ela – diz delicadamente, pousando a foto na cômoda e se apoiando no espelho. – Aí está. Agora a senhorita está pronta.

Ao sair do quarto, ouço vozes lá embaixo por cima do jazz que enche a casa, cortesia da banda contratada para tocar no terraço durante toda a noite. Descendo a escada, vejo Sybil, Xavier, Jonty e o rei conversando. Todos param no meio do que estão dizendo para olhar para mim. Minhas faces ficam quentes e parece que levo uma eternidade para chegar ao último degrau. Não sei como Caroline faz isso o tempo todo; acho que eu nunca me acostumaria a esse nível de atenção, a cada vez que chego a um ambiente. Sybil está linda, trajando um vestido de ombro único cor de damasco e um colar de diamante cintilante. Os meninos estão extraordinariamente bonitos, trajando smokings sob medida. Perco o fôlego ao ver Xavier, o cabelo penteado para trás, os olhos refletindo a luz quando ele levanta a cabeça para me ver. Ele faz menção de se mexer, como se quisesse me recepcionar no fim da escada, mas Jonty é mais rápido e avança a passos largos com os braços estendidos.

– Você, minha querida, está fabulosa – ele comenta, levantando minha mão e beijando, como se tivéssemos voltado no tempo. – E que vestido é esse! Sedutor. Amei.

– Você também está maravilhoso. Gostei da gravata-borboleta – digo, e a endireito.

– Caroline me disse que desaprova o veludo rosa – ele me conta, indiferente.

– Eu gosto de um toque de cor.

Ele sorri e observa meu colar.

– Eu também.

Aceito o braço estendido e ele me acompanha por uns poucos passos, até onde estão os demais. Chegando ao rei, faço uma mesura.

– Boa noite – ele diz brevemente.

Seus olhos pousam no rubi no meu pescoço e ele se retrai. Pigarreando rapidamente, ele junta as mãos atrás das costas e se dirige a Jonty.

– Eu já lhes mostrei a Bíblia que me foi presenteada pela Taoiseach da Irlanda, quando ela veio aqui em visita? Venham, vocês precisam ver – ele diz, gesticulando para que Jonty o siga para fora da sala. – Sybil, você vai ficar impressionada com os intrincados entalhes da capa – ele continua, enquanto marcha para fora. Os olhos de Sybil se arregalam quando ela percebe que é para acompanhar os dois. Suspende a saia para não tropeçar e se apressa atrás deles. – É realmente um livro extraordinário.

Ao observá-los desaparecer pela porta, não consigo evitar sentir uma pontada. É a segunda vez que o rei se afasta assim que chego. Xavier parece não ter notado. Ele aceita duas bebidas do mordomo e me entrega uma.

– Belo vestido – ele diz.

– Belo smoking – respondo, virando-me para ele. – Tentarei não derramar bebida neste.

Os lábios se curvam em um sorriso. Olho para a porta.

– Acho que o rei não gosta de mim – admito baixinho.

– Não, ele é assim com todo mundo que acaba de conhecer – Xavier me tranquiliza. – Ele mantém distância. Lembra do que te falei mais cedo sobre ele não confiar em ninguém? Quando se trata de agir em público, ele é o próprio charme encarnado, mas, se você quer conhecê-lo pessoalmente, precisa conquistar a confiança dele.

– É difícil fazer isso se ele não fala comigo. Ele me evitou no café da manhã também.

– Eu não levaria para o lado pessoal. E o que vou dizer pode ser um tiro no escuro, mas talvez ele se sinta desconfortável por causa de sua mãe. Descobri muita coisa quando meu pai morreu. As pessoas que o conheciam bem agiam estranhamente perto de mim.

Pisco sem entender.

– Do que... você está falando? O *rei* conhecia minha mãe?

Ele me encara assombrado.

– É! Você não sabia? Eles todos foram para Clairmont juntos. Sua mãe, o pai de Jonty, a mãe de Sybil e o rei Alfred eram bem amigos. E tinha outro cara também... Ah, sim, o editor do jornal. Espera – ele analisa minha expressão –, você não sabia que sua mãe e Alfred eram próximos?

Eu de repente me sinto fraca e enjoada, como se todo o sangue tivesse se esvaído do meu corpo.

– Ruby, você está bem? – Xavier pergunta, os dedos roçando os meus.

Meu cérebro muda imediatamente para o piloto automático e consigo sorrir e confirmar.

– Estou. Sim, estou bem.

– Você parece tão...

Xavier se interrompe no meio da frase, distraído por algo ou alguém no alto da escada. Olho por cima do ombro e vejo Caroline descer como que flutuando, de vestido lilás de gola alta enfeitado com contas de prata e uma faixa prateada de cabeça salpicada de diamantes presa ao penteado. Está linda de tirar o fôlego, como uma princesa perfeita deveria ser.

Xavier fecha a boca firmemente.

– Com licença – ele me diz.

– Claro – respondo, enquanto ele atravessa o corredor para recebê-la.

– Boa noite, Xavier – Caroline diz com toda a formalidade, olhando através dele, claramente decepcionada por não ter uma plateia maior. – Onde está todo mundo?

– Você não está usando a pulseira – ele diz em voz baixa e derrotada. – Você disse que queria usá-la hoje à noite.

Ela parece irritada.

– Não combina com o meu vestido.

Ele suspira e põe a outra mão no bolso.

– Se você não quer, sinceramente, está tudo bem. Mas, Caroline, isso é burrice. Você deveria dizer, em vez de nós dois fingirmos que...

– Claro que eu a quero, Xavier – ela diz suavemente, pondo uma mão no braço dele e olhando com um sorriso encantador. – Eu falei que vamos conversar sobre isso em outro momento, ok?

Ele hesita, depois assente.

– Ótimo. – Ela tira a mão do braço dele. – Agora, onde estão os outros?

– Eles foram ver uma Bíblia – digo-lhe.

Ela revira os olhos.

– Mas que merda. Meu pai está obcecado com ela.

Quando ela sai para ir buscar o pai, Xavier e eu aguardamos em um silêncio desconfortável. Por fim ela retorna com todos os demais a reboque e propõe um brinde ao fim de semana com a família e amigos. Mal consigo me concentrar em uma palavra do que estão dizendo, pois minha cabeça está girando.

O rei Alfred era amigo da minha mãe. Amigo íntimo.

Aproximo-me de Sybil.

– Sybil, o rei Alfred conheceu minha mãe na escola? – pergunto com voz abafada.

Ela funga como se fosse uma pergunta idiota.

– Dã. É claro! Eles eram todos amigos, lembra-se? Nós conversamos sobre isso quando nos encontramos na Gala Florescer.

– Sim, mas eu não sabia que o rei Alfred fazia parte do grupo deles – digo, espiando nervosamente na direção dele.

– Ah, meu Deus, mas como assim você não sabia? – Ela me olha de cima a baixo, perplexa. – Todo mundo sabe que o rei Alfred frequentou Clairmont e era parte do grupo. Minha mãe, o pai de Jonty, um cara chamado Deacon e também a sua mãe. É por isso que é como se você estivesse completando o conjunto ao se tornar um de nós. – Ela estica a mão e aperta meu braço. – Totalmente adoráveis.

– Eu… eu não sabia – digo em voz rouca, com um nó se formando na garganta. – Ele não aparecia em nenhuma das fotografias.

– Ah, então, pois é. – Ela assente. – Isso é porque foi ele quem tirou todas as fotos. Assim como a gente não pode fotografar Caroline quando ela está farreando junto. Para não deixar provas, entende? Era a mesma coisa quando Alfred e os nossos pais estavam enchendo a cara e fazendo sabe Deus mais o quê.

O fotógrafo.

Fecho os olhos. Fui tão burra. Tudo faz sentido agora. Alguém estava atrás da câmera, fazendo todas aquelas fotos. Andei tão enlouquecida, recentemente, que nem me dei ao trabalho de me perguntar quem seria. Se eu tivesse parado e pensado a respeito, poderia ter sacado que o príncipe Albert, como era chamado então, estava no mesmo ano que mamãe. Assim como Caroline: sempre atrás da câmera, nunca na frente.

– É bizarro que você não soubesse que ele era próximo da sua mãe – Sybil diz, baixando a voz enquanto um sorrisinho entendido lhe cruza o rosto. – Eles eram bem próximos *mesmo*, em dada altura.

Engulo em seco.

– Tipo… eles saíram?

– Eu acho que sim, mas não tenho ideia se foi coisa séria ou não. – Ela dá de ombros. – Mas eles foram coroados rei e rainha de Clairmont, então é meio que fofinho. – Ela olha por cima do meu ombro. – Ah, Caroline precisa de mim. Já volto.

Ela se afasta, deixando minha cabeça num turbilhão caótico.

Gostaria que houvesse mais pessoas aqui, de modo que eu pudesse dar uma fugida sem que notassem, para ter um instante sozinha e absorver essa informação, mas em um grupo tão pequeno é complicado. Vendo-me sem companhia, Jonty se aproxima para bater papo. Faço tudo que posso para exibir um sorriso e finjo estar com dor de cabeça quando ele percebe que tem alguma coisa acontecendo.

Quando meu desnorteio começa a ceder, percebo uma coisa. Provavelmente, esta noite será minha *única* oportunidade de alguma vez conseguir conversar com o rei Alfred sobre a minha mãe. Já tem sido suficientemente difícil tentar estar no mesmo ambiente que lorde Walter; quantas vezes terei uma audiência particular com o rei? Vejo que por um breve instante ele se encontra sozinho e, com uma onda renovada de determinação, vou até lá.

– Gostaria de lhe agradecer por esta noite – digo. – É muito especial.

Ele olha discretamente para um ponto às minhas costas, muda um pouco de posição.

– De nada – responde amavelmente, mas ainda com um toque gélido na voz.

– Vossa Majestade... conheceu minha mãe – disparo, ainda me sentindo pessoalmente esmagada demais com a notícia para conseguir dar um tom mais formal ou educado.

Ele se enrijece.

– Não me recordo.

– O nome dela é, era, Eleanor Carter. Vocês frequentaram Clairmont juntos. – Engulo audivelmente, observando-o. Porém, ele mantém a expressão inalterada. – Ela foi rainha de Clairmont, e o senhor foi rei de Clairmont. Sei que vocês foram próximos.

– Com licença, um assunto urgente exige minha atenção – ele diz, girando nos calcanhares e saindo da sala, deixando-me parada ali sozinha, em choque.

Capto o olhar de seu secretário particular, Jonathan. Se eu não soubesse que é impossível, diria que Jonathan tem uma aparência culpada de alguma coisa. Ele rapidamente segue o rei para fora da sala.

* * *

No jantar, eu me pergunto se é por coincidência que estou sentada o mais distante possível do rei, na ponta oposta da mesa. Ele mal diz uma palavra e sinto que Caroline está desconcertada com o comportamento dele; ela tagarela sem parar, conta com máximo entusiasmo coisas interessantes a respeito das pessoas sentadas à mesa ou tenta impressioná-lo com dados que aprendeu sobre a região hoje, na esperança de que ele se envolva com ela em algum assunto. Apesar das tentativas cada vez mais desesperadas dela para agradar, ele ignora o esforço dela: oferece respostas de uma só palavra e comentários vagos, mal levantando os olhos da comida.

Quando a refeição termina, somos convidados a sair para o terraço, para tomar digestivos não alcoólicos sob as estrelas, bebidas criadas especialmente para nós por um famoso mixologista italiano. Cada coquetel representa um convidado; o meu, para surpresa de ninguém, é vermelho.

– Para a bela Ruby – o mixologista anuncia, ao me entregar o copo.

Quando ele diz isso, eu por acaso olho para o rei; ele parece perturbado. Ninguém mais repara, porque está todo mundo ocupado demais ouvindo ansiosamente a explicação do mixologista sobre qual drink ele fez para cada um, mas eu reparo. Esfregando o peito, ele cochicha algo para Jonathan e depois volta discretamente para dentro da casa.

Pousando a bebida sem que nenhum deles perceba, sigo o rei para dentro, ao mesmo tempo que a banda começa a tocar.

Ele avança depressa, mas estou decidida a alcançá-lo, meus saltos batendo forte no piso enquanto o sigo pela curva em direção à escada. Quando ele começa a subir, chamo do meio do corredor, e minha voz ecoa nas paredes.

– Eu sei que o senhor conhecia minha mãe.

Ele estanca.

– Eu *sei* que o senhor a conhecia – repito, minha voz tremendo, enquanto me aproximo mais alguns passos. – Vocês eram bons amigos.

Sybil me contou. Por que o senhor não conversa comigo sobre ela? Será que não se importava minimamente com a minha mãe?

Ele se vira, e sua expressão é furiosa.

– *Eu não me importava?* Eu…

Ele se interrompe e fico chocada com a emoção em sua voz, com a dor que ele demonstra diante da acusação. Ele cobre a boca com a mão. Após um instante, ele se força a olhar para mim. Respiro com dificuldade, esperando que ele diga alguma coisa.

– Deixem-nos a sós – ele diz com aspereza, e levo um momento para perceber que está falando com Jonathan e outra pessoa da equipe, parada atrás de mim. Eu não tinha percebido que eles estavam ali. Fazem o que o rei mandou e desaparecem. Ele se afasta da escada e vem até onde estou, parando à minha frente.

– Sim, eu conhecia sua mãe, Ruby – ele finalmente admite. – Ela era uma amiga muito querida. Eu lamentei tanto quando soube… do que aconteceu.

Ele inspira fundo e me olha com uma expressão mais suave, os olhos brilhando.

– Vejo muito dela em você – ele diz, com um sorriso carinhoso. – Exceto os olhos. Os dela eram azuis. Os seus são… – Ele engole em seco.

– E quanto ao meu pai? – Eu me escuto dizer. – E quanto a ele?

– Você… você *sabe*? – ele sussurra. Rapidamente ele toma minha mão e a aninha nas dele. – Ruby, você precisa entender: quando ela veio aqui me entregar aquela carta – seus olhos passam brevemente pela porta do escritório –, eu não estava no estado mental certo. Eu deveria…

Uma tosse incisiva vem de trás de mim, e o rei solta minha mão.

– Majestade – Jonathan começa, tendo ressurgido silenciosamente –, a princesa solicita sua companhia…

– Agora não, Jonathan – o rei Alfred está espumando.

– Ela insiste, senhor – Jonathan continua. – Ela insinuou que virá pessoalmente buscá-lo se eu não tiver sucesso em convencê-lo a se reunir ao grupo.

– Jonathan...

– Ela está a caminho, Majestade – Jonathan alerta.

Escutamos os passos de Caroline se aproximando e sua voz chamando pelo pai.

– Ruby, eu prometo que vamos conversar sobre isso, mas agora não posso. Você precisa entender.

Ele estica a mão e me faz um afago desajeitado no braço, antes de passar marchando por mim e interceptar Caroline pouco antes que ela chegue até nós. Jonathan os segue de volta para o terraço, deixando-me aturdida observando-os.

Logo ouço passos de novo, e presumo que seja o rei retornando para se explicar, mas afinal trata-se de Xavier chegando. Ele dá uma olhada em meu rosto e seu sorriso some.

– Qual o problema? – ele pergunta. – Ruby?

Minha mente está repassando o que o rei disse. *Quando ela veio aqui me entregar aquela carta...*

– Que carta? – murmuro, meu olhar vagando para a porta do escritório do rei.

Marcho na direção dela.

– Ruby! Ruby, o que você está fazendo? – Xavier sibila, seguindo-me para a porta. – Você não pode entrar aí!

Testo a maçaneta. Está destrancada. Ignoro Xavier, entro no escritório e olho ao redor. Meus olhos pousam na escrivaninha.

– O que está acontecendo? – Xavier exige saber, entrando atrás de mim e fechando a porta às nossas costas. – Precisamos sair daqui. Este é o escritório particular do rei!

– Preciso encontrar a carta.

– Que carta? – ele pergunta. Começo a abrir as gavetas e vasculhar o interior. – Ah, meu Deus, Ruby, você não pode fazer isso. A gente precisa sair.

– Está aqui em algum lugar. Eu sei.

– Olha, eu não sei o que está havendo, mas a gente vai se meter em encrenca da *grossa* – Xavier diz, passando a mão pelo cabelo. – Por favor, vamos embora!

– Não até eu encontrar.

– Puta merda, isso provavelmente é algum tipo de alta traição – ele resmunga, fechando os olhos e apertando o alto do nariz com o polegar e o indicador.

– Se você está tão preocupado, pode ir – rosno, impaciente.

Ele solta a respiração e resmunga, com relutância:

– Não sem você.

Chego a uma gaveta que não se abre quando puxo a alça. É a única que está trancada. Isso precisa significar alguma coisa.

– Você vê alguma chave em algum lugar? – cochicho, olhando ao redor com urgência.

– Ele não vai deixar à mostra, né? – Xavier rebate, as sobrancelhas franzidas enquanto analisa a escrivaninha. Seu olhar pousa sobre um relógio antigo. – O que é isto? Parece totalmente deslocado. Aposto que foi presente de algum rei ou uma rai...

Ele se interrompe no meio da frase quando suspende a peça. Debaixo do relógio há uma pequena chave.

– Você é um gênio! – exclamo, arrancando-a da mão dele e abrindo a gaveta.

– E você é uma criminosa – ele responde com desprezo, enquanto remexo os papéis. – Que carta você está procurando? É tão importante assim?

Congelo; meu coração bate enlouquecido. Há um envelope endereçado ao rei e está escrito com a letra da minha mãe. Pego e de dentro tiro a carta, meus dedos tremendo enquanto a desdobro. Começo a ler.

Por um longo momento, o escritório fica silencioso, exceto pela pulsação em meus ouvidos.

– Ruby? – Xavier me chama delicadamente, algum tempo depois.

Chegando ao fim da carta, agarro o braço da cadeira e me afundo nela, minhas pernas cedendo sob meu corpo.

– O que foi? – Xavier pergunta, contornando a escrivaninha e se ajoelhando à minha frente, pegando e apertando minha mão. – Ruby, qual o problema?

– Esta carta. É da minha mãe – consigo dizer, com voz rouca.

– E o que diz?

– Que ela sabe por que eles nunca poderão ficar juntos, mas que ela sempre vai amá-lo. Diz que vai dar o nome de Ruby à filha deles dois, em homenagem à gargantilha que ele deu a ela.

– Eu não... não estou entendendo – ele diz, seus olhos procurando desesperadamente os meus.

– Não está? – sussurro, enquanto lágrimas descem pelas minhas faces. – Diz que o rei Alfred é meu pai.

CAPÍTULO DEZESSETE

Meu pai é o rei Alfred.

Alfred II, rei do Reino Unido, é meu pai.

Eu sou filha do rei.

Isto não pode estar acontecendo. Minha cabeça está girando. Eu me sinto enjoada. Não consigo respirar.

Meu celular vibra de novo na mesinha de cabeceira, mas eu o ignoro e me curvo mais em posição fetal, sob o edredom, ainda de vestido. Houve duas batidas à porta; a primeira foi de Xavier. Depois que não respondi a seus apelos para abrir a porta, para que ele visse se eu estava bem, ele por fim repetiu que estava à disposição se eu quisesse conversar, e foi embora. A segunda foi de Louisa, perguntando se eu precisava de ajuda para tirar o vestido, mas foi recebida com silêncio, e ouvi seus passos sumir na direção da escada.

Depois de revelar a Xavier o conteúdo da carta, eu a havia enfiado de volta na gaveta e trancado, subitamente não querendo estar nem perto dela. Então me impulsionei para levantar da cadeira e corri para fora do escritório, na direção da escada. Xavier me chamou, mas eu o ignorei. Precisava ficar sozinha.

Uma vez trancada em segurança no quarto, escancarei as portas da minha sacada particular, aflita por ar fresco. Pressionando a mão contra o peito, tentando desacelerar e estabilizar minha respiração, senti o pingente de rubi sob os dedos. Senti como se a gargantilha estivesse se apertando ao redor do meu pescoço e me estrangulando. Tateei às cegas e lutei com o fecho na nuca até conseguir abrir, e a arranquei.

Abaixo, no terraço, estavam Sybil e Jonty, alheios à minha presença no alto. Estavam tendo uma discussão acalorada. Ele parecia estar implorando algo a ela. Sybil parecia irritada. Caroline não estava, nem seu pai.

Nosso pai.

Esperei até que minha respiração estivesse sob controle. Até sentir que conseguia me mexer de novo. Depois, com lágrimas escorrendo pelo rosto, eu cambaleei até a cômoda e, entorpecida, guardei a gargantilha de volta na caixa. Ao lado estava a foto de mamãe que a acompanhava. Então subi na cama, me enfiei sob o edredom e fechei os olhos.

Quero que isso seja um sonho. Quero acordar e que isso seja um sonho absurdo, ridículo e bizarramente hilário. Porque, se o que a carta diz for verdade, significa que sou a filha bastarda do rei, um escândalo gigante em escala global.

Significa que o rei Alfred sabia o tempo todo que era meu pai, e que ele *escolheu* não me conhecer. Não me querer.

Significa que mamãe achou que era melhor para todo mundo, incluindo para mim mesma, não saber que meu pai era o rei, cortando totalmente o contato com ele.

Significa que eu tenho uma meia-irmã: a princesa Caroline.

Significa que estou tão absurdamente FURIOSA com mamãe que tenho vontade de gritar e berrar com ela, o que é injusto, porque ela se foi e eu deveria estar de luto por ela.

Choro no travesseiro, meu rímel manchando a seda branca com grandes manchas escuras.

Que puta confusão do cacete.

A noite avança, a banda por fim para de tocar e a vila cai em silêncio. Todo mundo foi para a cama. Não tenho energia para me sentir culpada por ter desaparecido rudemente da festa. Todo esse choro provocou uma enxaqueca latejante e permaneço deitada, imóvel, escutando as ondas, desejando nunca ter começado a procurar meu pai.

Não sei como, mas por fim devo ter adormecido. Acordo com uma batida suave à porta. Vai ficando mais alta e no fim Jonathan fala.

– Senhorita Carter? – ele sussurra. – Senhorita Carter, é Jonathan, o secretário particular do rei. O rei gostaria de trocar uma palavrinha. Senhorita Carter? Está acordada?

Ao espiar o relógio na mesinha de cabeceira, vejo que são sete horas.

Eu me forço a sair da cama, ando até a porta e abro uma frestinha para olhar para Jonathan. Ele se empertiga e recua depressa.

– Ruby? – ouço a voz do rei.

Não quero falar com ele. Não quero falar com ninguém. Ao mesmo tempo, quero respostas. Assim, abro a porta para deixá-lo entrar. Ele passa por mim e a fecho. Ele está vestido com elegância, mas uma vermelhidão ao redor dos olhos revela falta de sono. Ele parece surpreso com minha aparência, mas tenta disfarçar sua reação. Recordando que estava nervosa demais para me dar ao trabalho de tirar o vestido e remover a maquiagem, dou uma olhada rápida no espelho.

Jesus Cristo.

Não é uma visão bonita.

Vermelha e inchada por uma noite chorando, minha cara está branca como a de um fantasma, com círculos escuros borrados sob os olhos, do delineador preto, meus cílios estão unidos e pegajosos, devido a uma combinação de lágrimas e rímel, e meu cabelo está embaraçado.

– Ruby – ele diz –, eu quis vir dizer que estou indo embora. Agora. Estou voando de volta para a Inglaterra. Antes de ir, porém, eu queria... conversar com você. Queria lhe explicar como tudo aconteceu.

– Como o que aconteceu? Como *eu* aconteci?

As palavras jorram da minha boca à força, minha mágoa disfarçada de hostilidade. Neste momento, esqueço que ele é o rei; ou melhor, eu não me importo. Ele recua diante do meu tom.

Inspirando profundamente, ele diz:

– Eu estava apaixonado por sua mãe.

Estreito os olhos para ele.

– Você era casado.

Ele confirma.

– Eleanor e eu éramos amigos havia muito tempo. Ela era uma das únicas pessoas perto de quem eu sentia que podia ser eu mesmo. Conseguia conversar com ela sobre qualquer coisa. Ela era divertida, inteligente, linda. Nada parecia aborrecê-la. Ela flutuava através da vida. Nós tivemos um lance na escola e eu sabia que ela era especial. Mas o fato é que... bem, o fato é que eu sou o rei. Grace e eu, a união tinha sido acordada muito tempo antes e, quando saí de Clairmont, comecei a namorar Grace devidamente. Eleanor compreendeu. Nós pensamos... Pensamos que estávamos fadados a ser amigos.

– Mas daí vocês tiveram um caso.

– Nós tentamos negar, mas nossa amizade havia de alguma forma evoluído para amor. Nós cedemos e... eu me arrependo profundamente de toda dor que causei.

A falta de emoção em sua voz faz as palavras soarem forçadas, insinceras, como uma frase de efeito ensaiada, um trecho de uma declaração que ele e Jonathan já deviam ter começado a preparar caso mais alguém descobrisse a verdade.

– Ruby, você precisa entender que nós tivemos de tomar uma decisão que não fosse a melhor apenas para você e sua mãe, mas também para o país – ele prossegue, de testa franzida.

– E para você – digo friamente. – Era a melhor para você.

O olhar mira o chão.

– Eu não sabia que era você até ontem à noite – revelo. Ele levanta a cabeça de supetão para me encarar, seus olhos se arregalando de horror. – Eu nem sabia que vocês eram amigos. Depois que você conversou comigo na escada, eu fui ao seu escritório. Encontrei a carta.

Ele leva a mão à boca.

– Você leu – ele diz, a voz abafada atrás dos dedos.

Confirmo com a cabeça.

– Ruby – ele inspira, dá um passo em minha direção. – Eu sinto muito. Não posso nem imaginar o choque... – Sua voz some e a expressão é cheia de dor, antes de repetir: – Eu sinto muito.

– Você nunca quis me conhecer. Agora eu sei disso. Você sabia que eu existia, mas não quis me conhecer.

– Na carta, sua mãe me disse que estava se mudando e que eu não iria conseguir convencê-la do contrário. Ela disse que tinha certeza de que eu não poderia ser...

– Que você não poderia ser um pai para mim – concluo no lugar dele. – Você alguma vez *quis* me conhecer? Você alguma vez tentou?

– Eu pensei nisso todos os dias, desde que li aquela carta – ele diz com ferocidade, a raiva cintilando em sua expressão. – Pensei em arranjar uma forma de conhecer você, mas...

– Ah, você *pensou* sobre isso. Então está tudo bem.

– Eu tentei oferecer apoio financeiro – ele admite, sombrio. – Ela não aceitou. Ela não queria ter nada a ver comigo nem com a nossa antiga vida. Você não imagina como era doloroso saber que ela estava vivendo em outro lugar com a minha filha.

Sua voz falha. Não sei por quê, mas as palavras "minha filha" me atingem com mais força do que qualquer outra coisa que ele tenha dito até o momento. Lágrimas quentes inundam meus olhos. Eu não quero chorar na frente dele.

Eu me viro para olhar pela janela.

– A rainha sabe? – pergunto calmamente.

– Não. – Ele hesita. – Embora eu tema que ela sempre tenha desconfiado. Sua mãe e eu... Nós éramos atraídos um para o outro. De alguma forma, em todos os eventos, eu me via ao lado dela. Compreendo que você tenha... sentimentos conflitantes em relação a mim, Ruby, mas, independentemente do que aconteça, quero que saiba que amei muito a sua mãe. Ela me proporcionou algumas das recordações mais felizes, mais normais da minha vida. Apesar de nosso afastamento, quando ela morreu eu senti que uma parte de mim morreu também.

As lágrimas transbordam e descem por meu rosto antes que eu consiga impedir. Uso rapidamente as costas da mão para enxugá-las. Aproximando-se cautelosamente, o rei estende um lenço.

– Obrigada – digo com voz rouca, e seco as faces.

Estico para devolver, mas ele balança a cabeça.

– Pode ficar com ele.

Eu o amasso.

– Então, o que acontece agora? – pergunto.

Ele suspira pesadamente, os ombros tombam para a frente.

– Honestamente, eu não sei – ele admite. – Suponho que tenha sido ingenuidade minha e de Eleanor pensar que poderíamos esconder isso do mundo. Apesar de que... talvez nós possamos manter isso entre nós, por enquanto. Eu sei que é um pedido imenso e não estou dizendo para mantermos isso em segredo para sempre, mas gostaria de ter a oportunidade de contar à minha família, antes que eles descubram por outras fontes.

Isso parece injusto. Ele tem a família dele, ao passo que a mim não resta nenhuma.

– Está bem – murmuro.

– Obrigado, Ruby. Parece-me prudente processarmos isso pessoalmente e em particular, antes de envolvermos a imprensa, você não concorda?

Eu me encolho, ofendida.

– Eu não vou vender a minha história, se é isso que você está querendo me perguntar.

– Claro que não – ele insiste, mas não acredito nele nem por um segundo. Rapidamente, consulta o relógio. – Preciso ir. Obrigado por reservar um momento para conversar comigo. Entrarei em contato.

Ele é tão formal. É difícil acreditar que esse homem seja meu pai.

Meu cérebro pega no tranco.

– Espere – digo. Ele olha para mim, intrigado. – Eu preciso ir embora daqui. Você pode ficar à vontade escondendo uma coisa desse tamanho da sua filha, mas eu não fico. Não posso ficar de férias aqui pelos próximos dias agindo diante de Caroline como se tudo estivesse bem. Você precisa inventar uma desculpa para que eu vá embora da vila.

– Muito bem. Talvez seja mais fácil todo mundo ir para casa de uma vez.

– Esta manhã. Não quero passar aqui nem um minuto além do estritamente necessário.

– Entendido. – Ele faz uma pausa. – Lamento por tudo isso, Ruby. Gostaria que as coisas tivessem sido diferentes.

Ele vai para a porta e sai, fechando-a silenciosamente atrás de si. *Gostaria que as coisas tivessem sido diferentes.* Não tenho oportunidade de perguntar o que ele quer dizer com isso, se está falando sobre o que aconteceu com a minha mãe, sobre seus deveres perante a Coroa ou sobre mim.

Eu me sento na cadeira da penteadeira e inspiro profundamente. Está tudo uma bagunça, mas uma coisa ficou cristalinamente clara: eu estava errada ao acreditar que mamãe queria que eu descobrisse quem é meu pai. Isso é algo que ninguém deveria saber. A verdade está aí, agora. Chocante, escandalosa e absolutamente catastrófica sabe Deus para quantas pessoas.

E eu não tenho a menor ideia do que vai acontecer a seguir.

Chego em casa em Londres desesperada para me enfiar na cama, só para descobrir que Tabatha tem outros planos.

Abrindo a porta, Bennet me recebe com um copo de água gelada e uma rodela de limão, para que eu possa me "hidratar após o voo". Ele me encoraja a aceitar a bebida e depois informa que sou esperada na saleta íntima.

Solto um gemido. Encontrar uma das amigas faladeiras e arrogantes de Tabatha é a última coisa que quero fazer. Minha cabeça ainda está latejando de uma enxaqueca que se recusa a ceder, e a viagem para casa pareceu durar uma eternidade.

O clima entre os Elites hoje estava totalmente desanimado.

Cumprindo sua palavra, o rei dera um jeito de me mandar para casa. Ele deixou um recado com a equipe: a vila inteira precisava ser evacuada imediatamente, ele apresentava sinceras desculpas, e um avião tinha sido reservado para nos levar de volta a Londres.

Caroline ficou furiosa. Pisando duro no terraço em seu traje de caminhada, ela ficou tentando ligar para o pai, mas só conseguiu a caixa postal. De péssimo humor, ela agrediu todo mundo durante a manhã inteira, enquanto nos preparávamos para partir, lançando uma nuvem escura sobre a vila ao mesmo tempo que todos pisávamos em ovos ao redor dela.

Além de tudo isso, Jonty e Sybil tiveram algum tipo de rusga e não estavam se falando. Jonty estava calado, obviamente aborrecido, e Sybil se manteve de boca fechada também, pôs os fones e se recusou a interagir com qualquer um de nós durante todo o caminho para casa.

Naquela manhã, quando desci com a bagagem, Xavier veio direto falar comigo.

– Você está bem? – ele perguntou, aflito, os olhos buscando os meus.

– Xavier – comecei com voz rouca –, sobre o que descobrimos ontem, por favor, não conte...

– Eu jamais contaria a alguém. Não direi uma palavra, juro – ele falou, em voz baixa e séria. – Uma coisa assim, com tanta gente envolvida... – Ele hesitou ao olhar para Caroline, antes de me encarar de volta com um olhar intenso. – Olha, você pode confiar em mim.

Eu acreditei nele.

O grupo passou o voo em silêncio. Carros separados tinham sido providenciados para nos levar para casa, então fizemos uma rodada de despedidas chochas no aeroporto. Fiquei aliviada por não haver uma limusine para todos nós, desta vez; não acho que algum de nós estivesse em clima festivo.

No fim, todo mundo pareceu tão envolvido com os próprios problemas que ninguém pareceu notar os meus.

Então, após sofrer um dia com o mau humor irradiando de todo mundo, enquanto carregava o peso enorme desse segredo tensíssimo, eu realmente não tinha energia para entreter uma amiga de Tabatha. Mas já aprendi que não se questiona Bennet, então faço como ele manda e me dirijo à saleta íntima.

Descubro que não é uma amiga que está ali com Tabatha, mas, sim, Jonathan, o secretário particular do rei. Ao vê-lo, estanco subitamente; a água no meu copo se derrama e pinga no carpete.

– Bem-vinda ao lar, Ruby – Tabatha diz com voz sedosa, levantando-se e vindo até mim para oferecer dois beijinhos no ar. – Como foi a viagem?

– Turbulenta – respondo com olhos fixos em Jonathan.

– Tive um pressentimento de que poderia ser – Tabatha diz, conduzindo-me delicadamente até o sofá a seu lado e gesticulando para que Jonathan ocupe a poltrona em frente. – Você e o senhor Russell já se conhecem, creio. Ele estava me contando tudo sobre as férias. Parece que sua estada lá foi cheia de surpresas.

Jonathan se remexe.

– Você está bem, querida? – Tabatha pergunta, esticando o braço para afagar minha mão. – Imagino que tenha sido um pouco chocante. O rei Alfred, pai da minha amada sobrinha. Quem teria imaginado? Na verdade, admito que eu tinha fortes suspeitas.

Franzo a testa e olho firme para ela.

– Você não me disse nada. Você não me contou nem que eles eram amigos. Uma omissão e tanto essa, Tabatha.

– Querida, imagine se eu ponho na sua cabeça a ideia de que o rei Alfred é seu pai, antes de ter qualquer prova! – ela exclama, pondo a mão no coração. – Eu não queria mexer em um caldeirão altamente escandaloso sem uma boa razão. Porém, agora que está confirmado, faz perfeito sentido. Alfred sempre foi o amigo preferido dela em Clairmont. E... por que mais Eleanor fugiria para a zona rural? Por que abrir mão da vida social e do círculo de amigos? Ela estava bem ciente das consequências; se alguém soubesse que ela estava grávida do bebê do rei, teria sido desagradável para todos os envolvidos. O *escândalo*.

– O rei está ciente de que esta é uma questão delicada – Jonathan intervém quando Tabatha faz uma pausa para respirar. – Estou aqui a pedido dele para garantir a ambas que será tratada dessa forma. Seu bem-estar, senhorita Carter, é da mais absoluta importância para Sua Majestade.

Fungo de desprezo. Tabatha me lança um olhar de reprovação.

– Desculpe, mas é um pouco estranho que meu bem-estar seja de repente tão importante para ele. Ele me ignorou durante toda a minha vida – explico, zangada. – Acho que a verdadeira razão pela qual você está aqui é garantir que não vamos deixar o segredo escapar e causar ao palácio um constrangimento inimaginável. Estou certa?

– O rei não precisa de tais garantias – ele diz com calma –, apesar de esperarmos, naturalmente, restringir ao mínimo os que sabem sobre esta... *revelação*, de modo a podermos proteger todos os envolvidos pelo maior tempo possível.

– E proteger a imagem do rei pelo maior tempo possível – acrescento, com amargura. – Você pode dizer a Sua Majestade que ele não precisa ficar de olho em mim. Não pretendo espalhar essa notícia por aí, ok? Para mim foi um tanto chocante e preciso lidar com isso pessoalmente.

– Muito bem – Jonathan diz, assentindo em aprovação. – Deixarei meu cartão, de modo que, caso queira entrar em contato comigo ou com o rei, tenha forma de fazer isso. O rei Alfred me pediu em especial para informar a você, senhorita Carter, que ele já comunicou à esposa, Sua Majestade, a rainha Grace, a seu respeito, assim que voltou da Itália, algumas horas atrás. Eles planejam conversar sobre o assunto com Sua Alteza Real, a princesa Caroline, ainda esta semana.

Meu coração afunda. Eu sabia que Caroline teria de ficar sabendo; durante toda a viagem para casa fiquei olhando disfarçadamente para ela, minha *meia-irmã*. Eu finalmente conquistei a confiança dela, fui admitida em seu círculo íntimo, construí uma amizade com ela. Mas nada vai sobreviver a isso. Tudo que trabalhei tanto para conseguir em Clairmont está prestes a se estilhaçar, e sinto uma onda de verdadeira tristeza porque Caroline vai ficar muito magoada.

Nenhuma de nós merece isso.

Jonathan se levanta para partir, agradecendo a Tabatha pela hospitalidade, antes de acrescentar:

– Sua Majestade entrará em contato, então, para debater os próximos passos.

– O que quer dizer "próximos passos"?

– Não desejo falar em nome de Sua Majestade, mas tenho a impressão de que o rei está interessado em... conhecê-la – ele explica.

Fico sem saber o que responder a isso.

Ponho-me de pé, espero até que a porta se feche atrás dele e subo correndo para o quarto, onde descubro que Bennet já pôs minhas coisas. Eu me jogo de atravessado na cama e me deito com o rosto para baixo, decidindo que talvez precise ficar nessa posição por um tempo indefinido. Ouço passos se aproximando do patamar e parando à minha porta.

– Essa não é a mais feminina das posições, Ruby – Tabatha comenta.

– Eu não ligo – rebato, minha voz abafada pelo edredom.

– Posso providenciar algo para você comer ou beber?

– Não, obrigada.

– Você gostaria de ir a algum lugar? Nós poderíamos sair para jantar e conversar sobre as coisas.

– Eu não quero falar sobre isso. Não quero ver ninguém. Quero ficar sozinha. Quero ficar deitada aqui e desaparecer nesse edredom e nunca mais encarar ninguém de novo.

Tabatha suspira.

– Ah, querida, é assim tão ruim?

– É! É um *desastre*!

– Engraçado que você veja as coisas desse jeito – ela comenta.

– De que outra forma se pode ver? – questiono, incrédula.

– Muita gente sonha com esse tipo de coisa – ela diz, e consigo ouvir um sorriso em seu tom de voz. – Afinal, ser filha do rei não faz de você uma princesa?

CAPÍTULO DEZOITO

Às dez horas e quatro minutos desta noite, recebo pelo Instagram uma mensagem privada de um repórter sensacionalista chamado David Patten, que diz:

> Oi, Ruby, espero que esteja bem. Apenas uma sinalização de que vamos divulgar uma história em breve, uma que envolve você. Acho que sabe a que estou me referindo. Nós adoraríamos conhecer sua versão dos fatos; em troca de honorários polpudos, é claro. Meus dados estão abaixo. Entre em contato e vamos agendar uma reunião.

Eu me endireito e me sento.

Segurando o telefone com força, releio e depois berro "TABATHAAA!" a plenos pulmões, pulo da cama, escancaro a porta e desço a escada correndo tão depressa que quase tropeço e caio nos últimos degraus, segurando no corrimão para me firmar.

– Ruby, mas qual é o problema? – Tabatha responde, emergindo da sala de estar com um martíni em mãos. – Por que está fazendo acrobacias pela casa?

– Eles sabem! – grito.

– Quem sabe o quê, querida?

– A *imprensa*! Eles sabem sobre meu pai!

Tabatha pisca, desentendida; sua expressão desmorona.

– O-o quê? Você tem certeza?

Posiciono o celular sob seu nariz, ela lê a mensagem de David Patten e seu rosto se contorce de horror.

– Meu Deus – ela murmura.

– Como eles podem saber? COMO?

– Eu não sei! Você contou a alguém? Qualquer pessoa?

– Não! – Hesito. – Xavier estava comigo no escritório quando descobri, mas ele prometeu que não contaria. Eu acredito. Não foi ele.

– Suponho que nas residências reais sempre haja alguém escutando. As paredes têm ouvidos.

– Ah, meu Deus. – Desabo no último degrau e enterro a cabeça nas mãos. – Não estou preparada para todo mundo saber. Não consigo lidar com isso. O que a gente vai fazer?

– Certo. – Tabatha vira o resto do martíni e depois, com uma expressão de poderosa determinação, chama: – BENNET!

O mordomo aparece quase imediatamente, o olhar duro como aço, pronto para a batalha. Ele sabe, pelo modo como ela pronunciou seu nome, que o assunto é sério.

– Bennet, temos uma situação em mãos. Você pode por favor encontrar aquele cartãozinho que lhe entreguei mais cedo, e telefonar para o secretário particular do rei? É bastante urgente que falemos com ele. E mais um martíni não seria inoportuno.

Com uma inclinação de cabeça, Bennet pega o copo dela e sai da sala.

– Não se preocupe, Ruby. Pode ter certeza de que vai ficar tudo bem – Tabatha me tranquiliza.

– *Como*? A imprensa não vai deixar passar essa história. Como isso está acontecendo? É tudo culpa minha. O que foi que eu fiz?

– Não, isso eu não vou aceitar – Tabatha diz, com seriedade, agitando o indicador para mim. – Eu posso não saber muita coisa, Ruby, mas uma coisa que eu sei é que nenhuma culpa por essa confusão real é sua.

– Se eu não tivesse ido procurar meu pai, nada disso teria acontecido.

– Ah, claro, e você nunca iria fazer perguntas sobre seu pai, é isso? – ela debocha. – Isso estava fadado a acontecer, cedo ou tarde. Se sua mãe não queria que você soubesse quem é seu pai, ela deveria ter simplesmente mentido na sua cara. Dado um nome aleatório, alegado que era um total desconhecido, coisa de uma noite só. Havia inúmeras maneiras de disfarçar isso melhor, mas, em vez disso, ela quis manter uma aura de mistério envolvendo a identidade dele, sabendo perfeitamente que qualquer ser humano normal ficaria curioso o suficiente para, um dia, ir atrás.

Um pensamento me passa pela cabeça e meu sague gela.

– As pessoas vão odiar a mamãe, não vão? – sussurro.

Tabatha dá de ombros.

– Quem se importa?

– Ela não está aqui para se defender.

– Ela conta conosco – Tabatha afirma. – E o cerne da questão, Ruby, é que nem todo mundo vai gostar de você, quando você está exposta ao olhar público. Alfred já sabe disso. Ele experimentou isso durante toda a vida. As pessoas têm uma tendência bizarra a ficar totalmente mobilizadas em relação a gente que elas nunca nem conheceram; e, se você é famoso, é assim mesmo. Mas você *conhece* sua mãe. A memória dela não pode ser prejudicada pelo que desconhecidos pensam dela. Só o que importa é o que *você* pensa.

Meu estômago se revira só de eu imaginar a reação do público em geral, que certamente vai ocorrer quando souberem do caso amoroso. Essa notícia vai se espalhar pelo mundo como fogo selvagem. Todo mundo vai ficar sabendo.

Eu lamento genuinamente pelo rei Alfred.

– *O que foi que eu fiz?* – repito.

Tabatha me lança um olhar de solidariedade. Bennet retorna trazendo um novo martíni, que ela pega ansiosamente.

– Receio não ter conseguido contato com o secretário do rei – ele informa, queixoso. – Tentei diversas vezes, sem sucesso. Estava ocupado todas as vezes.

– Ai, caramba. Continue tentando, sim, Bennet? É realmente muito importante.

Quando Bennet sai outra vez, Tabatha dá um gole na bebida. O celular vibra na minha mão. E depois de novo. E de novo. E de novo. E de novo.

Ao ouvir as mensagens chegando em rápida sucessão, Tabatha baixa o copo.

– Com certeza... *com certeza* não – ela gagueja, os olhos se arregalando. – Eles não teriam divulgado a história tão cedo. Não sem uma confirmação do palácio.

Eu me obrigo a olhar para a tela. Todas as mensagens trazem as mesmas frases, que me perguntam se é verdade que sou a filha secreta do rei Alfred. Acesso a internet e procuro o nome do rei no Google. Como não poderia deixar de ser, lá está a manchete negritada que eu temia encontrar:

ESCÂNDALO REAL DO SÉCULO:

REVELADA A SUPOSTA FILHA ILEGÍTIMA DO REI ALFRED

Por David Patten

Percorrendo a reportagem, eu me sinto entorpecida.

Ele não tem todos os detalhes, mas tem o suficiente para montar a história. Há fotos da minha mãe, que eles devem ter encontrado nos registros de sua vida como socialite em Londres, e uma de mim, tirada de uma rede social. Sob meu rosto sorridente há uma foto oficial da família real, com um efeito de papel rasgado, produzido com photoshop, bem entre eles, exatamente no meio de Alfred e Grace, como se a imagem tivesse sido retalhada.

Tabatha se aproxima e, ao olhar para a tela, pousa a mão no meu ombro, dizendo simplesmente:

– E assim começa o circo.

Dois dias se passam até que Jonathan me convide para uma audiência privada com o rei para "debater a questão". Na noite em que a história saiu, não ouvimos uma palavra do palácio. Foi apenas na manhã seguinte que Jonathan telefonou para se desculpar por estar fora de combate. Ele estivera ocupado com o que chamou de "conversas críticas".

É disto que se trata: uma crise. Isso foi o que eu provoquei. O país está em turbilhão. Por dois dias, foi a principal história de todos os noticiários. Meu rosto está em todos os lugares, Estou em todas as primeiras páginas e blogues de fofocas. Meu celular não parou de vibrar desde que a primeira reportagem foi publicada online. Precisei deletar todos os meus perfis em redes sociais e depois desligar o telefone de uma vez por todas. Os comentários chegavam com abundância e rapidez, e todo mundo parecia ter uma opinião, desde celebridades de primeira categoria até membros do público em geral. Li alguns e na mesma hora me arrependi.

Como apresentadores continuam a repetir em tom melodioso nos programas televisivos da manhã, essa história é sensacional e capturou o país. A popularidade do rei sofreu um golpe instantaneamente. Que o "suposto" caso de amor tenha meramente acontecido já basta para contrariar seus súditos, mas o fato de que ele talvez tenha uma filha que se recusou a conhecer... Isso é o que realmente o está prejudicando.

Para algumas pessoas, eu sou uma vítima inocente de tudo isso. Para outras, que existem em todas as variações nas redes sociais, eu sou o alvo de sua fúria, por minha mãe ter calculadamente seduzido um bom homem de família. E, se por um lado os apresentadores de *talk shows* não descem tão baixo a ponto de me atacar, por outro eles nem sempre têm as coisas mais simpáticas a dizer sobre mamãe, especialmente dado que os apresentadores controversos estão lutando por mais audiência.

Há uma onda efusiva de simpatia pela rainha Grace e por Caroline, em especial pela rainha. Uma nova ala de um hospital infantil deveria ser inaugurada por ela no dia seguinte à divulgação da história, e todo mundo presumiu que ela não estaria presente, porém, apesar de seu casamento e sua família estarem desmoronando ao redor, ela não falharia com o hospital. Ela chegou pontualmente, linda, sorrindo serenamente durante todo o evento. Os tabloides publicaram fotografias dela cortando animadamente a fita, acompanhadas de colunas de opinião sobre como ela é estoica, como põe o país e a população acima de qualquer dificuldade pessoal. Minha mãe jamais venceria a rainha Grace na afeição do público. Ela talvez soubesse disso.

Uma âncora de telejornal disse que toda a suposta história era de "partir o coração" para absolutamente todos os envolvidos, e que ela lamentava muito por todos nós.

Eu me flagrei assentindo na frente da TV.

Tabatha foi inundada de mensagens também, não só de amigos preocupados ou enxeridos, mas de repórteres que, de algum modo, conseguiram o número dela e esperavam induzi-la a fazer uma declaração. Uma horda de *paparazzi* invadiu Darlington Square e praticamente acampou em frente à casa. Estamos completamente cercadas.

Quando Jonathan telefonou, disse que decisões ainda estavam sendo tomadas, mas que se certificaria de nos manter atualizadas. Ele foi breve, usou termos vagos e todas as vezes precisou desligar às pressas.

Mais tarde, na manhã seguinte à divulgação da notícia, o palácio soltou uma nota do rei:

Sua Majestade o rei está ciente das alegações que vêm sendo feitas em relação à sua antiga amizade com lady Eleanor Carter. A família real continuará a lidar em particular com o assunto.

Dsconfiei do vocabulário, do modo como a palavra "alegações" foi escolhida, insinuando que a história não era necessariamente verdadeira. Soou como se o rei estivesse cético. E a expressão "antiga amizade" também parecia carregada de significado, como se ele estivesse tentando enfatizar que nada mais houve entre eles. Lady Tabatha me instruiu a não prestar atenção a nada disso. Essa declaração, ela falou, era o time de relações públicas do palácio "gerenciando" as coisas.

Depois de mais um dia e uma noite insone, Jonathan nos contata novamente para dizer que o rei está mandando um carro e uma equipe de proteção para me escoltar em segurança até o palácio. Tabatha bate palmas e grita "Hora do show, todo mundo, hora do show!".

Ela escolhe para mim um traje que considera adequado à ocasião; um vestido preto de comprimento médio e mangas curtas, blazer creme curto e sandálias creme e preto de tira no calcanhar.

– Se uma pessoa vai ao palácio tratar de um escândalo envolvendo o rei, usa Chanel – ela declara, enquanto me analisa, como se esse fosse um fato reconhecido da vida.

Quando um carro preto chega com escolta policial, a imprensa esperando lá fora entra em frenesi. Ouço o rugido de ecos pela praça. Estou consumida pelo nervosismo.

Tabatha me olha e oferece um sorriso reconfortante.

– Ah, querida, eles fazem uma barulheira. Acho razoável supor que eu não vá ser escolhida vizinha do ano pelo resto do quarteirão – ela observa, seca.

Descemos quando a campainha toca. Bennet espia pelo olho mágico e depois abre a porta para várias pessoas, que informam ser da segurança. Dizem-me para manter a cabeça baixa e entrar no carro sem responder a nenhuma pergunta; eu serei levada diretamente para a porta por membros da equipe. Assinto quando perguntam se estou pronta, mas não sei se estou sequer perto de pronta para o caos que me aguarda do lado de lá da porta.

Emergimos para uma explosão de gritos dos repórteres, que berram perguntas uns por cima dos outros, e fico cega com os flashes que espocam antes que eu baixe a cabeça, confiando pesadamente nos homens enormes dos meus dois lados para me colocar no carro. Eles sabem o que estão fazendo e, antes que eu me dê conta, sou enfiada no banco de trás e a porta é batida em seguida. Enquanto Tabatha é acompanhada para o lado oposto do carro, os fotógrafos golpeiam o carro, fazendo-me dar um pulo, ainda gritando perguntas e implorando que eu olhe na direção deles. Com a cabeça baixada para a frente, eu protejo o rosto com a mão; os vidros são escuros, mas não sei dizer quanto são eficazes contra os flashes das câmeras profissionais.

Quando Tabatha está em segurança dentro do carro e nós partimos, luto para afivelar o cinto de segurança, com o coração disparado.

– Isso foi divertido – Tabatha ri, afastando o cabelo do rosto.

– Isso foi apavorante – corrijo.

Levamos algum tempo para perceber que estamos saindo de Londres. Por um instante de loucura, eu me pergunto se estamos sendo sequestradas, mas, quando Tabatha indaga sobre nosso destino, o guarda-costas no banco da frente informa que o rei e sua família viajaram para a residência de Hertfordshire.

– Hertfordshire! – Tabatha fala, em tom de reprovação. – Se eu soubesse disso, teria escolhido um vestido totalmente diferente para você, Ruby. Que desastre!

Invejo que vestir-se para o condado certo seja a maior preocupação de Tabatha no momento. Borboletas esvoaçam incontrolavelmente no meu estômago, diante da ideia de uma audiência privada com o rei. Não sei o que esperar.

O retiro rural da família real em Hertfordshire é uma propriedade residencial grandiosa, localizada no fim de uma estrada longa, serpenteante e cheia de poeira. Se eu não estivesse tão apreensiva, poderia passar mais tempo apreciando o colorido jardim de flores silvestres da frente e a bela fachada de tijolos vermelhos cobertos de hera da casa, mas não consigo pensar em nada que não seja a reunião prestes a ocorrer. Assim que chegamos, somos imediatamente conduzidas através da casa para a porta do escritório do rei. Tabatha e eu somos orientadas a esperar do lado de fora. Enquanto ela admira as pinturas a óleo, sou consumida pelo silêncio frio e incômodo da casa.

A porta produz um estalido ao ser aberta, o que me faz dar um pulo. Jonathan sai e curva a cabeça.

– Senhorita Carter, o rei vai recebê-la agora.

Firmando-me, entro na sala, Tabatha em meus calcanhares. O rei está de pé junto à janela atrás da escrivaninha, olhando para fora. O som da porta se fechando o faz perceber nossa chegada. Fazemos mesuras.

– Ruby, lady Tabatha, obrigado por virem – ele começa, gesticulando para nos sentarmos nas cadeiras postas em frente à mesa dele. – Espero que a viagem não tenha sido desagradável demais. O trânsito para sair de Londres pode ser imprevisível, na melhor das hipóteses.

Trânsito. Ele está falando sobre o trânsito.

– Foi muito confortável, obrigada, Majestade – Tabatha responde graciosamente.

Esses dois devem saber de algo que eu não sei. Claramente, há sempre lugar para conversinha à toa e amenidades, não importando a urgência das circunstâncias.

Ele desvia sua atenção para mim.

– Como foi sua viagem da Itália para casa, Ruby? Espero que tudo tenha transcorrido suavemente.

– Foi boa, obrigada – sigo, antes de rapidamente acrescentar –, Majestade.

Ele se encolhe.

– Eu... Você pode me chamar de Alfred.

Sentando-se, ele arruma uns papéis que estão espalhados à frente, sobre a escrivaninha.

– Suponho que seja melhor irmos direto ao assunto – ele diz bruscamente, entrelaçando as mãos e se inclinando para a frente sobre a mesa. – Nós não esperávamos que a imprensa soubesse desta história tão cedo e, para ser franco, não estávamos preparados. De alguma forma, alguém na folha de pagamentos de Edward Deacon descobriu.

– Um velho amigo seu dos tempos de escola, correto? – Tabatha comenta.

– Amigo não é a palavra que eu usaria – ele espuma. – Ele sempre pôs a ambição na frente de qualquer traço de lealdade. Eu desconfiava dele em Clairmont, e tinha razão. Ele está se recusando a revelar quem foi a fonte. – Ele meneia a cabeça. – Não era assim que eu queria proceder. Suponho que vocês não tenham a menor ideia de como o jornalista de Deacon que revelou a história descobriu nossa... conexão?

– Eu não sei – digo.

Ele me observa cuidadosamente.

– Tem certeza? Nenhuma pista, mesmo?

Tabatha entorta a cabeça para ele.

– Tenho certeza de que Vossa Majestade não pretende insinuar que Ruby tenha algo a ver com isso.

– Seria compreensível se alguém deixasse escapar alguma coisa.

– Eu não contei para *ninguém*! – grito, meu ânimo se inflamando. – Você acha que eu queria isso? Qualquer parte disso? Você viu como estão difamando a minha mãe? Sabe o que é ter o mundo todo falando sobre seu pai não ter desejado você? Eu não sei quem vazou a história, mas *não fui eu*.

Ele baixa os olhos para a mesa.

Tabatha estica o braço e pousa no meu uma mão tranquilizadora.

– Talvez, em lugar de fazer acusações ofensivas e sem fundamento, nós devêssemos avançar para outras questões importantes – ela sugere. – Imagino que Vossa Majestade não tenha nos convocado para vir até aqui meramente para perguntar se sabíamos quem era a fonte da história.

Ele se remexe na cadeira, desconfortável.

– Sim, havia... outra coisa. O palácio vem me pressionando sobre a importância de separar os fatos da ficção. – Ele pausa, busca as palavras certas. – Dada a extensão das consequências, tanto para minha vida particular quanto para minha vida pública, espero que compreenda por que é importante determinar se haveria alguma chance de Eleanor ter... se enganado.

– Você quer um teste de paternidade – eu resumo amargamente.

– Gostaria de enfatizar o fato de que confio... confiava completamente em sua mãe – ele insiste. Suas sobrancelhas estão franzidas. – No entanto, talvez fosse uma ideia sensata eliminar quaisquer dúvidas.

– Tá – rebato. – Que seja.

– Deus meu, Alfred – Tabatha murmura de dentes cerrados.

Ele tem a decência de parecer constrangido e depois continua, às pressas:

– Eu lamento tudo isso, Ruby. Posso imaginar em que medida sua vida foi impactada e continuará a ser. Com isso em mente, desejo reiterar que sua segurança e seu bem-estar, assim como os de minha família, são minha maior prioridade.

Não respondo nada.

Ele hesita.

– Também gostaria de mencionar o fato de que estou ciente de haver negligenciado minhas obrigações com você como pai. Sei que pode ser tarde demais para pedir, e você tem todo o direito de dizer não, mas eu gostaria de conhecê-la. Se você permitir.

– Não prefere esperar pelo resultado do teste de paternidade? Com sorte, não precisará se dar ao trabalho de me conhecer nem minimamente – digo, encarando-o fixamente.

– Como falei, eu confiava em sua mãe – ele responde com calma. – Eu quero conhecer você.

– Quer mesmo? – pergunto na lata. – Ou quer salvar sua imagem? Porque o negócio é que eu já perdi a minha mãe. Não quero uma imitação barata de pai, que se sente forçado a ter um relacionamento comigo. Seria um desperdício de tempo para nós dois e eu não acho que seja justo.

Ele estremece, deixa pender a cabeça.

– Eu estaria mentindo se dissesse que foi fácil suportar as consequências disso – ele admite em voz baixa. – Ninguém jamais compreenderá verdadeiramente a pressão sofrida pelo monarca reinante. Ninguém... quer dizer, exceto Caroline. E, se de um lado minha decisão de não ser parte da sua vida será julgada por todos, por outro ninguém será capaz de entender exatamente o que de fato estava em jogo. Eu *precisei* proteger a reputação da Coroa e eu quis proteger minha família. Nenhuma ação foi tomada levianamente.

– Nenhuma ação foi tomada – Tabatha comenta.

A mandíbula do rei se tensiona, e ele levanta os olhos para me encarar.

– Preciso deixar isso claro, Ruby – ele murmura. – Sei que não posso compensar o modo como me comportei, mas vou tentar com todas as forças. Por você, por mim e por Eleanor.

As palavras dele ecoam pela sala. Eu permaneço em silêncio.

– Agora, naturalmente, você tem a prerrogativa de ignorar qualquer conselho que eu ofereça – ele continua, e endireita a gravata –, mas sugiro que deixemos as coisas se acalmarem um pouco. Você precisa refletir sobre o que quer e como gostaria que as coisas avançassem, e pode me informar depois. Imagino também que você tenha uma longa lista de perguntas, e eu gostaria de responder a você oportunamente. Como disse, gostaria de desempenhar um papel em sua vida, mas isso é pedir muito. Você pode decidir de que tamanho será esse papel. E eu irei, é claro, respeitar seus desejos.

Estou esmagada por uma confusão de emoções. Não sei como me sentir em relação a ele ou se devo confiar em qualquer coisa do que disse. Ele é bom com palavras; passou a vida aprendendo a encantar e manipular. Eu ainda estou brava demais com ele para pensar racionalmente, então acho que a sugestão de dar um tempo é boa.

– Muito bem, vou pensar a respeito – digo por fim.

– Muito bem – ele diz, voltando ao tom formal contido. – Acredito que a imprensa esteja ansiosa por conversar com você, agora. Eles vão tentar revolver cada detalhe com você, mas, em resumo, não diga uma palavra a ninguém.

Eu me levanto, mas Tabatha não se mexe.

– Ruby, querida, importa-se de esperar lá fora por um momento? Gostaria de dar uma palavrinha rápida com o rei em particular – ela diz, provocando um olhar intrigado nele.

Feliz por partir dali, deixo-os a sós e saio do escritório fechando a porta atrás de mim. Penso em colar o ouvido à porta para ouvir, mas depois concluo que é péssima ideia fazer isso na residência particular do rei, e não quero descobrir quais as consequências de ser pega tentando bisbilhotar Sua Majestade. Perambulando pelo corredor, analiso os retratos pendurados nas paredes, tentando adivinhar quem são esses sujeitos. É um jogo bem divertido, até eu me dar conta de que posso ser aparentada de alguns deles. De repente, o senhor de peruca empoada me espiando da moldura me faz sentir claramente nauseada.

Ouço vozes e me viro para ver duas pessoas saindo de um cômodo mais adiante no corredor e rumando para a escada. Percebo, horrorizada, que se trata da rainha Grace e de Caroline. A conversa entre elas falha e morre no instante em que me veem.

Caroline parece cansada e pálida, com olheiras visíveis sob a leve maquiagem. A fachada brilhante de toda uma vida tomou um golpe, e me sinto totalmente arrasada pela culpa.

Não sei o que mais fazer, a não ser uma mesura.

– Majestade – consigo pronunciar, minha voz fraca e hesitante.

Um ódio feroz cruza os olhos de Caroline, mas a mãe se aproxima de seu ouvido para dar alguma instrução em voz baixa, antes de conduzir a filha para a escada. Caroline sobe, olha para trás em minha direção com uma expressão inflamada, antes de desaparecer na curva do patamar, no alto.

A rainha permanece onde estava, as mãos delicadamente cruzadas em frente ao corpo.

– Ruby Carter – ela diz, em reconhecimento à minha mesura.

Ela fala de modo tão inexpressivo e neutro que é impossível saber o que está pensando ou como está se sentindo. Mas posso arriscar um palpite.

Um silêncio baixa sobre nós.

Curvando a cabeça, sinto que encolho sob seu olhar feroz, de aço.

– Espero que sua reunião com o rei tenha corrido bem – ela diz formalmente, a voz ecoando nas paredes. Ninguém que estivesse ouvindo nossa conversa suspeitaria que ela está falando com a pessoa que acaba de destruir sua família.

Engulo em seco e respondo baixinho.

– Sim. Obrigada.

Assentindo com ênfase, ela se vira para subir. Mas não pode ser assim. Preciso que ela saiba como me sinto péssima, como lamento, quanto eu mesma também estou ferida. Dou um passo em seu encalço.

– Majestade, eu...

– Preciso ir ver minha filha – ela diz, interrompendo, o tom subitamente gélido me cortando e provocando frio nos ossos.

Não digo mais nada, congelada ali mesmo. Ela continua subindo a escada, as tábuas rangendo sob seus pés. Não se vira para olhar para mim nem uma vez.

Quando a porta do escritório se abre, eu ainda não me mexi. Tabatha sai, agradecendo ao rei em voz alta pelo tempo dedicado a ela e exclamando que anseia pelo encontro seguinte. A voz dela leva um membro da equipe a surgir do nada e nos levar ao compromisso seguinte, com a equipe de imprensa.

– Você está bem, Ruby? – ela pergunta, enquanto o seguimos. – Está com uma aparência péssima.

– É muita coisa para digerir, só isso. Sobre o que você queria conversar com Alfred?

É antinatural para mim dizer o nome dele assim tão casualmente, mas suponho que a prática leve à perfeição.

– Eu apenas quis lembrá-lo de que ele pode ser o rei, mas, no que diz respeito a mim, ele é também o homem casado que teve um teretetê com a minha irmã mais nova e a abandonou quando ela ficou grávida, então, se ele voltar atrás no que disse ou se ferir você de qualquer forma, vou me certificar de que pague no inferno – ela responde casualmente, antes de apontar para as paredes. – Os interiores daqui não são esplêndidos? Preciso perguntar à rainha quem ela contrata para fazer a decoração.

– Você realmente disse isso para o rei? – eu cochicho, perplexa.

– Ora, faça-me o favor! Esse homem certa vez ficou tão bêbado na casa dos meus pais que dançou "Under pressure", do Queen e David

Bowie, sem nada a não ser cueca e galochas – ela diz, divertida com a recordação. – Ele é um ser humano, Ruby, não uma divindade. Faz bem a homens como ele ser relembrado disso de vez em quando.

Eu a detenho antes de entrarmos na reunião com a imprensa.

– Obrigada, Tabatha – digo a sério. – Significa muito para mim.

– Que nada. É o mínimo que eu posso fazer. Eleanor nunca me deu a chance de ajudar a protegê-la. Ah, e eu também lhe dei um puxão de orelha sobre o pedido do teste de paternidade. Que audácia!

– É, mas eu meio que entendo. É inteligente ter certeza quando se está acusando o rei de ter um filho fora do casamento – digo, cansada, meus olhos baixando até o chão quando volto a me lembrar do modo como a rainha e Caroline olharam para mim. – Estou destruindo uma porção de vidas. Eu entendo que ele queira ter certeza.

– Em primeiro lugar, *você* não está destruindo a vida de ninguém. Nada disso é culpa sua. E, Ruby – ela diz com um suspiro –, por que você acha que a mídia se arriscou a veicular aquelas reportagens sem confirmação do palácio? Por que você acha que a declaração não foi uma negativa total, ou, por falar em declaração, por que acha que levaram tanto tempo para soltar uma? Por que você acha que a rainha e a princesa estão tão aborrecidas, mesmo antes que alguém *prove* que seja verdade?

Dou de ombros.

– Porque não é uma possibilidade muito boa, mesmo que seja falsa?

– Porque qualquer pessoa com um pingo de miolos enxerga que não há necessidade de um teste de paternidade. Estou surpresa por não ter reparado antes – ela diz, com um sorriso cúmplice. – Você pode se parecer com sua mãe, querida, mas tem os olhos de seu pai. Não há a menor dúvida quanto a isso.

CAPÍTULO DEZENOVE

Estranhamente, eu estava ansiosa por voltar à escola. O caos foi tamanho que pensei que seria uma coisa boa voltar a algum tipo de normalidade.

Eu estava errada.

Essa notícia é grande demais, excitante demais, escandalosa demais. É a única coisa sobre o que as pessoas conversam, a ponto de ninguém nem se dar ao trabalho de fingir que *não* está falando a respeito. Aonde quer que eu vá, os alunos me encaram, cochicham e trocam sorrisinhos com os amigos. Até os professores parecem surpresos e intrigados, incertos sobre como lidar com a situação. A única pessoa que parece não dar a mínima para tudo isso é a diretora, senhorita Newton.

Ela me chama à sala no primeiro dia da minha volta, para ver como estão as coisas.

– Estou bem – minto. – Tem sido um pouco chocante. Obviamente.

– Sim, eu imagino – ela responde com secura. – Os holofotes vêm com muita coisas ruins, assim como boas. Há pessoas por aí capazes de destruir alguém, para se distraírem das próprias infelicidades. Tente não cair vítima de toda a comoção cercando o que é essencialmente, no seu caso, um assunto particular de família. Uma pessoa deve ser capaz de estar acima disso e mostrar do que é feita. Acredite em alguém que já precisou abafar muita gritaria ao longo da vida.

Eu me pego sorrindo.

– Vou fazer o possível.

– Você será desviada de seu trabalho escolar? Este é um semestre importante para os alunos do sexto período.

– Acredito que os trabalhos escolares serão uma distração muito bem-vinda.

Ela assente em aprovação.

– Muito bem. Não hesite em falar com um membro da equipe, caso precise conversar com alguém. Agora, está dispensada. – Ela faz uma pausa, estreita os olhos. – O que eu lhe disse sobre seu uniforme amarrotado, senhorita Carter? Enfie a camisa no cós antes de acabar na detenção outra vez. Você já estabeleceu uma espécie de recorde ao receber uma em sua primeira semana aqui. E eu odiaria que você fosse lembrada com a aluna com mais detenções no menor período de tempo passado na escola.

E, no que diz respeito à senhorita Newton, parece que é só isso.

Eu gostaria que todo mundo tratasse a notícia com a mesma indiferença da senhorita Newton, mas, infelizmente, eles estão totalmente envolvidos na "comoção', como ela disse. Da sala dela até meu armário, sinto como se as pessoas estivessem abrindo caminho para eu passar, para elas poderem me encarar boquiabertas. De cabeça baixa, agarro a alça da mochila e marcho em frente, minhas faces queimando de mortificação.

Não respondi à maioria das mensagens que recebi desde que a notícia saiu, mas entrei em contato com Ollie para ele saber que eu estava bem; ele me mandou dúzias de WhatsApps e eu percebi que ele estava preocupado. Ele queria ir lá em casa para me ver, mas respondi que nos encontraríamos na escola. Não quis que ele precisasse enfrentar um batalhão de câmeras para chegar à minha porta.

Ele está à minha espera, quando chego ao meu armário.

– E aí? – ele diz.

Tento sorrir e fracasso.

– Oi.

O corredor caiu em silêncio quando cheguei e, ao abrir o armário para pegar os livros, é impossível não notar os grupinhos de gente passando e cochichando "É essa" enquanto avançam. Ollie observa, enquanto faço tudo o que posso para não me incomodar com a atenção, mas, quando acabo de pegar minhas coisas, ele põe um braço protetor sobre meu ombro e me conduz pelo corredor abaixo para um lugar mais tranquilo. É uma coisa tão gentil e bem pensada que já me faz melhorar, o que só serve para deixá-lo ainda mais preocupado comigo.

– Como você tem estado? – ele pergunta delicadamente, os olhos cheios de preocupação.

– Não ótima, mas ok. Obrigada por todas as mensagens. Desculpe eu não ter respondido. Tem sido tenso. Parece inacreditável.

– É, aposto que sim. Eu não acredito que era o rei Alfred. Ele não estava em *nenhuma* daquelas fotos.

– Caroline não está em nenhuma das nossas – comento, desanimada. – Enfim, você estava certo sobre a minha mãe quando sugeriu que ela talvez não quisesse que eu descobrisse quem era meu pai. Eu nunca deveria… – Hesito, quando uns alunos de doze ou treze anos apontam para mim enquanto passam. – Outra hora a gente pode conversar sobre isso melhor, em um lugar mais privado.

– Não se preocupe, você logo será notícia velha – ele me garante, franzindo acintosamente o rosto para as crianças, em reprovação. – A gente só precisa que algo maior aconteça, para distrair todo mundo do seu assunto. Quer que eu corra pela escola pelado? Isso vai fazer as pessoas pararem de falar sobre você um pouco.

Dou risada, e é uma grande coisa, pois não tenho feito muito isso ultimamente.

– Obrigada – digo, quando outro grupo de alunos se aproxima, cochichando agitados enquanto olham na minha direção. – Vou pensar a respeito. Quem sabe as coisas melhorem com o passar do dia.

Não melhoram. Ser encarada e apontada já é bem ruim, mas o que torna tudo pior é que muita gente parece achar que eu sou a malvada da história. A mídia decidiu colocar Caroline e a mim uma contra a outra. Acho que não ajuda muito termos a mesma idade e frequentarmos a mesma escola. Você consegue imaginar os editores explodindo de excitação ao descobrir isso. Deve ter havido rolhas estourando quando souberam que não apenas estamos no mesmo ano, mas que éramos amigas que acabaram de passar as férias juntas, alheias à paternidade compartilhada. *Quais são as CHANCES?*

No começo, as manchetes se concentraram no rei Alfred e em sua grande traição, não apenas à família, mas também ao país. Agora, é muito mais divertido concentrar-se nas duas filhas, colocando-nos lado a lado e deixando as comparações rolarem.

Você pode imaginar quem está se saindo melhor.

Caroline sempre foi a *princesa perfeita*, treinada para o trono e adorada pelo mundo. Eu sou a anônima bastarda, que surgiu sem ser convidada e lançou a amada família real no caos absoluto, desfazendo em mil pedacinhos sua imagem pública cuidadosamente montada e pondo seu futuro em dúvida. Ao longo de toda a cobertura, Caroline foi retratada como uma vítima inocente, ao passo que eu sou basicamente uma destruidora de lares adolescente. Ela é a quintessência da princesa de bom coração; eu sou a fada perversa que ninguém queria convidar para o baile.

A única pessoa que extrai algum divertimento disso tudo é Tabatha, que agora se vê como o centro das atenções de seu círculo social, afogada em convites.

– Pediram que você fosse a convidada de honra do famoso Baile do Brilho de lorde Chapman, um dos eventos mais exclusivos da temporada de verão – ela me informou, durante o café da manhã, agitando um cartão de ouro inscrito em baixo-relevo. – Teremos de ir à Europa comprar um vestido para esse. Alta-costura é obrigatório.

Não tenho tido disposição para me importar com nada disso, mas ela me garantiu que está no controle absoluto da minha agenda, ideia que me dá dor de cabeça. Eu realmente não me importo com eventos sociais no momento. Eles significavam alguma coisa quando eu era um dos Elites; podia desfrutar deles com amigos. Agora, não posso imaginar jamais sair para nada. Sinceramente, achei que o escândalo tacharia nós duas de párias sociais. Tabatha achou minha ideia hilária.

– Nós temos uma conexão *real* agora e, quando se trata do nosso círculo social, não há nada mais reverenciado – ela me explicou.

– Mas não é como se eu fosse um membro oficial da família real – observei.

– Perdão? Você, Ruby Carter, é filha do rei. Graças àquele chuchuzinho de teste de paternidade que se apressaram em fazer, não há como negar. Você deveria estar imensamente orgulhosa de sua herança. Pense nisso! Agora que nós sabemos quem é seu pai, pense em quem são seus avós por parte dele, seus bisavós, seus trisavós e tataravós. Reis e rainhas que tiveram impacto no mundo.

Expiro sonoramente.

– É... É intimidante.

– É maravilhoso – ela me corrigiu.

– Não significa que algum dia eu serei plenamente aceita.

– Sangue real corre em suas veias, e isso, minha querida sobrinha, faz de você a convidada mais disputada da cidade. Qualquer pessoa que seja alguém vai querer tê-la em seus eventos.

– Exceto a realeza propriamente dita – resmunguei.

– Isso vai mudar. Espere e verá – ela respondeu, com ar conhecedor. – Se eles souberem lidar com as coisas, podem até conquistar o pessoal mais jovem ao abraçar o fato de serem uma família moderna, com falhas e tudo.

Eu levantei as sobrancelhas para ela.

– Eu sou a falha, nessa analogia?

– Se eles forem inteligentes, vão perceber que você poderia ser a resposta para eles conquistarem um apoio mais amplo – ela me corrigiu presunçosamente. – Você, minha querida, pode ser precisamente a joia da Coroa.

Quanto a isso não sei, mas gostaria que desaparecessem as discussões ridículas na mídia sobre eu "reivindicar o trono". Acho que as pessoas estão começando a supor que eu estou de algum jeito por trás dos boatos, plantando a ideia pessoalmente para ver o que acontece.

Pelo menos é isso que parece na escola. Venho recebendo uma porção de olhares atravessados dos membros do fã-clube de Caroline. Uma menina popular do 11.º ano sibila "traidora" para mim quando passo por ela no corredor a caminho da primeira aula.

Evito os Elites o máximo possível. Xavier é o único que me manda mensagens, mas não tive coragem de responder. Não sei o que dizer e sei que será melhor para todo mundo se eu ficar na minha por alguns dias e sair do caminho deles.

Eu não sabia se Caroline viria para a escola hoje, mas ela surge revigorada e reluzente, sorrindo e acenando para os amigos, perguntando a todos como foram as férias e se fizeram algo de especial. Ela está simplesmente seguindo em frente, como se tudo estivesse normal. Só de olhar para ela, você pensaria que não há nada de errado.

Ao longo do dia, no entanto, fica evidente que há uma coisa que ela não consegue esconder, por mais que se esforce: seu ódio contra mim. Ele irradia dela sempre que estamos no mesmo ambiente. Ela tenta ao máximo agir como se eu não estivesse ali, como se eu simplesmente não existisse, mas, se digo qualquer coisa durante a aula, ou se olho em sua direção e nossos olhares se encontram, ela fecha os punhos. Ela precisa inspirar fundo, *bem* fundo, e se recompor; e o sorriso educado retorna.

Tentei dizer a mim mesma para não levar para o lado pessoal. Eu sou um lembrete vivo da traição de seu pai e da atual confusão em sua vida. Só preciso lhe dar tempo. Talvez possamos encontrar um modo de coexistir em Clairmont Hall.

Mas logo se torna evidente que não é assim que as coisas vão ser.

Certo dia, na hora do almoço, estou toda nervosa transportando minha bandeja, ciente de que a cantina mergulhou em cochichos abafados assim que entrei, e, ao passar pela área dos Elites a caminho de encontrar um lugar seguro com Ollie, no fim da mesa mais distante desta, Sybil eleva bastante a voz, enquanto conversa com Caroline e Jonty. Xavier não está com eles, uma ocorrência frequente de uns tempos para cá. Comecei a me permitir ter esperança de que isso possa ter algo a ver comigo; provavelmente, por ingenuidade.

– É constrangedor o que certas pessoas fazem para conseguir fama – Sybil declara, enrolando uma mecha de cabelo no dedo. – Nem todo mundo nasce com classe nem é educado com ela. Dá para identificar um aspirante à fama a quilômetros de distância.

Com as faces quentes, tento chegar ao lado oposto o mais depressa possível. Bem quando estou passando por elas, ou Sybil ou Caroline chuta para trás uma mochila que estava sob a mesa, de modo que ela fica na passagem entre as mesas, no meio do meu caminho. Eu tropeço e voo para a frente, o conteúdo da bandeja sobe em espiral e cai espalhado ao meu redor, enquanto eu me esborracho de cara no chão.

Uma onda de risadas e gritinhos se espalha pelo corredor. Eu me ponho de joelhos e olho para baixo: a frente do meu uniforme está toda manchada de comida.

– Ah, querida, você está bem? – Caroline pergunta, na voz mais enjoativamente doce, virando-se no banco para olhar para mim. – Você precisa prestar atenção por onde anda. Nunca se sabe o que pode derrubá-la.

– Obrigada pelo aviso – murmuro, esticando o braço para colocar o copo vazio e o prato virado de volta na bandeja.

Ollie veio correndo ajudar e se ajoelhou para pegar a bandeja para mim, enquanto me levanto. Enquanto Caroline e Sybil trocam sorrisinhos maliciosos e Jonty evita fazer contato visual, Ollie me conduz pelo corredor da cantina até a saída.

– Você está bem? – ele pergunta, aflito. – Quer que eu pegue mais comida para você?

– Não, obrigada. Não estou mesmo com fome.

– Eu vi Caroline chutar a mochila para trás de propósito para te fazer tropeçar – ele diz em voz baixa, testa franzida. – Não acredito que ela fez isso.

– Eu acredito.

Ela está fazendo tudo o que pode para me derrubar, literalmente. Torço para que o incidente seja um caso isolado, mas estou enganada. Acontece que foi um mero ato de aquecimento de Caroline, um alerta de que ela está só começando sua jornada de vingança. Ela claramente decidiu transformar minha vida na escola em um pesadelo. Ela pode não ter controle sobre a devastação que estou promovendo em sua vida particular e na pública, mas pode muito bem fazer todo o possível para exercer seu poder sobre mim em Clairmont.

Toda vez que estamos no mesmo lugar, Caroline deixa óbvio que ela e o grupinho recém-conquistado de seguidores estão falando sobre mim, fazendo-me sentir constantemente diminuída e autoconsciente. Se estamos na mesma classe e eu falo alguma coisa, ela me interrompe e faz uma observação em contrário, mesmo quando está claro que ela não acredita em uma palavra do que está dizendo. Embora eu não possa provar, tenho certeza de que ela está alimentando boatos de que estou rivalizando com ela pela Coroa, então eu sou considerada uma alpinista social patética. Faço tudo o que posso para estar acima disso.

– Não permita que ela atinja você – Ollie me diz ao menos uma vez por dia.

Mas daí as coisas se tornam físicas.

Somos postas no mesmo time das aulas de tênis, na hora do almoço. Tento desesperadamente mudar, mas o treinador me diz que a distribuição é por nível de habilidade e, pelo visto, Caroline e eu somos bastante boas: nenhuma de nós consegue migrar para outro grupo.

Quando chego à quadra, ela já está se aquecendo com Sybil, enquanto Stephen aguarda junto à cerca. Na quadra atrás dela, Xavier está sacando para outro menino da nossa série. Quando o restante do pessoal chega, o treinador chama todo mundo e começa a ler as duplas que ele formou para o treino.

– Caroline, você vai jogar com Ruby. Sybil, você vai fazer par com Cressida. Roxy, você vai jogar com...

– Com licença – Caroline interrompe, levantando a mão. – Acho que você embaralhou as coisas. Eu vou jogar com Sybil.

– Não – o treinador responde, cansado, como se já tivesse precisado lidar com isso antes. – Você vai jogar com Ruby. As duplas foram formadas intencionalmente, com base na habilidade e compatibilidade, e os pontos fortes de cada um vão complementar os do outro.

– Mas...

– Minha palavra é final – ele afirma. – Nada de trocas. Na quadra, todo o seu foco está no jogo. O esporte é um grande nivelador.

Enquanto ele instrui o pessoal a começar o aquecimento com os respectivos pares, Sybil vai consolar Caroline e Xavier vem se colocar ao meu lado.

– Você está bem? – ele confere.

– Não é como se eu tivesse armado isso de propósito – murmuro, estremecendo sob os olhares das duas.

– Pelo menos vocês estão no mesmo time. Seria pior se você estivesse jogando contra ela.

Xavier não poderia estar mais errado.

Caroline se recusa a falar comigo antes da primeira partida, então não conseguimos bolar nenhuma tática. Ela vence o primeiro arremesso e anuncia que vai sacar primeiro sem perguntar minha opinião. Aceitando a decisão dela, assumo minha posição na rede e me abaixo, raquete pronta. Eu a ouço bater a bola na linha algumas vezes, atrás de mim.

PLOFT

Tropeço, quando o golpe me atinge com força atrás da cabeça. A dupla adversária fica boquiaberta e eu me viro para encará-la, massageando o lugar dolorido, que já começa a inchar. A bola que ela jogou em mim rola para fora da quadra.

– Oops – ela diz descuidadamente, já se preparando para o segundo serviço.

Aperto os dentes com força e volto à posição de voleio.

TUNC

A bola seguinte atinge minhas costas, lançada com uma potência exagerada para um segundo saque típico. Gemendo de dor, eu me viro e a vejo, totalmente indiferente, a caminho da outra metade da quadra.

– Puxa vida, primeiro ponto – ela diz, escolhendo mais duas bolas.

Dessa vez, eu me posiciono bem além da linha lateral de duplas, de modo que não estou nem perto da linha de fogo, mas, quando ela saca pela terceira vez e a bola bate na minha panturrilha esquerda, levanto os braços e grito:

– Ah, qual é!

– O que foi? – ela diz inocentemente para o treinador, girando a raquete na mão. – Meu saque precisa de um pouco de aquecimento, só isso. Pensei que parceiros de jogo devessem se apoiar uns aos outros, mesmo quando um comete erros.

Sem nenhuma prova de que ela está fazendo isso de propósito, o treinador não interfere, apenas nos diz para continuar e nos observa, a partir disso, como um falcão.

Com o rosto quente, aperto a raquete e me preparo, enquanto uma marca vermelha se forma na minha perna, onde fui atingida. Desta vez, o saque passa suave ao lado da minha orelha. É *ace*.

– Está vendo, parceira? Você deveria ter tido um pouco mais de fé – ela comemora.

O jogo vai de mal a pior. Não apenas eu sofro mais algumas "boladas acidentais", como ela as chama, mas também estamos tão fora de sincronia que nosso desempenho é chocantemente ruim. Ela grita para que eu vá em uma direção e depois briga comigo quando o faço, alegando ter instruído o oposto. Em mais de uma ocasião, nós duas chamamos a mesma bola e nenhuma desiste, fazendo nossas raquetes se chocar. Trombamos uma com a outra algumas vezes, o que leva a empurrões intencionais. O pobre Stephen não sabe o que fazer, dispara a todo momento como se angustiado sobre intervir ou não. Quando ousa perguntar a Caroline se ela precisa de ajuda, ela quase lhe arranca a cabeça e ele volta a seu posto de vigilância, contando para o punho da camisa que "Tiara" tem a situação sob controle.

Nossa disputa constante chama a atenção do restante dos jogadores, que param de se concentrar nas próprias partidas, distraídos pela nossa. Vejo que Xavier nos observa, horrorizado com a escalada das coisas entre mim e Caroline. O descontrole culmina com nós duas junto à rede gritando MINHA toda vez que uma bola vem, até que uma "deixadinha" cai no centro da quadra. Ambas partimos ao mesmo tempo, raquetes estendidas. Colidimos uma com a outra e caímos emboladas perto da rede.

– Sai de cima de mim! – ela grita, chutando minha perna.

– Sai *você* de cima de mim – retruco, furiosa. – Qual é o seu problema?

– Você – ela cospe.

– CHEGA – o treinador diz, marchando em nossa direção com uma expressão de ira. – Estou encerrando isso. Foi um erro colocar vocês em dupla.

– Você errou, realmente – Caroline rebate, zangada, pondo-se de pé. – Da próxima vez, sugiro que me dê ouvidos.

Sybil corre até ela e a ajuda a sair da quadra em direção aos vestiários; Caroline, de repente, começa a mancar. É uma experiência tão horrorosa que fico tentada a desistir do tênis pelo resto do semestre, mas não quero dar essa satisfação a ela, então me forço a participar da aula seguinte, alguns dias mais tarde.

Dessa vez, o treinador nos mantém o mais distantes possível, não faz de nós uma dupla nem permite que disputemos uma partida uma contra a outra, então eu relaxo e jogo. Após uma sequência de finalizações, todos vamos para os vestiários, tiro minha mochila do armário e vou para o chuveiro, pensando idiotamente que está tudo bem. Quando saio, enrolada na toalha, descubro que o banco onde deixei a mochila está vazio. Minhas roupas sumiram. O vestiário está deserto.

Em pânico, procuro minhas coisas em todos os lugares, checo todos os armários, cabines de banheiro e sob todos os bancos. Fecho os olhos de desânimo quando me dou conta de que a mochila não está ali. Foi levada. É sério que ela é PEQUENA nesse nível?

Afundo em um banco e aguardo, na esperança de que ela recobre o bom senso, mas não posso ficar aqui dentro para sempre, esperando que minhas roupas voltem para mim. Reúno coragem, aperto bem a toalha ao redor do corpo, abro a porta e espio a recepção do centro esportivo.

Está vazia.

Arrasto-me para fora e começo a procurar na área da recepção, rezando para que ela tenha simplesmente tirado minhas coisas do vestiário e largado por ali. Estou procurando atrás da escrivaninha quando ouço a porta do prédio se abrir. Eu me viro e vejo uma aluna de onze ou doze anos se aproximando apreensivamente.

– É... Ruby? – ela fala baixo, os olhos se arregalando quando me vê de toalha. – Tenho um recado para você.

– Sim... – respondo, pondo a mão na cintura como se fosse perfeitamente normal estar circulando pelo centro esportivo usando só uma toalha.

– Sua mochila de ginástica está no seu armário – ela fala com voz esganiçada.

– Eu já olhei lá – digo, olhando na direção do vestiário. – A menos que tenha aparecido por mágica, o que seria...

– Seu armário no prédio principal – ela esclarece.

Inspiro fundo, tentando controlar minha fúria.

– Pode me dizer quem lhe deu esse recado? – pergunto, cerrando os dentes.

Ela balança a cabeça, negativamente.

– Apenas um terceiro que pensou que você talvez pudesse ter-se esquecido de que deixou sua mochila lá – ela repete de cor, mecanicamente.

– Que gentileza a deles. Obrigada. Vou arriscar o palpite de que lhe disseram que você não podia ir buscar para mim mesmo que eu pedisse com toda a educação, certo?

Ela baixa os olhos para o chão.

– Desculpa – ela murmura.

– Não se preocupe. Eu sei que não é culpa sua. Você é só a mensageira.

Passo por ela rumo à saída. A humilhação começa assim que saio do prédio de esportes. Para chegar ao meu armário no prédio principal, tenho de atravessar um caminho e cruzar uma quadra onde vários alunos estão fazendo hora, esperando o fim do intervalo do almoço. Conforme cabeças começam a se virar em minha direção, tento ignorar os arquejos, as gargalhadas e os assovios que ecoam ao meu redor. As pessoas ficam tão intrigadas que começam a me seguir, enquanto sigo meu caminho rumo ao prédio principal, perguntando-se que diabos está acontecendo. Eu poderia fazer a mesma pergunta.

– Está linda, Ruby! – alguém grita, quando chego ao primeiro degrau da escada. Tenho quase certeza de que é Harrison Baxter. – O que você está usando por baixo?

Isso provoca uma onda de risadas. Meu rosto está em chamas, mas eu me recuso a olhar para trás. Em vez disso, reviro os olhos pela falta de imaginação da pergunta infantil.

Fingindo não ter percebido toda aquela atenção, abro a porta para o corredor principal, ao mesmo tempo que toca o sinal da retomada das aulas. O lugar é logo inundado de alunos, uma multidão que se abre quando começo a longa caminhada pelo comprimento do corredor, na direção do meu armário. Conforme avanço, estico a mão para bloquear os vários celulares apontados para o meu rosto, que desavergonhadamente filmam todo o episódio.

Caroline e Sybil estão à espreita perto do meu armário, ladeadas por Xavier e Jonty. Quando eles me veem chegando, o rosto das meninas se ilumina. Jonty está boquiaberto. Xavier parece totalmente desnorteado, e faz com a boca "Mas que porra é essa?", conforme me aproximo. Sybil joga a cabeça para trás e dá uma gargalhada que soa como um rugido. Caroline, recusando-se a sair do personagem, inclina a cabeça solidariamente para mim, um sorrisinho surgindo em seus lábios.

Sem dizer uma palavra, abro o armário e encontro a mochila enfiada ali. Pegando a alça com a mão livre (a outra continua segurando a toalha com força, para o caso de Caroline decidir dar um passo além e a arrancar na frente de todo mundo), tiro-a do armário e ajeito no ombro.

– Isso foi um pouco distraído de sua parte, Ruby – Caroline comenta, e todo mundo se cala para ouvir. – Imagine, deixar a mochila com todas as suas roupas neste armário, enquanto você toma banho e se veste no prédio dos esportes. Você é tão esquecida às vezes.

O segundo sinal toca. Eu tinha planejado não dizer nada, assumir a atitude elegante e manter a boca fechada, mas cedo. Sim, eu *vou* descer ao nível dela.

Batendo com força a porta do armário, viro-me para encará-la.

– É, às vezes sou esquecida. Eu me pergunto de quem puxei isso – falo alto, dando de ombros. – Poderia ser da mamãe, mas talvez seja do *nosso pai*.

Caroline inspira audivelmente e o sorrisinho malicioso se evapora no ar. Ela me encara, emudecida pelo choque e pela indignação.

Satisfeita por ter atingido o nervo que eu pretendia, giro nos calcanhares e marcho rumo ao banheiro, onde tranco a porta. Vou precisar de toda a coragem para me obrigar a sair do cubículo e encarar todo mundo outra vez.

Quando termino de me vestir, tenho duas chamadas perdidas de Tabatha. Não é difícil adivinhar do que se trata: uma pesquisa online rápida pelo meu nome mostra que vídeos de mim andando pela escola só de toalha já foram publicados e compartilhados e viralizaram no mundo todo.

No dia seguinte, na cantina, levanto os olhos da comida, que estou só empurrando de um lado a outro do prato, para ver Xavier parado à minha frente, segurando a bandeja. Instintivamente, olho para os Elites; estão nos observando. Parecem confusos, então concluo que ele não está aqui por instrução deles. Xavier me mandou mensagem algumas vezes, ontem, mas eu o ignorei.

– Você está bem, Ruby? – ele pergunta, animado. – Você não respondeu às minhas mensagens de ontem à noite.

– Eu não estava com ânimo para bater papo – murmuro, voltando à comida. – Estava ocupada demais me questionando como um vídeo em que apareço circulando por aí só de toalha foi tão importante que chegou ao noticiário noturno.

– É. Olha, eu só queria dizer que o que elas fizeram não foi legal. Queria ver se você estava bem.

– Estou bem, obrigada.

– Você deveria voltar para os seus amigos – Ollie diz com frieza, de onde está sentado à minha frente, estreitando os olhos para Xavier. – Que bando de gente bizarra vocês provaram ser. Sabe, teoricamente você era amigo dela também.

– Ollie – eu o alerto delicadamente.

Exceto por Tabatha, Ollie foi a única pessoa capaz de me fazer sentir melhor, depois dos eventos de ontem. Tabatha me fez rir, ao insistir que eu ia lançar tendência e que ela apostava que um vestido atoalhado seria exibido na passarela da Paris Fashion Week, e Ollie foi lá em casa tentar me convencer a encontrar consolo no fato de que Caroline cometera seu maior erro até o momento: de acordo com ele, desde que voltamos das férias e ela começou a me tratar mal na escola, muita gente começava a perceber que a princesa perfeita não era, afinal, tão pura de coração.

Mas não foi o que pareceu, quando todo mundo se juntou à risada dela.

Agora, Xavier me surpreende ao responder:

– Você tem razão. Lamento por Ruby. Por tudo. Eu deveria ter feito mais para impedir isso.

Assinto em reconhecimento às desculpas dele, mas não digo nada. Espero que, naquele momento, ele vá voltar para os Elites.

Quando ele não volta, Ollie o encara e diz, em tom hostil:

– Podemos fazer mais alguma coisa por você?

Xavier hesita.

– Sim – ele afirma, pousando a bandeja na mesa e apontando para o espaço vazio ao meu lado no banco. – Está livre?

Antes de obter uma resposta, ele se senta. O ato provoca um coro de arquejos da plateia arrebatada da cantina.

– O que você está *fazendo*? – cochicho, esticando o pescoço para me desviar dele e ver Caroline, Sybil e Jonty nos encarando de olhos arregalados, provavelmente se fazendo a mesma pergunta.

– Estou almoçando com as pessoas com quem quero almoçar – ele diz, pegando os talheres. – Nada de mais.

– Eu não diria isso – Ollie comenta, tentando (e fracassando) esconder sua surpresa. – Se eu não soubesse que não pode ser isso, diria que você está tomando uma posição.

Xavier me lança um sorriso brincalhão, antes de dar uma garfada no almoço.

De repente, as coisas não parecem mais tão ruins.

CAPÍTULO VINTE

Naquele fim de semana, o rei me convida para um chá da tarde no Ritz. Eu sempre quis ir ao Ritz; mamãe contava como os pais dela a levavam lá, quando vinham a Londres. Obviamente, ir lá tomar chá com o rei não é exatamente como imaginei que minha primeira visita seria, e recebemos um tratamento ligeiramente diferente do oferecido aos demais clientes.

Para começar, temos o restaurante todo só para nós.

– É bem mais fácil para a equipe de segurança, assim. Espero que não se importe – ele diz, quando sou convidada a me sentar em frente a ele, à mesa posicionada no centro do salão vazio. – Também significa que podemos conversar apropriadamente, sem o receio de sermos ouvidos. Eu não quis convidá-la para o chá no palácio porque... bem... seja como for, aqui é muito melhor. Mas não conte ao confeiteiro-chefe do palácio que eu disse isso.

Sorrio educadamente. Nós dois sabemos que a razão pela qual ele não poderia ter-me convidado para o chá no palácio é que seria *bizarro* para todo mundo. A família dele não iria gostar de saber que eu estava na casa deles, independentemente de quantas centenas de cômodos existem.

Desde que a notícia a meu respeito explodiu, a rainha Grace vem sendo acossada pela imprensa. Os *paparazzi* parecem estar muito mais interessados na reação dela a tudo isso que na do rei, e estampam nas primeiras páginas imagens dela de rosto franzido e manchetes como:

SUA MISERÁVEL MAJESTADE

A rainha Grace olha para baixo ao sair de carro do palácio
em meio ao escândalo da filha bastarda do rei

Ou então:

PROBLEMA NO PARAÍSO

A rainha Grace com expressão dura, ao lado
do rei, durante uma estreia de teatro

E:

A RAINHA GRACE "JAMAIS PERDOARÁ" ESSA TRAIÇÃO

Nosso especialista no palácio explica por que Ruby
Carter indica o fim deste casal realmente perfeito

É estranho, porque sempre fui fã dela; ela sempre pareceu inteligente e descolada; gentil, mas firme, e usa sua posição para fazer tanta coisa boa para tanta gente. Se põe algo na cabeça, não aceita "não" como resposta. Dá para imaginar que ela não tem tempo para perder com bobagens, ela é do tipo que consegue as coisas. E tem um senso de humor rápido, também. Até os antimonarquistas parecem ter certo respeito pela rainha Grace.

Mas claro que não sei como ela é da porta para dentro. O que eu sei é que a equipe de relações públicas sugeriu que seria esperto se ela passasse um pouco de tempo comigo também, para mostrar ao mundo que não existe sangue ruim, no que diz respeito à "filha inocente de um caso amoroso". Aparentemente, a ideia foi descartada pela rainha, sem espaço para argumentação.

Não posso culpá-la. Tudo em sua vida era perfeito até eu aparecer.

– Os *macarons* são meus favoritos – o rei me informa, apontando para os vários docinhos dispostos em expositores de três andares no centro da mesa. – Aceita um?

– Claro.

Eu me inclino e escolho um *macaron* cor-de-rosa, ponho no prato e torno a me recostar. Tendo esperado que eu escolhesse primeiro, ele pega um verde. Dou um golinho no chá, e o tilintar da xícara sendo posta de volta no pires quebra o silêncio incômodo.

– Obrigado por se encontrar comigo hoje – ele diz por fim, remexendo a gravata. – Eu não sabia se você aceitaria o convite.

– Eu também não sabia – admito. – Sua equipe de relações públicas foi muito persistente.

Ele dá uma tossidinha.

– Posso apenas me desculpar.

– Está tudo bem. Eu entendo que eles têm um trabalho e tanto em mãos, no momento.

No dia anterior, a mídia havia reportado que a taxa de aprovação do rei está em uma baixa histórica. Sei que a máquina de RP do palácio está enlouquecida para sermos fotografados juntos, de modo que a imagem dele como figura paterna não fique destruída para além de qualquer conserto.

– Espero que saiba que *eu* queria ver você – ele continua. – Isto não tem nada a ver com cair nas boas graças do público. Eu gostaria de conhecê-la melhor e tenho certeza de que você tem perguntas a me fazer.

– Eu tenho perguntas, mas é difícil colocá-las em ordem. Minha cabeça está confusa, tentando dar sentido a tudo isso.

– Compreendo. Nós podemos começar pelo começo, se você quiser. Eu poderia contar como conheci sua mãe. Ou, se você preferir, não precisamos em absoluto conversar sobre ela. Você pode me contar sobre sua vida, sobre você. Pode me dizer o que está achando de Londres e como está indo na escola.

– Acho melhor não conversarmos sobre a escola – murmuro.

– Ouvi dizer que você não desconhece a detenção. Impressionante, considerando que só frequenta a escola há algumas poucas semanas. – Ele percebe minha expressão e levanta a mão. – Não estou prestes a lhe passar um sermão, prometo; não tenho o direito de dar minha opinião sobre nada. É que me fez lembrar de sua mãe, apenas isso.

– Fez? Como?

– Nós costumávamos brincar que ela havia estabelecido uma espécie de recorde por detenções em Clairmont – ele diz, a expressão se suavizando. – Ela normalmente se metia em problemas por estar atrasada.

– Ela estava sempre atrasada para tudo.

– Algumas coisas nunca mudam. – Ele faz uma pausa, baixa os olhos para as mãos. – Eleanor era um espírito livre, e os professores não a intimidavam. Esse era o problema. Eles não conseguiam exercer autoridade sobre ela; mas não que não gostassem dela por causa disso. Creio que muitos eram fãs daquele traço rebelde. Ela fazia as coisas à própria maneira. Essa era Eleanor.

– Vocês foram amigos desde o princípio?

– Ah, sim. Eu soube no instante em que a vi que ela era especial. Ela não me tratava de modo diferente, e era isso que eu gostava nela. Ela não tinha pudores em me dizer exatamente o que pensava de minhas atitudes; ela não se importava nem um pingo com quem eu era. – Ele começa a rir, se remexe na cadeira para recostar e cruzar as pernas. – Sabe, em uma ocasião, eu estava indo encontrar meus pais para ir jantar com um chefe de Estado, sabe Deus quem, não consigo me lembrar; eu precisei sair mais cedo da escola, já vestido e pronto para partir. Bem, Eleanor viu o que eu estava vestindo e riu tanto que chegou às lágrimas. Fiquei contrariado, porque havia posto um chapéu de feltro todo elegante, que pensava ser o máximo. Depois da reação dela, eu o tirei e nunca tornei a usar. E por isso sou-lhe eternamente grato.

– Mamãe gostava de falar o que lhe vinha à cabeça.

– Sim, mas, ao mesmo tempo, você nunca sabia exatamente o que ela estava pensando. Era como se estivesse o tempo todo mantendo algo em segredo.

– Ela era contida, às vezes.

– Hum.

Sinto um nó na garganta.

– Eu me pergunto o que ela diria se nos visse agora. Você acha que ela alguma vez desejou que a gente se conhecesse?

Ele pressiona os lábios, leva o olhar para o teto.

– Creio que sim – diz por fim, trazendo o olhar de volta para fixar em mim. – Duvido que alguma vez ela tenha pensado que seria possível, mas acho que teria gostado, sim.

Indico o ambiente onde estamos.

– Definitivamente, teria gostado *disto*. Ela sempre falava do Ritz. Ela amava aqui.

– Era um dos lugares preferidos dela para ir no Natal. Aqui é mágico, com toda a decoração, as flores e o coral nessa época do ano. Ela tinha um fraco por essas coisas. Creio que isso a fazia lembrar-se dos momentos felizes com os pais, antes que as coisas ficassem… tensas.

– Mamãe não gostava de falar sobre a família dela – admito, pegando a xícara do chá.

– Não, não gostava. Mas ela amava Tabatha. – Ele me lança um olhar. – Outra Carter que não tem medo de dizer ao rei o que pensa dele.

Sorrio dentro da xícara.

– Eu sei que as irmãs se afastaram, depois que sua mãe partiu de Londres, mas sei também que Eleanor amava Tabatha demais – ele insiste. – Inspirava-se nela. Quando foi coroada rainha de Clairmont, era para Tabatha que estava mais entusiasmada para contar.

– Você e mamãe estavam juntos no Baile de Verão?

– Sim, estávamos. Eu estava muito apaixonado por ela – ele diz, gravemente. – Mas eu sabia que não ia durar. Nós rompemos naquele verão e decidimos continuar amigos.

Não quero forçar a barra nessa linha de interrogatório; está sendo bom conversar tão à vontade e, se formos por esse caminho de linha do tempo obscura do relacionamento, podemos começar a tatear a borda de precipícios perigosos. Então decido pegar leve. Por enquanto.

– Vocês romperam, mas ela guardou a gargantilha de rubi – observo. – Bom para a mamãe.

Ele ri brevemente.

– Naturalmente. Eu queria que ela guardasse. Eu escolhi para ela. Mas suponho que ela não o usasse muito.

– Eu não vi, mas também nós não íamos realmente a eventos onde ela teria oportunidade de usar. Ela deve ter escondido de mim, guardado em algum lugar secreto. – Pauso e acrescento, serenamente: – Há tanto que ela não me contou.

– Ela não podia – ele diz, sem perder um instante.

– Eu sei, mas... – inspiro fundo, pouso a xícara – é óbvio que havia partes da vida antiga que ela adorava. Ela foi rainha de Clairmont, mas nunca me contou que havia estudado lá. Ela era a vida e a alma das festas antes de eu nascer, mas depois levou uma tranquila vida rural no meio do nada, comigo. Era como se ela fosse duas pessoas e eu só tivesse tido a chance de conhecer uma.

– Pessoas são criaturas complexas. Ela estava protegendo você e, lamento dizer, estava me protegendo também. Mas, se é que significa alguma coisa para você, posso dizer com toda a segurança que ela estava em sua melhor forma vivendo com a filha. Você a conheceu melhor do que qualquer outra pessoa.

– Espero que sim – murmuro baixinho. – Está ficando difícil saber.

– Vamos falar sobre você – ele diz, decidido. – Eu soube que você é uma amazona habilidosa. Nenhuma surpresa quanto a isso; sua mãe cavalgava melhor do que qualquer um que eu tenha conhecido.

– Nunca tive um talento como o dela sobre um cavalo, mas amo.

– E quanto a música?

– Música?

– Pelo que eu me lembro, sua mãe não tinha ouvido musical.

Não posso evitar rir do comentário direto dele.

– É, você se lembra bem.

– Uma vez, nós fomos a um caraoquê e ela assassinou completamente um Celine Dion clássico.

– *Você* em um caraoquê? – repito, incrédula.

– Eu era conhecido por ter uma quedinha para a coisa – ele revela, conspirador. – Você é boa com canto? Pensei ter lido em algum lugar que você participou de um coral.

– Canto passavelmente.

Ele assente, satisfeito.

– Já é alguma coisa, finalmente.

– Desculpe?

– Estou sentado aqui com você há algum tempo, e ficou claro que você é muito parecida com sua mãe em vários aspectos maravilhosos; exceto pelos olhos, você se parece demais com ela na aparência e no jeito. Sabe que tem até a risada dela? É assustadoramente semelhante. Ela também lhe transmitiu o amor pelos cavalos e uma tendência a se mandar para a detenção. – Ele suspira, levanta as mãos. – De modo que eu estava sentado aqui me perguntando se haveria algo de *mim* em algum lugar de você. E aí está: música. Se você sabe cantar, claramente não foi dela que puxou.

– Não – concordo. – Acho que não.

Ele sorri calorosamente para mim.

– A música você herdou de mim.

Como se as coisas não pudessem ficar ainda piores entre mim e Caroline, na segunda-feira um boato começa a se espalhar. De que vou colocar meu nome na competição por rainha de Clairmont.

– É verdade? – Ollie me pergunta, sentando sob o carvalho durante o intervalo da manhã.

– Claro que não é verdade! – exclamo, irritada. – Não sei por que as pessoas estão dizendo isso nem de onde tiraram a ideia. É idiota.

– Não é tão idiota. Você está na disputa pela coroa verdadeira de Caroline; faz sentido que tente roubar a coroa escolar também – ele provoca.

Reviro os olhos.

– Para não falar que você roubou o namorado dela e o pai também – ele continua, usando os dedos para contar os itens.

– Ah, cala a boca – digo, e dou um soquinho em seu braço. – Eu não estou roubando o pai dela; acontece que por acaso ele é meu pai também. E Xavier nunca foi namorado dela. Não que ele seja o meu, aliás.

Ollie se remexe, desconfortável.

– Ela odeia que Xavier esteja saindo com você. Ele era um ativo valioso para os Elites; agora, todo mundo está questionando por que ele trocou de lado. A deserção dele do grupo prejudicou a imagem dela.

– Do que você está *falando*? Você está fazendo parecer algo político.

– E não é? A vida dela é toda política. Tudo que ela faz é planejado e conduzido por outra pessoa.

Giro um biscoito entre os dedos.

– Agora você está me fazendo sentir pena dela, e isso é algo que *realmente* não desejo.

– Isso é fácil de resolver. Pense nas reportagens sobre o "Toalha-gate".

– Ah, sim. Gostei especialmente do comentário feito por uma fonte "próxima da princesa" sobre como Caroline ficou "chocada e preocupada com meu comportamento selvagem, e torcia muito para que eu ficasse bem" – digo secamente. – Ela é profissional quando se trata de transformar algo ruim que falou parecer positivo para ela. É uma expert em manipulação.

– Talvez as pessoas aqui, próximas da ação, estejam começando a perceber isso.

– Duvido. Não há nada que eu possa fazer além de esperar para ver. Com sorte, a raiva dela contra mim vai ceder; e, seja como for, não nos resta muito tempo de escola.

– Com toda a seriedade – Ollie diz, observando-me cuidadosamente –, eu acho que você teria uma chance de conquistar a coroa de Clairmont, caso tentasse.

Gemo.

– Por favor! Eu não poderia ser *menos* popular em Clairmont. Todo mundo acha que eu quero destruir a família real!

– Não é verdade – ele corrige, e me lança um olhar duro. – Acho que você vai descobrir que a maioria das pessoas sente muita solidariedade pela posição em que você está. Além disso, agora que Caroline mostrou com você quem ela de fato é, há bastante reprovação em torno dela, em Clairmont.

– Não vi nenhuma evidência disso.

Ele levanta as sobrancelhas.

– Pois eu vi. Ela tem aquele núcleo duro de seguidores, mas, exceto por eles, eu diria que as pessoas já não a valorizam. Toda oportunidade que ela tem de colocar você para baixo, ela usa. Testemunhar isso não é confortável para ninguém. E agora eu me tornei um alvo também, simplesmente por associação.

Levanto os olhos para ele, culpada.

Hoje de manhã, Ollie e eu estávamos passando pelo bebedouro onde Caroline abastecia sua garrafa reutilizável Mulberry, acompanhada de Sybil, como sempre. Do nada, ela derramou tudo em cima de Ollie.

– Oops, que desajeitada, eu – ela disse, os olhos baixando até o pedaço molhado na calça dele, antes de as duas saírem andando, trocando risadinhas.

– Lamento tanto por isso – repito agora, já tendo me sentido péssima mais cedo.

– Não é culpa sua – ele insiste. – E foi só um pouco de água.

– Mesmo assim. As coisas provavelmente vão piorar, antes de melhorarem. Ela hoje parece ainda mais furiosa comigo, o que não achei que fosse possível.

Ele me lança um olhar penetrante e diz:

– É por isso que pode ser uma boa ideia provar a ela que, ao não lidar com a própria raiva e perseguir você, só o que ela está fazendo é prejudicar a própria reputação e perder votos.

– Mas, então, o que você está dizendo? Que você *quer* que eu concorra a rainha de Clairmont?

– Talvez. – Ele dá de ombros. – Eu não gosto do jeito como ela trata você nem nenhuma outra pessoa fora da panelinha dela. Se quer minha opinião sincera, acho que vale a pena pensar a respeito. Acho que não existe mais ninguém que poderia desafiá-la.

Com o passar das semanas, não posso deixar de notar que talvez Ollie tivesse razão sobre a popularidade de Caroline estar diminuindo. Há menos pessoas disputando a atenção dela durante o almoço. No entanto, eu recebo uns "ois" amigáveis de gente de anos abaixo do meu, que passam em grupos. Depois, cruzo por acaso com a aluna de onze ou doze anos que entregou o recado sobre minha mochila de ginástica, no outro dia. Olhando ao redor nervosamente, ela me diz o quanto lamentou ter sido envolvida.

– Você não precisa lamentar. Eu sei que não tinha nada a ver com você – garanto a ela.

– Mesmo assim, eu deveria ter dito que não faria aquilo – ela diz, encarando o chão.

Ela funga e me preocupo que possa começar a chorar.

– Ei – digo delicadamente –, está tudo bem. Ela é a princesa. É difícil dizer "não" para ela, certo? Não se preocupe com isso. Não tem importância.

– Obrigada, Ruby – ela diz, e me sorri cheia de gratidão. – Prometo que vou votar em você.

Ela se afasta depressa, antes que eu consiga dizer que não estou nem mesmo concorrendo a rainha de Clairmont. O boato ganhou vida própria.

Perto do fim do intervalo do almoço, vou até a biblioteca para pegar uns livros que, segundo recomendação do senhor Clarke, vão me ajudar na revisão antes da prova. Estou aninhada na minha poltrona favorita perto da janela, quando minha paz é perturbada por Xavier.

– Ei – ele diz, e afasta meus pés para poder se sentar. – Bem que eu achei que a encontraria aqui. Tenho uma proposta.

Baixo o livro.

– Ok, parece intrigante.

– Soube que você vai concorrer a rainha de Clairmont.

Bufando audivelmente, sacudo a cabeça.

– Isso está ficando fora de controle. Eu nunca...

– Eu acho que você deveria – ele declara.

– Xavier, trata-se de um boato. Eu não sei quem começou, mas...

– Por que não? Você venceria.

Pisco para ele, confusa.

– O quê? Não, eu não venceria.

– Venceria, sim, tenho certeza. Acho que você deveria tentar. Eu ajudaria na campanha.

– Opa! – Levanto as mãos. – Eu nunca disse que queria concorrer a rainha de Clairmont. Eu mal sei o que é isso. Só estou nesta escola há um semestre e, como notinha lateral, você não acha que Caroline já me odeia o suficiente?

– É por isso que é uma boa ideia. Ela fica te atacando. Acho que está na hora de você se defender. Provar a ela que ela não detém todo o poder. Que ela não pode tratar as pessoas como merda e se safar.

– Parece que é pessoal, para você – observo, baixando os olhos.

– É seguro afirmar que sofri minha cota de humilhação nas mãos dela – ele admite, franzindo o rosto. – Ela me manipulou por muito tempo, confiando que eu sempre estaria ali, à espera. Ela nunca teve a menor intenção de ficar comigo.

– Você não sabe se…

– Ela vem me usando, Ruby – ele enfatiza, sofrendo. – No mínimo, ela deveria ser minha amiga. A gente se conhece há muito tempo. Eu não sei o porquê, mas, durante todo esse período, ela só quis me manter por perto, apesar de nunca ter sentido nada por mim. Ela poderia ter sido sincera comigo e me deixado livre para seguir em frente.

Vejo como ele suspira fundo, irritado consigo.

– Levei um tempão para perceber, mas agora sei em que pé as coisas estão – ele continua, a voz agora mais firme. – Agora entendo. Ela não é a pessoa que eu pensei que fosse. Eu fui parte do problema ao me ausentar e deixá-la tratar mal as pessoas, me convencendo de que estava tudo bem e sempre criando justificativas para ela. Agora eu vi quem ela é e o poder que ela consegue exercer, e isso não é ok. Quero fazer algo a respeito.

– Lamento que ela tenha machucado você, Xavier, mas, na real, não é assunto meu.

– É assunto de todo mundo. Essa é nossa futura rainha. Ela feriu você em um nível pessoal, mas foi o pai que teve o caso amoroso, e ela está direcionando toda a raiva contra você. Imagine: você está nesta escola há menos de um ano e a derrota na eleição para rainha de Clairmont; é o melhor jeito de fazê-la perceber que alguma coisa precisa mudar. Do contrário, vamos acabar tendo uma rainha muito egoísta herdando o trono um dia.

Levanto as sobrancelhas para ele.

– Então, agora, minha decisão sobre concorrer ou não a rainha de Clairmont vai ter um efeito direto sobre o Reino Unido.

Ele oferece um meio sorriso.

– Talvez. Só sei que ninguém mais tem chance. Mas você talvez tenha.

– Mesmo se eu concorresse, como você pode ter tanta certeza de que eu venceria?

Os olhos dele se iluminam.

– Ah – ele começa, e se inclina –, aí é onde minha proposta entra. Você sabia que os vencedores de rei e rainha de Clairmont dos últimos cinco anos consecutivos foram casais?

– Não, eu não sabia disso.

– Sim, foram. No ano passado, só tivemos duas rainhas de Clairmont, Gemma e Lucy, que estavam juntas desde os quatorze anos. No ano anterior, Henry e Ayda foram coroados, e eles eram um casal firme desde os dezesseis. E assim por diante. Surgiu um padrão. Parece que, apesar dos futuros políticos e líderes empresariais implacáveis que espreitam entre nós, os alunos de Clairmont são no fundo uns românticos. Há certo peso na ideia de que um Casal Real de Clairmont esteja junto.

– Certo, entendo, as pessoas curtem *shippar* casais fofos. Então você acha que, se eu tivesse um par, teria mais chances de vencer?

– Não um par *qualquer*. Alguém com chance de vencer como rei de Clairmont.

– Entendo.

– Você sabe quem é o atual favorito para essa coroa?

– Estou começando a achar que sim.

Ele aponta para o próprio rosto.

– Este seu criado.

– Fico empolgadíssima por você.

Ele se recosta.

– Então, o que você me diz?

– Em relação a quê, exatamente?

Ele me olha como se fosse óbvio.

– A nós! A gente começa a namorar e daí a gente ganha.

Pisco para ele, incrédula.

– Desculpa, mas só para esclarecer: você está sugerindo que a gente *finja* ser um casal, de modo a sermos coroados rei e rainha de Clairmont?

– Sei que soa um pouco estranho, mas acho que funcionaria.

Não consigo saber se me sinto repelida ou intrigada pela sugestão. Tirando os sentimentos da equação, bem, suponho que haja algo de genial nisso. Xavier tem muita influência nesta escola e, se começássemos a sair, suponho que minha taxa de aprovação subiria como foguete.

Mas também preciso ser honesta comigo mesma: eu fracassei miseravelmente na tentativa de ignorar as borboletas que se agitam no meu estômago quando ele entra na sala. Ele me põe no limite como ninguém mais, mas ao mesmo tempo eu sempre me sinto à vontade em sua companhia. Fico desesperada para que ele preste atenção em mim, mas daí ruborizo quando ele olha na minha direção.

Eu gosto dele.

E algo me diz que fingir estar saindo com alguém por quem você tenha sentimentos genuínos não vai acabar bem.

– Você vai pensar a respeito? – ele pergunta, os olhos perfurando os meus.

Contra todo o bom senso, eu me pego assentindo.

Depois que ele se vai, sinto como se o destino estivesse me cutucando. Quando vou pegar uma coisa na bolsa, encontro a foto de mamãe no Baile de Verão de Clairmont que Tabatha me deu. Ela está radiante no vestido chique e de coroa. Sinto uma onda de entusiasmo pela ideia de seguir seus passos. Eu me sentiria mais perto dela, de alguma forma, usando a coroa como ela usou.

Porém, com o arrastar da tarde, pondero melhor e chego à conclusão de que terei de dizer "não" a Xavier.

Em primeiro lugar, isso jogaria gasolina no fogo quanto ao relacionamento entre mim e Caroline; e não temos garantia de que venceríamos. Em segundo, há coisas demais acontecendo na minha vida agora, para me preocupar se vou ou não ganhar uma coroa idiota no baile de verão da minha escola. E, por fim, tenho um *crush* por Xavier, e passar mais tempo com ele, mesmo fingindo, não vai ajudar. Ele quer se vingar de Caroline, o que significa que ele ainda tem sentimentos por ela.

De modo que, tudo considerado, é "não".

Até que…

Ontem, depois do último sinal, estou eu passando no meio da galera rumo ao meu armário quando vejo Caroline vir em minha direção. Mantenho a cabeça baixa e me afasto para a lateral para lhe dar espaço suficiente. Em vez disso, ela se move propositalmente para cima de mim e bate no meu ombro com tanta força que derrubo tudo o que estou carregando. Meus livros se espalham pelo chão. Quando Caroline e eu estamos juntas, as pessoas podem confiar que haverá um espetáculo.

– Você precisa *realmente* parar de ficar no meu caminho, Ruby – Caroline rosna, o veneno escorrendo em cada palavra. – Senão, pode acabar machucada.

É a gota d'água.

Estou cansada de ela me pôr para baixo. Não importa quanta pressão haja sobre ela, ela não tem o direito de exercer seu poder na escola sem enfrentar oposição. Xavier está certo. Já é hora de alguém enfrentar Caroline! Já é hora de eu me defender.

– Não se preocupe, Caroline – respondo com doçura. – Ah, e obrigada por levar tão na boa a questão da rainha de Clairmont. Vai ser muito divertido. Eu *adoro* um pouco de competição.

Ela fica de cara no chão.

– *Desculpe*? – ela balbucia.

– Você não ouviu por aí? Pensei que todo mundo soubesse a essa altura. Estou concorrendo a rainha de Clairmont também – anuncio alto, eletrizada pela onda de arquejos e exclamações da plateia.

Ela fica desnorteada demais para responder. Mas eu ainda não acabei.

Quando Xavier termina de recolher minhas coisas do chão, levanta-se. Com um sorriso decidido, vou até ele e digo "Obrigada, baby", antes de colocar os braços em seu pescoço e erguer a boca ao encontro da dele.

Ouço meus livros caindo no chão mais uma vez quando ele reage imediatamente. Deslizando as mãos do centro das minhas costas para baixo, ele me puxa para si e intensificamos o beijo. A galera dá vivas e aplaude timidamente. Quando me afasto delicadamente, minha respiração está curta e trêmula, e todo o meu corpo formiga.

Ele pressiona a testa contra a minha e sorri.

Ao nos afastarmos, Xavier se agacha de novo para pegar minhas coisas, antes de pôr o braço na minha cintura e me acompanhar para longe dali. Capto a expressão horrorizada de Caroline enquanto avançamos. É impagável.

Que a batalha pela coroa comece.

CAPÍTULO VINTE E UM

– O que eu estava pensando? – gemo, enterrando o rosto nas mãos. – Isso é uma ideia péssima!

Xavier parece estar se divertindo.

– Eu achei que foi um início muito bem-sucedido. Você realmente se entregou àquele beijo.

Baixo as mãos e o encaro por cima da mesa.

Depois do nosso pequeno show, saímos do prédio inundados pela adrenalina, de mãos dadas. Rimos por todo o caminho, enquanto descemos a escada até onde Dean me esperava no carro; o rei deu instruções severas sobre eu não dever andar a pé nem usar transporte público da escola para casa, por motivos de segurança. Ele tentou insistir em guarda-costas, mas eu lhe garanti que não havia necessidade de ir tão longe. Além disso, contamos com Stephen e sua equipe no campus durante todo o tempo, então poderia ficar um tanto lotado demais com uma equipe para mim também.

Dean abriu a porta do carro e eu perguntei a Xavier se ele queria uma carona para casa. Ele contrapôs à minha proposta uma sugestão de jantarmos juntos, e agora cá estamos nós em um dos restaurantes favoritos dele na Sloane Square.

– Todo mundo vai comentar sobre isso – Xavier continua, quando o garçom traz umas azeitonas para a mesa.

– Sim, Xavier, é exatamente o meu ponto – rebato de dentes cerrados, segurando o celular. – Esta foto de nós nos beijando já está online *em todo lugar*. Os repórteres não têm notícias mais importantes a divulgar? E, fora isso, que tipo de gente vê duas pessoas se beijando e a primeira coisa que pensa é em filmar e postar em rede social? Tem uma galera muito bizarra em Clairmont.

– Eu não acho que isso seja um problema exclusivo de Clairmont.

– É uma invasão da nossa privacidade.

– Nós estávamos nos beijando publicamente. Não sei se você tem alguma razão na sua alegação.

– Você viu alguma dessas manchetes? – pergunto irritada, rolando a tela e lendo em voz alta conforme avanço. – *Duas princesas e um duque: quem vai ter um final de conto de fadas?; A filha ilegítima do rei Alfred encontra o amor com o ex da princesa Caroline; Um romance real: Ruby Carter encontra seu príncipe encantado, mas o que Caroline vai dizer?*

Levanto os olhos e o vejo sorrindo dentro do copo de água gelada.

– Não há necessidade de ser tão convencido – digo grosseiramente.

– O que foi? – Ele ri, pousando o copo. – Não posso me divertir com isso um pouco? É bom ser comparado ao príncipe encantado. Algumas semanas atrás, eles me retrataram como um fracassado.

– Não me surpreende que Caroline me odeie, do jeito que a mídia nos põe uma contra a outra – suspiro, pondo o telefone de lado.

– Duas amigas que brigam quando descobrem que são meias-irmãs? Você não pode culpar a imprensa por adorar essa história – ele argumenta delicadamente. – Ela tem de tudo: realeza, romance, segredos, escândalo. Você e Caroline competirem pela coroa de Clairmont vai enlouquecer os caras.

– Bem, não vejo a hora de eles se concentrarem *nessa* história – digo com sarcasmo ao pegar o cardápio.

– Você tomou a decisão certa – ele insiste, e recosta na cadeira. – Caroline vai ser derrubada do pedestal e a gente vai se divertir muito no processo.

– Falando nisso, como as coisas vão funcionar? – pergunto, brincando com as quinas do cardápio. – A gente, quero dizer.

– Vai ser simples. – Ele dá de ombros. – A gente anda junto pela escola, comparece a eventos como casal. Não vai ser difícil convencer todo mundo de que é de verdade. Quando todos virem como somos adoráveis, teremos os votos no papo.

– *Adoráveis*? – empaco na palavra.

Um sorriso cruza seus lábios.

– Você não é do tipo "adorável" em um relacionamento?

– Você é?

– A portas fechadas, muito – ele diz, me olhando tão intensamente que meu rosto fica quente.

Inspiro fundo.

– Tá, mas e depois? A gente termina no verão.

– Certo. – Ele franze o rosto. – Amigavelmente.

– A quais eventos que você acha que devemos comparecer juntos? – pergunto, não querendo pensar no falso término.

– Você pode escolher a quais quer ir, e eu a acompanharei muito alegremente – ele oferece, cavalheiro. – Acho que tem umas festas e uns almoços legais no horizonte, e podemos aparecer. Tem também um jogo de polo daqui a alguns dias, e eu adoraria que você fosse. E meu aniversário é logo antes do início das provas. Um último golpe.

– O baile de máscaras – digo, pensando no convite que está na lareira da sala de estar de Tabatha. – Eu ainda não providenciei minha máscara.

– Que bom. A gente pode combinar.

– Ora, isso é adorável.

Ele sorri.

– O que acharia de vir para a minha casa no fim de semana do meu aniversário? A gente organiza um jantar em família, na véspera do grande dia. Acho que, para sermos convincentes, você precisa estar lá.

Hesito.

– Você quer dizer conhecer sua família.

– É – ele responde despreocupado. – Vai dar certo.

– Tenho certeza – respondo, não convencida, recordando o artigo de jornal que enfatizava que era o sonho da família de Xavier que ele um dia se casasse com a princesa.

– Vai ficar tudo bem, Ruby – ele repete, rindo da minha cara de preocupação. – Confie em mim. Já que estamos nisso, vamos nos divertir.

Suspiro.

– Acho que você tem razão. É sem volta, príncipe encantado.

– Eu não quereria voltar mesmo que pudesse – ele diz, e suspende o copo. – A nós?

Suspendo o meu e bato de leve no dele, ecoando cheia de confiança:

– A nós.

Quando a campainha toca, na manhã seguinte, Tabatha fica furiosa.

– Diga aos *paparazzi* para dar no pé, Bennet – ela instrui, quando ele vai ver quem é. – Isto é propriedade privada. Eles não têm o direito de vir até a porta e eu estou com uma dor de cabeça horrorosa. O jantar com a condessa, ontem, saiu um pouco dos trilhos.

– Provavelmente é Dean dizendo que vou me atrasar. Vejo você depois da escola – digo a ela, pegando a bolsa.

– Sim, mais tarde você pode me contar tudo sobre seu novo namorado. Eu não poderia aprovar mais, querida. Eu lhe disse desde o começo que era a ele que você deveria prestar atenção – ela diz, enquanto saio da sala. – Convide-o para se juntar a nós hoje à noite no coquetel, no Hermann's Club, para comemorar o lançamento da coleção de alta-costura de Daphne Jordan.

Bennet aguarda junto à porta, pronto a abrir para mim.

– O duque de Hurlington chegou para buscá-la – ele me informa. – Deseja prosseguir ou prefere que eu diga que Dean vai levá-la?

– Eu... – Eu o encaro, me perguntando se entendi direito. – *Xavier* está aqui?

– Bem atrás desta porta.

– Ah! Hum... Ok. Sim, desejo prosseguir. Mas espere um segundo.

Pega de surpresa, confiro rapidamente minha aparência no espelho ao lado da porta. Flagro o olhar de Bennet e mordo o lábio, ansiosa, olhando meu reflexo mais uma vez.

– Eu estou bem?

– Esplêndida, como sempre – Bennet diz sem rodeios. – Está pronta?

Suspendendo meus óculos de sol Prada (indispensáveis, quando se trata de enfrentar um bando de fotógrafos), assinto. Ele abre e sou recebida por uma explosão de ruídos da horda de *paparazzi* à espera, e por Xavier parado à porta, naturalmente descolado e tranquilo com o Ray-Ban Wayfarer, mãos enfiadas nos bolsos.

– Bom dia – ele diz, curvando os lábios em um sorriso. – Sua carruagem aguarda.

Eu saio, e ele põe um braço ao meu redor, enquanto me conduz em meio aos repórteres até o banco de passageiro do carro, me ajuda a entrar e fecha a porta, antes de contornar o carro até o lado do motorista. Ele entra, liga o motor e parte, deixando o barulho para trás.

– Obrigada pela carona – digo, levantando os óculos. – Eu não esperava isso.

– Pensei que fazia sentido vir buscá-la e chegarmos juntos à escola. Nossa grande estreia como casal.

Observo o interior elegante e me recosto confortavelmente no banco de couro.

– Sempre pensei que as pessoas que dirigiam Ranger Rovers aqui em Londres fossem umas porras-loucas – admito, fazendo-o dar risada.

– Provavelmente uma observação precisa, na maioria dos casos – ele concorda, ainda rindo ao olhar para mim. – Deixe-me adivinhar o que você dirigia na zona rural. Eu a imagino rodando pelos campos em um Land Rover Defender, arrogantemente enfurecendo todos nós da cidade em nossos "tratores de Chelsea"[1].

– Na verdade, eu não tinha carro.

– Você passou no exame?

Nego com a cabeça.

– Ainda não. Quando você passou?

– Algumas semanas depois de completar dezessete anos – ele me conta. – Eu estava desesperado por independência.

– Mas em Londres você consegue ir a qualquer lugar de metrô.

– Fato, mas, quando eu estava na nossa casa de Derbyshire, queria ter a liberdade de entrar no carro e dar o fora. Especialmente quando meu pai ficou doente.

Assinto, olhando para fora.

– Entendo totalmente.

– Pensei mesmo que sim. – Paramos no semáforo e ele tira o telefone do bolso, destrava e o entrega a mim. – Fique à vontade para escolher uma música ou uma playlist. Já está conectado ao carro.

– Uau, eu me sinto honrada por você me confiar seu telefone.

---

[1] Apelido depreciativo de carros originalmente projetados para o campo, mas usados nas cidades. (N.T.)

– Confio em você para escolher a música – ele esclarece. – Não vá metendo o nariz aí.

– Por quê? O que eu encontraria? Alguma coisa interessante? Que *segredos* você guarda? – provoco.

– De você, nenhum – ele afirma.

– Deixe-me dar uma espiada nas suas mensagens – digo, segurando o celular longe de seu alcance, quando ele se estica para pegar. – Ou talvez sua galeria de fotos tenha algo que valha a pena ver.

Ele desiste, dá risada e volta a se endireitar quando a luz fica verde.

– Beleza, vá em frente. Não tenho nada a esconder.

– Ah, agora você estragou a diversão – digo suspirando, e abro o Spotify. – Apesar de que as músicas tocadas recentemente com certeza vão me dar uma ideia de seus segredos mais profundos e sombrios.

– Você acha que pode saber isso por meio de uma playlist?

– Acho. A gente escuta músicas que refletem como a gente está se sentindo. – Confiro a última que ele ouviu. – Isso é bem interessante. London Grammar.

– Vamos lá, então. Diga-me como estou me sentindo – ele me desafia.

Clico na faixa e a música fantasmagórica e etérea preenche o carro; espero até a parte do coro, antes de me virar para olhar para ele.

– Como palpite, eu diria que um pouco perdido, mas esperançoso – afirmo. – Cheguei perto?

– Talvez eu simplesmente goste da melodia – ele rebate, brincalhão. – Muito bem, eu te mostrei a minha, agora você me mostra a sua. Qual é a sua recentemente tocada?

Continuo rolando a página.

– Sem chance. Pessoal demais.

– Ei! – ele diz, quando entramos em Clairmont. – Estou vendo como é. Você joga sujo.

– Não, eu jogo com mais inteligência.

Ele sorri.

– Não posso rebater isso.

Estacionamos, ele sai do carro e dá a volta para segurar a porta para mim enquanto desembarco. Baixo os óculos de sol. Ele estende a mão. Inspiro fundo, aceito-a, caminhamos juntos rumo ao prédio principal, subimos os degraus em sincronia e eu aperto com mais força quando entramos.

A resposta é imensa. As pessoas literalmente saltam para sair do nosso caminho, encaram-nos boquiabertas como se fôssemos celebridades de Hollywood andando no tapete vermelho. Quando ele me deixa em meu armário para ir para a primeira aula, levanta minha mão, leva à boca e beija, antes de dar uma piscadinha e se afastar, deixando-me zonza. Mais tarde, na cantina, ele se senta tão perto que meu cérebro fica enevoado com o aroma de colônia, e a todo momento roça o joelho no meu. Fico tão distraída por sua presença durante o almoço que não percebo a pergunta de Ollie até ele ser forçado a repeti-la, e me dou conta de que ele e Xavier estão ambos me olhando ansiosos, aguardando minha resposta.

– Desculpe? – digo para Ollie, corada, e Xavier sorri.

– Eu estava dizendo que trabalhei nos seus cartazes e folhetos, ontem à noite – ele diz, o olhar vagando brevemente para Xavier, antes de voltar para mim.

É compreensível que Ollie esteja confuso quanto a mim e Xavier, considerando que eu não lhe disse uma palavra a respeito e agora, de repente, estamos agindo como dois pombinhos apaixonados. Na verdade, eu inclusive neguei frontalmente para ele que Xavier fosse meu namorado.

Tentei não dar importância ao fato e explicar que quisemos esconder da imprensa pelo maior tempo possível, mas ele pareceu ofender-se um pouco com isso, como se pensasse que não confio nele. Por sorte, ele não teve oportunidade de me questionar direito sobre isso, porque Xavier e eu estamos grudados feito cola durante o dia todo, nos intervalos das aulas.

– Quer ver o que já fiz até o momento? – ele continua, e desbloqueia o celular.

– Do que você está falando? Que cartazes?

Ele passa o aparelho por cima da mesa.

– Os que sua tia me pediu para fazer para sua campanha de rainha de Clairmont.

– *O quê?* – Pego o celular. – Eu só decidi ontem que ia concorrer e ela já entrou em contato?

– Ela me ligou ontem à noite – ele me informa, apontando para a tela. – Se você rolar a página, vai ver várias ideias de layout.

– Estes estão mesmo muito bons – Xavier comenta, nossos ombros se tocando quando ele se inclina para olhar a tela também. – Gosto das cores fortes e a fonte é muito show.

– Lady Tabatha deu instruções muito claras sobre precisarem ser bem chamativos. Disse que queria que fossem tão inescapáveis que pudessem ser vistos do espaço – Ollie diz, com um sorriso cansado. – O que acha, Ruby?

– Acho que essas ideias são incríveis – confesso, percorrendo as imagens. – Muito obrigada, Ollie. É muita gentileza sua.

Ele dá de ombros.

– Não esquenta. Essas são apenas as ideias iniciais. Também podemos trabalhar na sua campanha online. E, para você já ficar avisada, acho que lady Tabatha tem umas ideias bem *excêntricas* para ações promocionais e brindes.

– Ai, Jesus, o que isso significa? – pergunto, em pânico.

– Ela me perguntou se eu achava que um *flash mob* seria um exagero.

Solto um gemido e junto as mãos em oração.

– Por favor, diga que você respondeu que sim.

Ollie sorri.

– Respondi que achava a ideia brilhante.

– Obrigada por isso – resmungo.

– Você quer trabalhar nos cartazes e em outras peças hoje, depois da escola? – Ollie sugere. – Podemos fazer o planejamento estratégico da campanha. Caroline saiu um pouco na frente, então precisamos causar boa impressão depressa.

– Hoje eu não posso. Tenho um coquetel de lançamento de coleção de moda – digo, apologética.

– Tranquilo. Amanhã?

– Amanhã, Xavier tem um jogo de polo. Desculpe. Mas vamos encontrar um horário, prometo – digo às pressas, devolvendo-lhe o telefone.

– Tudo bem. Entendo que você esteja ocupada – Ollie murmura. – Vou criar umas peças e você pode simplesmente me dizer o que acha.

– Ótimo! Obrigada.

Xavier põe o braço ao meu redor e me puxa para si, beija a lateral da minha cabeça e sorri para Ollie.

– Coisas ótimas você tem aí. A vitória dela já está no papo, não acha?

Eu não preciso me preocupar em convencer ninguém que duvide de nosso relacionamento. Ele é tão convincente que preciso ficar lembrando a mim mesma que isto não é real. Ele aceita o convite de Tabatha e me acompanha ao lançamento da coleção, à noite. Sybil e Caroline não estão presentes, felizmente, mas Jonty veio com a mãe, lady Walter.

– Vai lá dar oi – encorajo Xavier, inclinando a cabeça na direção de Jonty. – Ele provavelmente sente que não pode vir até aqui, você estando comigo.

Xavier franze a testa.

– Por quê?

– Não é óbvio? Desde que tudo veio à tona, Jonty e eu não conversamos de verdade. Ele escolheu de que lado está e não é o meu.

– Sei que ele se sente mal com isso tudo – Xavier insiste, notando minha expressão cética e acrescentando: – Estou falando a sério. Entendo que você se aborreça com isso, mas você precisa ter em mente que ele e Caroline são amigos há muito tempo. Ele sentiu que precisava ser leal a ela.

– Você pode ser leal e não ser um escroto ao mesmo tempo – observo com amargura.

Xavier tenta disfarçar um sorriso.

– O que foi? – pergunto, olhando-o com curiosidade.

– Nada, é só... Eu adoro o jeito como você faz isso.

– Isso o quê?

– Faz esses comentários cortantes, ácidos, de vez em quando. Não é uma coisa ruim, eles são sempre justificados, mas me faz rir. Nunca estou à espera deles.

– O que você está dizendo, Xavier, é que eu tenho uma noção maravilhosa de ritmo cômico – comento.

– É exatamente isso que estou dizendo. – Ele me cutuca de leve. – Vem comigo dar oi para Jonty? *Por favor.*

Reviro os olhos.

– Tá. Mas só porque você está sendo *adorável* hoje.

Satisfeito, ele vai na frente pelo meio das pessoas rumo ao amigo. Jonty age timidamente em minha companhia, elogia meu vestido e se cala. Após um olhar de súplica de Xavier, estico a mão e toco o braço de Jonty.

– Eu vinha querendo lhe dizer, Jonty, que lamento não termos conversado direito depois da divulgação da notícia sobre o meu pai. Compreendo que você ficou em uma posição difícil, sendo amigo de Caroline, e eu queria pe...

– Não, *eu* é que peço desculpas! – ele exclama, pegando minha mão e apertando. – Ruby, eu fui um completo covarde. Quis falar com você e depois deixei de lado, daí senti que tinha postergado por tempo demais. Fiquei dividido, porque quero proteger Caroline e ela está tão ferida... Venho tentando pensar se haveria uma forma de apoiar você sem incomodar a ela. Falhei miseravelmente. Você e eu não nos conhecemos há muito tempo, mas nos tornamos amigos; gosto muito de você. Eu deveria ter feito mais. Lamento *muito*.

– Está tudo bem – eu o tranquilizo. – Foi uma situação esquisita. Impossível saber como agir. Entre nós está tudo bem. Vamos em frente.

– Para mim, está ótimo. Então, como você tem passado? Está bem? – Ele olha rapidamente para Xavier e depois de volta para mim, e sorri. – Obviamente, você deu a volta por cima.

– Eu é que sou o sortudo aqui – Xavier argumenta, piscando para mim, antes de ser arrastado para uma conversa com um grupo de pessoas ali perto.

– Tem havido uns desdobramentos positivos, em meio ao caos. – Eu sorrio.

– Agora que somos amigos de novo, posso te contar um segredo? – Jonty diz, em tom conspirador. – Eu falei para Xavier que ele deveria tomar a iniciativa com você na Itália. Era óbvio que rolava uma química enorme entre vocês dois.

Engulo em seco.

– Sério? Mas, na Itália, ele deu aquela pulseira para Caroline...

Jonty funga de desprezo.

– Porque a mãe dele mandou, só por isso. Olha, ele aceitou que ele e Caroline não fazem nenhum sentido. Foi martelado nos ouvidos dele que os dois estavam destinados um ao outro, as pessoas buzinando na orelha dele sobre o que ele deveria fazer e com quem deveria ficar. Mas os olhos dele foram abertos. É como se ele finalmente percebesse que pode fazer as próprias escolhas na vida.

– Você acha?

– Caroline o deixa mais ranzinza do que nunca. Xavier não é exatamente uma pessoa sorridente, não sei se você reparou – ele acrescenta, brincando. – Mas você o tira da concha. Ele fica quase alegre quando está com você. Eu conheço esse cara há anos e ele sempre foi do tipo caladão, reservado. Mas alguma coisa mudou. Confie em mim, ele nunca foi tão feliz. E eu sou o melhor amigo dele, então sei do que estou falando.

Sorrio calorosamente para ele.

– Obrigada, Jonty. É uma coisa gentil a se dizer.

– Eu lhe devo algumas coisas gentis. Têm sido tempos estranhos.

Ele olha disfarçadamente para a mãe e depois entorna o resto da bebida, imediatamente pegando outra da bandeja que um garçom transporta. Reparo que ele dá dois grandes goles na nova bebida também, em sequência.

– Você está bem? – pergunto.

– Sim, estou. Por quê?

– Por nada. Estou só... checando.

– Não há razão para isso. Está tudo bem comigo, como sempre – ele diz, e exibe um sorriso rígido.

Xavier retorna e se junta à conversa, mas eu não estou convencida da atuação de Jonty. Ele está distraído e assustado, forçando risadas e perdendo a concentração.

Eu logo descobriria por quê.

Depois de deixarmos Xavier e Dean estacionar na nossa casa, o telefone de Tabatha apita e ela o tira da *clutch*, perguntando-se em voz alta se seria o banqueiro maravilhoso que ela conheceu mais cedo, já mandando mensagem para convidá-la para jantar. Mas, quando lê, seus olhos se arregalam de choque.

– Meu Deus do céu – ela murmura. – Não admira que lady Walter não tenha dado nem um sorriso, diante da minha história hilária sobre um macaco-aranha tocando gaita.

– O que aconteceu?

Ela me passa o telefone, para que eu possa ler por mim mesma o boletim noticioso:

PARLAMENTAR CASADO EM ESCÂNDALO SEXUAL E DE DROGAS

Lorde Walter acusado de ter um caso amoroso no gabinete e de vício em cocaína, que o levou a dívidas crescentes

– Que coisa pavorosa! – Tabatha diz, estalando a língua em reprovação. – Estou surpresa que lady Walter tenha aparecido esta noite. Suponho que por algum tempo este será o último evento para o qual ambos foram convidados. Talvez ela estivesse desfrutando ao máximo da alta sociedade enquanto ainda pode.

– Tabatha – retruco, franzindo o rosto.

– O que foi? Por que está me olhando desse jeito.

– Porque não é assim que você deveria reagir a essa notícia. Você deveria estar preocupada com ela. Não desdenhosa. Duvido que neste momento lady Walter se importe com as festas para as quais vai ser convidada. Dificilmente seria o tipo de coisa que importa.

– Ah, querida, não seja ingênua – ela diz, os olhos faiscando para mim. – Você logo vai aprender que, para gente como nós, isso é *só* o que importa.

CAPÍTULO VINTE E DOIS

Finalmente, ninguém está falando sobre mim e Caroline na escola. As alegações sobre o pai de Jonty foram a principal história durante toda a manhã e, desde as primeiras reportagens ontem à noite, mais informações vieram à tona. Lorde Walter está em encrenca das grandes. Não apenas ele vem traindo a esposa e consumindo drogas abertamente no gabinete, como também contraiu empréstimos gigantescos para financiar seu estilo de vida, e há até um falatório sobre acusações de fraude nas despesas.

Mas o foco de todos na escola está no rumor de que um dos maiores empréstimos que ele fez foi com seus velhos amigos Peregrine e Danai Cavendish, os pais de Sybil. Uma quantia que ele supostamente não conseguiu pagar e que levou a relação entre as famílias a azedar. E também não acaba nisso: muitas das pessoas a quem lorde Walter recorreu para pedir empréstimos têm filhos que estudam em Clairmont Hall.

– Eu achei mesmo, na Itália, que alguma coisa estava se passando entre Sybil e Jonty – Xavier comenta, encostando no armário ao lado do meu, enquanto pego os livros para a primeira aula do dia. – Você percebeu?

– Sim, e Caroline, também. Eu os vi discutindo no terraço na noite anterior à nossa volta. Você acha que era sobre isso?

– Sobre o que mais poderia ser? Ela deve ter descoberto. Que deselegante. Não acredito que os pais de ambos os envolveram nisso – ele resmunga, zangado. – Não é justo.

Mordo o lábio.

– Você acha que Jonty virá para a escola hoje?

– Não sei... – Ele suspira, passando os dedos pelo cabelo. – Mandei mensagem e tentei ligar, mas ainda não tive retorno. Não imagino que ele vá querer ficar em casa. Duvido que os pais estejam se encontrando cara a cara, e haverá um monte de repórteres. Eles vão ser cercados.

– Ele deve ter-se estressado tanto com isso tudo. Por que não falou nada?

– Você falaria? Ele provavelmente estava constrangido demais. E também duvido que conhecesse a história na íntegra. Talvez ele soubesse das dívidas, mas não acho que tinha conhecimento dos casos extraconjugais nem das drogas. – Xavier suspira, apoia a cabeça no armário e olha para o teto. – Por que os pais tornam tudo tão complicado?

– Entre os meus pais, os seus e os de Jonty, nós sem dúvida temos uma novela.

– Espero que ele venha à escola ou, no mínimo, ao polo, mais tarde. Vai lhe fazer bem ter uma distração. Você ainda vem ao jogo, certo?

– Meu traje de assistir a jogos de polo está pronto – confirmo. – Estou animada. Nunca estive em uma partida de polo antes.

Ele me lança um olhar estranho.

– Esteve, sim.

Balanço a cabeça.

– Não.

– Eu poderia jurar que vi fotos no seu Instagram – ele diz, franzindo o rosto. Você esteve no Cartier Queen's Cup no ano passado, e no Polo no Parque.

– Ah, é! Claro! – exclamo, forçando uma risada. – Tinha esquecido. Provavelmente devido a todo o champanhe que consumi. Você sabe como é.

– Caramba. Você deve ter bebido muito para se esquecer dos dois.

– É, devo mesmo – digo nervosamente, corando e me xingando por ser tão burra. – Prometo não fazer isso dessa vez. É minha primeira vez vendo *você* jogar polo, então é empolgante.

Eu me habituei de tal maneira a sair com Xavier que esqueci que há muito sobre mim que ele não sabe e muito que não é verdade. Eu gostaria de não ter inventado um passado tão complicado para obter a atenção dos Elites, porque agora estou presa na mentira. Talvez eu devesse abrir o jogo e lhe contar sobre o plano que bolei com Tabatha e Ollie, mas daí ele teria menos consideração por mim. É patético fingir que tive uma vida como a deles, mentir para conquistar sua confiança.

Nós somos amigos, agora, apesar do estranhamento inicial. Preciso lhe contar a verdade.

– Xavier, tem uma coisa que eu preciso...

– Ele veio! – Xavier exclama, ao ver Jonty se aproximando de nós.

Ele se endireita e vai direto na direção do amigo, enquanto eu engulo a verdade e a guardo para outro momento. De cabeça baixa e olhos no chão, Jonty se arrasta pelo corredor, pálida sombra do menino carismático e divertido que conhecemos. Sigo Xavier e vou cumprimentá-lo, e percebo pelo inchaço sob os olhos que ele não dormiu muito, na última noite.

– Como você está? – pergunto, num sussurro.

– Não otimamente – ele murmura, olhando nervoso ao redor, para os outros alunos que vêm passando. – Eu não queria vir, mas mamãe me obrigou. Ela ficou preocupada que eu poderia perder algum conteúdo importante para as provas. Como se eu ligasse para isso.

– Estou contente que você veio – Xavier diz, dando tapinhas nas costas dele. – Eu diria que é melhor do que estar em casa, no momento.

– Eu não teria tanta certeza quanto a isso – ele rebate, taciturno. – Tem muita gente aqui que me odeia.

– Eles não odeiam você – insisto, e Xavier assente em concordância.

– Eles têm todo o direito. Meu pai pegou dinheiro com os pais deles e não pagou de volta. E não sei se algum dia vai pagar.

– Um dia de cada vez, está bem? – Xavier aconselha. – Vai ficar tudo bem. Vamos só...

Ele é interrompido por Aaron, um menino do nosso ano, que empurra o braço de Jonty quando passa por nós e depois, virando-se para encará-lo, diz:

– Obrigado, *Walter*. Como seu pai gastou o dinheiro dos meus pais em putas e coca, nós vamos precisar cancelar uma de nossas férias este ano. Não acredito que você teve coragem de dar as caras aqui hoje.

– Cai fora, Aaron – Xavier rebate.

Aaron levanta as sobrancelhas para Xavier.

– Você está realmente defendendo esse aí? Péssima decisão. A família dele está indo pelo ralo. E rápido.

– Estou te avisando... – Xavier rosna, dando um ameaçador passo em frente. Eu ponho a mão em seu braço para detê-lo.

Aaron funga de desprezo, achando graça.

– Sabe qual é o aspecto mais patético da história? Que foi Peregrine Cavendish quem delatou seu pai para a imprensa. Um dos amigos mais antigos dele. E Edward Deacon não é amigo do seu pai também? Ele não hesitou em colocar a história na primeira página de todos os jornais dele. Se eu fosse você, Jonty, não saberia do que me envergonhar mais: de seu pai não conseguir manter as calças vestidas enquanto supostamente ajuda a governar o país, ou de ele ser um fracassado tão pervertido que os próprios amigos mal podem esperar para atirá-lo aos cães.

Isso foi a gota d'água. Passo a enxergar tudo tingido de vermelho.

– Aaron – digo friamente. – Presumo, a partir dessa conversinha agradável, que você lê as notícias, então suponho que saiba quem é meu pai, certo?

Ele arqueia uma sobrancelha.

– E?

– Então, você sabia que, com um único telefonema, membros da família real podem autorizar uma equipe extremamente qualificada e altamente produtiva a colocar todos os esforços na escavação das sujeiras de uma pessoa? Qualquer podre que possam estar escondendo, qualquer segredo, qualquer errinho mínimo, minúsculo, que possam ter cometido na vida... tudo isso pode ser acessado em poucos minutos e enviado para quem eles quiserem.

Aaron hesita e começa a parecer desconfortável.

– Sabe, você ficar aí parado fazendo todos esses comentários gentis e compassivos está me deixando *extremamente* curiosa sobre as pessoas da sua família, e se eles poderiam ter alguma história comprometedora do passado deles espreitando – prossigo, abusada. – Sua mãe é uma banqueira de investimentos, certo? Tenho certeza de que ouvi você mencionar isso umas, sei lá, mil vezes. E seu pai está na política, também. Eu detestaria que alguma coisa do passado *deles* viesse à tona, qualquer coisa mesmo, uma pequena evasão fiscal, um ex-empregado insatisfeito, talvez. Qualquer coisa que pudesse ameaçar a carreira deles, o status, a reputação e o fundo de investimentos. Isso seria *pavoroso*, não é mesmo? Mas, olha, eu tenho certeza de que estão ambos limpos, limpíssimos.

A cor sumindo de seu rosto, Aaron engole em seco.

– Aaron – concluo com doçura –, não fale mais desse jeito com Jonty. Você pode ir agora.

Girando nos calcanhares, ele se afasta. Eu o observo desaparecer pelas portas duplas no fim do corredor e depois me viro de novo, e encontro Xavier e Jonty me encarando.

– Xavier – Jonty murmura –, posso aconselhar que você nunca a tire do sério?

Com os olhos radiantes, Xavier abre um largo sorriso.

– Eu não me atreveria – ele diz.

Meu confronto seguinte do dia tem lugar na cantina, durante o almoço. Eu sabia que Jonty estava nervoso; ele já havia sofrido uma manhã toda sentado em sala de aula, sabendo que todos os colegas conversavam sobre ele, e não de um jeito positivo. A caminho da cantina, eu o consolo recordando-lhe que não apenas eu conheço a sensação, mas sei também como é cair de cara no chão na frente de todo mundo.

– Não é tão horrível quanto parece – minto.

– Pensando bem, não estou com fome – Jonty diz para mim e para Xavier, estancando perto da entrada. – Vou comer em outra hora.

– Você vai ter de encarar a galera mais cedo ou mais tarde – Xavier comenta.

– Certo. Vou encarar mais tarde, então.

– Você não fez nada errado – relembro a ele com toda a gravidade. – Não pode permitir que eles te façam sentir como se tivesse feito.

– Eu fiquei dizendo para Sybil que os pais dela receberiam o dinheiro de volta em breve, mesmo sabendo que não receberiam – ele diz, apertando os olhos. – *Isso* foi errado.

– Nem seu pai nem os pais dela deveriam ter colocado vocês nessa posição – Xavier argumenta. – Não vou permitir que você sofra por isso. No que diz respeito a mim, você ainda é o *top* desta escola.

Confirmo com a cabeça.

– Logo, logo outro escândalo vai surgir e desbancar o seu da primeira posição. Olhe para mim e Caroline, ninguém está falando de nós hoje.

– É, porque estão falando de *mim* – ele diz, de dentes cerrados.

Dou de ombros.

– E amanhã provavelmente estarão falando de Xavier, por ter lançado uma bola de polo na cabeça de uma marquesa hoje à tarde.

– Ei, como assim? – Xavier franze o rosto para mim. – Não jogue praga desse jeito!

– Meu ponto é que ninguém é perfeito, e todos merecemos almoçar – declaro, tomando o braço de Jonty e o arrastando porta adentro para nos juntar à fila.

Não há como negar que, quando pegamos as bandejas e começamos a percorrer o caminho entre as mesas, o salão mergulha em uma onda de cochichos.

A essa altura, já estou acostumada a manter a cabeça erguida e fingir que está tudo bem. Procuro Ollie, e o encontro no nosso lugar habitual, lendo um livro. Ele não parece eletrizado quando pouso minha bandeja em frente à dele, Jonty e Xavier chegando em seguida.

– Ei – sorrio para ele e me sento no banco. – Como está indo seu dia?

– Normal – ele responde, um tanto friamente. Olha brevemente para Jonty. – Lamento pelo drama familiar. Você está bem?

– Bem, obrigado – Jonty balbucia para a comida, as faces corando.

Captando a mensagem, Ollie se volta para mim.

– Como foi o coquetel? – ele pergunta, antes de espetar o garfo na salada.

– Foi divertido – respondo. – Alguns de nós até exibiram suas habilidades de dançarinos.

– Eu *sabia* que você ia mencionar isso – Xavier geme. – Foi você que me convenceu a fazer o Robô.

– Hum – começo, e inclino a cabeça enquanto abafo um sorriso –, você chamaria aquilo de Robô, Jonty?

– O que Xavier fez ontem à noite? De jeito nenhum. – Jonty sorri com malícia, a oportunidade de provocar Xavier se demonstrando irresistível demais, seja qual seja seu estado de ânimo. – Espera, era isso que você estava tentando fazer? Pensei que você estava contando para Ruby que tem cotovelo de tenista.

– Ah, entendi. Aí vamos nós. – Xavier suspira. – Olha, vocês dois podem debochar quanto quiserem, mas sei que foi de verdade um bom robô. Lady Rhys-Wilson inclusive veio me perguntar como fazer.

Sorrio para ele.

– Ela estava brincando.

– Não, não estava!

– Xavier – Jonty diz, batendo no braço dele –, olha só. Você acha mesmo que ela se aproximou para pegar dicas com você sobre como dançar o Robô?

Ele pisca para Jonty, em dúvida, e depois cai em si.

– Ah, meu Deus. Ela estava brincando.

Jonty e eu trocamos olhares e começamos a rir. Olho para Ollie e vejo que não está rindo. Ele parece não ter nem se dado ao trabalho de ouvir. Uma onda de culpa me invade, e eu rapidamente chamo sua atenção de novo.

– Ollie, como foi a sua noite? O que você fez de bom? – pergunto animadamente.

– Trabalhei nos cartazes da sua campanha para rainha de Clairmont – ele responde, cansado. – Lembra-se?

– Ah, é mesmo! Agradeço muitão. Sinceramente, Ollie, eu te devo um rim e meio por tudo o que você está fazendo. Aposto que ficaram incríveis.

Ele dá de ombros modestamente.

– Lady Tabatha aprovou.

– Posso ver?

– Claro – ele diz, agora menos friamente, tirando o telefone do bolso. – Você vai ver que mudei a fonte para…

– Oi, Jonty – uma voz estridente interrompe nossa conversa.

– Olho por cima do ombro e vejo uma menina chamada Jenna, parada de pé, com os braços cruzados e uma expressão azeda. Ela foi uma das poucas alunas de Clairmont convidadas para o pós-festa de Sybil depois da Gala Florescer, algumas semanas atrás. O pai dela é sócio da mãe de Sybil. Eu mal falei com ela, na ocasião, mas sei que ela se considera amiga próxima de Sybil, apesar de Sybil raramente interagir com ela quando estão na escola.

– Oi, Jenna – Jonty murmura, sabendo o que virá.

– Você não acha que deve um pedido de desculpas a Sybil? – ela diz, indicando com a cabeça o lugar onde Sybil e Caroline estão sentadas.

Nenhuma das duas deu sinal de reconhecimento quando Jonty e eu entramos. Ele já me contou que, quando tentou conversar com Caroline, hoje mais cedo, ela o ignorou.

Jonty assente, cheio de culpa.

– Sim, acho. Tentei falar com ela, mas ela...

– Eu acho um pouco problemático que você esteja aqui sentado, rindo com seus novos amigos e fingindo que não há problema, tendo chateado Sybil tanto quanto chateou – ela opina, alto o suficiente para que seja ouvida do lado oposto do salão. – Tem muita gente aqui que foi afetada pelas ações da sua família, e você parece não se importar.

Diante das palavras dela, ele se encolhe.

– Isso não é verdade! É claro que eu me importo.

– Jeito engraçado de demonstrar – ela diz, jogando o cabelo para trás do ombro. – Se fosse comigo, eu não teria tido a audácia de entrar na escola hoje como se tudo estivesse completamente normal. Sério mesmo, é...

– Então, que sorte não ser com você, não é mesmo? – eu a corto.

Ela se sobressalta com a interrupção. Todos os olhos se voltam para mim. Ato contínuo, estou de pé falando para a cantina.

– Posso falar uma coisa? – pergunto, minha voz ecoando nas paredes. – Todo mundo aqui acha que uma pessoa é a única responsável por algo que os pais dela fazem? Alguém?

Ninguém responde. Remexendo no colar, Jenna espia por cima do ombro, agora incomodada por estar tão exposta.

– Ok, ótimo, porque isso seria obviamente *ridículo* – continuo, irritada. – Como vocês todos estão bem cientes, sei por experiência própria como é ser culpada por algo que seus pais fizeram; no meu caso, antes mesmo que eu nascesse. Mas, para algumas pessoas, isso não tinha importância, e eu ainda precisava enfrentar as consequências dos atos deles. Todo mundo nesta escola é tão limitado a ponto de achar que nós *somos* os nossos pais?

Percebo algumas pessoas negando com a cabeça.

– Muito bem, então podemos todos concordar que o Jonty não é responsável pelos erros de ninguém, a não ser pelos próprios. Da mesma forma como eu não sou responsável pelas atitudes da minha mãe dezoito anos atrás, e Caroline também não é responsável pelas atitudes do pai, na época.

Isso causa comoção, e Caroline se enrijece, mas eu prossigo:

– Então, antes de começarmos a nos atacar uns aos outros por decisões que outra pessoa tomou – olho diretamente para Jenna, que já está visivelmente corada –, vamos pensar em como iríamos nos sentir se alguém fizesse isso contra *nós*. Como isso nos isolaria e como seria injusto. Ninguém é perfeito. Nem mesmo quem finge ser.

Quando encerro com esse pensamento, espio instintivamente na direção de Caroline. Ela está olhando diretamente para mim, e nossos olhares se encontram.

Alguém nos fundos da cantina começa a aplaudir devagar. No começo, acho que estão tirando sarro de mim, mas daí outra pessoa se junta e uma terceira. Os aplausos se aceleram e aumentam em volume, até que toda a cantina está preenchida por palmas e vivas.

Abrindo um sorriso, dedico um instante a absorver tudo aquilo, curvando ligeiramente a cabeça para valorizar a reação, antes de voltar a me sentar e receber um beijo de Xavier na face.

– Caramba, acho que eu talvez tenha uma chance real de vencer a... – começo, e me viro para Ollie.

Mas estou falando para um banco vazio.

Ele foi embora. E eu nem notei quando ele partiu.

CAPÍTULO VINTE E TRÊS

– Você parece preocupada – Xavier comenta, olhando para mim do banco do motorista, quando viajamos para a propriedade de Derbyshire para as comemorações de seu aniversário, na noite de sexta-feira. – Conta para mim no que está pensando.

Sacudo a cabeça.

– Não posso.

– Por que não?

– *Porque não.*

Viro a cabeça para olhar pela janela para a bela extensão cultivada que parece prolongar-se por quilômetros. Ela me lembra um pouco de casa, e essa é a única coisa que traz algum conforto para o meu estômago, que se contorce e revira a cada curva da estrada.

– Isso não vai bastar – Xavier afirma, tamborilando o dedo no volante. – Todos nós sabemos que você tem em si falar o que lhe vem à cabeça, quando quer. Porém, está sentada aqui praticamente em silêncio desde que saímos da rodovia M1. Sei que tem alguma coisa incomodando você. Conte, por favor.

– Você não quer ouvir o que estou pensando.

– Quero, sim – ele rebate. – Do contrário, não perguntaria.

– Você não vai ficar feliz.

– Tudo bem. É melhor do que você ficar sentada aí assim tão triste.

Suspiro.

– Eu estava pensando que sua mãe vai me conhecer e se perguntar por que você trouxe para casa a filha errada do rei Alfred.

Ele pressiona os lábios.

– Está vendo? – Encosto a cabeça no banco. – Eu disse que você não ia gostar.

Após alguns momentos de silêncio, ele tira uma mão do volante, estica o braço e pega minha mão. Aperta-a e diz: "Ela vai adorar você." Só então solta a minha mão.

Continuo não convencida.

– Você não está preocupado com o que ela vai pensar?

– A única coisa que me preocupa em relação a você, Ruby, é o tio Roger dizer algo rude e completamente inadequado esta noite, como ele sempre faz, e ferir seus sentimentos.

– Você já me alertou sobre o irmão do seu pai. Eu sei o que esperar.

– Nenhum alerta é grande o suficiente. Ele é um Babaca com B maiúsculo. Ele gosta de dar carteiradas e de ser o mais polêmico possível, apenas para obter uma reação. Ele *adora* um drama e pode-se contar que ele sempre vai provocar algum, em seu desespero por atenção; é a consequência de toda uma vida levada à sombra do meu pai. Não quero que você julgue minha família por ele. Ele não é nada parecido com o meu pai.

– Eu sei disso – asseguro a ele gentilmente.

– O problema é que ele trabalhou com o meu pai desde o começo, então fazia sentido deixá-lo assumir a operação das empresas do meu pai; e era o desejo de papai, também – Xavier resmunga. Ele está repetindo o que já me contou, mas eu deixo. Obviamente, é algo que o incomoda muito. – Eu já contei sobre o Natal em que ele ficou tão bêbado que chamou minha mãe de "prostituta alpinista social" e depois caiu e derrubou a árvore?

Estremeço.

– Pois é. Tudo começou quando ele e meu pai iniciaram uma briga idiota sobre quem iria trinchar o peru...

Ouço com toda a paciência, conforme ele desenrola o carretel de histórias chocantes a respeito do comportamento do tio.

Esqueço meu receio quanto às opiniões da mãe dele.

O negócio é que, dentro de si, ele provavelmente não está entendendo por que me importo tanto com o que a mãe dele vai pensar de mim. Afinal, não é como se alguma coisa disso tudo fosse real. Nós não somos um casal *de verdade*, eu não sou *de fato* namorada dele. É *fake*, fingimento, uma mentira. E daí se a mãe dele ficar contrariada por ele não estar saindo com a princesa, e sim com a meia-irmã anônima dela?

Estamos desempenhando nossos papéis de forma a que todo mundo vote em nós para rei e rainha de Clairmont, e parece que o plano talvez esteja funcionando. Graças a Tabatha e sua insistência em gastar uma fortuna em brindes promocionais, uma boa parte do corpo estudantil vem circulando pela escola com pequenos alfinetes de rubi presos às lapelas. (Não rubis reais, que ela não chegou tão longe. São pedras falsas, mas a ideia é boa, e eles reluzem quando recebem luz.) Acho que há mais emblemas de "Caroline para Rainha" circulando em termos diários, mas, como Xavier sempre me relembra, ainda temos tempo.

Não posso negar, também, que estamos amealhando mais votos do que jamais pensei que eu pudesse receber; as pessoas estão *muito* interessadas em nosso relacionamento. Alunos mais novos do que nós nos tratam como um casal de celebridades, dão gritinhos quando nos veem, põem a mão sobre o coração e suspiram, enlevados, quando nos damos as mãos. Eu até vi nossas iniciais entalhadas na porta de um banheiro, com um coração ao redor e uma pequena coroa em cada lado do coração.

No que diz respeito a Xavier, tudo está correndo conforme o plano, e agora estamos indo para a propriedade rural da família para o grande fim de semana do aniversário dele. Esta noite será o jantar com sua família estendida e amanhã, que é o aniversário propriamente dito, será o baile de máscaras.

Mas, para mim, este fim de semana já é um desastre.

Quando concordei com essa artimanha, sabia que estava atraída por Xavier. Foi por isso que fiquei tão preocupada com todo esse relacionamento *fake*. Obviamente, havia uma chance de que eu passaria mais tempo com Xavier e, embora ele seja lindo, não é para o meu bico. Havia também uma chance de que os sentimentos iniciais crescessem.

O que eu não sabia era que iria me apaixonar perdidamente por ele. E que justo o rei Alfred, dentre todas as pessoas, seria quem chamaria a atenção para o fato.

No dia em que me levantei para discursar em defesa de Jonty, na cantina, fui assistir ao jogo de polo de Xavier. Foi absolutamente arrebatador e, ao fim da partida, não pude evitar dizer a Xavier como fiquei enciumada por permanecer como mera espectadora, na lateral. Daí ele se ofereceu para me dar umas aulas, e eu disse sim imediatamente. Eu estava desesperada para montar um cavalo de novo, e aprender a jogar polo seria uma boa distração para o desafio de cavalgar sem mamãe ao meu lado.

Durante minha primeira aula, fui espetacularmente mal e fiquei chateada porque Xavier riu dos meus esforços, apesar de fazer todo o possível para continuar me incentivando e não gargalhar de mim quando, por acidente, lancei o bastão para o lado oposto do campo. Na segunda aula naquele domingo, mostrei muito mais potencial e mergulhei de cabeça na coisa, trotando ao lado da bola e golpeando com toda a minha força.

– Você foi incrível – Xavier gritou ao fim da aula, correndo em minha direção, corado pelo exercício.

Quando desmontei do cavalo, ele me suspendeu pela cintura e me girou. Rindo quando ele me recolocou no chão, eu havia segurado seus braços para me firmar, levantado a cabeça e encontrado o rosto dele a poucos centímetros do meu, pois ele olhava para baixo, orgulhoso de mim.

Minha respiração falhou e a expressão dele se suavizou. O momento pareceu carregado.

Mas alguma coisa captou a atenção dele por cima do meu ombro.

– Aquele é o rei? – ele perguntou, estreitando os olhos pelo campo, antes de deixar cair as mãos e se afastar. – Sim. É o rei.

Eu me virei para olhar. Alfred e eu íamos nos encontrar naquele dia para um dos nossos chás e, apesar de Tabatha ter tomado todas as providências para o receber na nossa casa, ele obviamente decidira me surpreender e aparecer no campo de polo. Ele acenou para mim.

Tomando as rédeas do meu cavalo, Xavier levou sozinho o meu e o dele de volta ao estábulo, enquanto eu me apressei na direção de Alfred, desafivelando o capacete e parando à frente dele para uma mesura.

– Eu soube que você teria uma aula de polo antes do nosso encontrou e pensei em passar e assistir um pouquinho. Espero que não haja problema – ele explicou.

– Não, claro. É bom ver você.

– Você realmente foi muito bem – ele comentou. – Espero que continue jogando.

– Eu adoraria. Essa foi só minha segunda aula, então tenho um longo caminho à frente.

– Quem sabe encontramos oportunidade de treinar juntos. Sou um grande fã do esporte. Infelizmente, Caroline nunca foi mordida pelo bichinho do polo.

– Isso seria ótimo, obrigada! – eu me entusiasmei.

– Embora – ele acrescentou – eu imagine que o duque de Hurlington seja um instrutor muito mais *atraente*.

Corando violentamente, eu chutei um pouco de terra do chão.

– Ah... Eu... é...

– Está tudo bem. – O rei deu risada. – Eu me lembro de como era sentir os primeiros espasmos do amor. É realmente maravilhoso, não é?

Sobressaltada, levantei a cabeça de supetão para ele.

– *Amor*? Não, eu... Quer dizer, sim, é... Então... Nós mal começamos a sair. Não é...

Minha voz foi sumindo.

O rei assentiu devagar, seus olhos brilhando.

– Eu reconheço o amor quando o vejo – ele disse.

Desde então, venho tendo dificuldade em negar isso para mim mesma.

Meu nervosismo quadruplica quando chegamos aos grandes portões de ferro preto na base da alameda reta, ladeada de árvores, que leva à imponente propriedade de Xavier, Sheringham Park. É a casa mais majestosa e mais incrível que eu já vi, mais extraordinária até do que Milbourne Hall, onde minha mãe cresceu. Subimos a alameda rumo à mansão em estilo paladino, situada em um vasto e pitoresco bosque, o sol poente cintilando em centenas de janelas e banhando o exterior de pedra da ampla casa em um brilho dourado quente. Através das árvores, capto um vislumbre dos jardins projetados com canteiros de flores coloridas, esculturas famosas e fontes elegantes, assim como um labirinto de cercas vivas meticulosamente podadas.

– Que tal? – Xavier pergunta, ansioso, enquanto estaciona e me olha de soslaio. – Você gosta?

– Não é feia – provoco, antes de abrir o maior sorrisão. – Xavier, é ridiculamente linda. Estou até preocupada de me perder para sempre em uma das muitas alas, mas, exceto por isso, é maravilhosa.

Ele ri e desafivela o cinto de segurança.

– Lar doce lar – ele diz, antes de pular para fora e correr para abrir a minha porta.

Quando vai tirar nossas coisas do bagageiro, ouço chamarem seu nome; olho ao redor e vejo uma menina vindo nos cumprimentar, seguida de perto pela mãe, Viola Burton, duquesa de Hurlington, e dois labradores caramelos. Sei que a menina é Cora, irmã de quatorze anos dele, porque a outra, Emmeline, está gravando na Irlanda. Ela conseguiu um pequeno papel em um filme de ação que está sendo rodado lá; acabou de fazer dezesseis anos e, depois de ter sido modelo na infância, está agora tentando a carreira de atriz.

Observo a duquesa caminhar até nós. Não questionei muito Xavier sobre sua mãe, pois já sabia bastante sobre ela a partir de duas valiosas fontes de informação a respeito da alta sociedade: Tabatha e Jonty. Viola Burton era uma designer de interiores quando conheceu o duque de Hurlington, tendo sido contratada para ajudar a mobiliar uma das propriedades dele no sudoeste de Londres. Ninguém sabe muito sobre sua família; tanto ela quanto o falecido duque fizeram bem em ocultar os negócios do pai dela, mas houve rumores.

– Que tipo de rumores? – eu perguntei a Tabatha, cheia de curiosidade, quando ela falou sobre Viola.

– Negócios malandros, pessoas malandras e dinheiro malandro – ela respondeu, girando o martíni. – Houve falatório inclusive sobre aqueles que se meteram no caminho dele terem sido rapidamente eliminados.

Funguei de incredulidade.

– Você não pode estar falando a sério.

– *Mortalmente* a sério, Ruby – ela respondeu, com os olhos acesos.

Parecendo ter saído brevemente de uma sessão de fotos para a *Vogue*, Viola está usando um vestido de cetim preto e branco, com alcinhas, e salto agulha. O cabelo escuro está puxado para trás em um coque elegante, que valoriza os brincos de diamante e safiras; a maquiagem esfumada nos olhos e o batom nude realçam os olhos grandes e os traços finos, delicados. Ela está a mundos de distância da filha, que, pelo que consigo ver, está usando um pijama colorido de seda e chinelos.

Acompanhada pelos labradores, Cora corre para Xavier, joga os braços ao redor da cintura dele, quando os dois se encontram, e quase o desequilibra. Os dois cães pulam, agitados, ganindo e dando patadas nele para receber atenção.

– Você está atrasado – Cora diz, acusadoramente, a voz abafada na camisa dele.

– Minha última aula atrasou, e havia muito trânsito para sair de Londres – ele explica, soltando as malas que estava segurando para poder abraçá-la e beijá-la. – O que você está fazendo de pijama? Estamos tão atrasados que todos os convidados já voltaram para casa?

– Isso não é pijama, Xavier – ela bufa. – Isso é *descolado*.

Quando ela recua, ele pode se concentrar em cumprimentar os labradores, agachando-se e brincando com eles e levando-os a uma agitação ainda maior.

– Vejo que sou a última a ser percebida – a mãe diz secamente. – Cuidado, Tuppy está na muda. Vai soltar pelos amarelos sobre você.

– Tuppy está sempre na muda, mamãe – ele rebate, endireitando-se e se aproximando um passo para lhe dar um beijo na face. – E, deixe-me adivinhar, Gussie está de dieta de novo?

– A veterinária foi muito rude em relação ao pobre Gussie na última consulta – ela diz, franzindo o rosto ligeiramente. – Ela disse que ele engordou um quilo. Algumas pessoas precisam aprender a guardar suas opiniões para si mesmas.

– Parece mais um fato do que uma opinião – Xavier comenta.

– Gussie está exatamente na faixa de peso certa para um labrador do tamanho dele – Viola garante, enquanto os dois cães correm para seu lado, as caudas balançando furiosamente.

– Tuppy trocando o pelo e Gussie de dieta. – Xavier inspira fundo e sorri para a mãe. – Algumas coisas nunca mudam.

– Às vezes mudam – a duquesa murmura, os olhos pousando em mim.

Xavier entra em ação e me convida a me aproximar.

– Esta é Ruby – ele diz, tranquilizadoramente apoiando a mão morna na base das minhas costas. – Ruby, estas são minha mãe, Viola, e minha irmã mais nova, Cora.

– Irmã mais nova *favorita* – Cora corrige, com um sorriso malicioso. Ela estende a mão. – Prazer em conhecê-la, Ruby.

– O prazer é todo meu – digo, esticando o braço para apertar sua mão, porém, antes de conseguir, os labradores saltam em cima de mim, surtados. Dou uma gargalhada, mal conseguindo me manter de pé, e rapidamente agacho ao chão para fazer os devidos cafunés.

– Este é Tuppy – Cora me informa, quando um deles lambe meu rosto, enquanto o outro fareja os bolsos das minhas calças. – Gussie está vendo se tem alguma coisa de comer com você.

– Lamento decepcionar você, Gussie – digo, fazendo cosquinhas sob o queixo dele, quando ele levanta o focinho molhado até minha face. – Tuppy e Gussie. Nomes ótimos. Você que escolheu, Cora?

– Eu os nomeei – Viola me informa.

Eu me levando e espano os pelos de Tuppy da roupa, com pouco sucesso.

– A senhora é fã de Wodehouse, então – resumo, sorrindo calorosamente para ela.

Ela levanta as sobrancelhas para mim.

– Sou. Você leu os livros?

– E vi a série de TV. Minha mãe gostava. Acho que ela tinha um *crush* pelo Hugh Laurie.

Viola me dá um ligeiro vestígio de sorriso.

– Ela não estava sozinha – diz e estende a mão direita. – Prazer em conhecê-la, Ruby.

– Igualmente, Vossa Graça – respondo, apertando-a.

– Venham jantar. Estão todos esperando – ela observa, cortante, apontando para a casa. – Imagino que queiram mudar de roupa após a viagem, mas, por favor, não se demorem. Seu tio já tomou uma boa quantidade de vinho e as entradas ainda não foram servidas.

Passo porta adentro e adoraria ter mais tempo para apreciar o interior luxuoso e opulento de Sheringham Park, mas não quero manter os convidados à espera, então rapidamente admiro a grandiosidade do saguão dourado enquanto sou conduzida através dele rumo à escada, maravilhada com as colunas e os arcos de mármore e a altura sublime do teto, quase quebrando a nuca quando a dobro para olhar para cima. Todas as paredes parecem estar recobertas por tapeçarias intrincadas e obras de arte de valor inestimável, e o teto acima da escada forrada de tapete vermelho é uma cena bíblica, com anjos acima de nós segurando harpas e trombetas douradas e usando bem pouca roupa.

– Vocês estão em quartos separados – Viola nos informa, cortante, parando diante da escada e cruzando as mãos na frente do corpo. – Ruby, você está no quarto de hóspedes do terceiro andar. Cora vai...

– Terceiro andar – Xavier repete, confuso. – Pensei que ela ficaria no Quarto Rosa.

– Ela vai ficar mais confortável no quarto que eu designei para ela – sua mãe conclui, penetrantemente. – Por favor, arrumem-se para o jantar e falarei com os empregados sobre preparar as entradas. Bem-vinda à nossa casa, Ruby.

– Obrigada – digo em voz baixa quando ela se afasta, o ruído dos saltos ecoando contra o piso de mármore.

Cora dá uma risadinha.

– Ela não queria que os quartos de vocês fossem perto.

– É, estou vendo. – Xavier suspira. – Pelo menos não estamos em alas separadas.

– Ela pensou nisso – Cora revela. – Mas daí ela achou que você ia ficar muito bravo com ela, Xav.

– Ah, é? – Xavier revira os olhos, depois pega minha mão. – Vamos, vou acompanhar você até seu quarto para saber *exatamente* onde te encontrar.

Pode ser só encenação, mas mesmo assim fico toda empolgada com as palavras dele.

Não é real, não é real, não é real.

Entrelaçando os dedos nos dele, espio por cima do ombro para admirar o entorno magnífico, enquanto ele me leva pela escada. É quando reparo em alguém parado na base da escada, olhando para cima em nossa direção. A pessoa some, mas sei que era Viola: demorando-se, observando-nos.

– Aqui é o seu – diz Xavier, parando em frente a uma porta. – Vou me arrumar rapidinho e já venho te buscar para o jantar.

– Eu adoraria – digo, grata. – Tive a impressão de que este lugar é um labirinto. Acho que não seria capaz de encontrar a escada certa de novo.

Ciente de que é rude manter os demais convidados à espera, eu simplesmente retoco a maquiagem que já estava usando e solto o cabelo. Ponho o vestido verde de cetim de Victoria Beckham que escolhi para esta noite com a aprovação de Tabatha, e calço sapatos pretos de camurça de salto altíssimo de Christian Louboutin. Ela também me emprestou brincos de pingente de diamante, que coloco cuidadosamente antes de borrifar um pouco de perfume Kenzo. Estou checando minha aparência no espelho quando Xavier bate à porta.

– Isto está bom? – pergunto, nervosa, apontando para a roupa, enquanto o deixo entrar.

O pomo de adão dele sobe e desce.

– Sim – ele assente. – Você está... linda.

– Você também – digo, admirando a jaqueta vermelha dele. – Eu ainda não tinha visto essa.

– Comprei especialmente para a ocasião.

– Ah, seu blazer de aniversário.

Um sorriso cruza os lábios dele.

– Que inteligente. Na verdade, a escolha foi inspirada por você. Vermelho-rubi.

Levanto a cabeça para olhá-lo nos olhos.

– Sendo assim, talvez seja apropriado que eu lhe dê seu presente de aniversário agora – sugiro, afastando meu olhar para ir buscar a caixa embalada com capricho, que eu tinha deixado ao lado. – Aqui está. Feliz aniversário de dezoito anos.

Agradecendo, ele desembrulha a caixa da loja de joias antigas Bentley & Skinner.

– São Cartier, dos anos 1950 – digo nervosamente, enquanto ele levanta a tampa e revela um par de abotoaduras estribo de ouro e safira encaixadas na almofadinha. – Eu vi na vitrine quando ia a caminho de encontrar Alfred no Ritz um dia e pensei... Não sei, pensei que você poderia gostar. Eu o levei para vê-las depois do nosso chá, para garantir que eram boas, então elas têm a aprovação do rei.

Ele ainda não disse nada, está de cabeça baixa olhando para as abotoaduras, testa franzida.

– Desculpe. Provavelmente foi um exagero – gaguejo, as faces queimando. – Se você não gostou, não tem problema. Podemos devolver e...

– Eu adorei – ele me interrompe delicadamente. – Obrigado.

– Ah. Que bom. De nada. Eu te devo muito.

Ele olha da joia para mim.

– Você não me deve nada.

– Na verdade, devo, sim. Não apenas por pensar que eu poderia participar de toda a história de rainha de Clairmont, mas também por me fazer sentir bem-vinda à escola, neste semestre, e na Itália, e pelas aulas de polo. Este ano começou pessimamente. Mas nas últimas semanas eu me diverti à beça, e isso significa muito. A maior parte eu devo a você, então… obrigada.

Ele me olha intensamente, seus lábios se abrem como se ele estivesse prestes a dizer algo, mas passos no patamar nos alertam para o fato de que não estamos mais sozinhos.

– Vamos, vocês dois – Cora chama da porta. – Tio Roger acabou de perguntar para a mamãe se os empregados da cozinha estão em greve, e eu juro, Xavier, que os olhos dela se arregalaram assustadoramente.

– Você me ajuda com isso? – Xavier pergunta, esticando o punho.

Quando me aproximo, ele curva a cabeça na direção da minha para me observar, enquanto luto com as abotoaduras. Se eu levantasse a cabeça para olhar para ele, nosso nariz se tocaria. Minha respiração se acelera.

Cora bufa.

– Claro, fiquem à vontade. Isso não vai deixar a mamãe brava.

Dou a Xavier um sorriso cúmplice.

– O sarcasmo está no sangue da família, então.

– Por favor, não me ofenda comparando meu senso de humor ao de Xavier – Cora diz. – Isso exigiria que ele tivesse algum.

Eu dou risada e ela dá gritinhos quando Xavier a persegue rumo à escada.

Quando entramos na sala de visitas onde a mãe e a família estendida de Xavier se reuniram para tomar um aperitivo antes do jantar, eles se viram e olham em nossa direção. Há cerca de vinte pessoas, todas vestidas em traje a rigor espalhadas pela sala. A cena me faz lembrar imediatamente o início de um dos meus livros de mistério favoritos, passado em uma época em que todo mundo se vestia para o jantar, e por baixo de joias cintilantes e sorrisos fixos ferviam tensões e segredos. Entendo o que Cora quis dizer sobre Viola; ela parece tão tensa que me preocupo que a taça de champanhe em sua mão esteja prestes a rachar e se estilhaçar sob seu aperto.

Xavier é cumprimentado com todo o entusiasmo, enquanto eu sou observada com grande curiosidade, antes de sermos convidados a entrar no bar, um salão espetacularmente grandioso. Conta com obras de arte em grande escala nas paredes e uma imensa lareira de mármore, com bustos apoiados em cima. A longa mesa de jantar no centro está posta com louça elegante, copos de cristal e castiçais de prata, as cadeiras estofadas de veludo vermelho adicionando um toque de cor.

Xavier e a mãe estão sentados cada um em uma ponta da mesa, e eu estou perto do meio, em frente ao infame tio de Xavier, Roger, que me examina durante toda a refeição. O escrutínio explícito e o entorno formal me deixam nervosa e me fazem desejar estar pelo menos perto de Cora, com quem pareceu fácil conversar. Ela, no entanto, foi colocada ao lado da mãe, e tenho a sensação de que isso é para que Viola possa ficar de olho nela. Os demais membros da família presentes (tias, tios e primos dos dois lados) são perfeitamente agradáveis, mas ninguém se dirige a mim diretamente, de modo que eu mal digo uma palavra ao longo do jantar.

Mas, quando terminamos a sobremesa, tudo isso muda. Roger não decepciona.

– Agora que todos nós consumimos um volume adequado de vinho, vamos falar sobre o elefante na sala? – ele diz alto o suficiente para calar todas as demais conversas, girando o líquido vermelho no copo e desfrutando dos holofotes. Seus olhos faíscam em minha direção.

Ah, não.

Viola também percebe para onde ele está olhando.

– Roger – ela alerta.

– O quê? – ele a desafia. – Cá está ela, bem à minha frente, a pessoa responsável pelo escândalo do século! Esta história é maior até do que quando aquela mulher tentou nos destruir, publicando suas reveladoras memórias sobre meu querido irmão, e ninguém deu um pio a respeito! Seria um desperdício idiota de oportunidade não discutir isso com a menina no centro da tempestade, você não acha?

– Tio Roger – Xavier rosna –, se você...

– Maravilhoso, aí vamos nós, o príncipe encantado vai em missão de resgate! – Roger ri alto, claramente se divertindo, enquanto Xavier o encara. – Eu devo ter tocado em um ponto sensível, se você está se dando ao trabalho de pronunciar mais de duas palavras, Xavier. Nós não estamos acostumados a você ser tão comunicativo!

Ele faz uma pausa para rir da própria piada. Os demais à mesa estão em silêncio. A mandíbula de Xavier se tensiona. O calor me sobe ao rosto.

– Claramente nosso jovem duque tem um tipo preferido – Roger afirma. – Primeiro, você mira na princesa Caroline. Agora você agarra a princesa Ruby... Ah, espere, desculpe. Você não recebe um título se é ilegítima, certo? Que pena, Viola, nada de coroa e nada de título também. Você deve estar abaladíssima por ele ter acabado com esta aqui. Mesmo assim, ainda há um vínculo com a realeza, então já é alguma coisa. Não há vergonha nenhuma em ter sangue real nos netos.

Viola encrespa.

– Você já falou demais, Roger – ela retruca, arrancando o guardanapo do colo e batendo-o na mesa ao lado do prato.

Ele ri.

– Nós mal começamos, Viola! Não seja tão desmancha-prazeres. – Ele inclina a cabeça para mim. – Você honestamente nunca teve a *menor* ideia de que seu pai era o rei? Eu acho muito difícil acreditar nisso. Parece o tipo ideal de informação comprometedora para se guardar até o momento oportuno...

– O senhor tem direito à sua opinião – respondo friamente.

– Por exemplo, quando você está concorrendo com a princesa pela coroa de Clairmont! Um paralelo bastante irônico com a vida real, não é? – ele diz, deleitando-se com cada palavra. – Que *divertido*.

– Vamos para a sala de visitas, tomar o café? – Viola sugere, na esperança de detê-lo, mas não tem sucesso.

– Partiu para cima da família real bem na jugular e agora conseguiu garfar o duque de Hurlington também – Roger continua, descaradamente. – Nós podemos ser perdoados por formar uma opinião interessante a seu respeito, Ruby Carter.

Xavier se levanta furiosamente e as pernas de sua cadeira raspam no chão.

– Está tudo bem, Xavier – digo, da maneira mais calma que consigo. Pego meu vinho e imito Roger, girando o copo e encarando-o fixamente nos olhos. – Roger não é o único que está formando opiniões interessantes nesta mesa. Eu também posso ser perdoada por formar algumas. Qual é aquela famosa citação de Eleanor Roosevelt que me vem à memória? Ah, sim: "Grandes mentes discutem ideias, mentes medianas discutem fatos, mentes pequenas discutem pessoas".

Roger parece impressionado e ansioso por jogar lenha na fogueira.

– Você acha que eu tenho uma mente pequena, senhorita Carter?

– Estou convencida de que o senhor tem alguma coisa pequena – digo, dando um golinho na bebida, enquanto provoco uma satisfatória onda de risinhos ao longo da mesa.

Ele ri como quem late, agita um dedo para mim e se vira para Xavier.

– Fantástico. Essa aí tem fogo por dentro, meu sobrinho. Eu tomaria cuidado se fosse você.

– Bom, devo insistir para que passemos à sala de visitas para o café – Viola diz, pondo-se de pé e levando os demais a fazer o mesmo.

Quando me levanto e contorno a mesa, Xavier vem ao meu encontro, põe o braço na minha cintura e se inclina para sussurrar:

– Você está bem?

– Desculpe-me por ter caído na provocação. – Contraio o rosto, já arrependida dos meus comentários. – Eu deveria ter sido mais educada e ignorado seu tio. Espero não ter constrangido você.

Xavier balança a cabeça.

– Ele merece apanhar na mesma medida em que bate. Você lidou com a situação estupendamente. – Recuando para o lado para me deixar passar antes pela porta, ele acrescenta, baixinho: – Eu nunca me senti tão orgulhoso.

CAPÍTULO VINTE E QUATRO

Foi ideia de Xavier sair para cavalgar na manhã seguinte. Ele sugeriu isso quando me acompanhou até o quarto no fim da noite e depois me deu um beijo na face, demorando-se o suficiente para me fazer estremecer e deixando meu coração tão acelerado que eu mal consegui dormir. Eu sabia que havia estábulos em Sheringham, então felizmente trouxe minha roupa de montaria.

Quando o alarme toca, às sete horas, eu praticamente pulo da cama para o chuveiro. Em seguida, visto a calça de equitação, botas de montaria e uma jaqueta leve justa que Tabatha comprou para mim quando soube que eu estava fazendo aula de polo. Xavier já está à minha espera na base da escada, apoiado no corrimão, digitando uma mensagem no celular. Ele me vê e se endireita.

Meu estômago se contorce e forma um nó quando o vejo.

– Feliz aniversário – digo, ao me aproximar e lhe dar um abraço.

– Obrigado – ele diz, mantendo as mãos no meu quadril enquanto me afasto.

– Você se sente diferente?

Ele finge refletir.

– Eu me sinto mais sábio.

– Hum… E aparenta, mesmo.

– Você está zombando de mim?

– No seu aniversário? Eu não me atreveria.

Ele sorri.

– Vamos, está um dia perfeito para andar a cavalo, e quero sair daqui com você antes que alguém mais acorde e ameace se juntar a nós.

– Tem certeza de que não quer que eu vá chamar o tio Roger? Parece ser um jeito ótimo de começar o dia.

– Você está uma verdadeira comediante nesta manhã.

Ele tinha certeza de que seria um dia perfeito para cavalgar: o sol brilha e o céu está azul e sem nuvens, apesar de ser tão cedo. Depois de me apresentar a Victoria, que trabalha há dez anos no estábulo de Sheringham, ele animadamente conduz seu cavalo para me conhecer, enquanto Victoria prepara o meu.

– Ruby, quero que você conheça o Canela – Xavier diz, orgulhosamente.

Afago o focinho do belo animal cor de castanha e me desvio de sua cabeça para olhar para Xavier.

– Canela? – confirmo, incapaz de conter um sorriso.

– Qual o problema?

– Nenhum. Eu não esperava que o duque de Hurlington tivesse um cavalo com o nome de Canela, só isso.

– Que nome você esperaria? – ele pergunta, na defensiva.

– Não sei. Alguma coisa menos… doce.

– Você pensou que eu daria ao meu cavalo um nome como Guerreiro ou Tornado ou coisa assim.

– Para ser sincera, é isso – admito, rindo, enquanto Canela mordisca a palma da minha mão.

– Ou Colombo.

– Esse seria um bom nome.

Xavier me olha de um jeito estranho.

– Esse não é o nome do seu cavalo? Daquele que você tinha quando morava em Wiltshire e que está no estábulo de um amigo? Eu vi o post na rede social.

Eu enrijeço e o medo me percorre.

– É. Então, como eu falei, um bom nome; foi por isso que eu escolhi.

– Ah, certo. – Ele sorri.

Preciso contar a verdade a ele. Isto está ficando idiota. Fico me esquecendo desse passado que eu supostamente tive, e quero que Xavier me conheça. Que conheça a "eu" real. Não vou contar neste fim de semana, mas prometo a mim mesma que encontrarei o momento certo para contar, quando chegarmos em casa.

– Aí vem o seu – Xavier anuncia. – Hoje, Ruby, você vai montar a Amira.

Sorrio para a bela égua cinzenta que Victoria está me trazendo. Eu me apresento para a gentil Amira e lhe agradeço por cuidar de mim hoje, antes de montar em seu lombo. Tomando as rédeas, eu gentilmente a faço ficar de frente para Xavier, enquanto ele monta Canela.

– Ela é linda – falo efusivamente, inclinando-me para a frente para afagar o pescoço de Amira.

– Vocês combinam uma com a outra – Xavier comenta, estalando a língua para impelir Canela a andar. – Você sabe o que o nome Amira significa?

– Nem imagino – admito, seguindo um pouco atrás dele.

– Significa princesa – ele revela, com um sorriso malicioso.

– Ele achou que estava sendo esperto ao escolher Amira para a senhorita – Victoria diz, revirando os olhos para mim. – Bom passeio.

Partimos, com Xavier à frente, e atravessamos algumas pastagens até um bosque com uma trilha para cavalos. É tão tranquilo e silencioso que parece que somos as únicas pessoas em muitos quilômetros. O sol escoa através das folhas e lança feixes iluminados pelo bosque, para que possamos avançar. Eu me sinto mais feliz do que nas últimas muitas semanas.

Quando saímos de sob as árvores para uma passagem mais larga na lateral de um campo, há espaço para cavalgarmos lado a lado, então oriento Amira para trotar ao lado de Canela e entramos em sincronia com ele. Quando me viro para Xavier, descubro que ele já está me observando.

– Acho que nunca vi você sorrir tão largo – ele comenta. – Eu percebi durante as aulas de polo que você fica feliz em cima de um cavalo, mas isto é o nível seguinte.

– Eu poderia dizer o mesmo para você – respondo, notando seus olhos brilhantes. – Não há nada que se compare. Obrigada por ter sugerido isto.

– Estou contente que tenha vindo comigo. Você disse que costumava andar a cavalo com sua mãe de manhã, então eu entendo a importância de estar aqui. Sei que deve ser estranho.

– Não é – digo, admirando os acres serenos de terra cultivada se estendendo à nossa frente. – Eu pensei que sentiria mais saudade da minha mãe se fosse cavalgar sem ela, mas, em vez disso, nunca me senti mais próxima dela. Ela teria ficado chateada se eu deixasse totalmente de montar, então lhe devo milhões de agradecimentos. Primeiro o polo, agora uma cavalgada matinal tranquila. É quase como se eu estivesse voltando a ser eu mesma de novo.

– Meu pai sempre dizia que subir em um cavalo pela manhã o ajudava a se concentrar, punha tudo em perspectiva – Xavier reflete. – Ele disse que tomou algumas de suas melhores decisões pela manhã, enquanto andava a cavalo por estas terras.

– Entendo perfeitamente. Há muita paz aqui. Andar no ar fresco, olhando tudo isto – gesticulo para nosso entorno –, ajuda a avaliar o que é importante e o que não é. Faz você enxergar as coisas com clareza.

– Sim – ele concorda serenamente. – Faz mesmo.

Caímos em um silêncio aconchegante, até ele se dar conta do horário, então damos meia-volta, antes de arranjar problema com a mãe dele por perdermos o café da manhã de seu aniversário. Xavier me conta, a caminho de casa, histórias de como ele e as irmãs faziam abrigos no bosque e sobre o dia em que ele quebrou a perna ao subir em uma árvore podre que o pai lhe havia dito especificamente para evitar.

– Deve ter sido incrível crescer em um lugar como este – comento.

– É, foi sim. E muita responsabilidade também – ele acrescenta, sério. – Muitas vidas dependem desta propriedade. Meu pai tinha grandes expectativas para mim e tenho um papel difícil a ocupar. – Ele me olha de lado e se permite um instante de vulnerabilidade, ao admitir: – Eu não quero desapontá-lo.

– E não vai – digo com toda a seriedade, parando ao chegarmos ao estábulo. – Ele não teria tido tais expectativas, para começo de conversa, se não achasse que você está à altura de cumpri-las.

Victoria sai para nos receber, quando desmontamos, e conta que Viola desceu aqui duas vezes para perguntar se já estávamos de volta, então precisamos nos vestir para o café da manhã o mais depressa possível. Corremos para a casa, mas pouco antes de entrarmos Xavier pega minha mão e me vira de frente para si.

– Ruby – ele começa –, hoje vai ser caótico, com tudo o que vai acontecer: o café da manhã e depois todos os preparativos para o baile de máscaras. Mas eu gostaria de encontrar um momento para conversar com você sobre uma coisa, esta noite. A sós.

Engulo em seco.

– Claro.

Ele assente e segura a porta para eu passar.

Quando chego ao quarto, inspiro fundo diversas vezes, tentando desacelerar meus batimentos. Ele provavelmente quer conversar comigo sobre como as provas finais estão próximas e precisamos estudar, então não deveríamos sair tanto. Talvez ele queira conversar sobre nossa amizade e como torce para que esse nosso artifício não a tenha afetado. Talvez ele queira debater como e quando faremos o falso rompimento.

Ou talvez, só *talvez*, ele sente o mesmo que eu.

Meu coração dá pulos a cada pensamento.

Xavier tinha razão quanto ao caos. O dia passa voando. Há gente por todo lado (equipe de alimentos e bebidas, planejadores de eventos, decoradores) montando o baile desta noite, e Xavier está sendo muito exigido, já que toda a família quer interagir com ele.

No café da manhã, ele abre os presentes, um sortimento de belos itens, incluindo um relógio que pertencia a seu pai e que a mãe lhe dá, o que traz lágrimas aos olhos de todos. Tio Roger destrói o momento ao comentar que eu ainda não dei um presente ao duque. Quando Xavier explica que dei na noite anterior, Roger pisca para mim e diz "Aposto que sim", antes de explodir em uma gargalhada e fazer todo mundo ficar indescritivelmente desconfortável.

Passo grande parte do dia com Cora, ajudando onde podemos, tentando não rir demais quando Gussie e Tuppy roubam uma bandeja inteira de canapés, deixada sem supervisão por um dos membros mais distraídos da equipe de alimentos e bebidas. Daí, de repente, é hora de se arrumar, e todo mundo desaparece nos quartos.

Eu me demoro ao fazer a maquiagem, aplicando cuidadosamente o delineador esfumado e o batom vermelho-sangue. Preciso de duas tentativas para ajeitar o cabelo, mas por fim consigo modelar as ondas suaves que o cabeleireiro de Tabatha me ensinou a criar, antes de puxar para um lado sobre o ombro e prender, de modo que fique arrumado ali durante a noite toda. Estou ansiosa para pôr o vestido, um tomara que caia Roland Mouret justo, vermelho-escuro longo, com um corpete estruturado com espartilho e uma fenda lateral até o meio da coxa. Tenho uma máscara de olhos preta com contas vermelhas para combinar e luvas longas de tule preto Cornelia James, que acrescentam "certo drama perverso e uma elegância bem composta", como disse Tabatha.

Tabatha e eu refletimos muito sobre o traje desta noite. Para Tabatha, eu ser namorada do anfitrião era uma coisa importante que, de acordo com ela, fazia de mim a anfitriã honorária do baile de hoje.

– Todo mundo estará observando você, querida – ela dissera, dando gritinhos e toda alegre. – A bela do baile.

Para mim, é muito importante estar com excelente aparência, porque Caroline está na lista de convidados. Não há espaço para erros. Nesta noite, tenho de aparentar e me sentir como se pertencesse ao lugar onde estou. Qualquer fenda na minha armadura e ela vai atacar para matar.

Calço os sapatos de salto Manolo Blahnik, fico de pé, olho no espelho e arquejo. Usando a máscara, capto um vislumbre da minha mãe no meu reflexo.

– Seria ótimo ter um pouco da sua coragem esta noite, mamãe – sussurro.

Quando estou pronta para descer, a festa está a todo vapor. Eu levei tempo demais para me arrumar. A banda e o DJ estão instalados no salão de baile, mas há também um bar no saguão de entrada e outro lá fora no jardim. Xavier havia me alertado sobre sua festa de aniversário costumar sair do controle e sobre a lista de convidados ser maior a cada ano, em grande medida supervisionada por sua mãe, mas eu não estava esperando isto. Quando desço a escada, imagino Xavier esperando por mim no final, porém, mesmo que ele estivesse, eu não saberia: há enxames de gente para todo lugar onde olho, e minha entrada mal é percebida.

Tabatha estava errada sobre o fato de todos os olhares estarem pousados em mim.

Ao me misturar ao grupo barulhento, não faço ideia de quem é quem, as máscaras tornando quase impossível reconhecer qualquer um. Perambulo pela casa, serpenteio entre os convidados na esperança de encontrar alguém que eu reconheça. De repente, tenho uma onda de saudade de Ollie. Ele é alguém com quem eu gostaria de conversar, em um evento como este, e sei que ele acharia divertidas as histórias do tio Roger. Não que ele iria querer estar em um baile; ele deixou muito claro que noites como esta são cheias de gente de quem ele não gosta.

Mesmo assim, eu me pergunto se ele imaginou que no último minuto eu pediria a Xavier para convidá-lo. Ele teria dito "não", mas provavelmente teria sido uma coisa simpática a se fazer. Eu deveria ter mandado uma mensagem. Faço uma anotação mental para escrever para ele pela manhã.

Depois de dar um giro pelo baile, estou nas franjas do saguão de entrada quando sinto um tapinha no ombro. Viro e dou de cara com Jonty, usando uma jaqueta de veludo marinho por cima de uma malha polo de gola alta e máscara de olhos marinho e prata. Suspiro de alívio.

– Graças a Deus – digo, quando ele me cumprimenta com um beijo na face. – Eu já estava começando a me perguntar se encontraria algum amigo aqui.

– Essa é a graça de um baile de máscaras – ele diz, suspendendo a dele e a apoiando no alto da cabeça. Ele me olha de cima a baixo e abre um grande sorriso. – Vestida para matar, pelo que vejo.

– Gostou?

– *Adorei* – ele me garante. – Tem uma insinuação de perigo no seu look. Xavier deve ter tido um ataque do coração quando te viu. No ano passado, eu fui todo colorido com uma gola renascentista, mas desta vez me pareceu melhor ideia ser básico e me misturar. Depois de tudo o que aconteceu…

Sua voz some e eu o afago.

– Você não está nada básico. Você está delicado e sexy.

Ele sorri para mim com gratidão.

– Era o que eu precisava ouvir, sabendo que o primo de Xavier está aqui. Você provavelmente o conheceu ontem à noite. Hamish. Nós tivemos um lance, nesta mesma época, no ano passado. Eu esperava que pudéssemos nos divertir juntos ainda mais, desta vez, mas não acredito que ele queira ter qualquer coisa a ver comigo, agora.

– Como estão todos em casa? – pergunto cautelosamente.

– Terríveis, mas isso é conversa para outra hora – ele diz, antes de baixar a máscara de volta para o rosto. – Esta noite, vamos fugir do mundo real.

– Por mim, está ótimo. Você viu Xavier por aí?

– Da última vez, ele estava saindo para o jardim com Caroline.

Meu sangue gela.

– Eu não percebi que ela havia chegado.

– Você não ouviu a fanfarra? – Ele revira os olhos. – Ela mandou uma pessoa na frente para informar a todos que ela estava aqui, de modo que sua entrada fosse anunciada e a banda tocasse uma trilha especial e tudo o mais. Sabe, agora que ela me excluiu, estou começando a enxergar como ela pode ser desagradável.

– Eles estão lá no jardim?

– Isso já faz um tempinho. Ele provavelmente não está mais lá. Como anfitrião de uma festa como esta, ele tem muita gente com quem conversar.

– Vou procurá-lo. Quer vir?

– Vou ficar por aqui mesmo – ele diz, esticando o pescoço por cima da minha cabeça. – Acho que estou vendo Hamish, então vou até lá trombar com ele por acidente.

– Boa sorte.

– Para você, também.

Abro caminho por entre o bando de gente até o laranjal, onde as portas foram todas abertas para permitir que a festa se derramasse para o gramado. Avaliando os grupos de pessoas espalhadas por ali, meus olhos param em duas figuras sentadas juntas na mobília de jardim alugada para o baile, ao lado de uma das estruturas para fogueiras ao ar livre. São Caroline e Xavier.

Eles parecem íntimos, as pernas voltadas na direção um do outro, a mão dele sobre a dela, enquanto ela fala. Ela está maravilhosa e elegante, em um vestido de baile dourado e sem alças, com luvas pretas até o cotovelo, a máscara dourada reluzente pousada ao lado, no banco. Escutando-a atentamente, Xavier está lindo no *smoking*, a máscara preta levantada sobre o cabelo. Daqui, consigo ver as chamas tremulantes incidindo sobre a pulseira De Beers que pende delicadamente de seu punho, aquela que ele deu a ela na Itália. Eu nunca a vi usá-la antes.

– Eles combinam muito, não combinam?

Dou um pulo ao ouvir a voz de Viola ao meu lado.

– Desculpe? – pergunto depressa, piscando para afastar as lágrimas quentes que queimavam meus olhos enquanto os observava.

– Percebo que Xavier gosta de você, Ruby – ela diz, a máscara rosa e dourada presa a uma vareta em sua mão esquerda, uma taça de champanhe na direita. – Foi um prazer conhecer você ao longo deste fim de semana. Você é obviamente inteligente e hábil e não há dúvida de que Xavier é feliz com você. Ele sempre se levou muito a sério. Você o faz rir.

Sorrio diante do elogio.

– Mas temo que isso não seja suficiente. *Você* não é suficiente – ela continua, a voz irregularmente gentil, enquanto suas palavras perfuram meu coração. – Ele não pode acabar com uma menina como você. Você certamente sabe disso.

– Uma menina como eu – repito, incrédula.

– Você é uma menina meiga, mas precisa entender como um vínculo com você seria prejudicial para Xavier. Você não tem como fugir da notoriedade do caso amoroso de sua mãe, independentemente do que faça. Ele precisa de alguém que o complemente, não de alguém que o manche.

– Des-desculpe... – gaguejo. – A senhora está...

– Veja, Xavier está destinado a coisas maiores do que você – ela continua.

Instintivamente, olho na direção de Caroline. Viola percebe e assente.

– Eles podem não se dar conta agora, mas estão destinados um ao outro. Faz sentido, você entende? Caroline e Xavier sabem o que significa ter tanta influência. Eles cresceram com isso; eles compreendem isso. Eles sabem o que é necessário e o que precisa ser sacrificado. Eles são admirados e ouvidos; eles são respeitados. Juntos, não há limite para as conquistas e o alcance global deles. Eles poderiam realmente mudar o mundo.

Vejo Caroline estender o braço e aninhar o rosto de Xavier em sua mão enluvada.

– E quanto à felicidade dele? – digo, afastando os olhos deles. – Ou isso não importa?

– Eles encontrarão a felicidade um no outro, desde que ninguém tente destruir isso – ela rebate, cortante. – Se alguém os atrapalhar, vai se arrepender.

– Isso soa como uma ameaça...

– Está mais para conselho. – Ela põe a máscara na frente do rosto. – Aproveite a festa, Ruby.

Ela gira nos calcanhares e desliza elegantemente de volta para o laranjal, onde se reúne com os convidados.

CAPÍTULO VINTE E CINCO

Espero até que Viola esteja fora de vista, antes de me permitir respirar outra vez, pressionando a mão no peito, que se aperta. Sem lançar outro olhar na direção de Xavier, volto para dentro e abro caminho em meio à algazarra cada vez mais intensa dos convidados, planejando fugir para a segurança do meu quarto, quando sou encurralada por Jonty, que me estende uma bebida.

– Eu peguei uma bebida para v... Ah – Tirei o copo de sua mão e entornei o conteúdo antes que ele pudesse terminar a frase. Enxugo a boca com as costas da mão enluvada e lhe entrego o copo vazio.

– Você está bem? – ele pergunta.

– Nunca estive melhor – afirmo.

E é verdade. Minha raiva se transformou em determinação de aproveitar a noite e esquecer totalmente minha aparência e com quem estou. É como se Viola tivesse me dado permissão para esquecer tudo quanto a impressioná-la ou a qualquer outro da família de Xavier, e simplesmente me divertir. A beleza de um baile de máscaras é que, esta noite, todo mundo pode ser qualquer um. Como disse Jonty, é uma fuga da realidade.

Conforme a noite avança, eu bebo, dou risada, danço com qualquer pessoa ao meu lado; desde que Xavier não esteja por perto, estou feliz. Quando o grande bolo e todas as velas são trazidas para ele, saio discretamente para o jardim e me sento em um banco com uma dupla de desconhecidos mascarados que veio para cá em busca do mais que necessário ar fresco, admiro a vista e por algum tempo converso com eles sobre absolutamente nada. Eles não me reconhecem e não lhes digo quem sou. Depois de me dizerem que não posso fugir do escândalo da minha mãe, é incrivelmente libertador fingir fazer exatamente isso por uma noite.

Consigo evitar Xavier durante quase a festa toda, até mais tarde, quando deixo o salão de baile para ir buscar uma bebida e o noto parado sozinho na escada, analisando o mar de rostos que circulam em sua casa. Enquanto o calor da festa sem dúvida me deixou mais desalinhada do que comecei, ele está enfurecedoramente lindo, tendo tirado a jaqueta, arregaçado as mangas e aberto o botão de cima da camisa, a gravata-borboleta pendendo, desfeita, no colarinho.

Ele capta meu olhar e se ilumina, desce depressa e imediatamente. Eu lhe dou as costas e me afasto, ajudada pelos demais convidados em seu caminho, que o retardam ao exigir sua atenção. É só quando estou de volta à parte externa que ele me alcança.

– Ruby! – ele chama, correndo para o meu lado e pondo os dedos em volta do meu punho. – Aí está você! Eu te procurei durante a noite toda.

Eu me solto com uma sacudidela.

– Procurou?

– O que está havendo? Qual é o problema? – ele pergunta, confuso. – Aconteceu alguma coisa?

– Não, está tudo bem – digo, bastante seca.

– Sei que você está mentindo. Eu fiz alguma coisa que a aborreceu?

– Você não fez nada.

– Ruby. – Ele estica o braço e roça meu braço com a ponta dos dedos. – Desculpe ter levado tanto tempo para estar com você, esta noite. Toda vez que eu a via, você parecia sumir. Você está linda. Eu quis dizer isso durante a festa toda.

– Não faça isso – cochicho, minha voz presa na garganta. – Por favor, não faça.

– Ruby...

As lágrimas que fazem arder meus olhos ameaçam transbordar, e eu não quero chorar nem na festa, nem em qualquer lugar que as pessoas podem ver. Onde Caroline ou Viola podem ver. Preciso fugir para me proteger. Afastando-me dele abruptamente, desapareço de volta ao interior da casa, e desta vez rumo para a escada, avançando o mais depressa que os saltos permitem, antes que Xavier me alcance. Eu o ignoro até chegar ao quarto, abrir a porta e entrar violentamente, tirando os sapatos, arrancando a máscara e jogando longe.

– Ruby, o que está acontecendo? – Xavier exige saber, seguindo-me e fechando a porta atrás de si. – Estou ficando louco, aqui. Por favor, me diga qual é o problema.

– Eu não consigo mais fazer isso – eu me ouço dizer, a primeira de muitas lágrimas escorrendo pela face. – Eu simplesmente não consigo.

– Não consegue mais fazer o quê? – ele pergunta, desentendido.

– Essa coisa que nós estamos fazendo, esse relacionamento de mentirinha, eu não posso mais. E não ligo se isso significa não ganhar a coroa de rainha de Clairmont – despejo. – É muito atordoante e é muito *doloroso*.

Chocado com minha explosão, ele observa enquanto vou até a janela. Virando-me de frente para ele, eu me apoio na parede ao lado da cortina e inspiro profundamente.

– Eu gosto de você, Xavier – admito calmamente. – Tipo, tenho sentimentos verdadeiros por você, e fingir que eu *não* gosto de você enquanto ao mesmo tempo finjo que *gosto* está ficando... opressivo.

Lamento muito dizer isso na sua festa de aniversário. Você deveria estar lá embaixo se divertindo com todo mundo, mas acho que, se eu tentar continuar com essa farsa, vou surtar. – Inspiro, trêmula. – E, olha, para ser sincera, eu adoraria dizer que podemos ser amigos, mas depois de observar você com Caroline, hoje, não tenho certeza se vou conseguir ver os dois juntos o tempo todo, então acho que é melhor a gente...

– Caroline – ele repete, aturdido. – O que ela tem a ver com isso?

Pisco para ele, incrédula.

– Eu vi você com ela ao lado da fogueira, mais cedo. Vocês estavam conversando de mãos dadas.

– E?

– Ela estava usando a pulseira que você deu.

– Ela trouxe a pulseira para me devolver, e eu insisti para que ficasse com ela. – Ele cruza o quarto em minha direção. – Você acha que tem alguma coisa rolando entre mim e *Caroline*?

– Vocês pareciam... íntimos – comento, abalada com a reação dele. – Seus joelhos estavam quase se tocando.

Os cantos de sua boca se curvam.

– Ok, eu sei que isso soa patético – continuo, às pressas –, mas vocês pareciam aconchegados. *Familiares*. Eu não estava vendo coisas.

– Você tem razão – ele começa, com toda a gentileza, dando um passo em minha direção. – Caroline e eu somos familiares, no sentido de que somos amigos há muito tempo. Todo mundo sempre esperou que nós ficássemos juntos, a ponto de eu ter me convencido de que isso era o que deveria acontecer. De certa forma, ela também. Mas nós *não* temos sentimentos um pelo outro. Nós confirmamos isso, esta noite. Ela estava se desculpando por tudo que aconteceu entre nós recentemente. Ela quis explicar por que agiu como agiu. Eu agradeci a ela pelo pedido de desculpas e foi isso. Eu não me importo mais com o que aconteceu entre mim e Caroline. Eu a perdoei. Todos nós podemos seguir em frente, agora.

– Ela… estava te pedindo desculpas.

– Sim. Foi bom conversar com ela sem nenhuma pressão sobre nenhum de nós. Ela foi sincera quanto aos sentimentos que tem por outra pessoa, e eu fui sincero quanto aos meus.

– Ela tem um namorado novo?

– A vida amorosa de Caroline é irrelevante para esta conversa – ele diz, dando mais um passo à frente. – Eu quero… Não, eu *preciso* reafirmar a você que não tenho mais nenhum sentimento por ela nem nada do tipo, e lamento se fiz qualquer coisa indicando que tinha.

Cruzo os braços e olho para o chão.

– Não se trata só de você – murmuro. – Todo mundo *sabe* que vocês dois deveriam ficar juntos.

– Quem?

– O mundo inteiro! Você é o príncipe encantado, lembra-se? E ela é a princesa. Não eu. Eu não sou ninguém. Não quero ser a pessoa que atrapalha um final de conto de fadas. Ninguém quer ser essa pessoa.

– Do que você está falando? Não seja tão… – Ele pausa e arregala os olhos. – Espere. Minha mãe falou com você, não foi?

Pressiono os lábios.

– Puta que pariu. – Ele passa a mão pelo cabelo e, para meu espanto, dá uma risada quase maníaca. – Ela é inacreditável.

Franzo o rosto.

– Não é engraçado, Xavier.

– Eu sei que não é engraçado – ele rebate, o sorriso morrendo. – Estou bem ciente de quanto não é engraçado minha mãe sentir que pode se meter na minha vida no nível em que se mete. A razão pela qual estou rindo é que ela já fez isso antes.

– O quê? Enxotou outras meninas?

Ele confirma.

– Sim. Já aconteceu duas vezes. Uma, com Sybil.

– Sybil.

– Minha mãe nunca acreditou que éramos só amigos. Ela encurralou Sybil quando ela veio aqui em um fim de semana com Caroline e Jonty. E, em outra ocasião, ela foi ter uma palavrinha com uma menina que era minha dupla em um projeto de ciências. Ela não gostou do fato de eu ter ido à casa da menina algumas vezes depois da aula. – Ele bufa audivelmente. – Depois disso, a menina se recusou até a falar comigo. Tirei um D naquele trabalho.

– Putz – digo bobamente, tentando processar a informação. – Eu não sei se me sinto consolada pelo fato de não estar sozinha ou ofendida por ser uma entre muitas.

– Você, Ruby Carter, é única – ele contrapõe, um sorriso brincando em seus lábios. – O que ela lhe disse?

– Está tudo bem. Eu não quero que você fique bravo com ela.

– Ficar bravo com a minha mãe por agir pelas minhas costas e tentar dissuadir minha namorada, para poder me casar com alguém que *ela* julga aceitável? Por que diabos isso me deixaria bravo com ela?

– Xavier...

– Não tem como eu ficar mais bravo do que já estou – ele insiste. – Gostaria de saber o que ela lhe disse para poder garantir a você que ela está falando besteira.

– Algo na linha de eu manchar você por associação. Por causa do caso amoroso da minha mãe – digo.

A mandíbula dele se tensiona.

– Encantador – ele diz, por fim. – Você *precisa* amá-la pela compaixão dela.

– Mas ela falou também que eu sou inteligente e que te faço rir – observo, permitindo-me um sorriso débil. – Então, já é alguma coisa.

– Eu não *acredito* que ela fez isso. Como ela se atreve? Ela vive falando de como Roger pode ser cruel; é uma hipócrita, isso sim.

– Olha, Xavier, eu realmente não quero provocar confusão entre você e sua mãe. Eu sei que o que ela fez não é certo, mas ela está cuidando de você. Ela é sua mãe, ela se importa com você, e acho que, do jeito dela, está tentando garantir que você seja feliz.

– Se ela quer que eu seja feliz, então pode me deixar ficar com a garota que eu amo, em vez de afastar você – ele resmunga. – Eu não vou deixar que ela se safe desta vez – Ele se interrompe. – O que foi? Por que está me olhando desse jeito?

Eu o encaro em choque.

– O que foi? Qual o problema? – ele pergunta, sobrancelhas franzidas de irritação. – Tem mais alguma coisa que ela disse? Algo ainda pior?

– Não, não – gaguejo, minha voz rouca. – É só que... você... você disse "a garota que você ama"?

Ele relaxa, os ombros descem, a raiva o abandona.

– Sim – ele diz delicadamente –, eu disse.

Minha respiração congela. Não consigo me mexer.

– Ruby, você lembra que eu falei que queria conversar com você a sós, esta noite? – ele pergunta, movendo-se e parando bem à minha frente. – Eu queria dizer que estava terminando nosso relacionamento *fake*, na esperança de termos um verdadeiro.

Engulo em seco, nervosa sob seu olhar intenso.

– Eu me apaixonei por você – ele diz com simplicidade.

– Você... Você se apaixonou? – murmuro, incrédula e com a respiração entrecortada. – Tem certeza?

– Sim – ele diz, sorrindo. – Eu tenho certeza.

Ele baixa a cabeça e eu entreabro os lábios, fecho os olhos quando ele delicadamente pressiona a boca contra a minha. Suas mãos deslizam gentilmente para minha cintura, puxam-me para si, enquanto eu ponho as palmas em seu tórax esculpido, sentindo os batimentos se acelerarem, antes de movê-las para sua nuca, arquear as costas e me fundir a ele.

Nós já nos beijamos antes, no corredor da escola quando pela primeira vez anunciamos nossa artimanha, mas não foi nada nem parecido com isso. Aquilo foi excitante, mas isto é absolutamente inebriante, o tipo de beijo que faz todo o resto sumir ao longe. Começa devagar, como se estivéssemos ambos saboreando o momento, mal ousando acreditar que isto é real, e depois se torna mais urgente, cada centímetro do meu corpo desesperado para de algum jeito chegar mais perto dele, minha cabeça se enevoando em uma bruma abençoada. Fico apavorada com a intensidade do meu desejo por ele.

Nunca fui beijada assim.

Quando aprofundo o beijo e ele ansiosamente corresponde, minhas mãos voltam ao peito de Xavier e começo a lutar com os botões, abrindo-os o mais depressa possível, finalmente deslizando as mãos por baixo do tecido e puxando a camisa para trás, pelos ombros e para baixo, pelos braços musculosos e bronzeados. Ele me solta para arrancar totalmente a camisa. Depois, leva minha mão enluvada aos lábios, beija desde o polegar até o pulso, antes de usar os dedos para enrolar a luva, expondo lentamente minha pele. Xavier aumenta a provocação do processo de removê-la ao puxar um dedo de cada vez, até que a luva sai e ele a deixa cair no chão. Estou hipnotizada quando ele pressiona os lábios no meu pulso.

Ah, meu Deus. Sinto que não consigo respirar.

Envolvendo seu pescoço com o braço, puxo o rosto dele para mim, meu corpo todo doendo por ele, e o beijo como se minha vida dependesse disso. Enquanto ele geme na minha boca, arranco eu mesma a outra luva e a jogo atrás dele. Inclino a cabeça enquanto ele distribui levemente beijinhos pela minha linha do queixo, seus lábios descendo pela curva do pescoço até a depressão da clavícula. Levo o braço às costas para abrir o zíper do vestido, escondido sob uma delicada fileira de pequenos botões, mas ele percebe e assume, e seus dedos baixam o zíper com um movimento único e ágil, levando o vestido a escorregar para o chão e se amontoar em torno dos meus pés.

Com as mãos quentes contra a pele nua da minha cintura, ele pressiona a testa contra a minha. É eletrizante observar seu peito subindo e descendo acelerado, acompanhando a respiração. Não consigo evitar um sorrisão enorme, a adrenalina e a felicidade pulsando em todo o meu corpo. Ele sorri de volta e meu estômago se contrai, a intensidade dos olhos me dizendo que ele quer isto tanto quanto eu.

Interpretando meu olhar para a cama, ele agilmente me levanta, de modo que minhas pernas se prendam em seu quadril. Sua boca encontra a minha e ele me transporta pelo quarto como se eu não pesasse nada, sustentando minhas costas com as mãos fortes e me baixando sobre a cama.

Quando ele se deita sobre mim, faz uma pausa, o rosto logo acima do meu, a ponta de nosso nariz se tocando.

– Eu nunca senti isso antes – ele diz, com voz rouca.

Acariciando o rosto de Xavier, roço delicadamente meus lábios nos dele, antes de dizer:

– Nem eu – cochicho. – E, só para o caso de não estar óbvio, eu queria dizer que… também me apaixonei por você.

Baixando a cabeça, ele me dá um beijo lento e profundo, que cobre toda a minha pele de arrepios. Enquanto a música da festa continua tocando com força total lá embaixo, fecho os olhos e o aperto com força, desejando que o tempo pare.

CAPÍTULO VINTE E SEIS

Com as provas finais se aproximando depressa, nossas aulas finalmente acabaram, abrindo caminho para as "revisões individuais" antes do início dos exames. É uma época boa ou ruim para estar apaixonado, dependendo do ponto de vista. Sem aulas nem professores, temos rédeas soltas para nos ver o dia todo; mas, com rédeas tão soltas, está sendo difícil focar em qualquer coisa além de nós mesmos. Nossa disciplina para a revisão não está indo muito bem. Não me passa pela cabeça ir à casa dele quando a mãe está lá e ele fica mais do que feliz em vir para a casa de Tabatha, onde nossa ama-seca é mais tranquila e geralmente está fora.

Ontem, durante nossa sessão de estudos, acabei empoleirada na mesa, com as pernas ao redor da cintura dele e ele me beijando febrilmente, até que escutamos passos se aproximando. Nós nos afastamos imediatamente, bem a tempo de Tabatha enfiar a cabeça pelo batente para nos informar que estava de saída pela noite toda e que Bennet estava de folga, de modo que éramos apenas nós dois.

– Não façam nada que eu não faria, queridos – ela disse, agitando o dedo para nós. – Divirtam-se. Tchauzinho.

A agenda social dela está em plena floração; ela inclusive já nos avisou que teria outro evento hoje, de modo que ficaríamos sozinhos outra vez. A julgar pelo comentário de Xavier, suponho que ele esteja torcendo para que esta noite termine como a de ontem: no meu quarto.

Ontem à noite, deitados um ao lado do outro sob o lençol, eu me vi pedindo a ele para passar a noite, desesperada para adormecer em seus braços e acordar com ele ainda ali, mas ambos sabíamos que isso não poderia acontecer. A mãe dele já está furiosa por ele ter escolhido estudar aqui, e ele diz que as coisas ainda estão "tensas" entre os dois, após o fim de semana do aniversário dele. Xavier não quer forçar a barra com ela, deixando de voltar para casa à noite.

Não consigo disfarçar minha decepção com o fato de a mãe dele não me aprovar. Gostaria de não me importar, mas me importo. Uma parte minha quer que ela goste de mim. Xavier fica dizendo que devo dar tempo ao tempo, mas acho que ela nunca vai me aceitar.

Na manhã seguinte à festa de aniversário, ela mal tomou conhecimento de mim e fez comentários afiados para o resto da família durante o café da manhã sobre como a princesa Caroline estava maravilhosa. Todos os demais estavam tão de ressaca que nem ligaram, mas eu fiquei empurrando a comida de um lado ao outro do prato, com as faces em chamas diante da rejeição pública e explícita.

– Caroline é tão elegante. Não é de admirar que todo mundo absolutamente a idolatre. Que sorte a nossa ter uma princesa assim, e ela também é linda. Eu a achei maravilhosa naquele vestido – Viola disse, com voz agradável, durante o café. – Você não achou, Xavier?

– Não reparei – ele respondeu, olhando diretamente para mim e dando uma piscadinha. – Eu estava ocupado.

E eu corei outra vez.

A expressão de Viola se azedou. Ela pousou com rudeza a xícara sobre o pires, fazendo a louça tilintar. Xavier continuou a sorrir para mim com toda a calma.

Preciso me relembrar o tempo todo de que Xavier é meu namorado *de verdade*. Estamos realmente em um relacionamento, e ele genuinamente me ama. Nada de fingir, nada de encenar para as câmeras nem para os alunos nossos colegas. Todas as coisinhas que amo nele são reais: o jeito como entrelaça os dedos nos meus quando saímos da casa de Tabatha para ir tomar um café, em um intervalo nos estudos; a maneira que ele me manda mensagem assim que acorda e logo antes de ir dormir; aquele sorriso cúmplice, discreto, que me oferece quando me flagra observando-o, e o outro, que ele guarda para um momento antes de me beijar. Tudo isso é real.

A única coisa que me deixa bastante desconfortável são as mentiras que teci para fazê-lo reparar em mim, no começo. Tenho consciência de que preciso encontrar o momento certo para lhe contar sobre como Tabatha, Ollie e eu bolamos o plano de me infiltrar nos Elites. Se eu explicar direito, sei que ele acabará entendendo. Talvez ele até dê risada. Mas não posso contar agora, não tão perto das provas finais e quando tudo entre nós está indo tão bem. Toda essa situação é muito recente e perfeita, e não quero que nada a abale.

– Toc, toc! – Tabatha cantarola, abrindo a porta da biblioteca e entrando usando um vestido de festa preto. – Como vão meus estudiosos pombinhos apaixonados?

– Bem, obrigado – Xavier responde, levantando os olhos do livro. – Estamos avançando bem.

– Tenho certeza de que sim – ela diz casualmente. – Enfim, estou atrasada, e Dean está esperando, então preciso ir, mas permitam-se tirar a noite de folga hoje. Vocês estiveram ocupados o dia todo e não devem desperdiçar o tempo ficando nervosos demais por causa de umas provinhas bobas.

– Você é uma péssima influência, Tabatha – digo e dou risada.

– Isso, minha querida, é um elogio – ela rebate. – A vida não seria muito divertida sem um pouco de travessura. Sabe o que eu sempre digo?

Beba champanhe, dance a noite toda e não tenha arrependimento. *Isso* é o que eu digo.

Xavier e eu sorrimos.

– Muito inspirador. Eles deveriam imprimir cartazes com essa frase e colar perto de escolas.

– Não deveriam, de fato? Bem, eu preciso mesmo ir, mas divirtam-se, vocês dois! – ela diz, antes de curvar a cabeça e dizer "Vossa Alteza" para mim e depois, para Xavier, "Vossa Graça".

Sai bailando da biblioteca, e alguns momentos depois ouvimos a porta da frente se fechar.

– É uma figura a sua tia – Xavier comenta. – Gosto muito dela.

– É, ela é ótima. Tem sido bom conhecê-la melhor.

– O rei Alfred vai comparecer à feira de verão, estou achando – Xavier diz, referindo-se ao evento que Clairmont organiza para os formandos do sexto período e suas famílias, ao término dos exames, alguns dias antes do Baile de Verão. – Isso vai ser estranho? – ele pergunta, com tato. – Você, Caroline e ele lá, todos juntos em um evento para as famílias?

– Não se esqueça da rainha Grace. Ela estará presente também. – Meu estômago se revira ao pensamento. – Vai ser a festa de formatura mais bizarra de todos os tempos.

– A rainha Grace certamente não tem nada contra você. Você não fez nada errado. E, com sorte, Caroline vai voltar a si em breve, e talvez vocês possam encontrar uma maneira de ser amigas de novo.

Arregalo os olhos para ele.

– Ah, caramba, Xavier, você não pode estar falando a sério.

– O que foi? – ele pergunta inocentemente. – Isso é impossível?

– *Sim.*

– Por quê? Antes que tudo isso acontecesse, vocês *gostavam* uma da outra. Você pode protestar quanto quiser, mas lembre-se de que conheço Caroline há muito tempo e sei quando ela está encenando e quando está sendo verdadeira; ela era ela mesma perto de você. Ela confiava em você.

Engulo em seco.

– Pois é, bem, ela não deveria.

– Isto não foi culpa sua, e ela sabe disso. No fundo.

Eu o encaro.

– Bem, *bem* no fundo – ele acrescenta, com um sorriso brincalhão. – Sei que é estranho, mas sinto saudade dela e de Sybs. Eu passava todos os dias com elas, e agora a gente não conversa mais.

– Você se esqueceu do modo horrível como elas trataram Jonty?

Ele faz uma careta.

– Eu sei que elas têm suas falhas...

– A-HÁ.

– ... mas as coisas estão difíceis para todo mundo. Elas estão magoadas também, lembra? E talvez você e Caroline pudessem encontrar um terreno comum. Vocês são irmãs, afinal.

Estreito os olhos e o corrijo com toda a gravidade.

– *Meias*-irmãs.

– A única coisa que estou pedindo é que você mantenha a cabeça aberta quando se trata de Caroline, ok? – ele diz, levantando as mãos. – Sei que ela pode ser manipuladora e malvada, mas eu a conheço e existe decência ali. Não é fácil crescer sendo uma princesa. A imprensa colocou vocês duas uma contra a outra desde o início; não é de admirar que ela tenha se voltado contra você. Vocês eram inimigas antes que qualquer uma das duas pudesse chegar a uma conclusão razoável.

– Ok, acho que já chega de conversar sobre Caroline – rebato.

Ele suspira.

– Claro. Desculpe. Eu não quis te deixar desconfortável.

– Está tudo bem. – Eu me remexo na cadeira. – Vou buscar algo para beber. Quer alguma coisa?

Ele nega com a cabeça e eu me levanto, vou à cozinha, pego uma Coca na geladeira e fecho a porta um pouco forte demais. Enquanto sirvo o refri no copo, ouço passos delicados se aproximando por trás. Xavier me enlaça pela cintura e apoia o queixo no meu ombro. Solto a respiração e recuo para apoiar as costas nele.

– Desculpe – digo baixinho. – As coisas com Caroline... É complicado.

– Não, eu é que peço desculpas. É fácil estar do lado de fora e fazer uma porção de comentários superficiais. Você não precisa dar ouvidos a nada do que eu falo.

– Sério? Nada, mesmo?

– Ok, retiro isso – ele diz, e consigo ouvir um sorriso em sua voz.

Giro entre os braços dele e o encaro. Ponho as mãos em seus ombros e levanto a cabeça para olhar em seus olhos, o aroma almiscarado da colônia dele me fazendo sentir aérea.

– Vamos encerrar os estudos por hoje? – pergunto, esperançosa.

– Acho que já adiantamos bastante – ele concorda. – Vamos pedir comida. Está com fome?

– Morrendo.

– Aqui – ele diz, tirando o celular do bolso, desbloqueando e me entregando. – Você escolhe a música. Conectei o telefone aos alto-falantes bluetooth da sua tia ontem. Vou buscar alguma coisa para tomar.

Ele se afasta e vai investigar a geladeira. Ao abrir o Spotify, não resisto a espiar a playlist tocada mais recentemente. Quando vejo a primeira faixa na lista, meu coração flutua.

– Por que está sorrindo assim? – Xavier pergunta, observando-me de seu posto em frente à geladeira.

– Você ouviu música a caminho daqui, hoje? – pergunto inocentemente.

– Ouvi. – Ele fecha a porta da geladeira. – Por quê?

– Você sabe que eu consigo ver qual foi, certo?

– Espere um pouco. – Ele balança o dedo para mim. – Isso é *extremamente* pessoal. Foi você quem me ensinou.

– Foi *você* quem desbloqueou a tela e me disse para escolher a música.

Ele sorri e dá de ombros.

– Levei a pior de novo.

Checando se o telefone está conectado ao sistema de som de Tabatha, clico na música.

A voz de Taylor Swift enche a cozinha.

Com o celular em mãos, vou até ele. Ele se apoia na geladeira e abre os braços para me envolver quando chego.

– Isto é um pouco diferente da música que você estava ouvindo antes – comento.

Ele se faz de desentendido.

– É? Ah, sim, você disse que a gente escolhe a música de acordo com o que está sentindo, e daquela vez você achou que eu estava me sentindo...

– Perdido – eu completo, quando a voz dele some.

– Foi isso. E agora eu estou me sentindo...

Ele olha para mim cheio de expectativa, esperando que eu conclua a frase.

– Não tão perdido – digo e dou risada, antes de acrescentar, na maior cara de pau: – E talvez um pouco romântico.

– Vou reformular sua frase para melhor. Chama-se "feliz", Ruby – ele afirma, baixando a cabeça para me beijar. – Estou me sentindo feliz.

O período de provas se arrasta, especialmente quando Xavier e eu chegamos à decisão sensata de que nossa dupla de estudos está nos distraindo, e que provavelmente não deveríamos passar todo o tempo juntos. Por fim, conseguimos realmente estudar um pouco. Fico esfuziante ao concluir a última prova, não apenas por haver chegado ao término da minha carreira escolar e ter todo o futuro pela frente, mas também porque agora tenho um verão em Londres com ele. Sei que preciso começar a pensar sobre o que vou fazer da vida e tomar algumas decisões sobre carreiras profissionais, porém, por mais bobo que pareça, eu também quero me permitir aproveitar o tempo com ele.

Quando mamãe ficou doente e depois que ela morreu, o mundo todo parecia triste e escuro. Graças a Xavier, há uma explosão de cores, e quero me agarrar a ela pelo maior tempo possível.

Na manhã da nossa feira de verão da formatura, curto me arrumar, colocar o vestido Alexander McQueen rosa de decote quadrado que escolhi para a ocasião, testar alguns óculos de sol para ver qual combina melhor. Tabatha me cedeu oficialmente o comando do meu guarda-roupa, permitindo que eu decida pessoalmente o que vestir, após declarar que me provei pronta. Gosto de ela ter dito isso, mas ainda confiro se ela gosta do que escolho, puramente porque é divertido ter alguém com quem conversar sobre esse tipo de assunto. Eu só percebi quanto me importo com moda ao me mudar para cá. Gosto de me conectar com ela através disso e, agora que sei quanto mamãe adorava moda, me sinto mais próxima dela também.

Tabatha, porém, envolveu-se profundamente na escolha do meu vestido para o Baile de Verão, que será no fim desta semana. Como estou concorrendo a rainha de Clairmont, ela me disse que era crucial que eu usasse o vestido perfeito, e mandou vir alguns de alta-costura direto de Paris. O vestido chegou e está pendurado em seu quarto; ela me disse que não confia em mim para tomar conta dele, apesar de a peça estar protegida com toda a segurança em um saco para cabide.

Xavier e eu já nos falamos esta manhã, mas eu checo o celular ansiosamente para ver se tem mensagem de Ollie. Mandei um WhatsApp para ele algumas horas atrás, para dizer que estava contente por vê-lo hoje e comemorar termos sobrevivido às provas. Mas não há resposta. Nós não temos estado juntos recentemente e nossa amizade parece ter passado por alguma ligeira mudança. Eu ando muito ocupada com tudo que está rolando na minha vida pessoal, e ainda por cima com os exames, mas sinto saudade dele. Gostaria que me escrevesse de volta.

– Querida, aí está você! – Tabatha exclama irrompendo espalhafatosamente porta adentro.

– Você me disse para me arrumar para...

– Você precisa descer – ela me instrui, apontando para a porta.

– Mas não precisamos sair para a feira pelos próximos...

– *Agora* – ela me interrompe, cortante.

Ela corre atrás de mim, me enxotando ao longo do caminho até o patamar, no início da escada. Vejo o rei esperando por mim lá embaixo, com um dos guarda-costas parado à porta e o outro, no corredor da cozinha. Não consigo acreditar que não os ouvi entrar, mas então me lembro de que, enquanto me arrumava, estava ouvindo Taylor Swift em volume máximo.

O rei olha para cima e se empertiga.

– Ruby. Oi.

– Oi! – digo, correndo escada abaixo, Tabatha em meus calcanhares. Faço uma mesura quando chego ao térreo. – Desculpe, eu não me dei conta de que você viria aqui hoje.

– Isso é porque eu não lhe disse. Quis que fosse surpresa – ele explica. – Eu não sabia se teríamos muita oportunidade de conversar apropriadamente durante a feira em Clairmont, então quis ter um momento com você para lhe dar seu presente.

– Você não precisa me dar nada – digo, surpresa.

– Meu pai me deu algo no dia em que concluí os exames em Clairmont, assim como o pai dele lhe deu quando ele acabou a escola. Uma pequena tradição familiar, vê? – Ele faz uma pausa e então acrescenta: – E, de agora em diante, eu gostaria de incluí-la nelas tanto quanto possível.

– Oh. Obrigada.

– Majestade – Tabatha interrompe –, por favor, permita que eu o convide a ficar à vontade na área externa, já que o dia está tão bonito. A menos que prefira sentar-se do lado de dentro.

– Temo não poder me demorar; estamos atrasados, mas obrigado, lady Tabatha – ele diz, inclinando a cabeça polidamente para ela. – Enfim, aqui está, Ruby. Lamento não estar embrulhado.

Ele me entrega uma sacola de papel pardo. Agradecendo, espio dentro e de lá tiro um livro antigo, de capa mole, ligeiramente desbotado.

– Este é meu romance policial favorito! – exclamo.

– Sim, eu me lembro de você ter me contado – ele diz orgulhosamente, felicíssimo com a minha reação. – É uma primeira edição. E também está assinado pela autora.

Abro a capa com cuidado para admirar os rabiscos da primeira página.

– Você vai ver que está dedicado ao meu pai. Seu avô – ele diz, enquanto me observa. – Creio que tenham se encontrado uma vez, em uma festa em Londres. Eles se entenderam bem, e ela prometeu mandar um exemplar autografado para ele.

– Eu não deveria ficar com ele – murmuro, invadida pela culpa de ser presenteada com uma coisa tão preciosa. – É um pedaço importante de História. Certamente pertence ao palácio.

– Pertence a quem vai valorizar – ele rebate.

– Eu vou, prometo! – exclamo, levantando o rosto e sorrindo para ele. – Obrigada.

– Não foi um ano fácil para você, e eu sei que não o tornei nem um pouco mais fácil – ele diz calmamente. – Você merece aproveitar as comemorações desta semana. – Ele consulta o relógio. – E, por falar nisso, preciso ir. Espero vê-la em Clairmont daqui a pouco, na feira.

– Nos vemos lá.

– Majestade – Tabatha diz, fazendo uma mesura enquanto ele e a equipe de segurança vão para a saída. Ela espera até que partam e solta um suspiro fundo. – Bem, isso foi inesperado.

– Eu sei – digo, segurando o volume apertado contra o peito.

– A filha do rei, e o que você recebe como presente de formatura? Um livro meio comido pelas traças! Cadê as joias de família? Cadê os *diamantes*? – Ela estala a língua em reprovação e marcha escada acima. – Sinceramente, se ele aprontar uma bobagem dessas no seu aniversário, vou precisar ter outra conversinha com ele.

Ela continua lamentando o presente decepcionante do rei quando chegamos a Clairmont, apesar da minha insistência em ter sido um presente espantosamente bem pensado e precioso.

Com o fim das provas, há um clima relaxado na escola. Há comida, bebida e barracas de jogos espalhadas por todo o campo esportivo, com um palco montado em uma das pontas, onde uma banda de metais de quatorze integrantes está tocando. A realeza já está aqui; vejo a rainha Grace na ponta oposta do campo, parada ao lado da senhorita Newton e trocando cumprimentos com membros da equipe docente, enquanto um fotógrafo oficial clica sem parar. Não vejo Caroline em lugar nenhum e sei que Jonty está ausente hoje. Tentei convencê-lo a vir, mas ele não cedeu: lidar com os alunos de Clairmont era uma coisa, mas enfrentar os pais que tinham sido enganados pelo dele era outra. Tem havido muito debate na imprensa sobre o pai dele perder o emprego e acerca do divórcio do casal. Xavier e eu dissemos que vamos comemorar o fim das provas com ele em outro momento.

Quando Tabatha é cumprimentada, ao chegar, por um casal de pais que não faço a mínima ideia de quem seja, conheço, observo o mar de rostos no campo em busca de Xavier. Incapaz de localizá-lo por enquanto, permaneço alegremente ao lado de Tabatha, desfrutando da música e da sensação de contentamento. Sei que só estudei em Clairmont por um semestre, mas, considerando tudo, percebo que sentirei saudade desta escola. Sinto que ela me modificou para sempre. É esse tipo de lugar.

– Lá está ela: *Talia* – Tabatha murmura, conduzindo-me para longe dos outros e levantando orgulhosamente o queixo, enquanto encara a ex-colega do lado oposto do campo. – Mal posso esperar para vê-la se humilhar, tentando desesperadamente abrir caminho para dentro do meu círculo social, sabendo que você e eu passaremos a temporada de verão todinha em qualquer camarote da realeza que estiver disponível. E me pergunto qual evento eu deveria mencionar primeiro.

Talia nos vê e se enrijece. A boca de Tabatha se curva em um sorriso de satisfação.

É nesse momento que me cai a ficha.

Eu de repente me dou conta de que há uma pessoa que aproveitou todos os aspectos do meu vínculo real. Como passamos a receber uma torrente de convites exclusivos, desde a divulgação da notícia. Como ela desconfiou do rei, no caso amoroso da irmã; ou melhor, esperava que fosse verdade.

Lentamente, eu me viro para encará-la.

– Tabatha – digo em voz rouca, meu sangue gelando –, foi *você*.

– O que disse, querida?

– Você vazou a história sobre o rei Alfred ser meu pai – cochicho.

Ela pisca para mim sem entender.

– Desculpe?

– Você tinha o número do telefone de Edward Deacon – digo, as palavras jorrando de mim conforme tudo vai se encaixando. – Você sabia que a história de sua protegida ser filha do rei seria sensacional o suficiente para manter seu lugar em todas as listas de convidados!

– Não seja ridícula! – ela exclama, corando. – Eu nunca faria isso com você!

Eu a encaro com firmeza.

– Não mesmo?

Ela hesita.

– Ruby, deixe-me ser clara: eu não vazei a história para aquele homem odioso. Eu te garanto! Mas, se quer minha opinião sincera, acho que foi uma coisa boa que a história tenha vindo à tona. O rei precisava encarar as consequências de seus atos, precisava reivindicar você como filha e fazer isso com orgulho! A coisa teria de ser revelada, cedo ou tarde.

– Eu não estava preparada para que o mundo todo soubesse – sibilo, fechando os punhos.

– Eu sei, e foi por isso que não contei a ninguém – ela insiste, com um sorriso fixo e o olhar percorrendo o entorno. – Querida, por favor, não há motivo para ficar tão aborrecida com isso. O que está feito está feito! Estamos aqui para celebrar você. – Ela hesita. – Não sei por que todo mundo está olhando para nós. Espero que não tenham ouvido nossa conversa, querida. Precisamos nos assegurar de informar a todo mundo que isto foi um simples mal-entendido.

Estou tão absorta pela nossa discussão que não notei os olhares penetrantes nem as risadinhas de desprezo. Vários alunos estão mostrando às pessoas algo em seus celulares. Abro a bolsa, vasculho em busca do meu e meu coração afunda no peito quando vejo a quantidade de mensagens que recebi nos últimos poucos minutos. Digito meu nome no site de buscas. Volta um volume inacreditável de reportagens, a primeira das quais é particularmente chamativa:

ASPIRANTE A PRINCESA!

Como a filha do rei entrou para a alta-sociedade mentindo

Rolando a tela, sou engolfada pelo medo. A reportagem é integralmente sobre como inventei histórias sobre o meu passado e criei toda uma presença nas redes sociais para convencer a princesa Caroline de que eu era uma socialite digna de sua atenção, comparecendo a festas e eventos importantes, quando, na realidade, eu nunca tinha saído da minha tranquila aldeia rural.

Listando todos os bailes e festas em que, de fato, nunca estive, o repórter me faz parecer uma alpinista social desesperada e manipuladora, decidida a tramar e maquinar minha ascensão independentemente do que fosse preciso e sem consideração nenhuma pelas pessoas que eu poderia magoar pelo caminho.

– Ah, minha nossa – Tabatha sussurra, espiando minha tela. – Agora, com certeza, você está convencida da minha inocência! Você não pode acreditar que eu vazaria algo assim. Isto é desastroso!

Mal conseguindo respirar, levanto a cabeça e dou de cara com Xavier, parado ali perto, observando-me.

Abanando a cabeça, ele se vira e se afasta.

CAPÍTULO VINTE E SETE

– Xavier, espera! – eu o chamo, alcançando-o quando ele chega ao prédio principal da escola. – Eu posso explicar.

– É verdade? – ele pergunta, virando-se para me encarar.

– Não! Bem, mais ou menos. Uma parte. Mas está distorcido.

– Então você vem mentindo para mim – ele diz, com a testa franzida. – Todo esse tempo.

– Xavier, me deixa explicar. Eles distorceram as coisas para fazer parecer que...

– Para fazer parecer que você vem nos enganando? – ele conclui em meu lugar, olhando para baixo.

– Por favor, Xavier, você precisa entender – eu suplico. – Eu não estava tentando crescer em status social nem fazer nenhuma das coisas horríveis que a reportagem está dizendo. Eu estava tentando descobrir mais informações sobre quem poderia ser meu pai, então Tabatha, Ollie e eu pensamos...

Ele levanta a cabeça de supetão.

– *Ollie* estava nisso? Então vocês dois estavam tramando esse plano e rindo de mim pelas costas?

– Não! Não foi assim! – digo em desespero, dando um passo em sua direção, mas ele se encolhe. – Eu precisava que você reparasse em mim.

Xavier franze a testa.

– O quê?

– Eu precisava ter o estilo de vida certo, a aparência certa, as coisas certas – digo aos borbotões. – Foi assim que você começou a me notar.

– Você está enganada – ele diz, meneando a cabeça. – Eu notei você antes de tudo isso.

Meus pensamentos recuam para nossa conversa durante a detenção. Recordo como, mesmo na época, senti que o papo fluía fácil entre nós. Baixando a cabeça, fico sem saber o que dizer.

– Todas as pessoas da minha vida sempre fizeram joguinhos – ele continua, suspirando pesadamente. – Minha família, meus amigos. Puta merda, entre minha mãe e Caroline, eu pensava que minha cabeça ia explodir, com tanta conspiração e manipulação. Pensei ter finalmente encontrado alguém em quem podia confiar. Eu estava errado.

– Xavier – sussurro, lágrimas quentes pinicando meus olhos. – Por favor. Podemos conversar sobre isso?

– Não tenho vontade de conversar no momento – ele diz, antes de se apressar escada acima, abrir as portas da frente com raiva e sumir dentro do prédio.

Fico parada ali nos degraus, perdida. Ao ouvir alguém se aproximar de mim pelas costas, enxugo depressa as lágrimas com a mão.

– Ruby? – ouço Ollie dizer. – Você está bem?

Caio em mim: se não foi Tabatha quem vazou a história, havia uma única outra pessoa que poderia ter feito isso. A única outra pessoa que sabia. Começo a enxergar tudo vermelho.

– Como você pôde fazer isso? – disparo, rodeando-o com raiva. – *Como pôde fazer isso comigo?* O que é isso, algum tipo de vingança?

Ollie estanca e me encara de olhos arregalados.

– O quê? Do que você está falando? – ele pergunta, aturdido.

– Você está chateado porque tenho tido menos tempo para você, então conta tudo a um repórter – eu acuso, encarando-o. – Sabe, você só precisava conversar comigo sobre como estava se sentindo, em vez de se dar ao trabalho de me destruir.

– Você acha que *eu* fiz isso? – Ollie diz. – Acha que vendi uma história a seu respeito? Ah, mas é hilário. Que maravilha.

– Quem mais poderia ser?

– Se você tivesse se dado ao trabalho de ler direito as reportagens, teria visto que um repórter ambicioso foi até seu antigo vilarejo e conseguiu convencer uma das suas inocentes vizinhas a conversar com ele. Lottie alguma coisa. Ele perguntou a ela sobre você e percebeu que a descrição e a linha do tempo dela não combinavam com as fotos que eles pegaram nas suas mídias sociais, antes que as apagássemos.

Inspiro fundo.

– *Lottie* fez isso?

– Duvido seriamente que ela tenha feito qualquer coisa de propósito contra você, Ruby – ele diz amargamente, de testa franzida. – Ela falou a verdade. Ela foi honesta. E, quer saber? Eu a respeito por isso.

– E isso quer dizer o quê? – pergunto, na defensiva.

– Significa que você ficou tão enredada nas suas mentiras que, sinceramente, acho que você não sabe mais quem é. Eu, pelo menos, decididamente não tenho ideia de quem você se tornou.

– Tá, eu posso ter contado algumas mentiras para chegar aqui, mas não é como se eu estivesse fingindo ser quem não sou! Eu fui eu mesma esse tempo todo.

Ele funga de desprezo.

– Ok, beleza, bem, é bom saber quem você *realmente* é, então. Alguém que se importa em conquistar uma coroa idiota de popularidade; alguém tão envolvida em derrubar o inimigo que já não tem tempo para os amigos; alguém que usa as pessoas e depois joga fora.

– Eu não te joguei fora, Ollie – argumento, levantando as mãos em desespero. – Você sabia que eu precisava me concentrar no plano!

– É, e daí o que aconteceu, quando você descobriu quem é seu pai? Você conseguiu o que queria, mas continuou com as mentiras. Você não... você não voltou. – Ele pausa, os punhos cerrados. Quando torna a falar, sua voz está mais suave, mais vulnerável. – Eu queria estar ao seu lado, Ruby. Eu odiei vê-la passar por tudo aquilo com o seu pai. O jeito como eles falaram sobre a sua mãe na imprensa e como Caroline te tratou; eu *odiei*.

Meus olhos se enchem com mais lágrimas, diante da sinceridade dele.

Ollie solta um suspiro.

– Sabe, quando você começou nesta escola, eu fiquei com *raiva*.

– Raiva?

– É, falando sério – ele diz, dando de ombros. – Fiquei com raiva porque só no último semestre conheci alguém de quem realmente gostava, neste lugar. Com você, eu conseguia conversar. Você se importava com o mundo de verdade, com coisas de verdade. Eu participei do plano de infiltração nos Elites porque acreditava que você merecia saber quem era seu pai e porque pensei que você percebia a diferença entre gente falsa e gente que gostava de você pelo que você realmente é.

– Ollie...

– Você nunca precisou ser uma pessoa diferente para que eu te notasse, Ruby – ele me interrompe com frieza. – Ironicamente, vejo as coisas com ainda mais clareza agora. A escola acabou e estou pronto para abrir mão de você junto com todas as demais pessoas de Clairmont. Tchau, Ruby.

– Ollie, espera – peço, mas ele já desceu e foi embora.

Com lágrimas escorrendo pelas faces, passo a mão no cabelo, dividida entre ir atrás dele e procurar Xavier. Nenhum dos dois quer me ver nem pintada de ouro no momento, mas eu não posso sair daqui hoje sem dizer a Xavier quanto lamento. Com o estômago se contorcendo de remorso, subo o resto dos degraus, empurro a porta e me vejo no corredor vazio. Está estranhamente silencioso. Ninguém teria nenhuma razão para estar aqui. Eu estava me perguntando por que Xavier entrou, mas agora entendo que é o lugar perfeito para estar sozinho, protegido do barulho lá fora.

Como não sei onde procurar por ele, tento todos os lugares. Até bato na porta do banheiro masculino e enfio a cabeça pela porta quando ninguém responde, mas está vazio. Enquanto percorro os corredores, desesperançada, tenho uma ideia absurdamente romântica de que ele decidiu ir à classe onde ficamos em detenção, porque foi lá que nos conhecemos, porém, quando abro a porta e dou de cara com uma sala silenciosa cheia de cadeiras e mesas, percebo que a última coisa que ele iria querer é ir a algum lugar que o faça lembrar-se de mim.

Mas daí me ocorre: a biblioteca.

Rumo para lá e paro do lado de fora para me estabilizar. Preciso lidar com essa situação com Xavier com muita calma e humildade. Se ele estiver aqui, não posso entrar de supetão e forçá-lo a conversar comigo. Vou apenas dizer que quero um pouco de seu tempo para apresentar meu lado da história e, depois, vou deixá-lo sozinho para tomar uma decisão. Embora isso faça meu coração se apertar, vou lhe dar o espaço de que ele precisa. Farei o que for preciso para lhe provar que, se por um lado menti sobre algumas coisas, o que temos entre nós é real.

Com o discurso pronto na cabeça, abro a porta cautelosamente e deslizo para dentro da biblioteca. No começo, acho que está vazia, mas daí escuto um rangido, algumas fileiras adiante. Não querendo assustá-lo, caminho em silêncio enquanto percorro as fileiras de estantes. Ele parece estar respirando pesadamente e há um gemido suave, então me pergunto se está chorando.

– Xavier? – sussurro, dobrando a esquina da seção de História.

Fico boquiaberta.

Caroline está pressionando Sybil contra as prateleiras e beijando-a apaixonadamente. Quando percebem minha presença, afastam-se, a blusa de Caroline aberta, o batom de Sybil borrado em sua boca. Como cervos flagrados por um holofote, elas me encaram de olhos esbugalhados. A boca de Caroline treme.

– Eu sinto muito – digo instintivamente, dando um passo para o lado, pronta a sair correndo.

– Ruby, espera – Caroline diz, dando um passo à frente. – Por favor...

A porta da biblioteca se abre e a rainha Grace entra.

– Majestade! – exclamo em voz alta, fazendo-a dar um pulo.

Fora de seu campo de visão, Caroline congela. Sybil põe a mão sobre a boca.

– Ruby – a rainha Grace diz, enquanto me curvo em uma mesura desajeitada. – Eu estava procurando minha filha.

– Sua filha – repito devagar, com o rosto em chamas.

– Sim. Você a viu? Ela escapou dos seguranças. De novo.

– É... hum... não, não vi – gaguejo.

A rainha Grace espia alguns corredores próximos ao lugar onde está parada.

– Ela precisa estar no campus, em algum lugar.

– Pensando melhor, eu a vi, sim – anuncio.

Vejo Caroline fechar os olhos em sinal de derrota.

– Ela estava a caminho do prédio de esportes.

Caroline levanta a cabeça abruptamente.

– Isso, ela estava indo para lá, para o lado oposto da escola – continuo, o mais casualmente que consigo. – Eu a vi naquela direção.

– Mas o que será que ela estava fazendo, indo para o prédio de esportes? – a rainha Grace diz.

– Talvez ela tenha esquecido algum equipamento de tênis no armário. Ou quem sabe queria dar umas raquetadas – digo, forçando uma risada nervosa.

– Ah, nisso eu posso acreditar. – A rainha suspira. – Muito bem, vou procurá-la ali. É uma caminhada e tanto, a partir daqui.

– E eu não sei? – murmuro, pensando no "Toalha-gate".

Ela começa a se afastar, mas algo a detém.

– Como você tem passado, Ruby? – ela pergunta, por fim.

– Eu? Estou bem.

Ela levanta as sobrancelhas, não convencida.

– Obviamente, o dia de hoje não está maravilhoso – acrescento, sentindo-me obrigada a elaborar. – As pessoas estão dizendo uma porção de coisas a meu respeito.

– Sim. Fui informada sobre isso.

Coro e olho para meus sapatos.

– Receio que você vá precisar lidar com isso pelo resto da vida – ela diz, e me surpreendo ao ouvir um tom de solidariedade em sua voz. – As pessoas vão sempre dizer coisas sobre você. Faz parte do jogo.

– Não é muito divertido.

– Não, não é. A menos que digam coisas positivas. Então é mesmo esplêndido.

Permito-me um ligeiro sorriso e olho para ela.

– Como a senhora faz isso? Como segue em frente, sabendo que estão pensando essas coisas horríveis a seu respeito?

Por sorte ela não parece ofendida pelas minhas perguntas. Na verdade, ela parece quase mais à vontade do que normalmente, e curva os lábios em um sorriso cúmplice.

– Anos e anos de prática – ela me conta. – No começo, fere terrivelmente. Então, você começa a construir um muro para se proteger e, antes que se dê conta, ele a modificou totalmente. – Ela faz uma nova pausa, olha através da janela, e eu aguardo.

– É meu trabalho seguir em frente, independentemente do que eles digam – ela sussurra, por fim. – Eu sou uma rocha, um símbolo. Firme, confiável, forte. Mesmo que por dentro esteja destruída, por fora estou bem-composta. É disso que as pessoas precisam, então isso é o que sou.

– Não deve ser fácil.

Ela se volta da janela para olhar para mim.

– Não é.

Engulo o nó na garganta.

– Não quero que as pessoas me odeiem.

Ela inclina a cabeça para mim.

– Elas não conhecem você. Então, como podem odiá-la?

– Algumas me conhecem. E elas definitivamente me odeiam – admito, pensando na expressão de Xavier quando disse que eu havia traído sua confiança. – Tenho medo de que não vão me perdoar.

Ela considera minhas palavras pensativamente, antes de responder.

– O tempo cura, você vai se surpreender – ela me diz. – Eu, pelo menos, aprendi isso. Todos cometem erros, Ruby, mas nem todos são capazes de corrigir as coisas. É assim que se julga uma pessoa. As únicas opiniões que importam são as da sua família.

– Pois é. Só que eu não tenho mais uma, exatamente.

Ela franze as sobrancelhas, e me sinto culpada por fazer um comentário tão pesado, especialmente para a rainha, então mais do que depressa acrescento:

– Mas tenho a minha tia, e ela tem *montes* de opiniões. Não sei em que medida são bem pensadas, mas precisam valer alguma coisa.

Ao ouvir isso, ela sorri.

– Eu considero lady Tabatha uma excelente julgadora de caráter.

– Direi a ela. Ela vai se refestelar nesse comentário durante meses.

– Quando falei de família, quis dizer também as pessoas que escolhemos como nossa família – ela esclarece, com um gesto da mão. – O que nossos amigos pensam de nós tem um valor altíssimo.

– Ah. – Faço uma careta. – Então acho que tenho algum trabalho pela frente.

O silêncio baixa de novo. Com um aceno educado para indicar que nossa interação chegou naturalmente ao fim, ela se afasta da janela e vai na direção da porta, mas encontro a coragem para detê-la, percebendo que esta poderia ser minha única oportunidade de ter uma conversa em particular com a rainha, sem ninguém dizer a nenhuma de nós o que falar ou fazer.

Bem, quase em particular. Caroline e Sybil continuam escondidas atrás dos livros, ouvindo cada palavra do que digo. Mas não me importo. Na verdade, poderia ser bom que Caroline ouvisse isto:

– Eu sinto muito – disparo.

A mão da rainha para a meio caminho da maçaneta. Ela se vira e me encara com uma expressão intrigada.

– Eu sinto muito por tudo isso. Nunca quis magoar a senhora nem Caroline. Só que magoei, mais ou menos. Desculpe, não estou fazendo muito sentido – balbucio, passando a mão pelo cabelo.

Ela não responde, pacientemente me dando tempo de me explicar para ela.

– Eu fico me justificando para mim mesma, que nunca quis ferir ninguém – digo, as palavras viscosas na garganta. – Mas, quando imaginei que meu pai poderia ser um dos amigos da minha mãe, soube que precisava descobrir quem; e eu sabia que a família de alguém ficaria ferida. Eu só não sabia família de quem. Mas fui em frente mesmo assim, bolando um plano ridículo para fingir ser quem eu não era, para poder me aproximar das pessoas certas, iludindo de modo egoísta todo mundo para obter o que eu queria. E acabou que foi a *sua* família que eu feri. Eu realmente sinto muito. Eu deveria ter ignorado o assunto, como minha mãe queria.

Uma lágrima desce pela minha face.

– Obrigada, Ruby, por seu pedido de desculpas – a rainha responde, pesarosa. – É natural querer saber quem são nossos pais, de onde viemos. Você deve ter tido muitas perguntas enquanto crescia, e fico contente que agora tenha as respostas.

– Essas respostas não ajudaram ninguém.

– A verdade é sempre importante – ela argumenta. – Não é sempre agradável, mas não podemos nos esconder delas. – Ela faz uma pausa e se remexe pouco à vontade. – Eu sei... Eu sei que meu marido lamenta ter traído minha confiança e não tolera ter ferido Caroline, mas posso lhe assegurar com toda a certeza que ele *não* lamenta as ações que, na época, resultaram em você.

Mordo o lábio.

– Sabe, quando nossa equipe de assessoria de imprensa veio pela primeira vez nos informar que a história estava prestes a ser divulgada, eu poderia tê-lo matado – ela diz, e sua sinceridade me toma de surpresa. Ela levanta o olhar para o teto. – Depois de tudo o que nós dois passamos, tudo que fiz por ele, os sacrifícios, revela-se que não apenas ele teve um caso extraconjugal, como também manteve em segredo o conhecimento que tinha de ter uma filha. Ele deixou essa criança crescer sem pai. Ele a abandonou. Ele me humilhou em todos os níveis possíveis e, pior que isso, ele não confiou em mim para dizer a verdade. Isso foi, bem simplesmente, imperdoável.

Engulo o nó na garganta.

– Porém, à parte a situação do meu casamento, eu me tornei estranhamente orgulhosa dele nas últimas semanas – ela reflete. – A resiliência dele em face da adversidade continua a me surpreender, e ele provou que quer corrigir as coisas com você. Ele quer construir um relacionamento com você. Cheguei a pensar que ele quis isso o tempo todo, e que Eleanor... bem, no fim, ela estava protegendo todo mundo, suponho. Inclusive a mim.

– Fico tentando me convencer de que foi por isso que ela nunca me contou nada – digo baixinho. – Não quero sentir raiva, dela porque ela não está aqui para se defender, mas sinto.

Ela suspira.

– Eu também.

– A senhora deve odiá-la.

– "Ódio" é uma palavra forte. É verdade que nunca fui muito fã de sua mãe.

– Nem imagino o porquê.

Ela se permite um débil sorriso.

– Imagino que muitas pessoas tenham lhe dito que você se parece muito com ela. Na primeira vez que vi você, na Gala Florescer, por um instante pensei que *era* ela.

– E que ela havia realmente voltado para assombrar a senhora – gracejo, antes de me lembrar com quem estou conversando. – Desculpe, eu não deveria brincar com isso.

– Você está certa, as ações dela de fato voltaram para me assombrar. Mas as minhas, também. Acho que eu sempre soube que Alfred a amava. A despeito disso, eu me casei com ele. Nós precisamos viver com nossas escolhas.

Assinto. Inspirando fundo, ela consulta o relógio.

– Preciso voltar à feira. Com sorte, a uma hora dessas Caroline terá retomado seus deveres por lá. – Ela faz uma pequena pausa e em seguida diz: – Você não deve julgá-la com severidade demais sobre como ela tem agido em relação a você ultimamente. Sei que sou mãe dela, e por isso parcial, mas Caroline é uma boa pessoa, e tudo isso tem sido estressante para ela.

– A senhora não é a primeira pessoa a me dizer isso. Xavier falou a mesma coisa.

– Ele sempre gostou muito dela.

Baixo os olhos para o chão.

– Eu sei.

– Mas, aqui entre nós, sempre achei que formam um casal terrível – ela diz, em tom abafado. – Ele precisa de alguém que o tire de si mesmo. E Caroline já tem um rei caladão no palácio, não precisa de outro.

Sufoco uma risada.

– Seja como for, eu soube que você tem retribuído na mesma moeda – ela comenta.

Estremeço.

– Nem o comportamento dela nem o meu têm sido exatamente exemplar.

– Não. Algo em que ambas precisam trabalhar. – Ela abre a porta da biblioteca. – Muito bem, então. Você vem?

– Não vou voltar para a feira.

Ela arqueia uma sobrancelha.

– Por quê? Porque as pessoas estão falando de você?

Dou de ombros.

– Tive uma ideia – ela diz –: vamos dar a eles outro assunto sobre o que falar. Nós voltaremos para a feira ao mesmo tempo. Isso vai pôr algumas línguas em movimento.

Ela gesticula para que eu vá na frente. Eu não vou dizer "não" para a rainha, então sigo suas instruções e saio de lá, tendo-a ao meu lado.

– Assim como ensinei Caroline, é importante não deixar que a vejam sofrer. Para os predadores à espreita, sofrimento é fraqueza – ela garante, levantando o queixo quando chegamos à saída do prédio. A rainha baixa o olhar para mim. – Uma rainha precisa ser muitas coisas, mas ela nunca é fraca.

E, com isso, ela abre a porta e nós saímos juntas.

CAPÍTULO VINTE E OITO

Penso em não ir ao Baile de Verão de Clairmont.

Dois dias se passaram desde a feira, e Xavier ainda não ligou. Ollie não está respondendo às minhas mensagens. E todo mundo sabe que criei um perfil falso em rede social e menti sobre minha vida anterior, o que é constrangedor nos termos mais amplos.

A imprensa deu meia-volta em sua opinião sobre mim, finalmente, e as colunas recentes têm sido majoritariamente a meu favor. A foto da rainha Grace e minha saindo do prédio da escola juntas foi a principal imagem de quase todas as publicações noticiosas ontem. O fotógrafo oficial conseguiu um clique sensacional: nós, por acaso, estamos olhando uma para a outra enquanto descemos, eu olhando para cima, na direção dela, e ela sorrindo para baixo, encorajadora, na minha direção. Todo mundo já achava que a rainha tinha classe, mas, desde a publicação daquela foto, sua popularidade foi ao auge. Uma parte cínica de mim se questiona se ela usou a situação em benefício próprio. Seja como for, eu não ligo: fez um favor a nós duas.

Fora isso, quando certos jornalistas tomaram conhecimento do fato de que eu inventei todas aquelas mentiras para descobrir quem era meu pai, minha imagem na mídia ressuscitou de repente como a de uma vítima digna de solidariedade, uma adolescente solitária e de luto cujo único crime foi buscar corajosamente por respostas. Isso provocou um revide furioso contra os repórteres que haviam me retratado como uma alpinista social impiedosa e gerou uma torrente de opiniões, nas mídias sociais, sobre a mídia vilanizar indivíduos e sobre a importância de ser gentil.

Não tenho dúvida de que Tabatha está por trás de boa parte disso. Não pode ser coincidência terem sido os jornais de Edward Deacon os primeiros a mudar de tom.

Porém, ela continua a negar o primeiro vazamento. Não sei bem o que pensar. Como todas as demais pessoas bravas comigo, fico tentada a perdoá-la, seja como for; preciso de ao menos uma pessoa do meu lado.

– Você viu esta? – Tabatha disse ontem, entrando no meu quarto de repente e sem bater, sentando-se em minha cama e pondo o iPad debaixo do meu nariz. – O redator diz, e passo a ler: "O fato de Ruby Carter, uma jovem relutantemente posta sob os holofotes, ter lidado com a verdade alarmante sobre seu pai com tamanho equilíbrio e compostura, aceitando a oferta de paz do rei, ao mesmo tempo em que suportava o intenso escrutínio que vem com o vínculo real, por parte da mídia e, hoje em dia, também nas plataformas sociais, pode certamente atestar sua força de caráter. Seja perguntar a nós mesmos o que ganhamos ao jogar lama nos outros, seja simplesmente admirar a força de uma pessoa sob tal fogo, acredito que todos podemos aprender algo com ela". Bem falado, sem dúvida! Sabe, Ruby, esse é um jornalista muito proeminente. E está na primeira página!

– Sério? – eu respondi, tentando demonstrar todo o entusiasmo de que fui capaz.

Não vou fingir que essa mudança de opinião não fez diferença, porque é bom saber que as pessoas estão do seu lado, mas eu me importo muito mais com Xavier e Ollie. E, a julgar pela falta de contato deles, concluo que eles ainda não pensam coisas muito boas sobre mim.

– Você leu as outras coisas que estão dizendo? – Tabatha havia continuado. – Aparentemente, uma fonte do palácio deixou escapar que o rei está considerando lhe conceder um título.

– É, eu li, mas não acredito.

– Mas e por que não? Seria inteligente da parte dele fazer isso. Depois de tudo que ele aprontou, é o mínimo que pode fazer – ela opinou, folheando um tabloide noticioso para ler tudo sobre os diferentes títulos que o rei poderia considerar para mim. – Isso o faria ficar bem diante do público e, mais importante, seria uma forma de o palácio reconhecer você formalmente como filha do rei.

– Eles já fizeram isso.

– Sim, mas um título tornaria tudo oficial. Devo dizer, seria divertido visitar o intragável tio Spencer com um título próprio. Isso faria com que ele e a esposa se rasgassem. A filha titulada de um rei; você provavelmente estaria um degrau acima dos seus primos. Que delícia! Vou orientar Bennet a ter um celular com câmera de prontidão para capturar o momento de nossa chegada a Milbourne e Spencer precisar se dirigir formalmente a você.

– Você fala como se eu já tivesse um título, e não tenho – recordei a ela, revirando os olhos. – É um *clickbait*, só isso.

– Não existe fumaça sem fogo, minha querida. Histórias assim não surgem do nada. Alguém a plantou para conferir se o país concorda, e, dada a receptividade a essas notícias, eu diria que não levará muito tempo até a confirmação.

O único título sobre o qual eu precisava me preocupar, agora, era o de rainha de Clairmont e, a esta altura, já nem sei se me importo mais com ele. A votação foi encerrada hoje de manhã e, com as recentes notícias desfavoráveis, é improvável que eu esteja na dianteira.

Mas tomo a decisão de ir ao Baile de Verão de qualquer jeito. A rainha Grace me mostrou que minha vida está irrevogavelmente modificada. Eu não posso me esconder a cada vez que minhas falhas são expostas, do contrário posso passar a vida escondida. Minha decisão de comparecer recebe um empurrãozinho quando Jonty aparece à porta na tarde do baile, com uma mão segurando o saco com o paletó sobre o ombro e com a outra trazendo uma garrafa de champanhe.

– Pensei que poderíamos ir juntos como banidos a esse negócio – ele diz, quando Bennet o liberta de seus pertences e fecha a porta atrás dele. – Eu adoraria ser seu par, se você me aceitar.

Atiro os braços em seu pescoço e o abraço forte.

– Obrigada, Jonty – cochicho, minha voz abafada contra seu ombro. – Eu não sabia se ainda tinha algum amigo.

– Você estava lá quando precisei. A amizade tem mão dupla – ele me recorda.

Sorrio quando me afasto.

– Você teve notícias de Xavier?

– Dê tempo a ele – ele responde delicadamente.

Assinto e decido não tornar a mencionar o nome dele. Não é justo colocar Jonty no meio, e estou grata por ele ter aparecido em apoio a mim, hoje. Nossa amizade é uma estranha montanha-russa, mas isso confirma que é verdadeira.

Ter Jonty aqui e escolher músicas para escutar enquanto uma equipe liderada por Poppy, que Tabatha convocou para nos ajudar a nos arrumar, faz minha maquiagem eleva meu ânimo e, quando entro no vestido, sinto-me muito mais empolgada do que antes para ir. A reação dele ao me ver no vestido basta para fazer minha noite.

– Que linda – ele arqueja, admirando o vestido azul-gelo de tule e decote profundo, enfeitado de cristais prateados. – Você está fabulosa, Ruby.

– Como a filha de um rei. Vestido maravilhoso, não é? – Tabatha suspira, pondo a mão no coração. – Eu só gostaria que você pudesse usar a gargantilha de Eleanor com ele, mas o rubi não vai bem com o azul.

– Está tudo bem – digo a ela, apertando sua mão. – Não preciso usar a gargantilha dela para saber que ela está comigo.

E então proíbo todo mundo de falar da mamãe esta noite de novo, porque minha maquiagem está perfeita e me dá pânico pensar que pode ficar borrada. Poppy e a equipe dela se superaram, com uma sombra cintilante, delineador esfumado e delicados cílios postiços que realmente realçam meus olhos, como Poppy me informou enquanto os fixava individualmente. Os cabeleireiros fizeram um penteado solto, com mechas onduladas na frente, elegante o bastante para combinar com o vestido, mas não severo demais para o rosto. Tabatha me emprestou um de seus brincos favoritos de diamantes e safira, especialmente para a ocasião.

Após posar para uma quantidade de fotos na base da escada, nós nos preparamos para os *paparazzi* à espreita na rua, que estão cientes de que esta noite é o Baile de Verão em que ou Caroline ou eu seremos anunciadas rainha de Clairmont. Alfred chegou a insistir para que guarda-costas me acompanhassem até a escola. Estão esperando atrás desta porta.

– Ruby – Tabatha diz, quando nos preparamos para sair –, gostaria de aproveitar esta oportunidade para dizer que estou orgulhosa de você. Foram semanas turbulentas, e você demonstrou uma força e uma graça incríveis, dignas de um Carter.

– Obrigada, Tabatha.

– Sei que eu nunca fui sua primeira opção de pessoa com quem morar, digamos assim, mas espero que você esteja começando a se sentir em casa aqui.

Sorrio.

– Quer saber? Estou, de verdade.

– Ótimo. – Ela inspira e sorri para mim. – Vai ser uma temporada de verão espetacular. Potencialmente, a melhor de todos os tempos. Espere e verá, minha querida. Não há nada como o verão em Londres. Agora, divirta-se esta noite, independentemente de quem vença. Será que eu deveria lhe dar algemas?

– Você *quer* me dar algemas?

– Só se você prometer quebrá-las – ela diz, os olhos radiantes.

Quando Bennet abre a porta, a equipe de segurança do palácio entra em ação e sou protegida das câmeras e rapidamente enfiada no carro que me aguarda.

É só quando estou dentro que percebo que não é o carro de sempre.

– Gostou da limusine? – Dean ri, no banco do motorista, captando meu olhar pelo retrovisor, enquanto Jonty entra pelo lado oposto, dispensando com gestos os repórteres que lhe pedem comentários sobre a situação da própria família. – Lady Tabatha quis oferecer um carro especial para uma ocasião especial.

Deixando para trás a horda de *paparazzi*, Jonty e eu nos recostamos e nos revezamos em acalmar o nervosismo um do outro. Quando chegamos a Clairmont, começo a ter grandes dúvidas e me pergunto se deveria graciosamente admitir a derrota e dar meia-volta, mas Jonty afaga meu ombro.

– Independentemente do que acontecer, você tem meu voto – ele diz com firmeza.

Sorrindo para ele com gratidão, aceito a mão que Dean me oferece e saio do carro. Percebo rapidamente que o vestido é um sucesso: ao caminhar para a escola com o braço apoiado no de Jonty, meu estado de espírito se eleva diante da quantidade de "oh" que ele provoca. Nesta noite, mais do que em qualquer outra, eu precisava de uma roupa arrasadora, e serei para sempre grata a Tabatha por garantir que eu vestisse uma.

Inspiro fundo quando entramos no salão de baile, espantada com a transformação pela qual ele passou. Há luzes e velas artificiais tremulando por todo lado, com um dossel de pequenas lâmpadas cintilantes revestindo o teto e belos arranjos de flores cor-de-rosa, azuis e brancas no centro das mesinhas redondas espalhadas pelo salão. Uma banda está tocando em um palco montado na ponta oposta e em todos os quatro cantos há barracas de bebidas oferecendo coquetéis sem álcool e ponche.

– Não se preocupe, tenho uma garrafa de bolso com vodca, para deixar as coisas um pouco mais animadas – Jonty diz, sem se deixar impressionar pelas bebidas disponíveis.

Estou com ele na fila para pegar um coquetel quando um homem de terno preto, óculos escuros e fone de ouvido se posta ao meu lado e cochicha:

– Senhorita Carter, segurança. Poderia me acompanhar por um momento?

Jonty fica assustado, mas eu o tranquilizo.

– Eles provavelmente só querem checar algum detalhe mais uma vez, para quando formos embora – digo a ele, enquanto me levam. – Segura aqui o meu copo!

Conduzida para fora do salão de baile, sigo as instruções dele para seguir pelo corredor e entrar na sala do senhor Clarke. Eis que encontro Caroline me esperando. Parada junto à janela, ela está usando um vestido tomara que caia rosa-bebê brilhante, parecido com uma nuvem, com barra de babados e um bordado prateado na cintura. Para um brilho extra, escolheu como acessórios vistosos brincos de candelabro.

– Alteza – digo, com uma pequena mesura.

Não somos mais colegas de escola. As regras da etiqueta voltaram a entrar em vigor.

– Obrigada, Mark – ela diz ao homem que me levou, antes de se dirigir tanto a ele quanto a Stephen, que está na sala com ela, e dizer: – Eu gostaria de um momento a sós com Ruby.

Stephen hesita, inseguro. Ela revira os olhos.

– Francamente, Stephen, o que você acha que vamos fazer? Estrangular uma à outra com as mãos nuas e usando vestidos de baile? Eu gostaria de um pouco de privacidade, *por favor*. Serão apenas uns poucos minutos.

Assentindo enfaticamente e me lançando um olhar matador, que tento não levar para o lado pessoal, ele sai da sala, fecha a porta e nos deixa sozinhas em silêncio.

– Que vestido lindo – falo primeiro, para quebrar o gelo.

Ela alisa a saia.

– É volumoso. Dificulta entrar e sair do carro.

– É dramático. Eu gostei.

– Eu gostei do seu também.

Hesito.

– Essas devem ser as coisas mais simpáticas que dissemos uma para a outra nos últimos tempos...

Ela fixa o olhar em mim.

– Por que você não contou a ninguém sobre mim e Sybil?

– Por que eu contaria? – digo. – Não é da minha conta.

– Você não está esperando para anunciar hoje à noite nem em outra ocasião, para aumentar o impacto? – ela questiona, analisando minha expressão. – Porque, se estiver, eu gostaria pelo menos de ter algum tempo para preparar uma declaração.

– Caroline – começo, incrédula –, você acha realmente que eu faria isso?

– Eu não tenho a menor ideia do que você vai fazer, mas gostaria de me preparar para o pior.

Pisco para ela.

– Você não precisa se preocupar. Eu nunca contarei.

– Seria compreensível se contasse. Você tem a munição perfeita para causar um frenesi. Eu fiz tudo o que pude para acabar com você. Por que você não iria retaliar? Eu te feri.

– Você atirou bolas de tênis em mim e me fez andar de um prédio ao outro só de toalha – digo, olhando-a pasma. – O que você fez não foi bacana, mas você não vazou informação sobre minha sexualidade para a imprensa. – Ela se encolhe ao ouvir isso. – Caroline, eu entendo que você não confie em mim e lamento que pense que qualquer pessoa pudesse fazer algo tão desprezível, mas eu jamais usaria uma coisa dessas como munição. Eu não sou assim.

Ela assente e apoia as costas no parapeito, pressionando a mão no peito. Expira ruidosamente, antes de inspirar fundo diversas vezes.

– Você estava tensa, pensando que eu fosse anunciar isso no baile, na frente de todo mundo? – eu pergunto, sentindo uma onda de solidariedade por ela. – As últimas noites não devem ter sido divertidas para você.

– Não preguei os olhos.

– Lamento. Eu deveria ter mandado uma mensagem para lhe dizer que não ia contar nada.

– Mesmo que tivesse mandado, eu teria me preocupado que você estivesse mentindo. Eu precisava conversar com você para ter certeza. – Ela me encara com olhos brilhantes. – Obrigada.

– Não precisa agradecer. – Eu hesito. – Você está bem?

Ela pausa, remexe uma das contas do vestido.

– Não é sério o que está rolando entre mim e Sybil – ela diz serenamente – Não pode ser.

– Você não precisa me explicar nada.

– Eu sei disso – ela diz com suavidade, antes de continuar. – Eu comecei a ter sentimentos por ela há mais ou menos um ano. Faz algum tempo que sei que sou bissexual. Obviamente, não é o ideal para uma princesa destinada a ocupar o trono um dia. Tentei ignorar a atração que sinto por mulheres, mas Sybil... Ela está sempre por perto. É difícil lutar constantemente. Nós nos beijamos em uma festa, no ano passado, e concordamos que foi um episódio isolado, uma coisa boba, havíamos bebido. Mas só que continua acontecendo. Eu disse a ela que ninguém pode saber. Fizemos tudo o que pudemos para esconder.

– E tiveram sucesso. Eu nunca suspeitei de nada. – Hesito. – Essa é uma das razões pelas quais você manteve Xavier suspenso na corda bamba por todo esse tempo? Você queria que todo mundo se concentrasse nele e em você?

– Despiste – ela diz calmamente. – Sim, um pouco. Ninguém desconfiaria de mim e Sybil, com Xavier ao meu lado o tempo todo. E, fora isso, acho que uma parte de mim esperava que eu viesse a me apaixonar por ele algum dia. Teria tornado tudo muito mais fácil.

– Você o usou. Não é o melhor jeito de tratar um amigo.

Ela estreita os olhos para mim.

– Não sei por que você está reclamando. Minhas ações o levaram a ficar bravo comigo e o levaram para você.

– Uma coisa boa que resulta de uma coisa ruim não justifica a ruim.

– Não, mas ajuda. – Ela suspira. – Olha, eu disse a ele que lamento. Ele me perdoou e agora está feliz com você, então tudo está bem quando acaba bem.

Cruzo os braços em frente ao peito.

– Ele não quer mais nada comigo.

– O que te faz pensar assim?

– O fato de ele ter me dito, na feira de Clairmont.

– Ele está mentindo. – Ela se afasta da escrivaninha e afofa a saia. – Nós tivemos uma conversa na festa de aniversário dele e ele me contou o que sente por você. Ele está apaixonado.

– Isso foi antes de ele descobrir que eu tinha mentido para ele – digo, abanando a cabeça. – Enfim, não se trata de mim e Xavier.

– Não, trata-se de mim e Sybil – ela diz, antes de acrescentar, desanimada: – Não que possa existir um "eu e Sybil".

– Você não tem como saber.

Ela me olha.

– Eu sou a futura rainha, Ruby.

– E este é o século vinte e um. As coisas mudaram. As pessoas prefeririam ter no trono uma rainha que fosse totalmente ela mesma.

– Isso seria não apenas um divisor, quando a monarquia é supostamente uma instituição de união, mas, além disso, representaria desafios constitucionais enormes – ela rebate, um tanto exasperada.

– Até parece que a monarquia não enfrentou desafios antes.

– As pessoas deste país não estão prontas.

– Então a culpa é nossa. – Bufo e ponho as mãos no quadril, enquanto ela me encara. – Talvez você devesse ter mais fé no seu povo.

– Você não entende, Ruby – ela afirma, pesarosa. – Tudo na minha vida é cuidadosamente construído e foi planejado desde o dia em que nasci. Eu estar com uma mulher não se encaixa nesse plano.

– Planos mudam. Aposto que *eu* não estava no seu plano.

– Não, você não estava – ela responde com secura. – Presumo que, após sua conversa com a minha mãe, da qual você sabia que eu ouviria cada palavra, você esperava que eu lhe pedisse desculpas pelo modo como a tratei.

– Aprendi a não esperar nada de você, Caroline.

– Que bom. – Ela faz uma pausa. – Meu pai e eu temos uma relação complicada. Amo meus pais, e ele foi maravilhoso comigo, mas a pressão da Coroa… Eu sempre precisei dividi-lo com o resto do mundo. Passei a vida toda tentando agradar a ele, acreditando que, se eu o deixasse orgulhoso, ele me colocaria em primeiro lugar, acima de todas as outras coisas. Mas, quando se é o rei, isso é impossível. A Coroa sempre vem antes. – Ela levanta a cabeça e fixa os olhos em mim. – E agora eu preciso dividi-lo com você também.

– Caroline, eu não quero roubar seu pai de você. Só porque ele está me conhecendo não significa que vai te amar menos.

– Não estou lhe contando isso para que você me console – ela diz, cortante. – Eu só queria que você conhecesse o meu lado. Queria que você entendesse as razões para o meu... comportamento.

Arrisco um sorriso brincalhão.

– Quase parece que você está pedindo desculpas.

Ela faz uma expressão zangada.

– Ou não – acrescento depressa.

– Sei que não será rápido nem fácil – ela diz, erguendo o queixo –, mas espero que possamos tentar nos entender e deixar que a paz prevaleça.

Levanto as sobrancelhas.

– Isso é um trecho de um discurso oficial?

– Não faço propostas de paz duas vezes, Ruby – ela diz, de modo impaciente.

– Sou totalmente pró-paz.

– Ótimo. Bem, a gente precisa voltar ao baile. Daqui a pouco eles vão coroar a rainha de Clairmont. Eu detestaria que você não estivesse lá quando eu vencer – ela diz, sem me lançar um segundo olhar, ao passar por mim marchando rumo à porta.

Sorrio para mim mesma. Podemos não ser amigas de novo, mas nesta noite houve uma certa mudança, e espero que seja um pequeno passo na direção certa.

A maioria dos guarda-costas de Caroline a cerca enquanto ela faz sua grande entrada no salão, e alguns ficam para trás, para garantir que também eu percorra o corredor em segurança. Estanco subitamente, olho e olho de novo para Ollie, parado junto à porta, bebericando um coquetel. Nunca o vi arrumado antes. Ele fica bem de smoking. Quando me nota, sua expressão se suaviza e ele sorri para mim. Preciso de toda a força de vontade para não correr até ele.

– Você veio – começo, nervosa, parando à sua frente. – Eu não sabia com certeza.

– Bailes não são exatamente minha praia – ele admite, enfiando a mão livre no bolso. – Mas eu pensei em dar uma passada para nossa última despedida de Clairmont.

– Você está muito bonito.

– Digo o mesmo. Vestido novo?

– Que nada, só uns trapinhos que uso dentro de casa. – Sorrio da risada dele. – Ollie, me desculpe. Você tinha razão sobre tudo. Eu venho sendo uma pessoa horrorosa e não mereço você, sei disso. Espero que possa me perdoar e que a gente possa sair outra vez. Sinto saudade de você.

– Sinto saudade de você também – ele admite, antes de soltar um longo suspiro. – Eu não sou bom de guardar rancor, então acho que sair, qualquer hora dessas, vai ser divertido.

– Você pode gritar comigo mais um pouco, se quiser.

– Desculpe por isso – ele diz, corando. – As coisas ficaram meio dramáticas por um momento.

– Eu mereci tudo que você falou. Precisava ouvir aquilo. Você é um bom amigo.

Ele hesita e vejo uma expressão perturbada passar por seu rosto.

– O que foi? – pergunto, já em pânico. – Qual o problema?

– Gosto de ser seu amigo, Ruby – ele começa –, mas, na verdade, eu...

Ele é interrompido por um tapinha abafado no microfone, que suspende a música de repente, quando a senhorita Newton confere o funcionamento da aparelhagem antes de revelar que está na hora de anunciar o rei e a rainha de Clairmont. Sorrio apologeticamente para Ollie.

– Não faz mal – ele diz com um gesto da mão. – Você precisa entrar.

– Você não vem?

– Fico mais feliz nas coxias – ele insiste. – Vejo você depois.

Eu me inclino para beijar seu rosto e abro caminho pela multidão à procura de Jonty, que está à minha espera com uma bebida na mão. Ele me pergunta onde eu estava, agarra meu punho e cochicha "Aí vamos nós", quando rufam os tambores.

Xavier é proclamado rei de Clairmont e ninguém se surpreende; ele recebe uma salva de aplausos entusiasmados. Quando ele emerge da plateia e sobe os degraus até o palco, fico sem fôlego ao vê-lo. Com o coração doendo, arranjo forças para sorrir e bater palmas, esperando estar demonstrando alegria por ele e não parecendo prestes a desmoronar no chão. Jonty pega minha mão de novo e aperta.

A plateia se cala em um silêncio extremamente tenso, enquanto a senhorita Newton luta com o envelope que contém o cartão com o nome da rainha de Clairmont. Quando ela anuncia o nome de Caroline, experimento uma sensação surpreendente de alívio, mais do que decepção. *Acabou.*

Aceito o abraço solidário de Jonty, sorrio e me junto aos aplausos para Caroline, que sobe ao palco para receber a coroa, brilhando modestamente. Após acenar para seus adoradores, Xavier a toma pela mão e a acompanha para descer os degraus. A multidão se abre e deixa um círculo no centro do salão, para que seus celebrados rei e rainha dancem. De frente um para o outro, Xavier suspende uma das mãos de Caroline na dele e põe a outra na cintura dela. A música começa e eles deslizam pelo chão. Ele assume a liderança, gira-a e faz com que a saia do vestido se mova dramaticamente para a frente e para trás. Naquele momento, com suas coroas e sua naturalidade, sorrisos cúmplices sob os holofotes, eles parecem perfeitos e à vontade no próprio mundo. Por um breve instante, consegui ser parte dele e o deixei escapar por entre os dedos. Deixei Xavier escapar. Não sei se algum dia vou conseguir superar a dor dessa tristeza.

Permaneço na lateral até não conseguir mais continuar vendo.

– Volto já, já – prometo a Jonty, virando as costas à pista de dança e tentando atravessar o mar de gente que estica o pescoço para admirar o casal recentemente coroado.

Quando sinto uma mão no meu braço, ao finalmente chegar ao fim da multidão, sacudo com força, pensando que é alguém bravo por eu ter empurrado, mas daí ouço a voz dele.

– Ruby.

Paro, viro e descubro que Xavier veio atrás de mim.

– O que você está fazendo? – gaguejo. – Você deveria estar dançando.

Ele olha para trás, por cima do ombro. Caroline está sendo girada agora por outra pessoa, e a música vai ganhando força conforme o resto dos alunos ocupa ansiosamente a pista.

– Acho que não sentirão minha falta. Você sabe que eu não sou o maior fã de dança. Depois que você e Jonty ridicularizaram minha tentativa de fazer o Robô, é um milagre que eu não tenha ficado traumatizado o suficiente para abandonar os sapatos de dança de uma vez por todas.

Ofereço um sorriso amarelo.

– Parabéns, Majestade. A coroa lhe fica bem.

– Você acha? Eu acho que atrapalha. – Ele levanta a mão e a tira da cabeça. – Lamento que você não tenha vencido como rainha de Clairmont.

– Eu não lamento. Eu não merecia ganhar.

– Isso não é verdade – ele rebate gentilmente, os modos suaves me dando um raiozinho de esperança.

– Eu queria ganhar aquela coroa por todas as razões erradas: para me vingar de Caroline, para também me sentir mais próxima de mamãe, para me sentir melhor comigo mesma. Mas ter uma coroa de mentirinha posta na minha cabeça não vai me dar nenhuma dessas coisas. A princesa certa foi coroada rainha esta noite.

– Bem falado.

– Obrigada. É importante ser eloquente na derrota.

Ele assente.

– Muito gracioso.

– Xavier, eu andei pensando nos últimos dias e preciso dizer que... lamento ter mentido para você. – Engulo e me forço a continuar enquanto ele olha, triste, para o chão. – Eu não ia a jogos de polo nem a festas em iates em St. Barts com socialites e herdeiros. Esses posts de mídia social não eram verdadeiros. Mas o jeito como eu fui com você, as histórias e lembranças que contei sobre minha mãe e sobre onde cresci, o modo como me sinto em relação a você, tudo isso era de verdade. E é por isso que, apesar de lamentar ter te magoado ao contar essas mentiras bobas, se eu precisasse fazer tudo de novo, não mudaria nada.

Ele levanta a cabeça, confuso.

– Desde que mamãe recebeu o diagnóstico terminal, senti que estava flutuando, entorpecida pela vida – eu continuo, agora embalada. – Eu me afastei de todo mundo e de todas as coisas lá em Wiltshire. Eu não tinha mais tempo para as coisas que gostava de fazer antes: montar a cavalo, ir à escola, sair com amigos... De repente, tudo parecia inútil. Daí eu vim para cá e tive a chance de descobrir quem poderia ser meu pai. Então eu procurei. Perder a mamãe me destruiu. Pensei que, depois de perder minha mãe, encontrar meu pai poderia ajudar a me refazer. Eu estava errada. Nada vai preencher esse vazio. Nada vai trazê-la de volta.

Meus olhos se enchem de lágrimas. A mão dele estremece, como se quisesse pegar a minha, mas eu continuo, as palavras jorrando de mim antes que eu consiga impedi-las.

– Então você pode ir em frente e me dizer que eu não deveria ter inventado histórias idiotas sobre o meu passado, mas, se eu não tivesse feito isso, a maior probabilidade é que você e eu nunca nos tornaríamos tão próximos quanto nos tornamos. Talvez a gente se encontrasse em eventos chiques ou passasse um pelo outro pelos corredores da escola, mas eu não teria pulado de um iate com você, maquinado um plano bizarro para enganar a escola, jogado polo nem ido andar a cavalo no campo. Minhas mentiras possibilitaram que eu conhecesse você. E, por causa disso, eu voltei a conhecer a mim mesma outra vez.

– Ruby... – ele começa, mas eu o corto.

– Estou quase acabando, prometo. O que estou tentando dizer é que acho que, no meio de toda a tristeza por perder a mamãe, eu acabei me perdendo também, sem nem perceber. Mas daí eu conheci você e comecei a me divertir de novo. Todas aquelas coisas que antes pareciam inúteis agora me parecem os aspectos mais importantes da vida. Me apaixonar por você me trouxe de volta, Xavier. Eu sempre serei grata por isso. – Pauso e inspiro fundo. – Se você quer que isto acabe, vou respeitar sua decisão, mas preciso que você acredite que a pessoa que você conhece é a pessoa que eu sou.

Quando termino, tenho plena consciência de que, enquanto estivemos aqui conversando (ou melhor, enquanto *eu* estive falando), todo mundo ao nosso redor estava dançando. Fico constrangida com a seriedade do meu discurso em um ambiente tão frívolo.

– Você andou *mesmo* pensando – Xavier repete.

– Desculpe o monólogo – murmuro.

– Não se desculpe. – Ele dá mais um passinho em minha direção, de modo que sou forçada a levantar o queixo para olhar para ele, seus olhos pretos queimando os meus, meu coração acelerado pela proximidade dele. – Eu também andei pensando, nos últimos dias.

Engulo em seco e instintivamente olho na direção da porta, planejando minha rota de saída, de forma a saber para onde correr quando ele me disser que é tarde demais.

– Tudo se resume a isto: eu te amo – ele diz suavemente. – E não quero te perder.

Nossos olhares se conectam. Um sorriso brincalhão cruza os lábios dele.

– Meus pensamentos não foram tão longos quanto os seus – ele acrescenta, para me provocar.

Não sei o que dizer e mal me atrevo a respirar. Nenhuma palavra parece apropriada para descrever a sensação eletrizante que me invade, faz todo o meu corpo se arrepiar e minha cabeça girar. Ele põe uma mão na minha cintura e, avançando para a base das costas, me puxa para si, enquanto as pontas dos dedos da outra mão roçam minha face, deslizam até a orelha e descem pela minha nuca. Aninhando meu rosto, ele se abaixa e me beija tão profundamente que um calafrio percorre minha coluna de cima a baixo.

Sorrio quando, relutantemente, nos afastamos.

– Eu também te amo – sussurro.

– Eu sei.

Voltando a me inclinar, ofereço-lhe um olhar impassível.

– Estou me sentindo meio idiota agora.

– Por quê? – ele pergunta, me apertando em um abraço.

– Você me deixou tagarelar sem parar e dizer aquele monte de coisas profundas, quando poderia simplesmente ter falado sua parte primeiro e me poupado!

– Eu tentei interromper, mas você não deixou – ele comenta. – E, seja como for, eu gosto quando você tagarela. Você pode tagarelar comigo tanto quanto quiser. – Ele cobre minha face com beijinhos delicados. – Temos tempo mais que suficiente para trabalhar nisso em relação aos nossos planos para o verão.

Sorrio bobamente.

– Nós temos planos para o verão?

– Sim, muitos e muitos planos – ele cochicha, seu hálito quente provocando minha orelha e me fazendo estremecer. – Mas, por enquanto, vamos nos concentrar em hoje à noite. Eu tenho você de volta. É isso que importa.

– Você nunca me perdeu – digo suavemente.

Quando ele me abraça forte e me beija outra vez, sou distraída por alguma coisa espetando minhas costas. Ele se afasta e mostra a coroa que ainda estava segurando, e a gira descuidadamente em volta do dedo.

– Você quer? – Ele a põe na minha cabeça. – Olha, quer saber? A coroa fica bem em você. Nenhuma surpresa.

– Não, obrigada – digo, tiro-a dele, jogo longe e fico observando-a quicar pelo chão do salão de baile e ir parar na quina da parede. Envolvo os braços no pescoço de Xavier. – Eu sempre tive tudo de que precisei.

Sorrindo, ele se abaixa para me beijar de novo.

O Baile de Verão de Clairmont é para que nós, formandos, comemoremos o passado enquanto olhamos para o futuro. Mas eu prefiro focar no presente e me perder no deslumbre deste preciso instante, dançando, beijando e rindo sob um dossel de luzinhas faiscantes, a coroa abandonada no piso em um canto escuro do salão, despercebida e esquecida.

AGRADECIMENTOS

Quando *Jovens, Reais, Escandalosos* foi lançado no Reino Unido, em 8 de maio de 2025, se tornou o décimo terceiro livro que publiquei (incluindo os que escrevi sob pseudônimo e as colaborações) desde que meu romance de estreia saiu, quase exatamente dez anos atrás: *The It Girl*, publicado em 7 de maio de 2015. E, de algum modo, parece certo que um marco assim pertença a este livro, porque, quando fui escrevê-lo, pela primeira vez em muito tempo decidi não pensar no que poderia vender bem nem no que deveria estar escrevendo: eu me sentei, três meses depois de ser mãe pela primeira vez, privada de sono e ainda assim delirante de alegria, e comecei a desenvolver o enredo de um livro que eu gostaria de ler. Mal pensei a respeito, apenas comecei a redigir. E o que emergiu foi uma história sobre uma jovem que descobre que era uma princesa (mais ou menos).

O primeiro esboço, como a maioria dos esboços, era um lixo.

Por sorte, tenho um par de anjos literários na vida, duas mulheres extraordinárias que guiaram meu trabalho e minha carreira por muito tempo e sem as quais eu certamente não teria publicado muito. Elas são

Lauren Gardner, minha agente, e Lauren Fortune, minha editora. Elas são absurdamente talentosas, ridiculamente divertidas e espetacularmente inteligentes, mas, mais do que tudo isso, são amigas queridas. Obrigada, Lauren e Lauren, por sua gentileza e seu brilhantismo. Este livro não existiria sem vocês. Espero que fiquem tão orgulhosas dele quanto eu.

Um imenso obrigada a toda a equipe da Scholastic e um agradecimento especial para Olivia, uma editora estelar que trabalhou incansavelmente para deixar este livro em forma, e a Sarah, Wendy, Ellen, Hannah, Camilla e Sam, e todas as pessoas dos departamentos editorial, de marketing e de divulgação, que fizeram este livro ficar tão bonito.

Por falar nisso, obrigada a Aimee e Nastka pelo design de capa e pelo trabalho de arte fabulosos. Eu não poderia ter gostado mais e ficarei para sempre deslumbrada com o talento de vocês.

* * *

Muito obrigada à equipe da minha agência literária, Bell Lomax Moreton. Paul, obrigada por manter a mim e aos meus projetos em ordem enquanto Lauren estava de licença-maternidade e, Callen, você é um sonho de perfeição. Sua organização, eficiência e consideração me espantam.

* * *

Agora, vamos à minha família e aos meus amigos, que me ouviram martelar a respeito do meu livro sobre "adolescentes reais atrevidos" por quase dois anos. Obrigada por seu apoio e encorajamento quando estou perdendo a mão do enredo por causa do prazo e obrigada por estarem ao meu lado, em geral de prontidão com um mais do que necessário copo de vinho, sempre que emerjo da toca onde escrevo parecendo uma ermitã descabelada, piscando à luz do sol. Vocês são mesmo os melhores, e sabem.

* * *

Ao meu cachorro, Bono: seu amor, sua lealdade e companhia constante me ajudam a passar pelos momentos mais difíceis. Você é *tão* bom menino. Eu não ligo que a veterinária tenha me olhado como se eu fosse maluca quando me referi a você como "anjo com bigodes" na frente dela. Isso é o que você é para mim.

* * *

Ser casado com uma autora não é fácil, somos uns bizarrinhos temperamentais. Então, um obrigada especial a você, Ben, por me levantar nos dias em que estou convencida de ser uma fracassada, por me aplaudir quando anuncio que em breve serei um estouro de vendas e, o que acho mais importante, por me ajudar a rir de mim mesma. Eu tenho tanta sorte de ter você.

* * *

Para minha menininha Hattie: na verdade, você é uma grande fonte de distração. Apesar disso, desde sua chegada, eu me sinto mais determinada e feliz do que nunca. Você ilumina tudo.

* * *

Finalmente, para minhas leitoras maravilhosas: como este livro começou como uma história que me deixaria feliz, a equipe e eu passamos os últimos dois anos trabalhando nele na esperança de que ele deixaria *vocês* felizes. Espero que ele as faça sorrir e se apaixonar. Obrigada por terem escolhido *Jovens, Reais, Escandalosos*. Mal posso esperar para saber o que acharam.

SOBRE A AUTORA

Katy Birchall é autora de vários romances para jovens adultos e adolescentes, incluindo as séries *The It Girl*, *Hotel Royale* e *Morgan Charmley: Teen Witch*. É coautora da série infantojuvenil *Lightning Girl*, e de *Star Switch*, *Girls Rule* e *Luna Wolf*, além de uma releitura de *Emma*, de Jane Austen, para a série *Awesomely Austen*, e de *Sex Education: The Road Trip*. É autora também de várias comédias românticas, incluindo *The Secret Bridesmaid*, *The Wedding Season* e *The Last Word*. Escreve ficção para jovens adultos sob o pseudônimo de Ivy Bailey e ficção para adultos sob o nome Katherine Reilly. Katy mora em Londres com o marido, a filha e um cão de busca e salvamento.